古代試婚

1

目次

壹之章

穿越農家悍貧女

竹籬茅屋趁溪斜，春入山村處處花。無象太平還有象，孤煙起處是人家。

豐安縣下有一村，名曰澗西，該村不過二三十戶人家，人口簡單，然其背倚青山，一條山澗潺潺繞村而過，風景極為秀美。村前是開闊的桑田稻田，桑田蔭蔭，稻田泱泱，看著甚是富饒。事實如此，澗西村，家家有良田，戶戶弄桑麻，男耕女織，算得上豐安縣下小康村一枚。不過卻有一戶人家是例外，就是村東頭林姓人家。何故？澗西村民大多姓金姓陳，只此一戶林姓是外來的，沒有良田，以打獵為生。

晨曦初透，村長金富貴家的大公雞才打第一聲鳴，村東的林家已經升起裊裊炊煙。

林蘭把煮沸了的粥放到小爐子上溫火慢燉，換上蒸屜蒸饅頭，又從簡陋的櫥櫃裡端出昨晚的剩菜來熱，有條不紊地忙碌著，儼然是個勤勞的姑娘，當家的好手，可惜，這家的當家並不是林蘭，真正的當家此時還躲在被窩裡。

東頭的主屋裡，一個圓臉的婦人一手支著腦袋，一手從被窩裡伸出來，扯住了身邊正在穿衣的男人，嘟著偏厚的嘴唇，睡眼惺忪，嬌滴滴地求著：「再躺一會兒嘛！天還沒亮呢！」

男人失笑，撥開那隻在他胸前作怪的手，「還早啊？妹妹早飯都快做得了！」

女人的嘴翹得更高了，「咱家不採桑又不插秧，起這麼早做甚？」

男人穿上半舊的短衫，「妳身子不適就別起了，待會兒我給妳把早飯端進來，今天我要進山一趟，村西的老灰頭託我替他打兩隻雁，他家二小子要說親了。」

女人忽地就來了精神，坐了起來，兩隻手搭上男人的肩頭，胸前的兩堆肉緊緊頂著男人的背，一下一下地蹭，「別人的事你倒是記得清楚，也不管管自己妹子的事。你妹子今年都十六了，村裡差不多年紀的姑娘都許了人家了，就你妹子，挑三揀四，十里八鄉的，就沒一個入得了她的眼，再這麼拖下去，就成老姑娘了，到時候還有哪個好人家肯要她？知道的，說她心氣高，不知道的，還以為咱們做哥嫂的不把自己妹子的終身大事放心上，再說了，咱們自己的日子都過得緊巴巴的，等孩子出生，又多一張嘴，這日子就越發艱難了。」

男人嘆了口氣，「妳說的在理，可是……娘臨終時吩咐，妹子的婚姻大事讓妹子自己決定。」

「我看婆婆當時是病糊塗了，誰家閨女不是聽從父母之命，媒妁之言？從來就沒聽說過哪個姑娘家的婚姻大事是由自己決定的。說出去也不怕人笑話，難不成她一日不肯嫁，咱們就一直養著她？」女人冷笑。

男人繫腰帶的手停滯了一下，說：「這兩年多虧了妹妹時不時地上山採藥補貼家用。」

女人不滿了，狠狠地在男人腰上掐了一把，「你的意思是，這個家就我一人是吃閒飯的？」

男人默然：確實如此啊！妳嫁過來三年，就沒見妳幹過一日的活！

「我……我不是這個意思，妳多心了。」男人支支吾吾地說。

女人改掐為捶，咚咚咚，打鼓似的，嘴裡罵道：「你個沒良心的，你們老林家要田沒田，要地沒地，一個老娘病歪歪，一個小姑吃閒飯，十里八鄉的，有哪個姑娘肯嫁你？要沒有我，你現在還不是光棍一條？我嫁你圖你什麼了我？我們村的翠花長得比我難看，嫁妝沒我多，可人家呢？前陣子我見著她，她手上都戴了兩個銀鐲子了，我有什麼啊？我跟你過過一天舒心日子了嗎？你是不當家不知柴米油鹽貴，你妹子補貼的那點家用，給她自己一個人吃都不夠，更別說添衣添襪。等將來你妹子出嫁，我這個做嫂子的還得賠上我的嫁妝給她置辦嫁妝，我……我怎麼就這麼命苦啊……這日子沒法過了呀……」女人哭罵著轉而打自己的肚子，「我苦命的兒啊！你真是投錯了胎，攤上這麼個沒用的老爹，娘對不起你呀……」

男人見女人鬧起來，急得滿頭大汗，忙捉住女人的手，壓低著聲音求饒：「妳莫哭，莫哭，小心哭壞了身子！是我錯了，我錯了成不？可別嚇壞了孩子！」

女人哭得越發起勁，一聲比一聲高。

男人束手無策，心裡防線轟然崩潰，「妳說什麼我都依妳成不？都依妳！」

女人立馬收聲，小眼睛硬是撐得炯炯有神，不見半滴眼淚，指著男人，「這可是你說的。」

男人被動地點頭，「我說的。」

女人又得意起來，拉過男人，黏在他身上，嗲聲嗲氣地說：「我也是為你妹子好，她既看不上鄉野農夫，咱們就幫她往遠處找，可咱們天天在這山裡轉悠，能認識幾個人？所以呀，我已經請王媒婆幫忙留意留意。」

男人聽婆娘說的有理，綻開了笑臉，「行，這事妳多費心。」

身後破舊的木門吱呀作響，林蘭手中鍋鏟上下翻飛，頭也不回地說：「哥，稍等一會兒，馬上就好了。」

「不急，還早呢！」林風拿了個木盆到水缸邊舀了兩勺水洗臉。

林蘭偷偷瞄了哥一眼，剛才嫂子的哭罵她都聽見了，一共就這麼三間房，還都是破門板，沒啥隔音效果，該聽的不該聽的，包括半夜裡床板有節奏的咯吱聲，都無一遺漏進了她的耳朵。

打從去年她拒絕了嫂子她家堂兄的求親，嫂子就對她很有意見，三天兩頭給她出難題，她一概不理。開什麼玩笑，嫂子家堂兄是個瘸子，讓她去嫁給一個瘸子，門都沒有。後來嫂子又給她說了幾個對象，不是歪瓜裂棗，就是好吃懶做之輩，一個勁兒地要把她往火坑裡推，要不是娘早看清了嫂子的真面目，留下了親事讓她自己做主的話，這會兒她不是在火坑裡，就是被逼離家了。

汗！前世身為豪門千金的她，顯然運數已盡，重生的時候沒瞅準落腳點，卻是落在了澗西村最窮的老林家。不得不承認，老天是公平的，讓你飽享了物質財富，就讓你的精神財富匱乏。前世的爹媽就知道賺錢，給她花不完的錢，卻極少給她親情和關愛。這一世，過的是吃糠嚥菜，粗布麻衣的生活，卻有一個極疼她的娘和寵愛她的哥。她認了，窮就窮一點吧！一家人和和樂樂，團結一心，憑藉她在二十一世紀積累得知識和經驗，帶領全家奔小康也不是什麼難事，可惜天違人願，不等她建設美好家園的行動開展起來，另一個改變老林家命運的人出現了。

三年前嫂子進了門，在這裡，林蘭忍不住再次對古代的婚姻制度表示強烈的不滿。父母之命，媒妁之言，太不靠譜了，相信媒婆的嘴不如相信這世上有鬼，尤其那個王媒婆，當初就是王媒婆來家，舌燦蓮花，把個好吃懶做的婆娘說得跟現形的田螺姑娘似的，賢慧與美貌並重，哥怦然心動，娘立即拍板……我的媳婦兒就她姚金花了。等到花轎抬進門，才發現上了當，悔之晚矣！短短三年，原本體弱多病的娘就被氣死了，老實巴交的哥只知道息事寧人，忍字訣練得比他百步穿楊的箭術還要精湛。林蘭知道，這個家她是待不了多久了。林蘭用力揮了幾鏟子，鏟子跟鐵鍋摩擦，哢哢作響，她的未來絕不會輕易讓人左右。

林風洗漱好先給媳婦送早飯，再回來吃，林蘭已經替他裝好了粥，放好了筷子。林風樂呵呵地端起碗來，稀裡嘩啦，一下喝了個底朝天，然後看著在忙碌的妹子，心裡有些歉疚。娘走了以後，這個家都是妹子在操持，要上山採藥，要做家務，說起來，自己婆娘的確是太懶了，他也說過她幾回，可每次都鬧不過她。為了息事寧人，也只有讓妹子吃點虧了，但願將來妹子能許一個好人家，不用再這麼辛苦。

林蘭熱好了鹹菜端過來，卻見哥正看著她，臉上露出深深的愧疚和心疼。林蘭明白哥的心思，故意瞪了哥一眼，「哥，你看啥呢？」

林風忙掩飾道：「沒啥，妹子熬的粥真香。」

林蘭心裡苦笑，「我再給你裝一碗。」林蘭拿了空碗又去裝了兩大勺。

林蘭攤開一塊藍色印花土布，把幾個饅頭和一壺水放上去，兩邊捲好，中間打了個結，一邊說：「哥，饅頭我已經給你包好了，裡面夾了鹹菜，還有水也裝滿了，你渴了就喝，千萬別喝山裡的泉水。那泉水看著清澈，其實裡面有很多小蟲子的，喝多了，肚子裡長蟲子就麻煩了。」自從娘死後，照顧哥就成了林蘭的工作，屋裡那個懶婆娘從來都不會關心這些，就收錢的時候積極，看見銅錢，兩眼冒綠光，嗷的一聲就撲過來。

「妹子，妳若是有喜歡的人，一定要告訴哥，哥為妳做主。哥就妳這麼一個妹子，不想妳委屈了。」林風關心道，說句心裡話，那個王媒婆，他是不太信得過的。

林蘭面上一窘，小聲道：「哥，我自己心裡有數。」

「妳嫂子其實也是關心妳的，就是她的眼光……」林風想解釋一下，免得妹子往心裡去。

「你小聲點，就不怕嫂子聽見跟你鬧？」林蘭忙壓低了聲音警告他，房裡那個心眼比針鼻還小，要是被她聽見哥說她眼光不好，肯定又要鬧得雞飛狗跳。

林風忙縮頭，心有餘悸地回頭瞅了瞅那扇門，再不敢說話，大口大口啃著饅頭。

林蘭暗暗搖頭，姚金花會為了她好，打死她都不信，也就哥這樣的老實人才會信。要不是怕哥夾在中間難做人，她早就跟那懶婆娘幹上了。

兄妹二人吃過早飯，天也亮了，姚金花還賴在床上，林蘭送哥出門後，就在院子裡切曬乾了的草藥。

「喲……林蘭今兒個在家呢！」

林蘭抬頭一看，是王媒婆，站在籬笆外笑得跟朵菊花似的，嘴巴咧得能看到臼齒，眼睛瞇成一條線，眼角的皺紋絕對可以夾死兩隻蒼蠅。

林蘭翻了個白眼，故意東看看西看看，「一大早的，我怎麼聽見老鴰叫？」

王媒婆斂了笑，嘴角微微抽了兩下，訕訕道：「林姑娘，妳嫂子在家？」

林蘭冷哼一聲，說：「妳找我嫂子做甚？我嫂子又不要再尋人家了！這沒妳什麼事，王媒婆請回吧！」

王媒婆做這一行數十年，配成佳偶寥寥，怨偶倒是無數，早已聽慣了冷嘲熱諷，連掃帚、菜刀也是見識過的。媒婆的行當練的不僅是嘴皮子的功夫，還有臉皮的厚度。由於風評不佳，現在很少有人請她保媒，好不容易以前的老主顧願意關照她的生意，她豈能讓人三言兩語就給打發了。

「喲！林姑娘真會說笑，我今兒個可是專門為妳來的，快請妳家嫂子出來吧！」王媒婆說著自己動手開了籬笆門。

林蘭提著切草藥的菜刀，三兩步衝到王媒婆面前，插腰擋住去路，「一、我的事我自己做主，誰也別想插手，所以用不著妳王媒婆；二、妳王媒婆名氣太大，人稱火坑推手，所以，不敢請妳王媒婆；三、妳前陣子給春芳說了個二傻子，把陳亮叔氣了個半死，陳亮叔可是放出話來，見著妳王媒婆非得扒了妳的皮，妳要是再不走，我馬上去通知陳亮叔！」

王媒婆見林蘭氣勢洶洶，手裡的菜刀明晃晃，再想到陳亮那個倔老頭，不禁打了個哆嗦，嘴角一抽，咧出個比哭好看不了多少的笑，「林姑娘這是打哪聽來的閒話？春芳的事是個誤會，那個二傻子只是老實木訥一點，可不是真傻。是陳老頭他自己說要給春芳找個老實本分的，我王媒婆做了幾十年的媒婆，從來都是憑良心說話的……」

「這些話，妳留著跟陳亮叔去說吧，我可沒功夫聽妳瞎扯……喲！說曹操曹操就到，那邊不是陳亮叔麼？哎……陳亮叔……」林蘭把脖子一梗，揮舞著菜刀大聲喊道。

王媒婆嚇得忙道：「林蘭啊，我突然想起我還有點急事要辦，我先走了，改天再來啊！」王媒婆轉身就跑，腳下一不留神被顆石子絆了一下，摔了個狗啃泥，顧不得呼痛，頭上的大紅花掉了也顧不得撿，爬起來一溜煙跑出了澗西村。

林蘭看著迅速消失的王媒婆不禁咂舌，竟不知，逃命也是王媒婆的強項。

姚金花在屋子裡睡得昏天暗地，正夢見林風給她弄了隻肥嫩的燒雞，她掰了隻雞腿，剛要啊嗚一口，就被林蘭的喊聲給驚醒了。到嘴邊的燒雞飛了，姚金花火冒三丈，一骨碌爬起來，開了半扇窗，罵罵咧咧：「作死啊！還讓不讓人睡覺了？種地不出秧的壞種……」

林蘭聽了也不惱，故意大聲對著空氣說：「村長好啊！我哥上山打獵了，啊……您問剛才誰在罵人？哦！是我嫂子，嫌我幹活動靜大了點，吵著她睡覺了！」

姚金花聞言，滿頭黑線，這個死丫頭，在村長面前胡說什麼？這讓她的臉往哪擱！姚金花嘴裡嘀嘀咕咕咒罵著，連忙披了衣裳起來，得趕緊在村長面前亮個相，以示死丫頭在說謊。這個澗西村，唯一能讓姚金花犯怵的就是村長了。

「村長……」姚金花頭都來不及梳，就著臉盆裡的水抹了下頭髮，從屋裡衝了出來，可院子裡哪有村長的影子？就一個林蘭坐在小板凳上切草藥。

姚金花眉頭一皺，甕聲甕氣地問：「村長呢？」

林蘭頭也不抬，「走了。」

姚金花氣憤難平，「妳怎麼跟村長說我在睡覺？妳安的什麼心啊？」

林蘭的大眼睛眨啊眨，無辜道：「怎麼是我說的呢？不是嫂子自己喊的嗎？還讓不讓人睡覺了……」林蘭捏著嗓子學著姚金花的腔調。

姚金花為之氣結，想想剛才確實是自己嚷的，而且還嚷得很大聲，「那妳不會幫我解釋解釋嗎？我現在懷著孩子，貪睡是正常反應！」

林蘭失笑，「好，我下回見到村長跟村長解釋一下，我嫂子以前貪睡是為懷孩子做準備，現在貪睡是因為懷了孩子，將來貪睡是因為帶孩子太辛苦，這樣成嗎？以後嫂子就可以名正言順，放心大膽地睡了。」

「妳……不必了。」姚金花咬牙切齒，恨不得上前掐一把。在林風面前伶牙俐齒的姚金花一遇上林蘭就言辭匱乏，討不到半點便宜，這是最讓她頭疼的事。她恨不得給林蘭找個厲害的婆家，粗暴的丈夫，一天三頓罵，三天一頓打，叫她天天以淚洗面這才解氣。那個王媒婆怎麼回事？說好了這兩天就給她答覆的，到現在也不見人影。

心情不好的姚金花開始挑刺，頤指氣使地說：「碗洗了沒？鍋刷了沒？衣服洗了沒？這家可養不起吃閒飯的人。」

林蘭慢吞吞地把切好的草藥都倒進簍子裡，很是無奈地說：「是養不起啊！所以我哥天不亮就上山打獵，我呢？天不亮就起來幹活，現在我得去縣城送草藥了，換兩個銅錢，哎……養個吃閒飯的人可真不容易！」

姚金花差點一口血噴出來，面黑如鍋底，幾乎要撲上來撕爛林蘭的嘴。可林蘭擦乾淨菜刀，隨手一甩，菜刀「噔」的扎進了砧板，姚金花頓覺得身上某個地方一痛，忙收起了要跟林蘭拚命的念頭，暗自鬱悶：不怕小姑刁，就怕小姑會耍刀！她這個小姑曾經一把菜刀飛出去，斬斷正在爬行的毒蛇，不偏不倚，正好在七寸上。

林蘭無視噎住的姚金花，跟她鬥嘴，她姚金花還嫩了點，就算來橫的，她也不怕。她在這個家的處事原則，一、絕不在大哥面前說姚金花的壞話，因為說了也沒用，大哥已經被姚金花吃得死死的，她不做無用功；二、若非不得已，絕不跟姚金花起正面衝突，就算是為了哥，她也得維持表面的和諧，但是，倘若姚金花做得太過分，她也不是好惹的。

林蘭背起竹簍往外走，邊說：「嫂子，我走了，估計天黑才能回來，午飯和晚飯妳就自己解決吧，不用管我了。」

姚金花嘴裡暗罵：誰要管妳，最好永遠別再回來。不行，她得去找王媒婆，趕緊把這個厲害的小姑推出去。

林蘭走出不遠，就看見村長金富貴正一手拿著煙桿，一手背在身後，微弓著脊背，滿村瞎轉悠。每天早晚，他都要轉上這麼一圈，例行公事，有點長官視察的意味，好及時發現問題，解決鄰里糾紛，維持澗西村昌平和諧景象。該送溫暖的送溫暖，該做規矩的做規矩，心慈手不軟，村民們又敬他又怕他，林蘭常想，金村長這種人要是擱在現代，絕對是優秀的政府官員，人民的好保母一名。

「村長好！」林蘭上前熱情地打招呼。

金富貴瞇起眼嘿嘿笑，「林蘭，又上山採藥啊？」

「今兒個不上山了，我進城。對了，金大媽的腿好些了嗎？要不要我再帶幾貼草藥回來？」林蘭問道。金大媽上個月爬梯子整理蠶寶寶糞便的時候不小心摔了下來，小腿骨折，是林蘭給醫治的。

金富貴抽了一口旱煙，吐出幾個煙圈，笑呵呵地說：「多虧了妳的草藥，妳金大媽已經好多了，都能下地了。」

「這就好，不過還是得小心些，先不要幹重活。」林蘭好心提醒。傷筋動骨一百天，可不是鬧著玩的，弄不好會留病根。

金富貴笑咪咪地晃了晃煙桿，表示他知道了。

別過村長，林蘭來到村口，剛踏上石板橋，只見對面來了一群鴨，鴨子大搖大擺，絲毫沒有要讓路的意思，林蘭只得先讓到一邊，讓鴨子大軍先過。

「林蘭，妳進城啊？」趕鴨子的大嬸嗓門極大，聲如洪鐘，一開口，引起鴨群一陣騷動，還以為主人嫌牠們走得慢，有幾隻鴨子搖搖晃晃，跌跌撞撞，差點撞到林蘭身上。

林蘭忙縮腳，訕訕說：「金大嬸，今天怎麼您親自放鴨啊？」

「保柱進城了，只好我來放鴨！哎呀，妳說我家保柱，又不會做生意，偏要他去賣鴨蛋，林蘭，妳待會兒進了城，順道去城西集市上看看我家保柱，幫他吆喝幾聲，免得他又提了一籃子鴨蛋回來！」金大嬸拜託道。

林蘭頓時一個頭兩個大，保柱今年十九，人看著倒挺機靈的，也不知他哪根筋搭錯了，村裡的姑娘多的是，怎的偏就認準了她林蘭。她上山採藥，他就上山砍柴，她進城賣藥，他就進城賣鴨蛋，為此，林蘭每次出門都故意不定時、不定地點，讓人無規律可循，可人家保柱也很聰明，每回就在她必經之路上等著。林蘭用腳趾頭想，也能想到保柱這會兒肯定提著一籃鴨蛋坐在進城的路邊上等她。

「哦，好的。」林蘭勉強答應下來，其實保柱哪是不會做生意，而是一進城就跟在她屁股後頭轉，根本沒去賣鴨蛋。林蘭心裡盤算著，走哪條路才能避開保柱，她可不想走哪都跟著一條尾巴，更不想吃那腥味極重的鴨蛋。煎的炒的還行，白煮的實在難以下嚥，想到保柱殷勤地往她懷裡塞鴨蛋，林蘭就忍不住犯噁心。

林蘭站在路口尋思了一下，決定繞道隔壁的源東村，雖然要多走上四五里路，總好過與保柱結伴同行。

源東村與澗西村的風景迥然不同，澗西是蠶桑天地，而源東則是果樹園地，每年這個時節，滿山的桃花盛開，姹紫嫣紅，花影醉人。

權當去賞一回風景吧！這樣想著，那多出來的四五里路便很值得了。林蘭興沖沖往源東村走去，轉過山坳，眼前豁然一亮，一大片一大片深淺不一的紅，如天邊落下的雲霞，鋪滿整個源東村，真有「滿樹和嬌爛漫紅，萬枝丹彩灼春融」之意，連空氣中都透著微甜的花香，真是人間仙境啊！林蘭大為感嘆，可惜手上沒有相機，要不然，就可以把這些美麗的景色留下來。

在桃林裡磨蹭了大半個時辰，林蘭看天色不早了，再不加緊趕路，就趕不上胡記藥房的飯點了，只好收回留戀的目光，埋頭趕路。

出了源東村，是一條彎曲的小道，寬窄恰好能容一輛馬車經過。兩邊的田野裡，開滿了嫩黃嫩黃的油菜花，有幾隻蝴蝶在花間飛舞，遠遠的，可見農戶們催促著老牛在犁田，一派怡然的田園風光。

賞著美景，林蘭心情舒暢，步履輕快，一路哼著小曲。

「秀才哥哥，您就答應了吧！上我家做西席有什麼不好？您若嫌束脩少了，可以提嘛……到時候咱們還能每日相見……」

前面傳來嬌滴婉轉的聲音，林蘭抬眼望去，只見前面一棵古樟下，一個少女扯著李秀才不放，邊上還有三個丫鬟，四個人恰好把李秀才給堵住了。李秀才神情有些窘迫，要推推不開，大力掙扎又顯得有失風範，破口大罵更是做不出來，只一張俊美無儔的臉漲得通紅，不知是因為惱怒還是尷尬，卻更讓人產生調戲的慾望。

說起這個李秀才，也是怪人一個，不知道他打哪來，也不知道他在何地中的秀才，只知道三年前，澗西村後山添了一座新墳，墳邊搭了一間簡易的茅屋，李秀才就住在那間茅屋裡，守了三年的墳，靠幫人寫寫書信、對聯什麼的，換幾個小錢度日。林蘭很好奇，這哪夠用啊？可人家這三年確實就是這麼過的。

他那破茅屋，林蘭有幸進去過，簡陋得不能再簡陋，裡面除了一張木板床、一張破書桌，還有一個破爐子、一疊舊書，就啥也沒有了，真是有夠窮的，連乞丐的家當都比他多，不過還算乾淨就是，纖塵不染得和李秀才的人一樣，雖然衣著寒酸，但從不見他那身半舊的月白長衫上有什麼污漬。

那是去年夏天，林蘭進山採藥，遇見李秀才被一條毒蛇攻擊，她一把菜刀飛過去，砍了毒蛇的腦袋。李秀才見毒蛇死了，掉以輕心，伸手去撿，結果被斬落的蛇頭咬了一口……要不是她醫術高明，李秀才這個花樣美男的小命就終結在花樣年華了。

她好心好意地照顧了他幾天，最後連句謝謝都沒撈到，想到這個，林蘭就一肚子氣。她幫村裡的大黃狗接過斷腿，那隻狗都知道好歹，見到她就拚命搖尾巴討好。

眼看著李秀才遭人調戲，林蘭打算視而不見，她雖學醫，治病救人天經地義，但是救美男與女色狼之口不在她的職業道德範疇以內。不過她還是忍不住在心裡把那個不要臉的少女狠狠鄙視了一頓，她裝看不見無非是不想惹事，可人家居然也裝作看不見她，對李秀才肆意調戲，只差去脫人家衣服了，真是世風日下，見過不要臉的，沒見過這麼不要臉的。

「林姑娘……」李秀才急聲喚住了她。

林蘭停下腳步，慢悠悠轉身，只見李秀才眼巴巴望著她，面有懇求之意。

有些男人裝可憐只會讓人噁心，但是一個清俊儒雅、文質彬彬的男子只須蹙蹙眉頭，露出點憂鬱的神色，就很容易激發一個女性潛在的母性保護慾。

人家都開口相求了，林蘭小小糾結了一下，故作意外，「咦？這不是李秀才嗎？你不喊我，我還沒注意到呢！這位是……」

李明允趁著張家小姐一愣神的機會，忙甩開了她的手，介紹道：「這位是張大戶家的小姐。」

原來張大戶家的小姐，難怪這麼不知廉恥，真是龍生龍，鳳生鳳，老色狼生的小色狼就敢光天化日調戲良家少年，林蘭對這位張家小姐越加鄙視。

張家小姐很不高興地白了林蘭一眼，所有比她漂亮的女人都是她的仇人，尤其是跟李秀才認識的漂亮女人，仇上加仇。

感受到張家小姐散發出強烈的敵意，林蘭恍然地哦了一聲，皺起眉頭問李秀才：「李秀才，你身上的爛瘡好了？」

李明允的表情霎時精彩紛呈，有點莫名，有些尷尬，還有那麼一點小小的憤怒，他什麼時候長爛瘡了？

不等李秀才回答，林蘭繼續道：「胡大夫可是說了，你身上的爛瘡不是一般的爛瘡，沒有徹底痊癒是不能出來吹風的。要是惡化了，會全身流膿，腐爛而死，最可怕的是還會傳染……」

張家小姐臉色大變，再看李秀才的眼神就跟看到瘟神一樣，誰知道如此俊美如謫仙的男子，衣服底下還掩藏著一身醜陋的爛瘡，想到自己剛才還去拉過他，碰觸到過他的肌膚，頓覺身上陣陣發癢。

「張小姐，剛才妳沒碰到他吧？如果不小心碰過他的肌膚，哦，對了，碰到衣裳也是不行的，我勸妳趕緊回家弄些艾草泡個澡，再用艾香熏上兩個時辰，要不然被傳染的話，會很悲慘的。妳生得這般美麗，萬一臉上長個瘡……」林蘭很認真很好心提醒張家小姐。

張家小姐不等她說完，青著一張臉衝李秀才低低咒罵了一句：「真是倒楣！」說罷拂袖離去，上了停在不遠處的馬車，三個丫鬟連忙跟上，須臾人車走遠。

林蘭看李秀才的臉都快漲成豬肝色了，神色間似有很大的不滿，林蘭沒好氣道：「哎！我幫你解圍你不說聲謝謝就算了，還拿眼瞪我？調戲你的又不是我！」

李明允動了動嘴唇，「調戲」這個字眼很是刺耳，不過卻是不爭的事實。

「那妳也不能說我長了爛瘡。」李明允蹙緊眉頭。

林蘭默默：我沒說你得花柳已經很夠意思了。

「你該不會是怪我壞了你的好事吧？剛才張家小姐拉著你不放，你也沒這麼凶啊！」林蘭深表懷疑地看著李秀才。

李明允被她一頓搶白，只覺胸悶氣短，古人有云：唯女子與小人難養也，古人誠不我欺。

「不是。」李明允悶悶地說。

林蘭猶自不忿，「不是你幹麼還一副要吃人的模樣？我就這點本事，你想我替你解圍，還解得漂亮優雅，我可做不到！以後你再遇上什麼麻煩，別找我！」

李明允臉上微微一僵，略顯尷尬，細裡想想，她林蘭不過一介村姑，雖會一些岐黃之術，也是俗人一個，能把張家小姐誆走算是不錯的了。想到那張家小姐回去得熏兩個時辰的艾香，被熏得涕淚俱下，李明允的心情又好了幾分，臉色也不那麼難看了，不過被說成渾身長爛瘡，還是讓他無法釋懷，當即淡淡對林蘭一拱手，「今日之事多謝了。」

林蘭無所謂地撇了撇嘴，「沒什麼，反正你也不是第一次給我找麻煩。」

李明允臉色微變，目光沉冷下來，她還好意思提上次的事。

外祖母患有風濕病，一到陰雨天就疼痛難忍，走路都成問題，聽胡大夫說白花蛇浸泡的藥酒，對此疾有奇效，可白花蛇在這一帶並不多見，他在山中轉悠了好些日子，好不容易才找到一條，眼看就要得手，誰知斜地裡飛出一把菜刀，把蛇斬成了兩段，害得他在惋惜憤怒的情緒下，一時不慎被斬落的蛇頭咬了一口，差點命喪黃泉，生生躺了數日，連外祖母的壽辰都錯過了。他又不敢告訴外祖母實情，怕外祖母擔心，這事被外祖母數落至今。

李明允漠然掃了一眼這個好心辦壞事的始作俑者，懶得爭辯，轉身走人，只留給林蘭一個頎長挺拔的背影。

林蘭不禁訝然，他什麼意思？人說滴水之恩當湧泉相報，他不報就算了，還甩臉給她看，秀才就很了不起嗎？她林蘭上輩子還是醫科大的研究生呢！有什麼好跩的……林蘭嘀咕了幾句，負氣地扭頭就走。

呃！不對，這是回家的方向，林蘭轉身看著那道漸漸遠去的背影，整了整背上的竹簍，加快腳步，迅速趕了上去。

林蘭昂著臉，神氣十足從李秀才身邊走過，直到領先李秀才十幾步才放慢腳步，悠閒自在地賞著田園風光，哼著小曲兒，還扯了路邊幾根狗尾巴草來玩，誰讓她鬱悶了，她就讓誰更鬱悶。

李明允錯愕地看著在前面晃悠的林蘭，聽著她那透著愉悅心情的小曲兒，不由得唇線抿緊，她還真是不肯吃虧。一個大男人跟在一個小女人身後，怎麼看怎麼刺眼，他又不好跟她去爭，有失風度。李明允當即停下腳步，索性等她走遠了再說。

林蘭聽不見身後的腳步聲，忍著回頭看的衝動，回頭看就說明她在意了，鬼才在意，不過是有點小小的失望而已。林蘭挑了挑秀氣的眉，收回捉弄他的心思，認真趕起路來。

看她漸行漸遠，李明允鬆了口氣，剛才他還真有些擔心林蘭跟他槓上，這個女人不好惹。

林蘭剛從小路轉上大路，就聽見遠遠的有人興奮大喊：「林蘭，林蘭，我在這……」

林蘭頓時像被施了定身咒，哀嘆一聲：完了，還是被保柱逮到了！

那邊保柱提了一籃子鴨蛋飛快跑過來。

「林蘭，妳怎麼這麼遲才到，我都等妳老半天了。」保柱笑得十分燦爛，彷彿在宣告他有多聰明多睿智，不管林蘭走哪條道都能被他等到。

林蘭嘴角微抽，擠出個勉強能稱之為笑的表情，「保柱哥，你等我有什麼事嗎？」

保柱自然又理所當然地說：「和妳一起進城啊！」

林蘭覺得有必要跟保柱開誠布公地談談。

「保柱哥，以後你不要再跟著我了。」

換成在現代，要是有哪個傢伙敢對她死纏爛打，她可沒這麼客氣，直接拍飛，但這是在古代，保柱也沒存什麼壞心眼，不過是單純想對她好而已。

「那怎麼行？我不跟著妳我怎麼保護妳？」保柱挺胸梗脖的認真模樣，彷彿保護林蘭是他光榮神聖的使命，是他不可推卸的責任。

林蘭看著他猶如起誓般鄭重的表情，有種雞同鴨講的無力感，呸呸！保柱養鴨，她可沒養雞，林蘭趕緊糾正自己的錯誤想法，委婉地說：「保柱哥，我感謝你對我的關心，但是……我們都不是小孩子了，走在一起會被人說閒話的。」

保柱一臉的無所謂，「嘴長在別人身上，別人愛說就讓別人說去。」末了還虛張聲勢補了一句：「我們身正不怕影子斜。」

林蘭忍不住大眼瞪過去，惱道：「保柱哥，人言可畏懂不懂？你未娶，我未嫁，要是被人傳出點什麼閒話，我還活不活了？」

保柱愣了一下，半開玩笑地說：「那妳就嫁給我唄！」

看似無所謂，但眼神裡流露的期待與渴望已經暴露了他內心的真實想法。雖然保柱清楚知道自己配不上林蘭，林蘭是天上飛的天鵝，而他金保柱不過是水塘裡的一隻鴨，鴨子怎麼配得上天鵝？但是，如果上天真的能賜給他這份厚愛，保柱發誓，他一定會把林蘭看得比自己的性命還重要。

要是別人說出這樣無禮的話，林蘭早罵得他狗血噴頭，可保柱不一樣，雖然有時候她會覺得保柱這個人很煩，但說句良心話，保柱對她真的很好，她高興的時候，保柱比她笑得還歡，她心情不好的時候，保柱就當她的出氣筒。

再看保柱一臉希冀又一臉忐忑的樣子，林蘭實在不想用難聽話罵他，只好沉著臉對他說：「保柱哥，這種話以後不要再說了，不然咱們連朋友都沒得做。」

保柱被林蘭這樣陰沉的臉色、淡漠疏離的口氣嚇到，這麼多年相處下來，他對林蘭的脾氣不可謂不了解，當林蘭連罵都懶得罵你的時候，就說明事態已經非常嚴重了。保柱緊張不安起來，磕磕巴巴想跟林蘭道歉：「林蘭，妳……妳別生氣，我錯了，妳就當我什麼也沒說，我……我其實……」

看他緊張得額頭都冒出汗來，林蘭故意緊繃著臉，怎麼也得冷他一陣，免得他不長記性。

「想我不生氣，以後不要跟著我。」林蘭凶巴巴警告他，轉身走人。

「啊？」保柱愣在那裡，跟也不是不跟也不是，心裡只有懊惱，一揚手就抽了自己一個嘴巴，暗罵道：叫你嘴賤，活該……

林蘭走了兩步又走回來，伸出手，「把鴨蛋給我。」

「啊？」保柱一臉錯愕。

林蘭給他一記白眼，沒好氣道：「啊什麼啊？再啊，信不信我用鴨蛋砸你！」

保柱趕緊把鴨蛋給林蘭。

林蘭只覺手一沉，這籃子鴨蛋可不輕。

「你回去幫大嬸幹活，鴨蛋我幫你賣。」林蘭用不容反抗的語氣命令道。

保柱愣了一下，才明白林蘭的意思，露出澀澀的憨笑，撓著頭皮，「林……林蘭，妳不生我的氣啦？」

林蘭撿了個鴨蛋作勢要砸他，「你還不快走？」

保柱忙縮頭，「好好，我走，馬上走！」

保柱三步一回頭，林蘭就一直瞪到他走遠，確定保柱不敢回來了，方才轉身準備繼續趕路。

「林蘭……」

林蘭火了，他還敢回來？林蘭做好了砸死他的準備。

「幹麼？」林蘭轉身橫眉怒目凶道。

保柱不敢靠近，指著那籃子鴨蛋說：「林蘭，上面那個布包裡有雞蛋，我知道妳不愛吃鴨蛋，特意給妳煮了雞蛋，妳路上吃。」保柱說完一刻也不敢多逗留，轉身就跑，不然林蘭真會拿鴨蛋砸過來。

看著保柱飛快跑走，林蘭啞然失笑，眼角餘光卻瞥見李秀才站在不遠處。見她發現了他，他忙轉頭，裝作看風景。

陰魂不散！林蘭翻個白眼，提了鴨蛋走人。

這籃子鴨蛋可真沉啊！林蘭走了一里地，覺得手酸得都快斷掉了，實在拎不動，只好放下來，坐在路邊休息。望望前方，從這到豐安縣城，少說還有五里路呢！再看看那籃子鴨蛋，林蘭就很有一股腦兒都給扔進水溝裡的衝動。林蘭哀嘆：這就是不自量力做好事的下場。

這邊還在自我反省，卻見李秀才背著手，從她眼前瀟灑而過。

林蘭訝然，這傢伙太沒有道德心了吧！他有麻煩的時候，就腆著臉求人家，現在恩人有小麻煩了，他竟然視若無睹？

也許是感受到了林蘭吃人的目光，李明允停了下來，轉身看她。

林蘭立即高傲地扭過頭，做出滿不在乎的樣子，慢悠悠拿出布包裡的雞蛋剝開來吃。

咦？他走過來了，難道他肚子餓了，想問她討雞蛋吃？如果他真的問她討，她要不要給呢？

正糾結著，一道陰影籠了下來。

林蘭抬起頭對上他波瀾不興的眸光，這種居高臨下的俯視，加上他清俊漠然的神態，儒雅沉定的氣質，林蘭突然生出一種高山仰止之感，這種感覺讓她很不爽。之前這傢伙還是一身狼狽，轉眼就擺出了一副清冷高雅的姿態，而她，坐在地上，手裡拿著咬了一口的雞蛋，這形象上的差距，雲泥之別啊！

「你……餓了？」林蘭決定主動送上雞蛋，以顯示她寬宏大量不計前嫌的胸懷，用愛心挽回氣場上的失利。

誰知李明允瞥了一眼她手中的雞蛋，臉就紅了。

咦？他還會不好意思？林蘭暗暗得意一個雞蛋就叫他破了功，絲毫沒反應過來自己遞上的是她咬過一口的雞蛋。

他突然彎下腰，手伸向裝鴨蛋的籃子。林蘭還以為他不客氣地要自己動手拿，誰知李明允把籃子提起來，轉身就走了。

呃？林蘭怔忡，原來他是要幫她提籃子，原來他看似冷漠欠揍的外表下，還藏著一顆助人為樂值得稱讚的心。

看他提著籃子步伐穩健，絲毫不見吃力，且有越走越快的趨勢，林蘭忙收拾東西，追了上去。

兩人一前一後，走了半個多時辰，終於到了豐安縣城。

李明允把鴨蛋交還給林蘭，「就幫妳拎到這了。」

林蘭笑呵呵，「多謝你啦！」

李明允抬頭看了看天色，「這會兒集市怕是已經散了。」

這一路林蘭對李秀才的看法大有改觀，一是李秀才並不像她想像中那麼文弱，一籃鴨蛋少說也有二三十斤，他一路拎來都不曾換手，猶如閒庭信步；二是李秀才居然還幫她考慮到這鴨蛋賣不賣得掉，不像是表面那樣冷漠。

「沒事，我有辦法。」林蘭抿嘴一笑，這點小事難不倒她。

李明允點點頭，沒再說什麼，逕自先進城去了。

林蘭提了鴨蛋來到胡記藥房。

胡記藥房在豐安縣那是大大有名，雖不是百年老字號，但胡記藥房的胡大夫仁心仁術，深受老百姓愛戴，有錢人家請他看病，他收診金，窮人請他看病，他只收藥費，如果實在窮得連藥費都出不起，他大手一揮，連藥費也免了。別的大夫收徒不僅要收學費，還要簽十年契約，幫他白幹十年的活，而胡大夫對有心求學者，分文不收，還悉心教導。用他的話說，這世上多一個救死扶傷之人，便能少一分疾苦，此乃大善之舉，何樂而不為？多麼淳樸的思想，多麼偉大的情操，能不叫人肅然起敬嗎？

當然，做好事是要付出代價的，代價就是胡記藥房雖然生意紅火，但補貼的也多，所以，胡大夫開了這麼多年藥房，非但沒賺到錢，還虧本，要不是附近的藥農感念胡大夫的善心善行，願意把草藥低價賣給胡記，胡記早就關門大吉了。

林蘭也是這樣想的，寧可少賺幾個錢，也要把草藥賣給胡記，權當是給胡大夫的學費。

「小師妹來啦！」負責維持病患看病秩序的二師兄王大海見林蘭來了，笑呵呵地過來打招呼。

「二師兄，師父呢？」林蘭把鴨蛋放到藥櫃後面，又解下竹簍。

「師父出診去了，大師兄在裡面坐堂呢！」王大海接過竹簍一看，「呵，這次採了不少菖蒲啊！店裡正缺這個呢！」

「就知道店裡缺，我特意採的。咱們這一帶菖蒲太少，費了我不少功夫。」林蘭挽起衣袖，「我幫大師兄坐診去。」

王大海忙道：「不急不急，小師妹先去吃飯，我讓廚房給妳留了飯。」

林蘭笑嘻嘻做了個鬼臉，拍馬屁道：「還是二師兄好。」

正說著，只見胡大夫陰沉著一張臉走了進來。

後面跟著背藥箱的五師兄莫子遊，耷拉著腦袋，一副苦大仇深的模樣。

林蘭和王大海面面相覷，莫不是師父今兒個遇到疑難雜症了？

「師父……」林蘭和王大海恭謙地叫了一聲。

胡大夫點了點頭，嘆了一口氣，往內堂去了。

王大海叫住莫子遊，小聲問：「師父他老人家這是怎麼了？」

莫子遊把藥箱一放，義憤填膺道：「都說惡人有惡報，狗屁，我看禍害活千年才是真的！」

「五師兄，撿重點說。」林蘭急切道。

莫子遊對兩人招招手，示意他們附耳過來，小聲說：「張大戶家又出人命了。」

林蘭倒抽一口冷氣，「又害了哪家姑娘？」

「是張家一佃農的閨女，因為欠了張大戶五兩銀子，張大戶就把人家閨女拖去抵債。那姑娘也是個烈性子，不堪受辱，今早吞金自盡了……」莫子遊舌頭一伸，眼睛翻白，做了個死翹翹的表情。

「我和師父趕去的時候，那姑娘已經說不出話了，只是不住的流淚！唉，師父有心救她，怎奈回天乏術！」

林蘭聽得窩火，「怎就沒人管管？如此欺男霸女，作惡多端，還有沒有天理了？」

王大海冷哼一聲，「有錢能使鬼推磨，更何況是見錢眼開的官老爺？」

莫子遊搖頭嘆氣，擺擺手，「我看師父他老人家得有陣子不痛快了，咱們都小心著點吧！」

師父心情不好，林蘭想請教問題顯然不方便，吃過飯，在藥房幫了會兒忙，林蘭就告辭了，拎了鴨蛋去豐安縣城的葉家。

論金錢實力，葉家遠勝於張家，但葉家行事低調，偶爾也施施粥，接濟下窮人，葉家家主因此博了個葉大善人的稱號。聽人說，葉家朝中有人，所以，張大戶在豐安縣誰都敢惹，唯獨不敢惹葉家。

很湊巧，林蘭跟葉家管食材採辦的姚嬤嬤認識，林蘭打算把這籃鴨蛋銷到葉家去。

「林蘭啊，不是我不想幫妳，實在是府裡的人吃鴨蛋都吃膩味了！」姚嬤嬤看著滿滿一籃子鴨蛋為難道。自打認識了林蘭，葉府的餐桌上似乎就沒斷過鴨蛋，闔府上下對此都很有意見，她這個管食材採辦的壓力很大啊！

「姚嬤嬤，您就再幫一回吧！再說，鴨蛋好啊！有營養性溫涼，滋陰清肺，什麼燥熱咳嗽、喉乾喉痛、腹瀉痢疾吃了都好的……」林蘭說起來一套一套。

姚嬤嬤苦著臉，「我知道鴨蛋的好處多多，可是……大家真的吃膩了。」

林蘭只得厚顏道：「那您拿去做鹹鴨蛋啊，夏天配白粥最美味不過了！就此一次，以後再不來麻煩姚嬤嬤了！」

姚嬤嬤挨不過面子，說起來林蘭還救過她家媳婦和孫子的命，人家都把話說到這分上了……姚嬤嬤勉為其難道：「那好，這次就先收下。」

林蘭大喜，「多謝姚嬤嬤，姚嬤嬤真是個好人！」

姚嬤嬤苦笑，希望這真的是最後一次。

解決了鴨蛋，林蘭一身輕鬆，準備回家。

澗西村的小路上，姚金花扭著腰身，面帶笑容，心情愉悅。

她剛去了趟王媒婆家，得了個天大的喜訊，說是豐安縣的張大戶有意納個年輕貌美身體康健的姑娘做第十八房小妾，聘禮豐厚。張大戶今年五十有三，家中妻妾成群，可惜人丁單薄，年過半百膝下無子，只有三個丫頭。張大戶放出話來，哪一房妾室若能給他生個兒子，獎勵良田三百畝、黃金八百兩。姚金花一想，年輕貌美、身體康健，林蘭不正合適嗎？要是林蘭嫁過去，有幸生個兒子出來，那張家偌大的家業可就全歸了林蘭母子，她這個做嫂子的也能沾光。她已經讓王媒婆去張大戶家回話，王媒婆拍胸脯打了包票，說這事肯定能成，讓她靜候佳音。

姚金花越想越美，彷彿看到了一堆金子在她眼前閃啊閃……一不留神踩到了一堆軟綿綿的東西，差點滑倒。

姚金花低頭一看，原來是堆牛糞，氣得直跳腳，罵罵咧咧：「倒楣催的，誰家的牛這麼不長眼，到處拉屎！等老娘以後有了銀子，也去住大宅院，再不住這種破地方……」

林蘭回到澗西村已是天黑，先去保柱家把賣鴨蛋的錢交給金大嬸，金大嬸奇怪道：「保柱沒跟妳一起回來嗎？」

林蘭錯愕，「保柱哥還沒回來嗎？」

金大嬸緊張道：「沒有啊，我還以為你們會一起回來呢！」

林蘭默默腹誹：這個金保柱死哪去了？不是叫他回家幫金大嬸幹活的嗎？真不讓人省心！為了讓金大嬸寬心，林蘭故意道：「哦，我們買完鴨蛋後就分開了，保柱哥說他還要辦點事，我還以為他腳程快，會比我先到呢！」

金大嬸這才放下心來，要留林蘭吃飯，林蘭推說家裡還等著她回去吃，拒絕了金大嬸的好意。

林蘭別過金大嬸，出門就瞥見一道黑影鬼鬼祟祟迅速躲到了桑樹後面。

林蘭低聲喝道：「出來！」

黑影慢吞吞挪了出來，正是金保柱。

「你上哪兒去了？」

「我……我沒上哪啊！」保柱支支吾吾的。

林蘭才不相信，「沒上哪兒？大嬸說你這一天都沒在家。」

「我……我……」保柱我不出來了。

林蘭眼睛一瞇，「你跟著我回來的？」她前腳剛到，保柱後腳就回，沒這麼湊巧的事。

「沒、沒有，我……我……」保柱低著頭，跟個犯了錯的孩子似的，期期艾艾地說：「七里亭那邊最近住了些乞丐，我怕妳一個人回來晚了不安全……」

林蘭心情複雜，緩和了口氣道：「所以，你一直跟著我？」

保柱忙解釋道：「我只是在七里亭那裡等，並沒有跟妳進城，真的！」

對保柱的這份用心，林蘭不知道該說什麼才好，嘆了口氣，「快回家吧，別讓你娘擔心。」

保柱乖乖哦了一聲，回家去了。

林蘭回到家，見大哥林風正拿著抹布在灶台前收拾。對此，林蘭已經見慣不怪了，反正只要她不在家，家務活就全落在哥頭上，那個懶婆娘是省一分力氣也好。

「哥，放著我來吧！」林蘭放下竹簍，要去幫忙。

「妹子，回來啦！趕緊的，鍋裡有雞湯！」林風笑呵呵掀開鍋蓋，一陣濃香撲鼻。

林蘭早已飢腸轆轆，聞到雞湯的香味，不禁食指大動，喜道：「哥，你打到野雞啦？」

林風劍眉挑起，頗有幾分得意，「今天收穫不小，打了兩隻雁、一隻野雞，還有一頭野豬。雁是替老灰頭打的，野豬村長買走了，剛好他家老丈人做壽，野雞就燉了咱們自己吃。」

林蘭在雞湯裡意外發現一隻雞腿，太陽打西邊出來了，姚金花嘴邊還能省下肉來？還是一隻香噴噴的野雞腿。

「妹子，趁熱快吃。」林風催促著，目光殷切，那種呵護與疼愛之情溢於言表。

「哥……這雞腿不會是你藏起來的吧？」林蘭不太敢下嘴，萬一明天姚金花問她要雞腿，她可吐不出來了。

林風忙正色道：「怎麼會呢？這可是妳嫂子特意吩咐我給妳留的。」這麼說的時候，林風心裡前所未有的欣慰，金花終於知道心疼他妹子了。

林蘭錯愕，更不敢吃了，姚金花為什麼突然對她這麼好？人道事出反常必有妖，姚金花該不是在雞腿上留了口水吧？這種事情姚金花不是沒有做過，幸虧被她發現了，才沒著姚金花的道，要不，她非得噁心死不可。

「吃吧吃吧，快吃，妹子辛苦一天了，吃個雞腿補一補。」林風憨笑著繼續去擦拭灶台。

林蘭想到這雞腿上有可能會有姚金花的口水，就一點胃口也沒了，把筷子一放，惋惜道：「早知道家裡有好吃的，就不吃金大嬸的水煮蛋了，吃得好飽，肚子裡裝不下了。」

「妳在金大嬸家吃過了？」林風問道。

「是啊，我幫保柱哥賣了一籃子鴨蛋，金大嬸非得留我吃飯。」林蘭肚子裡咕嚕響，聞著雞湯的香味，說著違心的話，心裡別提多鬱悶了。

「哦……那雞湯先留著，明天妳再熱起來吃。」林風若有所思地說。

林蘭想了想，這雞腿她是篤定不會吃了，倒掉又太可惜，還不如……林蘭瞄了哥一眼，說：「哥，要不你吃吧，熱來熱去的麻煩！」

「不用，哥吃過了，這是留給妹子的。」林風推卻道。說起來他這個做哥的實在很慚愧，沒本事讓家裡人過好一點，尤其是對妹子。他成了家，非但不能更好的照顧妹子，倒反過來，都是妹子在照顧他。

「哥，你吃，你吃嘛！你每天上山打獵才辛苦呢，就該多吃點！」林蘭撒著嬌，去拉了哥坐下，把雞湯放到哥面前，逼著哥吃掉雞腿。

林風拗不過妹子，只好把雞腿吃了。

看哥吃得香，林蘭覺得更餓了，哎……包裡還有乾糧，待會兒回屋就點涼茶將就一下吧！

「妹子，妳覺得保柱這人怎麼樣？」林風突然問道。

林蘭怔了怔，敏銳察覺到哥的問話別有深意，她得斟酌一下才能回答，要不然，讓哥誤會了什麼，麻煩就大了。

「嗯……保柱哥人很好啊！不過哥你可別想歪了，我只把保柱哥當哥哥一樣看待！」林蘭直言不諱，免得哥瞎猜。

林風笑笑，明白妹子的意思，妹子沒看上保柱。

姚金花的轉變從一隻雞腿開始，更讓人意外的還在後頭。

第二天，林蘭照樣起了個大早，起火做飯，早飯剛做好，姚金花破天荒跟林風一起起床了。

看林蘭又要去洗衣服，姚金花又破天荒說：「林蘭啊，真是辛苦妳了，這些本來都是嫂子應該做的事。」

林蘭眨眨眼，自己是不是還在做夢？要不就是昨天她不在家的時候，姚金花的腦子被門夾了。再看哥洋溢著無比幸福的傻笑，林蘭又懷疑，難道是哥昨天打到的那頭野豬把姚金花樂傻了？

只聽姚金花跟林風說：「你今天進城去給妹子扯塊漂亮的花布回來，我給妹子做身新衣，妹子這身衣裳都還是去年的，妹子個子竄得快，都短了……」

林蘭這人愛恨分明，奉行的是：人不犯我，我不犯人，人若犯我，還你一針，人還犯我，斬草除根的原則。因為哥的緣故，她對姚金花已經夠忍讓了，一直只限於鬥智鬥勇鬥嘴皮的程度，突然的，姚金花一百八十度華麗大變身，讓林蘭很不適應。

「哎？好咧，還要買什麼，妳說，我記下。」林風愉快地應著，聲音比平時都響亮。

看他們倆一副妻賢夫敬的模樣，林蘭心中卻是警鈴大作，無事獻殷勤非奸即盜，姚金花肯定在耍花樣，就不知她到底想搞什麼名堂。

林蘭突然想起王媒婆，王媒婆不會無緣無故來家裡，定是姚金花叫她來的。

想明白了這層，林蘭安下心來，笑咪咪走到姚金花身邊，「嫂子，妳突然對我這麼關心，我有點不習慣耶！」

姚金花一臉真誠，「怎麼說是突然呢？嫂子一直以來都很關心妳的。」

是，是很關心！關心怎麼把她賣個好價錢，林蘭故作興奮，「嫂子，妳真給我做新衣裳？」

「當然是真的，這還能有假？」這筆帳姚金花已經算了一晚上了，給林蘭做身新衣裳少說也得花二三百文，還不算上她的工錢，好在林風昨日打了一頭野豬，賣了五兩銀子，要不然，她還真捨不得。不過，要是一身新衣裳就能跟林蘭搞好關係還是值得的，只要林蘭願意給張大戶做妾，別說二三百文，將來二三百兩銀子也是拿的回來的，所以，姚金花回答得非常爽快。

「那……我想問問，做衣裳的銀錢是不是我哥賣掉野豬賺的銀錢？」林蘭笑得無害。

林風接過話：「是啊，昨天的野豬賣了五兩銀子呢！妹子，妳還想要啥，妳說，哥給妳買！」

姚金花在桌子底下踹了林風一腳，誰讓你自作主張的？

林風冷不丁挨了踹，哎喲一聲叫了起來。

「哥，你怎麼啦？」林蘭明知故問，心裡惱火，老實的哥又吃暗虧了。

林風見金花板起了臉，顯得很不高興，可他不明白金花怎麼說翻臉就翻臉了，不是金花自己說的，這幾年虧待了妹子，要好好補償妹子，又說妹子大了，穿戴也要像樣一點……林風訥訥道：「好像鞋子裡有什麼東西硌到腳板了。」

林蘭懶得再看姚金花那張虛偽的臉，淡淡說了一句：「哦，用的是哥賺的銀子我就放心了。」她這是醜話說前頭，到時候妳姚金花別蹦出來說聘金都收了給妳做新衣裳了就好，說了她也不會承認的。

林蘭端了臉盆出去，沒出院子就聽見屋子裡哥又嚎了一聲，怕是被姚金花擰了耳朵。

林蘭加快了腳步，耳不聞為淨。

今天日頭好，村裡的大嬸姑娘們都到溪邊洗衣裳，大傢伙說說笑笑，嘮家常，聽八卦，幹活也很帶勁。林蘭特別喜歡這種氛圍，不像在現代，兩對門住了好幾年都不認識。

「栓子她娘，妳家栓子要訂親了？」一位大嬸問道。

栓子她娘笑得合不攏嘴，「是啊，說了鄰村趙家的姑娘，明天去下聘。」

「哎呀，那趙家姑娘可是有名的心靈手巧，妳家栓子可真有福氣！」另一位大嬸羨慕道。

「要說心靈手巧，這十里八村的，有誰能比得上咱村的林蘭。」保柱她娘金大嬸也蹲在溪邊洗衣裳，聽見人誇趙家姑娘，她有些不服氣。

那位誇趙家姑娘的大嬸笑道：「誰不知道金大嬸眼裡就只有林蘭，林蘭可是咱們澗西村的一枝花啊！」

「金大嬸，您可得趕緊的，別讓人搶先了去。」有人起鬨道。

「我倒是想，也得人家願意才行。」金大嬸大聲笑道，對林蘭的喜愛之情毫不掩飾。

金大嬸這麼一說，大家都把目光投向了林蘭，齊聲問道：「林蘭，妳願不願意啊？」

林蘭那叫一個尷尬，只得埋頭裝聾作啞，棒槌敲得啪啪響，這些八婆，不拿她說事會死啊！

眾人哈哈大笑起來。

一旁蹲著的二妞很不識趣地拿棒槌捅捅林蘭的手肘，笑得十分邪惡，揶揄道：「噯，林蘭，妳未來婆婆在問妳願不願意呢！」

林蘭撿起溪邊的一塊石頭朝她身邊扔去，咚的一聲，濺了二妞一臉水花。

「沒羞沒臊的，妳的未來婆婆、未來相公、未來兒子都在召喚妳了，趕緊去妳的。」林蘭沒好氣道。

二妞也很慓悍，臉不紅心不跳地摸了臉上的水說：「我的相公還不知在哪個娘胎裡呢！」

林蘭恍然大悟看著她，「哦？原來二妞喜歡小丈夫啊！」

一旁的姑娘們聽了，再也忍不住大笑起來，弄得那邊的大嬸們都好奇地朝這邊張望。

二妞徹底無語，林蘭比她更生猛。

「行行，我說不過妳，我洗衣服……」

林蘭並不是真的生氣，只是這種玩笑說多了，就會成為刻板印象，大家想不把她和保柱聯繫在一起都難了，林蘭不喜歡這種玩笑。

「嗳，林蘭，妳看那邊……」同村的喜善指著河對岸說。

林蘭抬眼望去，只見進村的小路上走來兩個人，兩個陌生人。

喜善說：「這兩人昨天就來過了，打聽李秀才呢！一口外地腔，聽得我費力，今天又來了！」

林蘭心中一凜，找李秀才的，說的還是外地口音……

「昨天他們也向我哥打聽了，我哥說看見那兩人身上還帶著刀，不知道他們找李秀才做什麼，我哥沒敢告訴他們李秀才住在後山。」二妞也說。

李秀才在澗西村頗有人緣，上至八十歲老太太，下至稚齡女童，都很喜歡他，沒辦法，誰叫人家長得俊呢，又有文化。

林蘭驚詫，還帶刀？不會是要對李秀才不利吧？李秀才昨日進城，這會兒不知道回來沒有。

哎呀，不好，那兩人叫住了放牛的水娃子，水娃子還是個小屁孩，沒準兒就說出去了！

果然，那兩人笑呵呵摸摸水娃子的頭，還給了水娃子什麼東西，然後就往後山去了。

林蘭把洗了一半的衣裳扔回臉盤裡，對二妞說：「二妞，妳趕緊回去叫人，我跟過去看看。」

二妞立即回應：「好，我這就去！」

「我也去叫人！」喜善自告奮勇。

三人把衣裳扔在溪邊不管了，分頭行動起來。

林蘭尾隨著那兩人上了後山，看那兩人身形矯健，步履輕盈，絕對是個練家子。如果這兩人要對李秀才不利，李秀才一準兒死翹翹。

那兩人走得很急，好像很迫切要找到李秀才，林蘭想抄近路先跟李秀才報個信的計畫算是泡湯了，只能不遠不近跟著，希望李秀才這會兒不在破茅屋裡。

到了李秀才住的破茅屋，那兩人敲了幾下門，沒人回應，其中一人推門進去，須臾出來，「公子，他不在。」

被稱作公子的人皺起眉頭，「這小子跑哪兒去了？」

「公子，怎麼辦？」

「怎麼辦？就在這裡等，跑得了和尚跑不了廟，總算是被我逮著了……」

林蘭聽著他們的對話，越發覺得這兩人來意不善。

林蘭決定出去試探試探，只要稍微拖延一下，二妞和喜善就能帶人趕到了，應該不會有什麼危險。不過，為以防萬一，林蘭還是撿了兩顆小石頭捏在手心裡。她別的本事沒有，扔東西是怪準的，而且她熟悉人體穴位，真要是打起來，逃命的時間還是能爭取到的。

「喂！你們哪來的？來我們澗西村做什麼？有沒有向村長報備？如果沒有報備，我們澗西村是不歡迎陌生人的！」林蘭擺出一副不歡迎你們的態度，不客氣地說道。

兩人聞言轉過身來，斜著眼打量林蘭。

林蘭也戒備地打量他們，這位公子年紀跟李秀才差不多，穿一身湖水綠暗花錦緞長衫，一看就是有錢人，長得人模人樣，那雙桃花眼尤其讓人討厭，怎麼看都不是好人。他那跟班就更不用說了，一張臉繃得跟塊板磚似的，目光冰冷犀利，盯著你看，就好像想在你身上扎出幾個洞來。

桃花眼突然眯眼一笑，「這位姑娘是澗西村的？」

林蘭不客氣道：「先回答本姑娘的話。」

跟班臉一沉，「鄉野村婦，休得無禮！」

「你又是哪裡來的野漢？隨便闖進別人家就有禮了？」林蘭反唇相譏，食指和拇指捏住了一顆石頭，做好隨時進攻的準備。

桃花眼低聲喝道：「不得對姑娘無禮！」

跟班狠狠瞪了林蘭一眼，不甘地往後退了一步。

桃花眼笑咪咪地說：「姑娘，我們是來訪友的，此間的主人李明允是我的故友。」

林蘭深表懷疑，「你說李秀才是你的故友，證據呢？」

桃花眼怔了怔，哈哈笑道：「證據？姑娘若是不信，待會兒見到明允向他求證便是。」這姑娘也太有趣了，這種事情還有證據的？難道他要把跟李明允十幾年的交情一一跟她交代？

林蘭犯難，她對李秀才又不了解，人家隨便編個瞎話，她也難辨真偽，正苦惱著，卻聽見冰塊臉跟班望著一個方向急促說道：「公子，他回來了。」

桃花眼和林蘭同時望去，只見李秀才提著個籃子正從山上下來，林蘭大急

桃花眼眼睛一眯，眼中光芒大盛，就好比豹子看到了獵物，就要朝李秀才跑去。林蘭暗道不妙，伸出左腿，絆了他一下，大喊道：「李秀才，快跑！」

李秀才聽見林蘭高聲呼喊，因為離得又遠，弄不清這邊到底發生了什麼事，怔了一下，就趕緊跑了。

桃花眼被林蘭絆了個狗啃泥，心中正氣惱，卻見李明允跑了，急道：「陳德快追！」

冰塊臉見主子被林蘭絆倒，本想撲過來抓林蘭，主子這麼一提醒，他趕緊調轉方向，拔腿往山

上去。

林蘭哪容他追上去，手腕一抖，小石子如利箭飛出去，正中冰塊臉腿上的膝關穴。冰塊臉吃痛，腳一軟，往前栽倒，重重摔在地上，嘴巴磕到了石頭，頓時鮮血長流。

桃花眼氣急敗壞，一骨碌爬起來，對林蘭吼道：「妳幹什麼？」

「我還要問你們想幹什麼呢！」林蘭比他還凶。

「我幹什麼？我說了我來找故友李明允，妳攔著我是什麼意思？」桃花眼此時已經顧不上他的風度與氣度，他實在太生氣了，好不容易打聽到明允的下落，誰知半路殺出一隻母老虎，硬生生把事情給攪和了，還害得他摔個狗啃泥，他陳子諭這輩子都沒這麼狼狽過，真是莫名其妙。

林蘭冷笑，「還故友呢！如果是故友，李秀才幹麼跑了？」

陳子諭氣得說不出來，不是妳叫人家跑的嗎？可惡的李明允，居然還真跑了！

「公子，別跟她廢話，讓屬下來收拾她。」陳德在武藝上向來自負，今天沒留神著了這個丫頭片子的道，吃了大虧，簡直就是奇恥大辱，這口氣他無論如何也嚥不下。

冰塊臉現在的形象相當淒慘，嘴唇劃開了一道大口子，高高的腫了起來，像極了東邪西毒中梁朝偉的香腸嘴，連話也說不清楚了，只那眼神凌厲如刀，怒火噴濺。林蘭有些膽怯，剛剛是出其不備，才能得手，現在人家恨不得將她活剮了，她絕對打不過冰塊臉的。

「我勸你們還是趁早滾蛋，我們村長馬上就帶人來了，到時候有你們好看！」林蘭虛張聲勢道，心裡嘀咕：這個二妞動作不是一般的慢，再不帶人來，她可頂不住了。

桃花眼怒極反笑，拍拍衣上的塵土，「村長要來？那最好不過了，我倒要看看你們澗西村的人，是不是個個都像妳一樣不講道理。」

林蘭倒抽一口冷氣，怎麼變成她不講理了？她明明是做好事來著！

「要滾蛋也先收拾了你再說。」陳德刀一抽就衝過來。

林蘭見勢不妙，扔出一顆石頭，轉身就跑，反正李秀才也跑了，她的任務也算完成了。

陳德用鋼刀打掉了林蘭的石子，心裡怒火更甚，窮追上去。

林蘭急得大呼救命，奪路狂奔。

關鍵時刻，只聽得二妞大喊：「林蘭……我們來啦！」

二妞帶了一群人，扛著鋤頭，提著菜刀，氣勢洶洶地衝了過來，迅速將緊追林蘭的陳德給圍了起來。

林蘭趕緊躲到二妞身後，小聲埋怨道：「妳怎麼現在才來？」

二妞道：「召集這麼多人總得費點時間。」

陳子諭見事情鬧大了，這些無知村民若是發起狠來，陳德武功再好也是要吃虧的，便趕緊過來解釋：「各位，誤會誤會，我們是來訪友的。」

二妞指著陳子諭和陳德，「哥，就是他們。」

二妞他哥大虎眼見陳德提了刀追殺林蘭，哪裡還肯聽桃花眼的解釋，敢欺負澗西村的人，不要命了？當即振臂一呼：「給我狠狠地打！」

眾人一擁而上，鋤頭菜刀齊齊向兩人招呼去。

陳子諭大驚，這些村民好生慓悍，還不講道理。

陳德連忙護住公子，邊擋邊退。

「住手，快住手……」

李明允剛才稀裡糊塗跑了，越想越不對，要是真有危險，他跑了，林蘭怎麼辦？所以他又溜回來看看，一看之下，他是又喜又驚，喜的是子諭遠道而來，驚的是，子諭和陳德被人圍攻了。

眾人看李秀才不要命地衝了進來，忙都住了手，一臉茫然看著李秀才，不知道這唱的又是哪一齣戲。

李明允對大家抱拳，解釋道：「誤會誤會，這兩位是我的故友，從很遠的地方來看我的。」林蘭和二妞面面相覷，是她們弄錯了？大虎更是大眼瞪著二妞，二妞心虛得低下了頭。

「多謝諸位好意，沒事了沒事了，大家請回吧！」李明允拱手作揖。

大虎倒還好商量，說：「既然是一場誤會，大家都散了吧！」

村民們偃旗息鼓，跟著大虎下了山，二妞沮喪著臉也走了。

林蘭錯愕地怔在原地，心中鬱悶，她這是抽的哪門子瘋，管的哪門子閒事？

只聽得李明允聲音裡帶著十分的喜悅：「子諭，你怎麼找到這來了？」

陳子諭沒好氣地捶了李明允一拳，怪道：「你這小子，一走就是三年，也不知道給我來封信，躲在這種犄角旮旯裡，讓我好找，還差點被人當成惡徒給收拾了。」陳子諭說著朝一旁傻愣著的林蘭昂了昂下巴，神情傲慢，帶了幾分譏誚之意，好像在說：妳不是要證據嗎？看吧！證據擺在這兒了，沒腦子的村婦！

林蘭大眼瞪回去，沒好氣道：「誰叫你們倆鬼鬼祟祟的，還說什麼跑得了和尚跑不了廟，誰知道你是來尋友的，還是來尋仇的？」

「誰鬼鬼祟祟了，本少爺風流倜儻，英俊瀟灑，哪一點像壞人？」陳子諭很生氣，京城鼎鼎有名的陳三少，居然被當作壞人，這村姑不但沒腦子，眼力更是不濟。

林蘭暗罵：真是不要臉，有這麼誇自己的嗎？

擺了個大烏龍，林蘭鬱鬱地回到村裡，正要去溪邊把衣服取回來，就看見保柱著急慌忙地跑了過來，「林蘭，不好了……」

還有什麼更不好的事？林蘭心裡咯噔一下。

「妳嫂子把妳許給張大戶了！」保柱抹了把汗，滿目焦慮之色。

林蘭怔了一下，以為自己聽岔了，「當真？」

保柱急道：「千真萬確，是王媒婆親口承認的，說妳嫂子已經收了張大戶的聘金。」

「什麼時候發生的？」林蘭覺得不可思議，她就上了會兒山這檔子功夫，姚金花就把她給賣了？還是……昨天就發生了？

「就剛才，我娘幫妳把衣服送回去，看見王媒婆從妳家出來，問妳嫂子，妳嫂子什麼也不肯說，我就只好去追王媒婆。王媒婆起先還不肯說，氣得我差點動拳頭，王媒婆這才告訴我，妳嫂子收了人家五十兩銀子的聘金。」保柱急得不得了，林蘭嫁誰都好，唯獨不能嫁張大戶。那張大戶都有十七房妾室了，平日裡被他糟蹋的姑娘還不知有多少，林蘭要是嫁過去，那這輩子就毀了。

林蘭火冒三丈，「她憑什麼收人家聘金？五十兩銀子就想把我賣了，我輪得到她賣嗎？不行，我找她算帳去！」

保柱義憤填膺，「就是，妳嫂子太過分了，不安好心！林蘭，妳一定要頂住，千萬不能由著她擺布！」

「想擺布我？她做夢！」林蘭恨得直咬牙，姚金花啊姚金花，一隻雞腿、一身新衣就想收買我，然後乖乖任妳擺布，妳還真當我林蘭是好欺負的？

「林蘭，要不要叫上我娘一起去？」保柱怕林蘭一個人搞不定她嫂子，自己又不好出面，想想還是叫上娘比較穩妥。

「不用，實在不行，我找村長去。」林蘭拒絕了保柱的好意，如果金大嬸幫她去說話，大家會誤以為她想嫁給保柱。

林蘭怒氣沖沖地跑回家，一進院子，就聽見姚金花在屋裡愉快哼著小曲兒。

林蘭趴在門縫上，看見姚金花正坐在床頭美滋滋地數銀子，那是她的賣身錢……林蘭怒火中燒，一腳踹開了門。

「姚金花，我勸妳趁早把銀子送回去，跟張大戶說清楚，要不然，別怪我翻臉不認人！」林蘭橫眉怒目道。

姚金花嚇了一跳，忙把銀子藏到身後，笑得無比親切溫柔，「林蘭啊，這事我正要和妳說呢！來，快坐下！」

「我跟妳沒什麼好說的，今天妳不把這事給解決了，我可不管妳是不是我嫂子！」林蘭殺人的心都有了。

「喲……林蘭，火氣不要那麼大嘛！嫂子不也是為妳好嗎？」姚金花說著，不慌不忙地把銀子都藏進了她的小匣子，還上了鎖。

「妳年紀也不小了，再拖下去就成老姑娘了。張大戶可是咱們豐安縣頭號人物，雖然他的妾室是多了點，可那些都是擺設，生不出兒子，頂個屁用。張大戶說了，誰能給他生個兒子，他就獎勵良田三百畝、黃金八百兩，林蘭啊，妳是個有福之人，嫁過去保准一舉得男，將來張家的產業可就都是妳和妳兒子的了，咱們老林家也算跳出寒門，一步登天了，多好啊！」姚金花勸道，兩眼放光，彷彿已經看到了錦衣玉食、丫鬟成群的美好未來。

「而且，王媒婆說了，張大戶這次納第十八房妾室，原本只給三十兩聘金，可人家一聽說是妳，馬上就拿出了五十兩聘金。這還不止，人家已經答應了，等合過生辰八字，再送上豐厚的聘禮，八抬大轎迎妳過門，算是給足了面子，可見人家心意十足呀！妳看，妳還沒嫁過去，張大戶就對妳這般上心，等妳過了門，必定對妳寵愛有加，這可是打著燈籠都難找的好事。」

林蘭怒極反笑，「姚金花，這麼好的事，妳怎麼不留給妳自己的妹子，我記得妳妹子也還沒許人家。」

姚金花笑道：「我妹子哪能跟妳比，就算讓她去給張大戶提鞋，人家還未必看得上。」

「妳這會兒倒是有自知之明了，姚金花，我明明白白告訴妳，別說我娘臨終有遺言，我的婚事我自己做主，就算我娘沒留下這話，妳想把我賣了，把我往火坑裡推，也是做夢。我勸妳最好趕緊收手，要不然雞飛蛋打，倒楣的是妳自己。」林蘭斬釘截鐵說著，三兩步走到床前。

「噯噯噯……妳想幹什麼？」姚金花見勢不妙，忙上前攔住林蘭。

林蘭瞪著她，「這銀子不是妳的！」

姚金花搶先一步將那匣子緊緊抱在懷裡，緊張地看著林蘭，兀自強辯道：「長嫂如母，長兄如父，我怎麼就不能決定妳的親事？這理兒到哪裡我都說得響。我也勸妳一句，這聘金我已經收下，妳的庚帖我也交給王媒婆了，這親事就算定下了。妳也知道張大戶是什麼人，誰敢戲耍與他？惹毛了張大戶，咱們一家都吃不了兜著走。」

「這是妳自己惹出來的事，跟我沒關係，要嫁妳去嫁，別扯上我。」林蘭伸手去搶那匣子，這些銀子她一定要搶過來，免得被姚金花揮霍掉，到時候拿不出銀子退給張大戶，她是無所謂，拍拍屁股走人，可哥怎麼辦？

「殺人啦！小姑欺負嫂子啊……」姚金花死死抱著匣子，整個人滾到了地上，殺豬般的嚎叫了起來。

林蘭看她這副潑皮無賴的樣子，真想一腳踹過去，林家怎麼就攤上這麼一個無賴的婆娘。

「妳別以為我不敢動妳，平日裡看在哥的面子上，我不跟妳計較，但是這次妳做的太過分了，把銀子拿出來！」林蘭惡狠狠地警告姚金花。

姚金花萬分委屈地哭道：「我這麼做還不是為了你們老林家，還不是為了妳好？我這個做嫂子的容易嗎？林蘭，妳別這麼死腦筋，我們做女人的一輩子圖個啥？不就圖個衣食無憂嗎？嫁給張大戶有什麼不好？總比嫁給那些面朝黃土背朝天的農夫辛苦一輩子要好……」

「呸！妳少說得天花亂墜，妳到底給不給？不給我可動手了！」林蘭威脅道。

「妳敢動手，我就死給妳看，大不了一屍兩命，妳來啊來啊……」姚金花把匣子藏到身後，肚子一挺，擺出一副不要命的架勢，這可是你們老林家的種，她就不信林蘭真敢動手。

「要死趕緊去，就妳這種懶婆娘，誰稀罕妳啊！妳死了，我回頭就給我哥再找個好的，生一堆白白胖胖的兒子！」林蘭才不吃她一哭二鬧三上吊的無賴把戲，誰死了她姚金花也捨不得去死。

姚金花沒想到林蘭油鹽不進，軟硬不吃，根本不吃她這一套，還反過來威脅她，怎麼辦？打又打不過，要是這銀子被林蘭搶走了，那她真的要心疼死了，這輩子都沒見到過這麼多銀子啊！

林蘭懶得跟姚金花廢話，按住她，不費吹灰之力把匣子搶了過來。

姚金花哭天搶地在地上打滾，「我不活了……這日子沒法過了……」這會兒她是真的想死了。

「鬧什麼鬧？這還像話嗎？」門外響起一聲威嚴厲喝。

村長金富貴叼著煙桿沉著臉走了進來，看見姚金花在地上打滾，頭髮散了，衣衫不整，林蘭則是氣得滿臉通紅站在一邊，金富貴的眉頭皺成了一個川字。

「這是怎麼啦？」金富貴問的是林蘭，他是聽保柱說這家出事了，保柱也沒說出了什麼事，只是很著急的樣子，他連午覺都沒睡就趕了過來。雖然不知道這對姑嫂鬧什麼矛盾，但林蘭的為人，他是清楚的，熱心、善良、活潑，村子裡沒人不誇林蘭好，而這個姚金花，好吃懶做，金富貴嫌惡地看了眼坐在地上哭天抹淚的姚金花，心裡的天秤自然而然偏向了林蘭。

「村長，我娘臨終的時候，您也是在場的，我娘留下話來，我的親事由我自己做主，您可還記得？」林蘭努力控制住自己的情緒，現在不是激動的時候。

金富貴點了點頭，「妳娘是說過這話。」

銀子被林蘭搶去，姚金花心痛得要死，可她也明白這會兒不是心痛的時候，不能讓林蘭先向村長告狀，所以，她趕緊爬起來，做出一副可憐兮兮的模樣，唏噓道：「村長，您給評個理兒，我婆婆雖然有留下親事讓小姑自己做主的話，可是如今小姑年紀也不小了，她一個姑娘家怎麼好意思自己給自己說親事，我們做哥嫂的總不能眼睜睜看著小姑耽誤了大好的年華，女兒家是最經不起耽擱的，所以，我這個做嫂嫂的好心好意給小姑找了門像樣的親事，誰知道小姑不但不體會我們的苦心，還衝我發火，把我推倒在地上，說要……要踹死我……可憐我還懷著身孕，被她這樣欺負，幸虧村長您來得及時，要不然……」姚金花委屈地抽泣著。

林蘭真是被她氣死了，這死女人還真會裝模作樣，裝可憐，裝小白花，裝無辜……

「村長，您別聽她胡說，她哪裡是好心？她要把我賣給張大戶做妾，我林蘭就算嫁豬嫁狗都不會給人做妾的！」林蘭怒道。

姚金花委屈地說：「就算妳不願意，妳不能好好說嗎？就動手，我還懷著身孕呢！妳下手還這樣狠，妳討厭我也就算了，可我肚子裡的孩子總沒有招惹妳吧！」

金富貴一聽這事牽扯到張大戶，頓感頭疼，張大戶他可是惹不起的，可是想想林蘭這麼好的閨女給張大戶做妾，實在是太委屈了。

「是啊，林蘭，有話就好好說嘛，怎麼能對妳嫂子動手呢？」金富貴就事論事，不管怎麼樣，動手打人總是不對的。

呵！姚金花，妳還真行啊！裝小白花裝得挺成功的，妳會裝，我就不會嗎？

林蘭嘴巴一癟，眼圈一紅，傷心道：「村長，您看我是那麼不講理的人嗎？我只是要把張大戶的聘金拿去還給他，嫂子就急了，賴在地上撒潑打滾的，硬說那是她的錢，我把錢拿走就是要她的命。可憐我沒爹沒娘，哥又是老實人，都沒人給我做主，要我嫁給張大戶做妾，我還不如一頭撞死了算了……」林蘭越說越難過，眼淚啪嗒啪嗒直掉。

金富貴知道姚金花確實是個貪財的主，看林蘭哭得傷心，已然是相信了林蘭的話，便對姚金花說：「妳這個做嫂子的，怎能不和林蘭商量一下，就自作主張收了人家的聘金？」

「村長，我不過隨口跟王媒婆提了一下，也沒指望會有什麼結果，所以事先沒跟小姑商量，沒想到人家今天就把聘金送來了，我哪是捨不得這幾兩銀子？村長，您也知道張大戶是什麼人，偌大個豐安縣有誰敢跟他叫板，他要是看上哪家姑娘，又有誰能逃得過他的手掌心？小姑要把聘金退回去，這要是惹惱了張大戶，我們這一家子可就沒活路了，所以我才死活不讓小姑去退聘金的。」姚金花把責任推得乾乾淨淨，說得好像是張大戶要強娶，她也很無奈似的。

金富貴犯難了，且不管姚金花是什麼居心，但張大戶已然下聘，還真是不好回絕。

林蘭見村長露出猶豫之色，心裡那個恨啊！姚金花還真是能言善道，三言兩語就把自己摘得一乾二淨。

「嫂子，妳就別裝了，我說妳今兒個怎麼突然對我這麼好，還叫我哥給我賣衣料，給我做新衣裳，原來妳心裡早就打好了算盤，想用張大戶來壓我，逼我就範，可惜，妳的算盤打錯了，我已經準備跟人訂親了，張大戶我是絕對不會嫁的。」林蘭拋出一個重磅炸彈，眼下無計可施，只能編個理由出來頂一頂。

金富貴和姚金花都愣住了，林蘭有中意的人了？

林蘭腦子轉得飛快，話已經出口，該找誰來頂呢？熟悉的、同村的鄰村的都不行，萬一弄巧成拙，弄假成真，她就慘了……

姚金花初時還真嚇一跳，林蘭不聲不響就私定了終身，那她豈不是竹籃打水一場空？到時候煮熟的鴨子飛了不說，還要因此得罪張大戶。不過她很快冷靜下來，林蘭上哪兒去找意中人？每天不是上山採藥就是在家裡幹活，偶爾進一趟城，只要林蘭出村子，同村的金保柱就會跟著，莫非林蘭想把保柱推出來當藉口？林風昨晚還問過林蘭，林蘭明說了不喜歡保柱的，姚金花心思一轉，說不定林蘭為了不嫁給張大戶，退而求其次，選擇金保柱。不行，就算林蘭只是找藉口也不行，她聘金都收了，這門親事鐵板上的釘子，不容更改，更不容出任何岔子。

「小姑，這話說出來妳也不怕人笑話，即便婆婆有交代，親事妳可以自己決定，但好歹也得請我們兄嫂出面去為妳做主，自己私定終身，實在有失體統。」姚金花鄙夷地說：「這要擱在大戶人家，早該拖去浸豬籠了。」

林蘭沒好氣道：「妳哪隻耳朵聽見我私定終身了？妳聽清楚了，我說的是準備，準備……浸豬籠，像妳這種惡毒的嫂嫂才該拖去浸豬籠。」林蘭不顧姚金花氣得齜牙咧嘴，只跟村長說：「我娘臨終遺言，村長您是親耳聽見的，您可要為我做個見證。眼下我哥不在家，今天晚飯後請村長您務必再過來一趟。」

雖然問題很棘手，但金富貴還是答應下來，誰讓他是村長呢？

姚金花不以為然，她相信林風絕對不敢跟她唱反調，而且，事態的發展也不允許林風反對，誰有那個膽子得罪張大戶啊！只要林風和她一條心，就不怕林蘭不肯就範。

說晚上再談，只不過是林蘭的緩兵之計，她還沒找到合適的人選，這事情不是一般的麻煩。匣子放在家中實在不放心，林蘭想來想去，還是把匣子先存放到保柱家。

「林蘭，妳預備怎麼辦？」保柱擔心地問。

林蘭搖頭嘆氣，「現在我也不知道。」現在問題的關鍵是她還不知道找誰來頂缸的好。

保柱露出了少有的凝重之色，沉默半晌，目光突然變得堅定起來，「林蘭，實在不行的話，妳就逃吧！」

逃？那還不容易？她會醫術，談不上高超，也不算爛，到哪裡都能混口飯吃，可是，她逃了，哥怎麼辦？張大戶能善罷甘休？林蘭越想越煩躁，越想越恨，姚金花就是吃準了他們鬥不過張大戶，才敢先斬後奏。

「這是最壞的打算。」她總一天是要離開這座小山村的，好不容易重生，她可不想一輩子待在這裡。其實她想過做一個遊醫，走遍大江南北，等有一天不想遊蕩了，就隨遇而安，開一間小藥鋪。錢不需要太多，溫飽之後還能剩幾個錢，做些自己想做的事情就夠了。上輩子，她最渴望的就是自由，渴望像個平常人一樣上學交友，一個人去旅行，可惜，她的身邊總是保鏢成群，心不自由，身不自由……至於良人，她很少去考慮這個問題，在古代條件稍微好一點的男人大多三妻四妾，她無法接受，條件不好的，她又看不上。

「保柱哥，這匣子你先替我保管著，我想一個人去走走，靜一靜。」林蘭把匣子交給保柱，沿著山路漫無目的走著。

保柱看著林蘭消瘦的背影，既無奈又心疼，如果他能幫林蘭分擔一點就好了。

不知不覺，林蘭走到了李秀才住的茅屋前。

日頭西斜，天空中的雲一朵一朵被夕陽染的五彩斑斕，連綿的青山也在暖暖的餘暉中溫柔了顏色，微風徐徐，綠葉沙沙，山間的小草隨風搖曳，舞姿妙曼……一切都那麼美好，心卻是怎麼也靜不下來，真的只能逃了嗎？

「林蘭姑娘，妳……來找我？」李明允送陳子諭下山，回來就看見林蘭站在他的茅屋前發呆，以為林蘭找他有事。

林蘭回頭，有些恍惚地看著餘暉中走來的李秀才。一身半舊的白衣、清俊的容顏、深邃的眼眸、優雅的步態，這樣的男子，讓人賞心悅目，林蘭的心裡突然冒出一個大膽的念頭。

為什麼不找李秀才呢？他不是本地人，在此三年無非是為了守孝，一個如此重孝道的男人，應該是靠譜的吧！而他遲早是要離開的，那麼，何不求他幫忙，給她一個不嫁張大戶的藉口，一個順理成章離開澗西村的藉口。

彷彿是黑暗中露出的一道曙光，林蘭看到了希望，不管怎樣，試一試吧！

「是啊，我找你。」林蘭淡淡一笑，「有件事想請教你。」

李明允挑眉，眼中帶著一絲疑惑，「妳說。」

「一個人若是受了別人的恩惠，該當如何？」林蘭問。

李明允略微沉吟，「受人恩惠，自當銘記於心，湧泉相報。」

林蘭心喜，她要的就是這句話，別說她挾恩圖報，她也是走投無路才出此下策。

「那……我救過你的命，幫過你的忙，算不算對你有恩呢？」林蘭眨著眼睛，一臉認真的問。

李明允剎那間的愕然後恢復了平靜，從齒縫裡蹦出幾個字：「自然……算的。」語氣中透著幾分不甘不願。說是有恩於他，但她也沒少給他惹麻煩。前事不提，就今天，子諭這麼難得來看他，結果被林蘭搞得狼狽不堪，這事要傳到京都去，只怕人人都要笑掉大牙。

「那我現在遇上了一點麻煩，你是不是也該幫幫我呢？」林蘭的神情更加真切、誠懇，還帶著那麼一點小委屈。

李明允心裡犯嘀咕，可是他都已經承認受了她的恩惠，又豈能拒絕？

「李某若能幫得上，自當盡力。」

林蘭換了喜色，「其實也不是什麼大事，只是想請你配合一下，幫我扯個謊。」

李明允錯愕，幫人扯謊這種事他可從沒做過。

林蘭不顧他一臉驚詫的模樣，自顧自道：「說起來這事也是因你而起，今早上若不是怕你被壞人害了，我就不會來幫你，我不來幫你，就不可能讓王媒婆來我家，王媒婆不來我家，我嫂子就沒機會把我賣給張大戶做妾，張大戶你知道的吧？這種惡霸兼色鬼，我怎麼能給他做妾？所以，這個忙你必須得幫我。」

李明允總算聽明白了，林蘭的情況的確夠糟糕，更糟糕的是，自己這個冤大頭怕是要做定了。

李明允敏銳地捕捉到她那雙無辜的大眼睛裡閃過的一絲狡黠光芒，頓覺頭皮發麻，忐忑地問：「妳要我如何幫妳？」

林蘭見他答應了，整個人都活泛起來，雙眼晶晶亮，巧笑嫣然，「李秀才，咱們打個商量，你我訂一個假婚約，先幫我度過這次難關，再幫我離開澗西村，等事情過後，婚約作廢，你也算還了我的情，以後你我各不相欠，如何？這對你來說並沒有什麼損失不是嗎？當然，如果你三年內高中狀元的話，我會考慮考慮是不是真的嫁給你。」林蘭說著漂亮話，中狀元哪有這麼容易？全國第一耶，還是三年一次的，比中頭彩的機率還小，這句話等於一句空頭支票。可惜她忘了，這一世的她沒有優越的家世，沒有高材生的光環，在李秀才眼裡，她只不過是一個平凡的村姑。

如果沒有後半句話，李明允或許不用考慮那麼久。訂個假婚約，再帶她離開，並不是件難事，本來他就打算要離開了，三年孝期已滿，還有很多事情等著他去解決。昨天吳管事帶來的消息，讓他煩悶了一夜。

李明允若有所思地打量著林蘭，這個女人經常不按常理出牌，嘴巴厲害，鬼點子也多，一般人休想占她半分便宜……或許，帶林蘭回去可以幫他化解一些麻煩吧！可是，萬一她真的賴上他……李明允很猶豫，很糾結。

看李秀才皺著眉頭半天不說話，林蘭有些沉不住氣，「嗳！君子一言駟馬難追，你可不能反悔！你知道我現在是走投無路了，你要是不幫我，我可不敢保證自己會說出什麼不好聽的話，做出什麼不好的事來！」

李明允眉頭皺得更緊了，「林姑娘，妳這是在利用我呢！」

哪有求人幫忙還帶威脅的？

「那你在擔心什麼？怕我賴上你嗎？你放心好了，我自己有手有腳，還會點醫術，自己能養活自己。只要離開了豐安縣，你我就分道揚鑣。」林蘭揣摩著他的心思說道。

李明允還在糾結，林蘭急了，「你到底願不願意？倒是給句話啊！」

李明允吐了口氣，抬眼淡淡看著林蘭，「李某是怕姑娘後悔。」

林蘭氣笑，她後悔？現在她還有機會後悔嗎？只要能解決眼下的危機，管你是條破爛賊船還是豪華遊輪，都先上了再說，「你要是信不過我，咱們可以立下字據，白紙黑字，寫得清楚，咱們照章辦事，各自安心。」

李明允微微轉眸，頷首道：「好！」

一個好字如聞天籟，林蘭大喜過望，「李秀才，你真是個爽快人！」

李明允苦笑，繼而鄭重了神情說：「此番無論是利用，是還情，還是交易，雖然簽訂的是假婚約，但李某亦須向家人有個交代，不是今日說娶就娶，明日說散就可以散，所以，李某配合妳度過這場危機，妳也要配合李某，在家人面前演好戲，不能露餡兒，不能讓李某為難。至於期限，妳我暫定三年為期，三年後，李某會找個合適的理由還妳我自由之身，從此互不相干，當然李某也不會讓姑娘吃虧，會給予一定的補償。如果姑娘同意李某的條件，這個忙李某就幫了。」

林蘭只想著解決眼前的問題，三年就三年，演戲就演戲，至於補償，有沒有都無所謂，她又不是需要依靠別人才能活的，她也不在乎自己是否因此耽誤了大好年華，是否成為二手女人，用三年的時光換家人和自己一世安然，值得。

「好，我答應。」林蘭生怕李秀才又反悔，趕緊答應下來，「合約是你來寫還是我來寫？」

李明允挑眉望她，「妳不再考慮一下？」

林蘭笑得無奈，「如果不用簽假婚約，你也能幫我解決了問題的話，我會感激不盡。」

他若想幫自然可以，只是，這場假婚於他也有利，明著是林蘭利用他，其實他何嘗不是在利用林蘭，李明允覺得自己有失磊落，轉而一想，這不過是一場相互利用的交易而已，你情我願，也算公平。

「我來寫吧！」李明允踱步進入茅屋。

此時夕陽已經漸漸西沉，屋裡光線昏暗，李明允摸出一根蠟燭點燃，攤開紙張，提筆蘸墨，略微思索，揮筆而就。

「妳來看看可有需要修改的，若是沒有，便在上面按下手印。」李明允起身讓開，便於林蘭察看，他知道林蘭會開藥方，是識字的。

林蘭拿起合約細細看了，上面寫的跟他剛才說的差不多，就是多了一條違約責任……若是一方不能好好配合另一方解決問題，給對方造成不必要的麻煩，則對方有權隨時解約或延長契約時限。

這個……

這下輪到林蘭猶豫了，李秀才只需要配合她度過眼下危機，而她則要配合李秀才演三年的戲，誰知道他的家人難不難纏，人口複雜不複雜，她對他幾乎是一無所知，會不會太冒險了？

李明允見她躊躇，漠然地從她手裡抽走了合約，聲若清泓，乾淨透徹，「這事太過荒唐，還是撕了作罷。」李明允作勢就要撕掉合約，其實他心裡也沒底，這樣做到底對不對？好不好？是兵出奇招，還是自尋煩惱？

「嗳……你幹麼？」林蘭一把搶回了合約，寶貝似的捂在胸前，不滿地瞪李秀才，「難道你想反悔啊？」

李明允想說，不用簽合約了，這個忙他還是會幫的，可是林蘭抱怨了起來：「我不就多看兩眼嗎？你讓我配合你演戲，可我對你一點都不了解，對你的家人更是一無所知，我猶豫一下還不行？」

李明允沉吟道：「姑娘必須弄清楚，李某幫姑娘解圍要冒多大的風險，要面對多少麻煩，我的家人再麻煩，也不會比張大戶更難對付。」

林蘭窘然，李秀才說的有道理，他的麻煩是因她而起。

「我只想在合約上加上一條。」林蘭昂著臉看他。

李明允微蹙眉心，洗耳恭聽的樣子。

「不管將來我與你家人發生什麼樣的衝突，你必須堅決果斷毫不猶豫無條件站在我這一邊，必須維護我的尊嚴和利益，人前要給足我面子，人後反正我也看不見，隨便你。」林蘭說得鏗鏘有力，反正這場婚姻只是一個契約，那麼她要為自己爭取到最大的利益。

李明允極為淡然地一笑，一縷冷意蔓延在眼中，目光直視前方，整個人沉靜得彷彿要融入燭光亮不到的黑暗，良久開口：「妳也一樣，不管將來別人說什麼、做什麼，遇到什麼困難，妳必須堅決果斷毫不猶豫無條件站在我這一邊，不輕言反悔，不輕言放棄，必須要信任我。」

說到最後，他的目光已從虛空處轉移到林蘭臉上，誠摯而懇切，還有一點不容拒絕的霸道。

林蘭暗抽一口冷氣，聽起來他家好像是個龍潭虎穴。

「妳……能不能做到？」李明允略微嚴肅地問。

林蘭咬了咬牙，天上不會掉餡餅，想要得到多少就必須付出多少，他幫她驅狼，那她替他打隻虎又何妨？林蘭還是想得太簡單了，事後她才知道，李秀才家，不止有一隻虎，而是一群虎。

「行，這兩條你寫上去，咱們就這麼說定。」林蘭拿出壯士斷腕的勇氣，決然道。天殺的姚金花，給她出了多大的難題啊！

加了條款，按了手印，雙方各執一份，一場互惠互利的交易開始生效。

「今晚，村長會來我家，到時候我就宣布我要嫁給你了。」林蘭先把情況告訴他，讓他事先做好準備。

「需要我過去嗎？」李明允將合約收進懷裡，問道。

林蘭思忖著：「你還是先不要出面，到時候我想我哥會來找你的，你知道怎麼說？」

李明允淡淡頷首。

「對了，你那位朋友呢？」

「我讓他們先去豐安縣城，原本我明日就要離開這裡，不過，為了妳的事，就再逗留幾日。」

林蘭暗道慶幸，今日走投無路，鬼使神差走到這裡，看來一切冥冥中自有天意。

「要不要請你那朋友來幫你？我看他身邊那個冰塊臉武功不錯。」林蘭好心提醒他，萬一張大戶來橫的，也好多一個幫手。

冰塊臉？李明允怔了怔才反應過來她說的是陳德。略一想，陳德一年到頭都臭著一張臉，好像誰都欠他銀子似的，冰塊臉這外號還挺適合他，然後突然又想起，自己平常也是不苟言笑的，林蘭會不會背地裡也給他起了外號？

李明允不自覺抽了抽嘴角，「就不用麻煩他們了，妳……妳有信得過的朋友嗎？」

說到朋友，林蘭驕傲地說：「整個澗西村，除了我嫂子信不過，其他人都靠得住。」

「那好，我現在寫一封信，妳讓人明早送到豐安縣葉氏綢緞莊去交給姓葉的掌櫃。」李明允說著，又坐了下來，提筆寫了一封信，末了還用火漆封了，交給林蘭。

林蘭拿著信，疑狐地看著李明允，他和葉家是什麼關係？

「如果妳覺得時間還充裕的話，我慢慢與妳細說。」李明允微微一笑，唇角的弧度剛剛好，優雅、溫和，透著一股子親切的意味，連他自己都沒發現這份親近的感覺生起得何等自然。

這一刻開始，她就是他名義上的妻子，是與他並肩作戰的戰友，是他未來三年中不說最親密，卻也是相當重要的一個人。世間之事真是難以預料，就在林蘭找上門之前，他無論如何也不會想到，林蘭會以這樣的方式闖入他的生活，而他居然接受了，荒唐嗎？也許。可笑嗎？不一定。

他可以想像得到，當他帶著林蘭回到那個家，那些人會是什麼樣的心情。失望？憤怒？……抑或嘲笑、譏諷？都無所謂，早在三年前，那個女人進了門，他對那個家除了恨，再無其他。

母親是驕傲的，為了尊嚴選擇離開，他也有著一樣的驕傲，但他不會選擇逃避。

李敬賢、韓秋月，讓你們得意逍遙快活了三年，是該做個了結了。

「不了，我得先回去了，反正……來日方長，有的是機會聽你說故事。」林蘭看天色已經晚了，無心逗留，向李秀才做了個再見的手勢，轉身離開茅屋。

貳之章

假作夫妻解積慮

村東頭的林家今夜燈火通明，自從兩年前林家的家主沈佩蓉死後，林家就再沒有接待過這麼多人。林風蹲在門口焦急張望，妹子怎麼還不回來？

「村長、陳亮叔、耀輝叔，你們待會兒可得好好勸勸林蘭，她是個強脾氣，也不知事情輕重……」姚金花一副溫婉賢慧的樣子，給村裡幾位長輩上茶。

幾位長輩默不作聲，各自抽著煙袋，滋吧滋吧……屋子裡煙霧瀰漫，氣氛沉鬱。

姚金花的殷勤沒得到回應，心裡不痛快。這幫老不死的，哪家的閒事都要管。再看看蹲在門邊的林風，姚金花就氣不打一處來，這個沒用的窩囊廢，見到這幫老傢伙，連個屁都不敢放一個，待會兒林蘭回來了，他要還是這副慫樣，有他好看的。

「林蘭上哪去了？這都多晚了。」陳亮叔看著大門擔心道。林蘭多好的一個女娃，村裡誰家沒有受過她的幫助，知道林蘭要嫁給張大戶做妾，他家老婆子氣得差點把碗給摔了，直罵姚金花是個惡婆娘。

「她該不會是逃跑了吧？」姚金花自言自語地說，想到這個可能，禁不住冒冷汗。

耀輝叔悶悶地哼了一聲，瞪著姚金花，「林蘭不是那麼沒有信用的人。」

姚金花縮了下脖子，避開了耀輝叔凌厲的目光，暗道：這些老不死的都向著林蘭，要是壞了她的好事，她就把責任全推到他們身上，看張大戶怎麼收拾他們。

林蘭下了山，還沒到家就看見路口站了一堆人。

「金大媽、陳大嬸、二妞……」林蘭上前招呼道。

金大媽看見林蘭回來，忙走過來拉著林蘭的手，嚴肅道：「林蘭，妳的事我們都聽說了。妳是個好姑娘，絕對不能嫁給張大戶做妾，妳放心，我們都給妳撐腰，要是妳嫂子和妳哥硬逼妳，我就讓妳富貴叔把他們趕出澗西村。」

「是啊，林蘭，不用怕，一定要頂住，我們給妳撐腰。」陳大嬸也堅決表態。

聽到這些窩心的話，看著這一張張真誠的面孔，林蘭不由得紅了眼眶，誰說娘死了她就沒人疼了？還有這麼多大媽大嬸在她最艱難的時候願意挺身而出支持她……林蘭很感動，「謝謝大媽大嬸，謝謝妳們，有妳們的支持，我底氣就足了，放心，我一定會頂住的。」

林風終於在夜幕中看見了那道熟悉的身影，如釋重負地吁了口氣，起身迎了上去，「妹子，上哪兒去了？還沒吃飯吧？哥給妳去把飯熱一熱。」

哥眼中是一如既往的疼愛之色，林蘭萬般委屈，如果哥不是那麼懦弱，姚金花敢這麼做嗎？看到妹子幽怨的目光，林風心中愧疚，小聲道：「妹子，待會兒妳怎麼想的就怎麼跟村長他們說，至於哥說什麼妳都別當真，別放在心上，哥……哥雖沒什麼用，但哥絕對不會強迫妹子做不喜歡的事情。」

林蘭詫異，哥的意思是說，待會兒他迫於壓力不會幫她說話，但他心裡是向著她的？林蘭很失望，這都什麼時候了，他這個做哥的還不挺身而出？還要顧及姚金花的感受？難怪娘總說哥是娶了媳婦忘了娘，姚金花就是哥命裡的剋星啊……算了算了，反正她也沒指望哥，只能自己靠自己。林蘭低著頭，沉默地與哥錯身而過，進屋去。

林風見妹子不理他，越發難過，他不是不幫妹子，只是不能明著幫，金花今天可是放了狠話了，要是讓她面子下不來，她就帶著肚子裡的孩子死給他看。

「林蘭回來啦，我正想讓妳哥去找妳呢！」姚金花笑得燦爛，親切得好似林蘭是她親妹子。

林蘭鄙視地白了她一眼，不鹹不淡地說：「妳是怕我跑了，到手的銀子打了水漂吧？」

姚金花笑容一僵，「瞧妹子說得，妹子是明白人，哪能說跑就跑，再說跑又能跑到哪裡去？」威脅，赤裸裸的威脅，潛臺詞就是說，妳跑得出張大戶的手掌心嗎？

林蘭冷哼一聲，不理會她，上前對村長他們行了個禮。

「因為林蘭的事，給村長、陳亮叔，耀輝叔添麻煩了，林蘭很過意不去。」

村長拿煙桿在凳腿上敲了敲，收了煙袋，面色溫和地說：「林蘭啊，妳的事全村老少都很關心，所以，今晚我特意把妳陳亮叔和耀輝叔都請過來，大家一起商量商量，妳先說說妳的意思吧！」

村長一開口就把全村老少給抬了出來，積極的態度跟中午那時有很大的區別，林蘭心知這跟金大媽的威脅有莫大的關係，看來，枕邊風的威力還是不小的。

姚金花聞言，不由暗恨，難怪這幾個老不死剛才不開口，原來是早就打定了主意，要替林蘭出頭了。哼！你們有你們的張良計，我有我的過牆梯，咱們騎驢看唱本走著瞧！

既然讓她說說自己的意思，那林蘭就直話直說了。

「我林蘭還是那句話，就算嫁豬嫁狗，都不會嫁給張大戶做妾。」

擲地有聲的話語，可見林蘭態度之堅決。

村長金富貴乾咳了兩聲，忽視了神情不豫的姚金花，蹙著眉頭對林風說：「林風，林蘭的話你聽見了，我們只問你，你有沒有把你娘的臨終遺言當作一回事？」

姚金花銀牙暗咬，死老頭拿著雞毛當令箭。

林風為難地看了看金花，囁嚅道：「娘的臨終交代，林風不敢忘記。」

「那你為何縱容你媳婦在沒有徵詢林蘭同意的情況下，擅自收取了張大戶的聘金？」金富貴加重了語氣，毫不留情地責問。

林風心裡叫屈，為自己，也為金花叫屈。金花她也不想把事情弄成這樣的，都是張大戶這個惡霸，想要強娶。

不等林風開口，姚金花先道：「村長，您知道我們林風是老實人，您就別嚇唬他了。沒錯，這事我是沒徵詢林蘭的意思，原因，晌午我就說過了，王媒婆送聘金來的時候說得明白，張大戶早就看上林蘭了，我也跟王媒婆說，這事還得問問林蘭的意思，可王媒婆說張大戶已經決定的事，誰能更改？別敬酒不吃吃罰酒。村長，我是懼怕張大戶的手段，才不敢不收下聘金的，如果，你們有法子幫著回了張大戶，讓張大戶心甘情願退回聘金，我姚金花感激不盡。林風就這麼一個妹子，我怎麼可能不疼她？只是，我一個婦道人家，實在不敢跟張大戶作對。」

姚金花語氣委婉，表情委屈，把無辜善良軟弱的小白花角色演繹得淋漓盡致。這幾個老傢伙雖然可惡，但他們是村裡最有發言權的，姚金花自然不會笨到與他們公然作對，索性把這個燙手山芋甩出去，你們這麼有能耐，你們自去跟張大戶解釋吧！

林蘭虧得還沒吃午飯和晚飯，腹中空空，要不然真會忍不住吐出來。

「是啊是啊，可惜今日湊巧我不在，我若在的話，就沒這檔子事了。」林風連忙附和道。

陳亮本來對王媒婆意見比天大，簡直就是恨之入骨，他憤憤道：「王媒婆就不是個好東西，我家春花就是被她害慘了！我早告誡過村裡的人，不要找王媒婆不要找王媒婆，林風媳婦，妳這不是自找苦吃嗎？」

耀輝叔一針見血地說：「林風媳婦兒，漂亮話妳就不必說了，要不是妳託王媒婆去張大戶家說項，張大戶會送聘金來？這說親說親，再快怎麼也得一來二往才能定下不是？」

姚金花訕訕，意欲強辯，只聽耀輝叔話鋒一轉：「既然妳也認識到自己做錯了，明天跟林風一起去找王媒婆，讓她把聘金退回去。」

「哎呀，耀輝叔，這可萬萬使不得，這聘金都收下了，想必王媒婆早就去張家回過話了，你讓我們怎麼跟張大戶說？說林蘭不願嫁？那真是嫌命長了。說村裡人都不喜歡林蘭嫁過去？幾位叔，別忘了，咱們澗西村的蠶絲可都是張大戶收購的。」姚金花忙道。

金富貴捋了捋他稀疏的鬍子，沉吟道：「林風媳婦說的也有道理，要退聘金也得有個合適的由頭。」心中卻是對姚金花多了幾分怨念，這個惡婆娘可真毒，分明就是在威脅他們，要是讓她去退聘金，她保不准就會跟張大戶說是村長逼她去的，那張大戶還不得把他這把老骨頭給拆了？

「這個由頭還真是不好找啊！」耀輝叔搖頭嘆氣。

陳亮叔沒好氣道：「總不能逼著林蘭嫁過去吧？」

林蘭忖度著，是該把李秀才搬出來了，既然姚金花已經唱了高調，那就讓她繼續一路高歌吧！

「其實這事也不難辦，我已經有意中人了，本來就準備這幾天跟哥商量的，到時候嫂子就說那邊已經先訂了親，她不知道。」林蘭淡定地說道。

此言一出，屋子裡眾人都怔愣住，林蘭說的是真的還是假的？

林風支吾道：「妹子，妳可別為了找由頭，就隨便把自己嫁了。」

「就是啊，林蘭，妳這由頭可真不怎麼樣，哪有小姑子訂了親，做嫂子的會不知道？」姚金花面帶譏諷，「不是我說，嫁給金保柱，還不如嫁給張大戶呢！」

林蘭淡淡掃了姚金花一眼，「誰說我要嫁給金保柱？我看中的是李秀才。再說了，妳不知道很奇怪嗎？妳就跟張大戶說我和我哥怕妳瞧不上窮秀才，不答應，所以先瞞著妳了不就成了嗎？」姚金花不是說心疼她嗎？那就背了這個黑鍋吧！

姚金花倒抽一口冷氣，十分不可思議，「怎麼會是李秀才？」這可真比金保柱還不如了，金保柱家好歹還養了一群鴨，他李秀才有什麼？除了一肚子酸腐的詩文，一間四面漏風的破茅屋，還有啥？

金富貴幾個也是面面相覷，怎麼扯上李秀才了呢？金富貴突然想起今兒個早上的事，莫非林蘭真的喜歡李秀才，要不然，她怎會這麼緊張李秀才，怕李秀才被人害了，讓二妞帶了一幫人上山？金富貴漸漸露出了然的神色。

「為什麼不能是李秀才？李秀才在澗西村三年，他的為人如何，我想幾位叔都應該了解。李秀才雖然窮了點，可人家學問好，品行端正，看人首重品行不是嗎？而且我相信李秀才將來一定會有出息的。」林蘭驕傲地說，那種篤定的神情，好像李秀才真的會中狀元似的。

陳亮叔點頭道：「要說李秀才這人是不錯，重孝道，為人和善，我上次請他幫忙寫信，他都沒收我銀子。」

還有一點陳亮叔放在了肚子裡，村裡的婆娘閨女們都喜歡李秀才，明著暗著獻殷勤的大有人在，可人家李秀才眼珠子都沒斜一下，是個正人君子。

耀輝叔也道：「我聽說城裡的葉家都想請他做西席，縣老爺還想請他去做主簿。」

「做西席做主簿有什麼了不起的，能掙幾個錢啊！」姚金花很是鄙夷，出息，出息個屁，金榜題名的秀才能有幾個？窮困潦倒的書生倒是見得多了。

「話不能這麼說，有道是莫欺少年窮，說不定哪天就飛黃騰達了。」金富貴慢悠悠地說。

陳亮叔附和道：「我看行，只是……林蘭，李秀才可知道張大戶要娶妳的事？」

這事可得問清楚，要是李秀才也怕了張大戶，關鍵時候撂挑子就麻煩了……

林蘭輕輕地嗯了一聲，「我跟他說了。」

林風關切道：「那他怎麼說？」

林蘭想想，不能什麼事都她來說，顯得太不矜持，便扭捏著：「這個……還是哥明天親自去問他吧！」

金富貴把煙桿往腰帶上一塞，說道：「既然林風媳婦也表了態，林風，你明早就去問問李秀才，如果李秀才那邊沒問題，這事就有轉圜的餘地。就算張大戶再怎麼霸道，也不能悖了這個『理』，只是大家的嘴巴須得捂嚴實了，別漏了口風，再惹出什麼事端來，到時候別怪我村規處置。但凡有故意搗亂村中治安，讓澗西村不得安寧者，一律逐出本村。」說這話的時候，金富貴嚴肅地盯著姚金花。

姚金花自然清楚，村長這話是說給她聽的，心中雖然不屑，卻還是有些害怕，當即避開村長凌厲的目光，悻悻地低下頭去。

「好了，天不早了，咱們先回，明日等林風的消息。」金富貴起身招呼陳亮和耀輝兩個老兄弟，一起離開了林家。

林風出去相送，屋子裡就剩林蘭和姚金花。

姚金花瞇著小眼睛，挖苦道：「小姑還真有本事，不聲不響就勾搭上了李秀才。」

姚金花故意把「勾搭」兩字咬得極重。

林蘭看也不看她，去收拾茶杯，邊說道：「我哪有嫂子有本事？氣死婆婆，賣掉小姑，還能把相公哄得團團轉，這得有多厚的臉皮，多黑的心腸，多無恥的手段，才能做得到啊！放眼這豐安縣，妳也算是一號人物了。」

姚金花氣得下巴直抖，她今天已經夠窩火的了，到手的銀子沒了，還被村長教訓，弄得她裡外不是人，林蘭還敢拿話損她。姚金花撲過去，怒視著林蘭，一把搶了林蘭手中的杯子，不擇方向就砸了出去，只聽得「哐」的一聲脆響。

「林蘭，妳敢目無嫂子？」姚金花氣嚷著。

林蘭眼皮都不抬一下，淡淡地說：「林蘭只敬值得尊敬之人，而那些心術不正、心腸歹毒的人，應該慶幸我林蘭沒把她放在眼裡，若是讓我惦記上了，我會叫她後悔投胎到這個世上來。」

林蘭漫不經心的語氣、淡漠森冷的眼神、不容侵犯的氣勢，讓姚金花脊背透涼。為什麼林蘭一點也不像林風，也不像婆婆，牙尖嘴利，還那麼有心機。三年來，無數次交鋒都占不到半點便宜，林蘭就是她姚金花眼睛裡的一根刺，一日不除，她就一日不得安心。

這次原本是多麼好的一個機會，既能打發了林蘭，又能賺一大筆銀子，簡直就是天上掉餡餅，可惜她還沒嘗到餡餅的滋味，餡餅就變成了一塊又臭又硬的石頭，強烈的失望和心痛，讓姚金花更打定了主意，一定要把這事給辦成了。

林風回來，一進門「哎喲」一聲，抱著腳跳了起來，原來是踩中了被姚金花砸碎的杯子，割到腳了。

「哥，快站著別動，地上還有碎瓷片。」林蘭忙出聲警示。

姚金花見林風痛苦捧著腳，急道：「你怎麼走路不長眼睛？快坐下我看看，傷得嚴不嚴重？」

林蘭忙去拿了掃帚和畚箕，把地上的碎瓷片清理掉。那邊林風脫了鞋子，腳底在流血，姚金花卻拿著鞋子不滿地咕噥道：「這鞋底都割破了。」

林蘭氣憤，「到底是鞋子要緊還是我哥的腳要緊？妳偷工減料做的破鞋，早就該扔了！」

姚金花扭頭氣鼓鼓地瞪著林蘭，「妳說得輕巧，妳能幹，妳怎麼不給妳哥做一雙啊？」

「好了好了，這鞋子補補還能穿的。」林風忙打圓場。

哥就是那漏氣的輪胎，再怎麼用力打氣他都是癟的。正所謂不怕狼一樣的對手，就怕豬一樣的隊友，林蘭很想撒手不管，可是看到哥鮮血直流的腳，林蘭終是狠不下心，進屋去取了止血藥膏扔給哥，「擦上這個，這幾天不要碰水。」

林風噯了一聲，沾了些藥膏擦在傷口上，邊問道：「妹子，妳真打算嫁給李秀才？」

林蘭無聲冷笑，「我還有別的選擇嗎？」

林風噎住，半晌，內疚道：「都是哥不好，哥沒用。」

姚金花不樂意了，在林風腿上狠狠擰了一把，疼得林風重重吸了口冷氣。

「什麼叫沒有別的選擇？嫁給張大戶有什麼不好？下半輩子不愁吃穿，享不盡的榮華富貴，哪有人跟銀子過不去的？」姚金花說道，邊給林風使眼色。

林風無奈道：「妳嫂子說的對呀！」

姚金花又說：「那個李秀才窮得叮噹響，他自己養活自己都還成問題，哪天日子過不下去了，指不定就把妳給典了。」

姚金花說著又瞪了林風一眼。

林風囁嚅道：「妳嫂子說的對啊！」

「林蘭啊……不是嫂子說妳，妳那強脾氣是得改改了，就知道由著自己的性子來，好歹也不分，以後有妳哭的。」得到了林風的支持，姚金花越說越起勁。

林蘭懶得聽她廢話，更不想看哥那比哭還難看的笑，轉身進了屋，隨手摔上了門。

姚金花氣得乾瞪眼，控訴道：「你瞧瞧，你瞧瞧……她這是什麼態度？有村長給她撐腰，她連兄嫂都不放在眼裡了！」

林風見妹子氣走了，覺得自己實在窩囊，沒好氣道：「妳就少說兩句吧，妹子心裡不痛快。」

「她不痛快？我還不痛快呢！我兒子也不痛快，你也甭想痛快！」姚金花氣哼道，把鞋子扔到林風身上，扭著滾圓的腰身回屋去。

林風捧著鞋，重重嘆了口氣，這叫什麼事啊……

林蘭躺在咯吱作響的舊木床上，輾轉反側，心緒難平。

張大戶會因為她已經訂親就善罷甘休嗎？應該不可能，張大戶橫行鄉里，什麼時候講過道理？

如果張大戶態度強硬，村長他們還會插手嗎？

還有，李秀才到底跟葉家有什麼關係？只是因為葉家曾經想請李秀才去做西席這麼簡單嗎？如果李秀才真能說動葉家出面協調，那這事就有希望了。關鍵還要看葉家能幫到什麼程度，能出幾分力……再看李秀才那個朋友好像是有點來路的，可人家畢竟是外地人，強龍難壓地頭蛇，就算那個冰塊臉身手再好，雙拳也難敵群毆啊，估計是指望不太上！

對了，那封信……

林蘭從懷裡掏出信來，信封上「葉老親啟」幾個大字，筆跡方圓兼備，靈動飄逸，風骨內蘊……林蘭前世從握筆起就開始練毛筆字，一日不曾間斷，在書法上頗有造詣，但看李明允幾個字，林蘭自愧不如。她是端正有餘，灑脫不足，不似李明允，看著是個刻板無趣之人，幾個字卻是瀟灑得很。

這傢伙，還封了火漆，是怕她偷看嗎？

林蘭確實想偷看來著，最終還是忍住了，決定明天一早拜託保柱把信送去。

清晨，曙光剛透，林蘭就起床了，先不忙著做早飯，而是飛快跑去保柱家託付重任，然後飛快跑回來，在事情沒妥善解決之前，她必須盯緊姚金花，免得她又出什麼么蛾子。

還好，姚金花睡懶覺的習慣不是那麼容易改的，林蘭放心去做早飯了。

林風今日起得別平日早，一瘸一拐的，洗漱好就要出門。

林蘭知道哥是要去找李秀才，想到哥的腳，林蘭皺起了眉頭，「哥，要不……我讓李秀才來家裡吧！」

「當然要他來，哪有女方先上門的？」姚金花倚在門邊搔首弄姿，姿態倒是撩人，只可惜本錢太差，慘不忍睹。

林蘭解了圍裙，「我讓隔壁的水娃子去叫。」

這邊早飯還沒吃好，李明允就到了。

還是一身月白長衫，儀態雍容，淡然自若地站在門口。

「你……吃過早飯了嗎？」林蘭隨口問道。

李明允點點頭，「吃過了。」

林蘭收拾了碗筷，擦乾淨桌面，大家開始談正事。

有姚金花在，林風就變得訥口，所以基本上都是姚金花在問話。

「李秀才，你真的要娶我家林蘭？」

「你知道張大戶也想娶她，你還娶？」

「你知道張大戶是什麼人？你就不怕因此得罪了張大戶？」

「……」

諸如此類的問題，李明允只用一個「是」字回答，簡單明瞭，沒有半點猶豫，只是他面帶微笑，語調從容，並沒有給人生硬不禮貌的感覺，反而更見他的誠意和決心。

林風已經面露滿意之色。

姚金花卻是不肯甘休，今天她是打定主意要給李秀才難看，讓他知難而退。

「好，既然你決意要娶林蘭，那麼你準備出多少聘金？要知道張大戶可是出了五十兩銀子做聘金的，這還不算，等合過生辰八字，張家還會給出豐厚的聘禮。」姚金花知道李秀才是個窮光蛋，別說五十兩，五兩銀子也拿不出來。

林風覺得這樣問很不妥，現在可就指望著李秀才了，要是李秀才被嚇跑，那妹子怎麼辦？林風悄悄用手肘捅了捅姚金花。

姚金花一眼瞪過去，毫無顧忌地大聲道：「你捅我幹麼？難道我問錯了嗎？哪家娶妻嫁女的不拿聘禮的？這是老祖宗留下的規矩！」

林蘭眼見著姚金花為難李秀才，依著她的脾氣，她早就出言阻攔了，可這會兒，她很想看看李秀才怎麼應對。

只見李明允面帶淡笑，從容不迫從懷裡掏出一張紙，攤開來，「這便是我的聘金。」

三人不約而同，好奇湊了過去。

「這是什麼？」姚金花只識得數，不識字，不知道那鬼畫符寫的是啥。

林風勉強認得，一個字一個字地念道：「情、義、無、價。」

林蘭突然覺得很好笑，李秀才早料到姚金花會問他要聘金嗎？寫了這麼幾個字，還情義無價呢！她和他有什麼情義？交易還差不多。不過，這幾個字寫得確實好，筆力遒勁，姿媚骨透，大氣灑脫，很難想像像他這樣中規中矩的人，能寫出這樣瀟灑不羈的字來。難道說，他嚴肅冷漠的外表下，還藏著一顆桀驁不馴，如火一樣熱情的心？

姚金花覺得自己被戲弄了，氣嚷道：「李秀才，你什麼意思？難道你想用幾個破字就騙個黃花大閨女回家？」

面對姚金花極不禮貌的責問，李明允面不改色，慢悠悠地說：「情義無價，表的是李某對林蘭姑娘的心意，而這副字，如果林兄拿到縣城墨香齋，換五十兩銀子應該沒什麼問題。」

姚金花和林風不由得倒抽一口冷氣，五十兩銀子，就這幾個破字？

林蘭倒不覺得很驚訝，雖然她對這個時代的書畫市場不太了解，但她知道不管哪朝哪代，極品字畫都是無價的，她還覺得李秀才說五十兩是謙虛了。

「李秀才，我看你是個讀書人，以為你很老實，沒想到你也會玩這種虛假的把戲。你的字要真這麼值錢，你還用住那破茅屋？還用穿這身舊衣裳？騙鬼的吧！」姚金花強壓著怒氣，譏諷道。寫幾個字就能賺大錢，那李秀才早就是豐安縣首富了，怎麼還會是一副窮酸樣？

李明允略微正色，不卑不亢道：「澹泊明志，肥甘喪節，抱樸守拙，方乃涉世之道，更何況李某住破茅屋，穿舊衣裳，乃是為亡母守孝，大嫂以為不妥？大嫂若是不信，只管拿著這副字去墨香齋問問便知真假。」

林蘭頭一次端詳李秀才，以前只覺得這人長得俊，性情有些孤僻，不太愛跟人說話，沒做進一步的分析，現在看他談吐優雅，應對自如，眉宇間自然流露儒雅的氣質，他一定受過很好的教育，出身不凡。一個富家公子，一個才華橫溢的秀才，緣何來到澗西這個小山村，過著清苦的隱居生活？單單是為亡母守孝這麼簡單嗎？其中又有什麼隱情？林蘭有些迫不及待想聽李秀才的故事了。

「她不收，我收。」林蘭說著就要去收那幅字。

姚金花忙搶了過去，拿在手裡左看右看，心中狐疑不定，這破字真值那麼多錢？又拿小眼睛在李秀才臉上轉了幾圈，看李秀才一本正經，不像在說謊，便將字摺了起來，唬著臉說：「先叫林蘭兄長拿去墨香齋驗證驗證，要是墨香齋給出的價格少一個銅錢，這婚事我都不會承認的。」

李明允微微頷首，一副隨你便的樣子。

林蘭心中鄙夷，我的婚事要妳承認？

林風越看李秀才越覺得妥當，以前怎麼沒發現李秀才是個相當好商量的人。先不管李秀才的字是不是真的那麼值錢，就衝他這脾氣，妹子嫁給他，起碼不會受氣。

「李秀才，張大戶的事你也知道了……」林風開口道。

「叫我明允即可。」李秀才淡然一笑。

「明……明允，如果可以的話，我覺得你和林蘭的婚事還是早點定下來的好……」林風話說一半，腰上一痛，又是姚金花暗下毒手。

「急什麼急？這可是林蘭的終身大事，不是兒戲，哪能說嫁就嫁？」姚金花義正辭嚴地說，好像她有多關心林蘭似的。

林風敢怒不敢言，妳知道不能兒戲，還隨便收了張大戶的聘金？

就在此時，外面傳來了敲鑼打鼓的聲音，好不熱鬧。

林蘭臉色大變，今兒個村子裡可沒喜事。

李明允卻是鎮定自若看了林蘭一眼，那眼神，似安撫，透著篤定與自信的光芒，林蘭原本急跳的心神奇得安寧下來。幫她解決張大戶，本來就是他的責任，那她就拭目以待吧！

四人先後出了門。林蘭家位於村東頭，也是整個澗西村的制高點，站在門口，就可以看見一行人抬著幾個大箱籠，還有一頂花轎，吹吹打打直奔林蘭家而來。

不消說，這些是張家的人，看情形，張家是想下聘迎娶同時進行。

姚金花喜形於色，若不是邊上林風和林蘭黑著一張臉，她就要拍手歡呼，熱情相迎了。王媒婆可真會辦事啊！她昨天不過是說了一句，最好早點把事給辦了，免得夜長夢多，沒想到會來得這麼快。

林蘭被那頂大紅花轎刺激到了，再看姚金花一臉得意的賤樣，更是怒不可遏。林蘭秀眉一挑，冷冷地問大哥：「哥，你說怎麼辦吧！」

如果這時候，哥還要看姚金花的臉色行事，這個哥，不認也罷。

林風顯然也怒了，眼睛瞪得滾圓，一捋袖子，「怎麼辦？」轉身衝回屋子去，須臾，提了把刀出來。

這把刀是爹留下的，哥一直視為珍寶，殷勤擦拭，小心呵護，現在哥提了這把刀出來，擺出一副拚命的架勢，林蘭深感安慰。還好，哥的血性沒被姚金花磨光，還好，她在哥心目中還是很重要。

林蘭叫過水娃子，在他耳邊說了幾句，水娃子點點頭，飛快跑走了。

「你這是做什麼？不要命了你……」姚金花見林風把家傳寶刀都提了出來，又氣又急，跺著腳罵著，還去推搡林風，「還不快把刀收起來！」

林風盯著越來越近的迎親隊伍，沙啞著嗓子，決絕地說：「他們休想把妹子帶走！」

「你犯哪門子的渾？人家請過媒，下過聘，明媒正娶，你憑啥阻攔？」姚金花一隻白胖的食指小雞啄米似的直戳林風腦門。

林風被她戳得火起，頭一偏，怒目相對，吼道：「憑啥？那是我妹子，我林風要是連自己的妹子都護不住，我還算什麼男人？」

姚金花嗤鼻冷笑，「我看你是腦子壞掉了！你怎麼不想想，你妹子嫁過去，是去享福，又不是去受苦……」

林風氣道：「要嫁讓妳妹子去嫁，反正我妹子不嫁！」

姚金花在林風面前一直是耀武揚威，何曾被林風這樣吼過、瞪過，頓覺委屈得不行，扯著林風的衣襟，又是拳頭捶，又用腦袋撞，放聲大哭起來。

「我是倒了八輩子楣啊……怎麼就嫁了你這麼個腦子不清的，要本事沒本事，要錢沒錢的窩囊廢啊……這日子還怎麼過呀……我不活，不活了……」

林風火歸火，哪敢真使勁，加上腳上有傷，被姚金花撞得連連後退。

李明允看此情形不由皺眉，小聲對林蘭說：「妳快勸勸吧，村長他們過來了。」

林蘭冷哼一聲，勸？她才不想勸，哥難得發一回威，要不是有更重要的人要對付，有更大的事要解決，她還想添兩把柴火，澆幾斤油上去，讓姚金花好看。

「嫌我哥沒用，妳去找個有本事的啊！也不瞧瞧自己那副德性，我哥肯娶妳就算是做善事了，還在這裡搞不清楚狀況！我警告妳，待會兒妳要是敢亂說話，我哥饒妳，我都不饒妳，不信妳就試試看！」林蘭上前一把拉開姚金花，惡狠狠地警告她。趁這次機會教訓得她老實，回頭再好好教育教育哥，怕老婆不是什麼壞事，但也要有個度，沒得寵到天上去。

姚金花被林蘭凌厲的眼神、狠厲的話語嚇到，一時間連哭都忘了，只一雙淚眼，期期艾艾地看著林風。林蘭再強悍，只要林風幫著她，她都不怕，可現在林風不理她，姚金花徹底洩了氣，再不敢撒潑耍來，老實站在一旁，委屈得抽泣。

看到林蘭恐嚇她嫂子，李明允眸間一抹冷笑，不知道韓秋月對上林蘭會是什麼情形。

「林風，這是怎麼回事？張家怎麼把花轎抬來了？」村長金富貴和陳亮等人，帶了村裡幾個年輕力壯的小夥子趕了過來。

林蘭狠狠剜了姚金花一眼，潛臺詞：還不是她搞的鬼！

姚金花見林蘭又衝著她來，膽怯得瑟縮了一下，躲到林風身後，可憐兮兮地拽著林風的衣袖，被林風甩開了。

林蘭暗爽。

李明允禮貌地向村長和陳亮叔幾個一一拱手施禮。

看見李秀才在，金富貴心裡稍安，看來是談妥了。

「李秀才，今日之事怕是有點麻煩，待會兒咱們先跟張家講理，要是說不通……」金富貴也不知道要怎麼辦，就說不下去了。

李明允面帶微笑，拱手道：「讓村長操心了。」

金富貴暗嘆一口氣，腦仁陣陣發脹，這事鬧得，害他一宿沒睡好。

迎親隊伍來到眾人面前停下，王媒婆頭戴大紅花，昂首挺胸，眉開眼笑，喜氣洋洋地從隊伍裡走出來，後面還跟著兩個喜娘，每人手上一個托盤，一個托盤裡是大紅喜服，一個托盤裡是珠光金翠的首飾。王媒婆走到林蘭跟前對她福了福，「林姑娘，大喜了！」

林蘭嫌惡地看著王媒婆那張塗了三層漆的裝嫩老臉，冷聲譏諷道：「王媒婆，妳這個媒婆當得很不稱職啊！」

王媒婆一看林蘭的臉色就知道林蘭恨死她了，但王媒婆的臉皮早已是千錘百鍊，如銅牆鐵壁百毒不侵了，厚顏笑道：「林姑娘，今兒個可是妳的大喜日子，快換上嫁衣，別耽誤了吉時。」

「王媒婆，整個澗西村都知道我林蘭的婚事由我自己說了算，誰也別想替我做主，別說妳不知道，前兒個我可是親口告訴過妳，所以，妳覺得妳和我嫂子瞞著我定下的親事，我會認同嗎？」林蘭冷睨她。

「是啊，王媒婆，這事妳辦得欠妥當。」村長金富貴嚴肅道。

王媒婆一聲乾笑，「林蘭啊，婚事哪有女兒家自己做主的？我做了幾十年媒婆也沒聽說過這種稀罕事啊！至於這門婚事，你們聘金都收了，張家也拿到了庚帖，哪有不算數的道理？大家還是趕緊準備起來，花轎等著呢！」

「誰收了聘金你們抬誰走，跟我沒有半文錢的關係。」林蘭兩眼望天，一副事不關己的樣子。

姚金花聽了可急了，「幹麼扯上我？」

眾人齊齊回頭鄙視姚金花，不就是妳惹出來的禍嗎？不扯妳扯誰？

王媒婆見情勢不太妙，皺了眉頭問姚金花：「金花啊，這到底怎麼回事啊？昨天不是都說的好好的，讓花轎只管來抬？」

眾人再次瞪向姚金花，眼神中出了鄙夷更多了幾分怒意。

林風之前還很相信姚金花的說辭，什麼不敢得罪張大戶，迫於無奈……這下可明白了，原來全是金花搞的鬼。他用力甩開了姚金花拉著他衣袖的手，重重地哼了一聲。

姚金花被眾人的眼刀嚇得臉色發白，心虛狡辯道：「怎麼是我說的？妳可不能血口噴人！」

王媒婆也變了臉色，看這架勢，敢情是想賴婚啊……

這時迎親隊伍裡又走出一人，一身赭色綢衣，身材矮胖，一雙三角眼微瞇著，透著精明與算計，傲慢地掃了眾人一眼，傲慢地開口：「王媒婆，妳沒跟他們說明白？」

王媒婆忙討好道：「劉管事，我王媒婆做了幾十年的媒婆，哪門親事說的不是明明白白，妥妥貼貼的？昨天我確實跟林蘭的嫂子說好了，我還問過她來著，林蘭能同意不？她拍胸脯跟我說，絕對沒問題，您看，這是她給我立下的字據，若是不成事，就按一比三退還聘金。」王媒婆說著，掏出一張紙來給劉管事看。

劉管事看了，一聲冷笑，對林蘭等人說道：「要麼趕緊上花轎，咱們高高興興辦喜事，若是你們想反悔，那麼退還一百五十兩聘金，而且我們這麼多兄弟大老遠趕來，也不能就這麼空著手回去，晦氣不是？少算點，弄個五十兩給大夥兒喝喝茶，去去晦氣。還有，張家已經張燈結綵，擺下宴席，差不多花費了三百兩銀子，這些錢當然也要算在你們頭上。林姑娘，是上花轎呢，還是退錢，妳自己做決定吧！」

除了李秀才，在場的每個人都重重倒抽一口冷氣，終於明白，張家為什麼會成為豐安縣的大財主，原來斂財就是這麼斂的。獅子開大口，張嘴就是五百兩，就算整個澗西村的村民把壓箱底的錢都拿出來也湊不齊五百兩，這不明擺著逼林蘭上花轎嗎？

林蘭心道：好你個三角眼，真夠狠的！林蘭朝李秀才眨眨眼，你有什麼底牌也該拿出來了吧？

李明允眉毛一挑，反倒悠閒自在，饒有興致地看著她。

呃……這傢伙什麼意思？坐壁上觀？還是……時機沒到？

林蘭滿腹牢騷，沒奈何，只得親自出馬。

她上前一步，雙手插腰，略挑眉梢，斜斜打量著劉管事，神情比劉管事還要牛逼，還要傲慢，說：「你說我嫂子寫了字據，我可不相信，我嫂子不可能笨到這種程度，那張字據別是你們偽造的吧？」

劉管事皺眉，形成一個等腰三角眼，口氣十分不屑，「白字黑字寫得清清楚楚，林姑娘若是不信，只管拿去瞧瞧。」

林蘭也不客氣，上前一把抓過字據，還用懷疑的眼神橫了劉管事一眼。再注目細看，不由得心裡怒罵：死姚金花，還真是蠢到家了，這種字據都會簽！

在眾人忐忑緊張的目光注視下，林蘭突然做了個讓人出乎意料的舉動。

只見她三下五除二，把字據撕了個粉碎，扔到地上，還用腳板轉了一百八十度，狠狠地踩進黃泥地裡。

好幾十人的現場，頓時鴉雀無聲。

澗西村的村民們愕然：這樣也行？

張家那邊：這女人……有自家老爺的風範啊！

李明允有點擔心，哪天她不高興了，會不會也來這麼一招？隨即想到當時合約寫了兩份，不由感嘆：真是明智之舉！

劉管事和王媒婆盯著地上的碎片半晌說不出話來，誰能想到林蘭會在眾目睽睽之下毀掉證據？

「妳……妳這是耍無賴！」劉管事過於驚詫，好半天才找回自己的聲音，憤怒地控訴。從來只有他劉管事耍無賴，誰敢在他面前耍無賴？而且耍得比他還要囂張，還要明目張膽，真是是可忍，孰不可忍。

林蘭若無其事地拍拍手，然後很理直氣壯地說：「我看過了，這張字據是假的，我嫂子大字不識一個，自己的名字都不會寫，如何會簽這種字據？你們想偽造字據來威脅我，沒門！」

林風出聲附和：「對，我媳婦絕對不會簽這種字據。」

姚金花用力點點頭，證明她沒簽。這個時候風向不定，她還是老實站在林風這邊比較安全。

王媒婆氣得說話都不利索了：「你們……你們太卑鄙了，竟然撕毀字據……」

林蘭恍然大悟，作痛心疾首狀，「對啊，我怎麼能撕了呢？我該留著字據送交官府，告你們一個騙婚才對！」

證據都被她毀掉了，現在還被倒打一耙，劉管事感受到前所未有的憤怒。

「就算妳毀掉了字據，王媒婆也能作證，妳賴不掉的。」劉管事強壓著怒意，強作鎮定道。

有人不鹹不淡地說了一句：「王媒婆那張嘴十句裡面有十一句都是空的，請她作證，還不如請田裡的稻草人作證，稻草人起碼不會說謊。」

說話的是陳亮叔，澗西村的村民們哈哈大笑起來，直把王媒婆羞臊得面紅耳赤。

劉管事臉上一陣青一陣白，盯著林蘭，從齒縫裡迸出話來：「這麼說，妳是打算悔婚了？」

林蘭頭一昂，「這門親事沒經過我同意，本來就是無效的，無效的親事能算悔婚嗎？」

劉管事怒極反笑，「林姑娘，今兒個妳算是讓劉某開了眼界了，不過任妳怎麼狡辯，聘金已經下了，庚帖已經交換，這門親事已是鐵板釘釘，不容更改。林姑娘，識趣的就趕緊上花轎，我可以當剛才什麼也沒發生，不然的話……得罪了我家老爺，你們知道會有什麼後果。」

「我妹子已經許了人了，如何再上你家花轎？」林風振聲道。

「呸，你放屁！是你媳婦前天找我給林蘭尋個婆家，昨天來下聘，你媳婦樂呵呵就把聘金收下了，今天說許人了，誰信啊？」王媒婆梗著脖子，跳著腳反駁道。

村長金富貴站出來說話：「劉管家，這事還真是個誤會，其實，林蘭前幾天已經跟我們村的李秀才訂了婚約，因為林風媳婦一直看不上李秀才，所以，大家就先瞞著她，這事，我們可以做見證。」村長說著，略微偏頭，威嚴道：「林風媳婦，妳自己出來把話說清楚。」

姚金花低著頭，不敢去看王媒婆吃人的目光，囁嚅道：「是……是這樣的。」

這時候她只求自保，誰還管妳王媒婆死活。

王媒婆氣急敗壞，「姚金花，妳這是想要害死我啊？」

眾人心道：活該！

劉管事冷哼一聲，一副看穿你們玩什麼把戲的不齒神色，陰陽怪氣道：「李秀才？李秀才又是哪棵蔥？」

李明允被點名了，只見他從容不迫，不緊不慢往前兩步，站到了林蘭身邊，神情淡漠，口氣冷傲：「劉管事，看來你現在混得不錯，應該可以還上從舊東家那裡貪沒的九百兩銀子了。」

劉管事臉色大變，五年前，他在葉家綢緞鋪做管事，以次充好，從中牟利，被葉家家主識破，葉家家主念他上有重病的老母，下有嗷嗷待哺的幼子——當然這些都是他編的說辭——沒有要他補上虧空了的銀兩，也沒有對外聲張，只是把他辭退了。這件事就連他婆娘都不知曉，這位李秀才緣何會知道？劉管事只覺一股寒意自腳底往上竄，心驚膽寒。

「你……你到底是誰？」

李明允嘴角一抽，笑意冷然，「你沒聽說過舊東家有一個在京城做官的女婿？」

劉管事大驚，他在葉家的時候確實聽說過這事，葉家的小女兒嫁了窮書生，把葉家老夫妻倆氣了個半死，幾乎不認這個女兒，後來那個窮書生金榜題名，做了官，從小小知縣一路升到京官，這也是現任東家張大戶忌憚葉家的原因，人家朝中有人啊！再看李秀才，雖然衣著寒酸，但其儀態高貴，氣度不凡，難道說，他和那京中大官有什麼關係？

思量至此，劉管事再不敢輕視這位李秀才，態度恭敬了起來，客氣得拱了拱手，小聲詢問：「敢問閣下與葉家是……」

不僅劉管事迫切得想知道答案，澗西村的村民們也是滿臉好奇與期待，這個在澗西村住了三年的窮秀才，有著怎樣不為人知的祕密？

「葉家在京為官的女婿姓李，你說我和葉家是什麼關係？」李明允聲音朗潤，語調悠然，彷彿在說一件極普通尋常的事。

一石激起千層浪，李秀才一言引得眾人心中波瀾大起。

但凡腦子轉得快的，都已經猜到了李秀才的身分，內心的感受足以用震驚二字形容。

葉家一直對京城的那位女婿三緘其口，有人說，是因為葉老爺始終不認同這門親事，也有人說，這是因為葉家一貫低調不喜張揚。不論是什麼原因，你越是遮著掩著，引起的猜測就越多，使得葉家的女婿在豐安縣老百姓心中既高大又神祕。高大的是京官的頭銜，在普通老百姓的認識中，但凡在京為官的，都是天子身邊的紅人，都是國之棟樑。神祕的是，因為對他的了解太少。這樣一來，也有一個好處，神祕容易使人產生敬畏。

所以，此刻，猜到李秀才身分的劉掌櫃就對李秀才充滿了敬畏之情。腦子轉得飛快，這事該如何解決？張老爺聽聞林蘭是胡大夫的女徒，長得又頗有幾分姿色，便動了十分心思，加上前兒個剛死了個不識相的，張老爺就想趕緊把喜事辦了，沖沖喜，去去晦氣，是勢在必得，可是半路殺出個李秀才，他是不相信依李秀才的家世背景，會娶一個村姑為妻，可李秀才若是執意插手，這事就不好辦了。

劉管事很為難。

林蘭很驚訝，雖然之前就懷疑他與葉家的關係，但沒想到他會是葉家的外甥，而且還有一個做大官的爹。想到簽合約時，他那凝重的神情，林蘭大有想毀約的衝動，林蘭再笨也能猜到，他把她帶回去，純粹為了跟某些人對著幹，拿她當槍使。豪門大宅裡的爭鬥絕對不會比宮廷來的簡單，這一點，前世她已經領教過了，可是，眼下李秀才這個盾牌似乎很頂用。

林蘭很糾結。

至於林風和村長等人，則是大為鬆了口氣，李秀才是葉家的人，那就好辦了。

姚金花眼中星光大放，再看李秀才，簡直人如美玉，氣質高華，連那身半舊的月白長衫都不那麼礙眼了。窮人穿舊衣就是窮，李秀才穿舊衣那是孝道。花癡了一陣，姚金花猛然醒悟過來，林蘭竟然和這等有權有勢的美男子訂了親，頓時羨慕嫉妒恨諸般情緒齊齊湧了上來，林蘭怎就這麼好命？撿到寶了。

「劉管事，這會兒我就要帶林蘭回葉家，你回去告訴張大戶，如果他有意見，不管是上葉家還是去衙門，我李明允一定奉陪。」李明允的唇角一抹篤定，似笑非笑，看似儒雅無害，實則犀利非常，明白地告訴劉管事，想搶他的女人，他一定奉陪到底。

劉管事汗出如漿，他哪敢跟葉家叫板？先不說自己心虛，就連張老爺面對葉家也要掂量掂量。可是……他總不能這樣灰頭土臉回去吧？想到張老爺震怒的神情，劉管事只後悔不該搶著領了這份差事，真是出門沒看黃曆，倒楣到家了。

「李秀才……」劉管事舔了舔發乾的嘴唇，商量的口氣說道：「我家老爺已經在府裡擺下宴席，豐安縣有頭有臉的人物都來了，連縣老爺也在邀請之列，現在突然說林姑娘不嫁了，那邊，不好交代啊……要不？您與林姑娘一道過去說明說明，解釋解釋？」

林蘭冷笑，聽說張大戶每回納妾都要大擺筵席，想趁機斂財吧？

李明允卻是微瞇了眼，目光穿過人群，落在了遠方，遠處有一隊人正急速趕來。李明允微然一笑，「劉管事，今日葉家也擺了家宴，族裡的長輩也都來了，你轉告你家老爺，若是他願意來喝一杯喜酒，李某表示歡迎。」

說完，李明允眸光微轉，溫柔如許地凝視著身邊的林蘭，彷彿是在看他最心愛的女子，輕聲細語道：「葉家派人來接我們了，妳可準備好了？」

他的笑容如雪初霽，眼中脈脈情意流轉，林蘭不禁愕然，他怎麼裝深情可以裝得這麼像？演技大大趕超姚金花啊！雖然知道是假戲，但林蘭還是很受用，虛榮是女人的本性，有這麼個出類拔萃的未婚夫，面上有光啊！

「好啊！」林蘭露出開心的笑容，挑釁地斜睨了眼以袖抹汗的劉管事。沒想到啊沒想到，歪打正著，找了個底牌這麼硬的盾牌！既然他這麼配合，她也不能不仁義，還是繼續履約吧！

「少爺……您怎麼還沒動身啊？老夫人都等不及了，派我來催催少爺！」一個身形高瘦，下巴一縷長鬚的中年男子上前來向李明允作揖。

林蘭看見金保柱滿頭大汗跟在老吳身後，神情甚是關切，便對他笑了笑，這回可多虧了保柱。

劉管事認得這人是綢緞莊的老吳，想當年，老吳還是他手下的小主事，他離開後，葉老爺讓老吳頂了他的位置。這幾年，老吳把葉氏綢緞莊經營得甚是紅火，成績斐然啊！劉管事見到老吳來了，不自覺往後縮退了一步，有點羞愧。

李明允笑得溫和，「外祖母還是急脾氣啊！」

老吳笑笑，老夫人確實著急，都快背過氣去了，只是少爺信中說得嚴重，老夫人護外甥心切，才派他火速趕來解圍，要少爺回去好好跟她解釋。老吳淡淡掃了眼迎親隊伍，故作訝然地咦了一聲，「劉管事，你們老爺又要辦喜事？不知迎的是哪家的姑娘……」

劉管事訕訕，不知該如何搭腔，說我們是來迎娶你家少爺的未婚妻？打死也不能說了，這個頭疼的問題還是丟回給張老爺來處理，當然，還得找個替罪羔羊，而這個替罪羔羊……劉管事眼珠子一轉，目光落在了王媒婆身上，嗯，就說王媒婆辦事不利，根本沒了解情況，就謊騙議親成功。

王媒婆見劉管事眼神不善，不由得直冒冷汗，天殺的姚金花，害人不淺，這回她王媒婆算是栽到茅坑裡了，得罪了張大戶，說不定小命都難保，待會兒得找個機會趕緊溜才是。

劉管事打定了主意，朝老吳拱拱手，笑容尷尬，「一場誤會，一場誤會！」

老吳也不與他多話，恭恭敬敬彎腰做了個請的手勢，「少爺，那就趕緊回家吧！」眼風掃過林蘭，這姑娘模樣長得倒是清秀白淨，但出身實在是……一介村姑做戶部尚書的媳婦，這也太匪夷所思了，少爺收她做個丫鬟還差不多，真不知少爺是怎麼想的，也許……少爺只是為了幫幫這姑娘而找的託詞吧！但願如此，不然這場軒然大波，都不知該如何收場了。

李明允點了點頭，對林蘭說：「走吧！」

林蘭想起一件事，在人群中尋找金大嬸，「金大嬸……」

金大嬸聽見林蘭叫她，忙捧了匣子過來，遞給林蘭。

林蘭笑嘻嘻說了聲謝謝，捧著匣子走到劉管事跟前，沉了臉，冷了聲說：「喏，聘金如數退還，大家可都瞧見了，你們別想耍賴啊！」說著，不管劉管事願不願意，就把匣子塞到劉管事手裡。

姚金花急嚷道：「那匣子裡還有我的私房錢……」

林風狠狠瞪她一眼，姚金花委屈得癟著嘴，心疼地嘟囔：「裡面還有二兩銀子呢！」

葉家，林蘭來過好幾回，不過走的都是後門，最裡也只到過廚房。

而這一回卻是大搖大擺從正門進，一進正門就有葉府管事引領，穿過一方紅木雕松鶴延年圖案大理石座的插屏，又過了三道門，方才看見垂花門，那裡已有兩個衣著素雅的丫鬟在等候。

「少爺，老夫人在上房等少爺。」一位圓臉白淨的丫鬟屈膝施禮。

李明允微微頷首，「這便過去。」

圓臉的丫鬟忙道：「老夫人只請少爺過去。」

李明允略微挑眉，看向林蘭的眼神裡有一絲擔憂。

林蘭無所謂地笑了笑，「那你先去吧！」

她是很有自知之明的，老夫人不可能這麼輕易接受她，李秀才要想把她帶回京城，這可是第一關，如果他這一關都搞不定……那是不是意味著合約要作廢？如果真是這樣，倒也好，給她省了不少事，而且，李秀才還不能說她不守信用。這樣想著，林蘭的臉上自然而然流露出一抹喜色。

她的暗喜落在李明允眼裡，李明允眼神轉冷，面色如冰，冷淡地說：「稍候我來找妳。」

林蘭笑呵呵點頭，心道：估計待會兒你來找我，就是要打發我回家了。

李明允跟著圓臉的丫鬟走了，另一個長著一對杏仁大眼，下巴尖瘦的丫鬟，帶著林蘭穿過右邊的抄手遊廊往邊門出去，到了偏院，推開朝南的一間廂房，請林蘭進去稍作休息。

「不知姊姊如何稱呼？」林蘭閒來無事，就跟丫鬟套套近乎，打算從她嘴裡套出點有價值的資訊來。

那丫鬟淡淡一笑，眼神中雖沒有輕視鄙夷之色，卻有著拒人千里的淡漠疏離。

「姑娘如此稱呼，銀柳不敢當。」

很簡單的一句話，林蘭還是從中捕捉到一些資訊，就是葉家下人對這件事的態度、對她的看法，她們一定認為這事是不可能的，在她們眼中，她林蘭不過是一個卑微的村姑，以致於在回話的時候，銀柳都不屑用奴婢來自稱，興許，銀柳覺得自己比這個村姑要強上幾分。

林蘭對銀柳的淡漠毫不介意，又問：「銀柳姊姊，不知道姚嬤嬤今日可在府裡？」

「姑娘認得姚嬤嬤？」銀柳感到意外。

「是啊，姚嬤嬤的孫子還是我接生的。」林蘭見茶几上擺了幾碟茶點，便撿了塊晶瑩剔透的水晶糕來吃，這會兒早過了飯點，她快餓死了，只是為了顧著形象，她才沒狼吞虎嚥，小口小口咬著水晶糕，香甜軟糯，味道真不錯。

「原來妳就是救了銀芳一命的那位女大夫？」銀柳詫異之色更甚。

「救命算不上，舉手之勞而已。」林蘭不以為然地說。銀芳難產那日，姚嬤嬤找到胡記藥房，剛巧師父出診了，幾位師兄一聽說接生，頭搖得跟波浪鼓似的，只好由她出馬。前世實習的時候，曾在婦產科待過一段，別說接生，就是剖腹產手術她也做過好幾例，生孩子看似兇險，對她而言不過是小菜一碟。

下一刻，銀柳竟端端正正，恭恭敬敬向林蘭屈膝一禮，語聲略顯激動：「銀柳替姊姊謝過姑娘救命之恩。」

林蘭拿著糕點瞠目結舌，不會這麼巧吧，銀柳是銀芳的妹妹？呃……說起來，銀柳、銀芳都是銀字輩的！

「銀柳姊姊，快起來，這事可真是太巧了。」林蘭驚喜道。

有了這一層關係，銀柳的態度有了明顯的轉變，再看林蘭的眼神就親近了幾分。

「是啊，一直聽姊姊說起姑娘，沒想到今日見著姑娘了。」銀柳綻開了笑顏。

既是熟人，林蘭說話也隨意起來：「其實你們葉府我來過好幾回。」

銀柳抿嘴笑道：「姑娘是來送鴨蛋的吧？」

「妳怎麼知道？」林蘭奇道。

「別人不知，銀柳還能不知？姑娘以後在府裡可千萬別提這事。」

「為什麼？」林蘭不解。

銀柳憋著笑說：「府中上下，如今是聽見鴨蛋二字都快吐了，若讓她們知道那些鴨蛋都是姑娘送來的，只怕對姑娘……」

林蘭恍然，嘿嘿乾笑了幾聲，「那是不能提了。」

銀柳思忖了一下，遲疑問道：「姑娘和少爺……是真的？」

「啊……當然是真的，不過，我想老夫人怕是不會同意的。」林蘭故作悵然地嘆了一氣。

銀柳心說，少爺是什麼身分？就算相府千金、世家閨秀，相貌不出挑，才情不出眾，都還配不上少爺，如今卻說要娶一個村姑，就算老夫人點頭了，京城那邊能答應？照理說，這事是一點可能性都沒有，可林姑娘對她姊姊有救命之恩，銀柳不忍潑她冷水，躊躇著說：「少爺向來很有主意，老夫人又最疼他，少爺能說動老夫人點頭也不一定。」

林蘭哪裡聽不出銀柳是在安慰她，便趁機打聽：「老夫人的脾氣性格如何？」

銀柳略微思忖，說：「老夫人平時雖然比較嚴厲，但只要大家認真做事，老夫人是不會故意去刁難誰的。」

這句反過來聽，就是誰要是讓老夫人不高興了，老夫人的手可不會軟。林蘭心裡有些犯怵，這種又有地位，又很嚴肅的老太太，如果她一開始就對你有成見的話，是很難打交道的，估計這位葉家老夫人對她的成見非是一般的深，說不定還會以為是她恬不知恥勾引了她的寶貝小外甥。

說話間，剛才那位圓臉的丫鬟來了。

「林姑娘，老夫人有請。」

林蘭手上的水晶糕差點掉地上，這麼快？看來老夫人果然是急性子，這麼迫不及待想見她。

從銀柳身邊經過的時候，銀柳悄聲跟林蘭說：「老夫人喜歡講規矩的人。」

講規矩？誰知道老夫人心裡的規矩是什麼？管她，走一步算一步，大不了，回家。

想開了，林蘭也就沒了負擔，跟著圓臉丫鬟去了上房。

正院很大，院中植了兩株長勢茂盛的海棠，兩邊抄手遊廊上還掛了一溜的鳥籠子，什麼畫眉、鸚鵡的，嘰嘰喳喳叫得歡暢。五開間的上房，雕樑畫棟，十分氣派。

無須通傳，圓臉丫鬟直接把林蘭領進了正房。

正房裡，葉家老夫人端然上座，雙目微垂，表情略顯嚴肅，一旁伺候的嬤嬤卻是在林蘭一進門就直直打量起林蘭來。

林蘭掃了一圈，沒看到李秀才，顯然是被葉老夫人支開了，再看上座的葉老夫人頭髮花白，手持念珠，一身素衣，面頰消瘦，沒有一般富家老太太的富態，反而多了些滄桑感。目光微轉，視線落在了葉老夫人蓋著毯子的膝蓋上，心裡打了個問號。現在已是春暖時節，穿一身單衣走在日光下都覺得悶熱了，況且這屋子又是向陽，通風採光都很好，難道說老夫人腿腳有毛病？

葉老夫人微抬眼，見林蘭盯著她的腿腳走神，頓時心生不悅。

「聽說妳救過明允的命？」葉老夫人淡淡開口，語調平平。

林蘭回過神來，向葉老夫人屈膝一禮，學的是銀柳先前對她行禮的姿勢。

「回老夫人，林蘭不過是替李……公子治了一回蛇毒。」林蘭謙虛地回答。

葉老夫人還不知道林蘭是胡大夫的女徒，只道獵戶的妹妹懂得醫治蛇毒也是正常。

「妳救過明允一命，今日明允幫妳解了圍，也算是還了妳的恩情。周嬤嬤，妳去我房中取一百兩銀子來給林姑娘，當作她救過明允的謝禮。」葉老太太曼聲說道。

被稱為周嬤嬤的應了一聲，就要去取銀子。

不出所料，葉老太太果然是要打發她走人。一百兩銀子在富人眼裡不過九牛一毛，但對於林蘭來說，已經不算小數目了，如果省著點花，夠她用上三五年的。可是，就這麼走了，爭取都沒爭取一下，李秀才定要說她不仗義，她可記得合約上清清楚楚寫著一條……不管遇到多大的困難，都不能輕言放棄。

「老夫人，林蘭救李公子可不是為了銀子，救人一命勝造七級浮屠，況且林蘭身為一個醫者，治病救人實乃本分，所以，這銀子林蘭不能要。」林蘭笑容依舊。

聽到這話，周嬤嬤的腳步頓住，扭頭看看老夫人又看看林蘭，面露猶豫之色。

在葉老夫人聽來，林蘭的大義之詞不過是矯情之言，是想繼續纏著明允的託詞。

「林姑娘，咱們打開天窗說亮話，妳要多少銀子才會離開明允。」葉老夫人耐著性子問道。

林蘭被刺激到了，不管是前世還是今生，她都沒把銀子放在最重要的位置。她有醫術，有能力，何愁賺不來銀子？葉老夫人這樣說，顯然是輕視她的出身，看不起窮人，懷疑她的意圖，這是林蘭不能接受的。

林蘭淡笑從容，「老夫人，您的好意林蘭心領了，只是林蘭與李公子有了山盟之約，豈能輕易背棄？若是老夫人不希望林蘭留下，只須請李公子來當面言明，林蘭即刻就走。」

葉老夫人臉色微變，聲音帶了些許冷意：「林姑娘，妳雖出身農家，但也應該知道，婚姻大事，父母之命，媒妁之言方是正統。明允的身分妳也清楚，妳倆的身分天差地別，莫說你們無媒無聘，就算我老婆子點了頭，明允他爹也不會答應，妳又何必執著，自取其辱？」

話說得十分明白了，林蘭依舊不急不躁，不怒不哀，「老夫人，您說的林蘭都懂，誓約是李公子與我定下的，還送了林蘭一幅字做為聘禮，這事整個澗西村的男女老少都可以作證，怎能說是無媒無聘？只是老夫人實在不喜林蘭，硬要解約，就李公子親自來解，我林蘭也不是死纏爛打之人，要的無非一句明白話而已，這樣的要求並不過分吧？」

葉老夫人不由動氣，「林姑娘，這麼說妳是賴定了我們葉家？」

「老夫人此言差矣，怎麼能說是我賴定了葉家呢？我和李公子定下山盟之約時，可不知道他是你們葉家的外甥，更不知道他有個做大官的爹。要是早知道，我才不會接受他，更不可能站在這裡被您質疑，我還一肚子氣沒處發呢！」林蘭的表情很是無辜，她才不稀罕什麼葉家。

葉老夫人瞪著林蘭，喘著氣，腿上蓋的毯子被她抓得皺起，久久不曾言語。

林蘭毫不畏懼看回去，不過卻是在研究葉老夫人的面色，看她面色萎黃，多處有黃褐斑，說了幾句狠話就開始喘氣，加上她的腿腳畏寒怕冷，林蘭揣摩著葉老夫人怕是脾虛內濕之體，這種體質的人易感濕邪，若她判斷不錯，葉老夫人應該有較嚴重的風濕病。

周嬤嬤見狀，忙上前來給老夫人揉背順氣，溫聲勸道：「老夫人，您該吃藥了。」

林蘭脫口而出：「光吃藥可不行。」

葉老夫人和周嬤嬤面上一僵，周嬤嬤遲疑問道：「那該如何？」

林蘭道：「能讓我給老夫人診一診脈嗎？」

葉老夫人不屑地收回目光，黃毛丫頭，學點皮毛就想在她面前賣弄，她的痹症連胡大夫都治不好，她能行？當即喚道：「玉容，先帶林姑娘去偏院。」

那個圓臉的丫鬟應聲前來，原來她叫玉容。

「老夫人，能讓廚房弄點吃的嗎？」林蘭訕訕道，不給診脈就不診，可她正是長身體的時候，一頓不吃餓得慌，更何況今天發生了這麼多事，又走了這麼多路來到葉家，這些可都是要花力氣得，不給飯吃可不行。

葉老夫人強壓著怒氣，吩咐玉容：「讓姚嬤嬤給她弄點吃的。」

林蘭笑呵呵，「謝謝老夫人。」又道：「麻煩玉容姊姊了。」弄得玉容表情很不自然。

等林蘭走了，周嬤嬤勸道：「夫人，您別為個不懂事的丫頭生氣，自個兒的身子要緊。」自打三小姐去後，老夫人哀傷過度，身子一日不如一日，叫人又急又愁。

葉老夫人闔上雙目，靠在椅背上，長長嘆了一口氣，「就沒個省心的。」

「明允少爺這脾氣……」周嬤嬤話說一半，又顧忌得嚥了回去，蹲下身子給老夫人捏腿。

「妳想說他像他娘？」葉老夫人幽幽嘆氣，神情變得恍惚，似在回憶，良久才說：「確實像他娘，比他娘還執拗。」

周嬤嬤也不禁跟著嘆了一口氣，「眼下可怎麼辦呢？難道真的由著少爺胡來？」

葉老夫人瞇著眼，似有些倦怠，「妳覺得這位林姑娘如何？」

周嬤嬤思忖了一下，說：「不是個好對付的。」

葉老夫人嘴角一抽，「臉皮夠厚，膽子夠大。」

周嬤嬤噗哧笑道：「老夫人說的極是。」

「算了，孩子大了，不聽令了，就由著他去吧，讓這林姑娘去京城鬧鬧那韓賤人的心也不錯！」葉老夫人眸中閃過一絲冷笑之意，再次闔上雙目，聲音漸漸弱了下去。

姚嬤嬤來送飯食，聽銀柳說把葉家鬧得沸反盈天的就是林蘭，她還不相信，等見到林蘭才不由不信了。

◆ ◆ ◆

「林蘭啊，這到底怎麼回事？妳怎麼跟明允少爺……」姚嬤嬤驚詫莫名。

林蘭苦笑，她是不是跟每個人都要解釋一下？

「這個……說來話長，先吃飯。」就算要解釋，也得先填飽肚子吧！

銀柳忙道：「姑娘，我來吧！」

說著為林蘭仔細擺好碗筷，放好菜碟，「姑娘，您慢用。」

林蘭會心一笑，銀柳態度很好啊，不過，她能不能留下來還兩說，葉老夫人看起來真的很生氣，恐怕這會兒李秀才又被拎去訓話了。

林蘭拿起碗筷正準備吃飯，突然一陣爽朗的笑聲傳來。

「人在哪？快帶我去瞧瞧……」

林蘭訝然，葉家好像規矩挺大的，老夫人嚴肅，下人們謹慎，誰敢笑得這般張揚？

銀柳聞聲，小聲提醒道：「是二夫人來了。」

二夫人？這麼說，是李秀才的舅母。

林蘭剛理順關係，就見一個滿頭珠翠，肌膚豐腴，穿一身杏色遍地繡纏枝花樣錦緞褙子，年紀約莫四十開外的婦人笑吟吟走了進來。

目光微轉，定在了林蘭身上，上上下下打量起林蘭來。

林蘭被她看得不好意思起來，放下碗筷，起身向二夫人行了一禮。

二夫人未開言便先笑了，「這模樣真俊，怎麼看也不像是村子裡出來的姑娘，要是好好打扮打扮，冒充個知府千金都綽綽有餘。」

這話林蘭聽著不爽，什麼叫冒充知府千金？想她上輩子出身豪門，接受的是最好的教育，走的是美貌與氣質並重的路線，如今生活所迫，不得不使些潑辣手段，只要她願意，低眉順目就是個溫婉賢淑、端方穩重的大家閨秀。

不過，看二夫人的笑眼裡只有新奇與喜歡，並無輕視之意，看來倒是真心讚她，林蘭平復了心情，只拿一雙明亮大眼，笑盈盈看著二夫人。

看她略帶羞澀的神情，二夫人笑得更歡暢了，熱情拉了林蘭的手說：「都說一物降一物，我常想我那整日擺著一副假正經面孔，不苟言笑的外甥將來會找個什麼樣的人來治他，沒曾想是妳這樣的，當真是妙極！」

林蘭很納悶，這位二夫人的熱情是從何而來？難道她不嫌棄她的出身？而且她還沒得到葉老夫人的認可，就算葉老夫人認可了，還有葉老太爺那一關呢，二夫人就敢趕在二老頭裡來示好？

「二舅母，我何時假正經來著？您這麼說，林蘭會誤會的。」李明允皺著眉頭走了進來，眸光略顯無奈。

林蘭看他已經換了身月白暗紋的錦緞直衫，腰間繫一條青色的絲條，絲條上綴了塊翠玉，整個人顯得格外清俊儒雅，果然是人要衣裝。

二夫人嗔笑道：「要想我不在林蘭面前說你壞話也行，你二舅在婺州府新開了鋪面，你給寫塊匾額。」

李明允卻若有所思看著林蘭，聲音不高不低：「林蘭是該添幾身像樣的新衣了，葉家的外甥媳婦兒若是太寒酸，會讓人笑話的。」

林蘭不由得瞪過去，他這是吃錯藥了嗎？什麼葉家外甥媳婦，葉老夫人答應了嗎？難道要她厚著臉皮賴在這裡？

李明允對林蘭的不滿視而不見，而是意味深長看著舅母。

二夫人秀眉一挑，爽聲道：「你也太小看舅母了，舅母是那種小氣的人嗎？回頭你帶林蘭去鋪子裡，選好料子，挑好式樣，春夏秋冬每季四套，外加瑞福祥金銀首飾各一套，舅母這樣可夠意思了？」

林蘭暗暗咋舌，先不說那十六套新衣，就瑞福祥的金銀首飾就得好幾百兩了，這位舅母也太大方了吧！

李明允溫然而笑，拱手道：「明允明日就把字送上。」

二夫人雖然為人爽快，也不小氣，但討幅字要花這麼大本錢，心裡多少有些怨懟，便揶揄道：「明允啊，你不去經商真是可惜了，你要是棄文從商，這天下第一商的名號非你莫屬。」

李明允不溫不火，淡笑道：「舅母過獎了。」

二夫人討了句嘴上便宜，附耳過去與林蘭小聲打趣：「妳可別被他那文雅老實的表象給騙了，明允他精著呢……」

林蘭聞言瞄了眼神情略顯尷尬的李明允，心中大為贊同，這傢伙絕對是扮豬吃老虎的好手。

李明允手握空心拳放置嘴邊，乾咳了兩聲。

二夫人笑呵呵地說：「好了好了，我就不打擾小夫妻親熱了，閒雜人等都隨我退下吧！」

林蘭又被二舅母直白的言語驚悚到，古代大戶人家的女人不都很含蓄得嗎？行不露足，笑不露齒，謹言慎行，這二舅母莫非也是穿越人士？

須臾，屋子裡就剩下林蘭和李明允。

「妳別介意，二舅母出身武館，說話比較直爽，不過，人卻是極好的。」李明允解釋道。

原來如此，還以為遇到同類了呢！林蘭略有些失望。

「張大戶沒來找麻煩嗎？」因為剛才二舅母的戲謔之言，林蘭頗有些尷尬，便找個話題來轉一轉氣氛。

「來了，不過，叫我外祖父給打發走了。」李明允輕描淡寫道。

林蘭卻是很感興趣，追問道：「怎麼打發的？有沒有爭吵起來？」

李明允見她眼中露出興奮的光芒，略微挑眉，平靜道：「我外祖父從不與人吵架。」

林蘭明白地點點頭，自作聰明地說：「以理服人，以德服人，對吧？」

李明允側頭想了想，外祖父似乎也不是個講理的人，不過，最護犢子罷了。

沒見到張大戶吃癟的模樣，確實是件憾事。

「噯，你外祖母說給我一百兩銀子讓我走人，我拒絕了，她又說讓我自己說個數，我還是沒答應，怎麼樣，我很仗義吧？」林蘭賣乖道。

李明允不由哂笑，點了點頭，中肯地說：「還行。」

「什麼還行？簡直太行了好不好！你都不知道你外祖母多嚴厲，我可是硬著頭皮頂住的，不過，她好像被我氣得不輕，恐怕待會兒她就會派人來轟我了！」林蘭嘟噥著說。

「不會。」李明允坐到了大理石圓桌前。

林蘭詫異，「不會？你這麼肯定？你能保證你外祖母不會趕我走？」

「不會。」李明允平淡的語調裡透著自信與篤定。

林蘭撇了撇嘴，「反正該做的我都做了，成與不成都不關我的事了。」

李明允想到外祖母對林蘭的評價——臉皮夠厚，膽子夠大——不禁啞然失笑。

林蘭瞪著他，「你笑什麼？」

李明允忙斂了笑，拿起桌上的碗筷，一本正經地說：「沒笑什麼，外祖母說妳很好。」

他才不會告訴林蘭那八字評語，回頭她惱了，撒手不管就麻煩了。

林蘭怔然，葉老夫人說她很好？有沒有搞錯？是不是被她氣得神經錯亂了？

怔愣間，卻見李明允端著屬於她的那碗飯開吃了。

林蘭急衝過去，「這是我的飯……」

參之章 衣錦歸鄉吐怨屈

林蘭就這樣留了下來，當天晚飯後，李明允被二舅母拉去寫匾額，林蘭就被葉老夫人叫去訓話。屋子裡就兩人，一老一少。

「從明天開始，周嬤嬤會教妳各種禮儀規矩，妳得用心學。須知，應酬並非只是男人的事，女眷之間的往來應酬也很講究，到時候妳的一言一行都關乎明允的體面，我可不許妳給明允臉上抹黑，這是在外，至於妳在那未來婆家，只要妳自己把握分寸，別讓人拿了錯處，妳愛怎麼著就怎麼著。」葉老夫人說話不急不慢，可聽起來有種不容違背的威嚴。

老夫人的話前緊後鬆，林蘭琢磨著老夫人的意思，就是在外必須給李明允掙臉，在家麼，就無所謂了，只要自己不吃虧就行。這樣的訓話還真有意思，可見老夫人對京城裡那一家子沒什麼好感。

林蘭乖巧應道：「林蘭一定用心學。」

葉老夫人面色稍霽，又說：「銀柳和玉容是我親自調教的，妳去京城，身邊也得有兩個可信之人，就叫她們跟了妳去。妳先使著，彼此熟悉下脾性，在府裡這幾日若有什麼需要，只管找妳二舅母去。」

林蘭求之不得，歡喜地謝過：「還是外祖母考慮得周到。」

葉老夫人輕哼一聲，「人前妳可以叫我外祖母，現在無旁人，這戲也不用入得太深，有些事，妳知，我知，明允知即可。我明白告訴妳，我老婆子就這麼一個寶貝外甥，他既有心要做一些事，我定然是要助他一臂之力。妳在京中的時日，妳的家人葉家會妥善照顧，當然，這是有前提的，林姑娘是個聰明人，不需我老婆子細說。」

林蘭暗汗，原來李明允早把底兜出去了，難怪這個老太婆肯留下她。既然老夫人打開了天窗，那林蘭也就放開了膽子，作為難狀，「其實演戲這種事，林蘭真不擅長，要不老夫人還是幫李公子去找一位戲子來演比較好，畢竟人家專業，說入戲就入戲，說出戲就出戲，林蘭不過是個農家女，實在難挑重任啊！」

葉老夫人臉色一黯，周嬤嬤說的對，這林姑娘就是個氣死人不償命的主，她不過是提醒她別忘了自己的身分，別忘了她來葉家的目的，沒想到，她居然敢跟她撂挑子，拿話堵她。她若早知道明允有這打算，早就給明允物色更好的人選了，還用得著她？

葉老夫人沉聲道：「妳也不用跟我矯情，還是想著怎麼把規矩學好了，葉家不會虧待妳的。」

林蘭笑笑，「那敢情好，不過林蘭還是那句話，林蘭並不適合演戲，要是不小心把事情弄砸了……老夫人可不能怪林蘭。」

葉老夫人頓時黑著一張臉，語氣決然，「只許成功，不許失敗。」

林蘭愕然，這要求可真高。

「真的有難度……」林蘭垮著小臉，弱弱地說。

葉老夫人恢復了傲慢的神色，冷睨著她，「明允許了妳什麼我不管，事成之後，我再送妳三千兩銀子。」

林蘭暗抽一口冷氣，三千兩銀子！

等於一年一千兩，這銀子好賺啊！三年後，她就是富婆了，有這麼多銀子，想開什麼藥鋪開不成？到底是葉家，財大氣粗。

「行，那我就豁出去了。」林蘭果斷點頭，隨即笑呵呵地說：「老夫人，咱們是不是也簽個約，立個字據什麼的？三年的時間說長不長，說短也不短，萬一……」

葉老夫人氣得差點絕倒，「妳是怕我老婆子活不過三年？」

「哪能啊？老夫人不過是腿腳有些不便，精神還是很好的，別說三年，再活個三十年也是稀鬆平常，不過，有個字據什麼的，我做起事來也能更用心不是？」林蘭打著哈哈。

一炷香後，林蘭懷揣著第二張合約，心情愉快地回到了老夫人給她安排的住所。

而葉老夫人因為心情鬱結，氣血不暢，痹症發作，腿痛了一晚上。

本以為李明允今晚不會過來了，林蘭和銀柳聊了會兒天正準備睡覺，誰知李明允來了。

林蘭戒備地看著李明允，心想，他該不會是要住在這裡吧？

李明允看她眼珠子轉來轉去，像隻緊張不安的小兔，微哂道：「我來與妳說一聲，我已派人去妳家報了平安，至於婚禮，我讓人告訴妳哥，我們要到京城再辦，因為各種原因，就不請他們前去京城觀禮了。」

他倒是想得周到，這樣就能避免讓哥知道他們是假婚。林蘭遲疑地問了一句：「就這事？」

他點點頭。

林蘭鬆了口氣，「我知道了，你……也早點去歇息吧，我明天開始要學禮儀規矩了。」

他挑眉，過了一下，又點了點頭，「那妳早點歇著。」

一旁伺候的銀柳見少爺走了，也沒起什麼疑心，只道明允少爺和林蘭姑娘還沒舉辦婚禮，自然是不能住在一屋的。

李明允來到院中，負手而立，抬頭望月。

一輪彎月半隱在淡淡的雲霧間，朦朦朧朧，叫人看不真切，目光變得深沉而悠遠，像是要穿越千萬里雲煙……

此時此刻，那千里之外的李府中，怕是燈火通明，笙歌樂舞，觥籌交錯，熱鬧非凡吧？

今天是李明則大婚。

這個突然冒出來的大哥，讓他莫名其妙從嫡長子變成了嫡次子，奪走了本屬於他的一切，身分、地位、親情，還有若妍……

不，不是突然，是處心積慮。

韓秋月，妳是苦守寒窯十六年終於守得雲開見月明的堅貞女子，那我娘呢？我娘算什麼？被蒙蔽在一場陰謀算計裡十六年，最終落得個不能容人心胸狹窄不深明大義的善妒之名，鬱鬱而終……

而那個始作俑者李敬賢，非但沒有半分愧色，反而趁機營造糟糠之妻不下堂的高潔之風，順利爬上了尚書之位。

交疊在背後的手緊緊握成拳，眼中寒意凍結成冰。

娘，那些負了妳，害了妳的人，兒子怎能讓他們逍遙自在？

李敬賢，很快，我就如你所願，回來了，希望你……不要後悔。

「女子首重品德，但品德不是一眼便能看得明，看得透，而教養舉止卻能讓人一目了然。妳做得好了，人家未必會誇讚妳，可妳要是出錯了，必定會惹來詬病，其中厲害，姑娘要仔細體會。」周嬤嬤先來一段重要性、必要性的教育，接著便開始進入正題。

可能是由於時間緊迫的關係，周嬤嬤恨不得一股腦兒把自己會的都塞到林蘭腦子裡。

古代的禮儀繁瑣複雜，林蘭是知道的，她沒料到的是，一個商賈之家的僕婦會有如此全面的禮儀知識和規範標準的禮儀姿態，本以為學習過歐洲貴族禮儀，有一定的基礎，再來學這些，便能觸類旁通，駕輕就熟，沒想到這完全是另一個陌生的領域，是個龐大的教學體系，內容涉及居家、處世、出門、訪人、會客、聚餐、旅行、對眾、饋贈、慶弔、祭祀等等，統統都有嚴格的要求和講究。

面對如此繁重的學業，高強度的訓練，就算林蘭再聰明過人、天賦異稟，一時半會兒也難以消化，林蘭不得不拿出當年參加備戰高考的勁頭，叫銀柳幫她取來紙和筆，把周嬤嬤所講的重點要點、動作要領一一記下，準備晚上慢慢研究。

周嬤嬤不動聲色看著林蘭的舉動，心中卻是極為震撼。

一整天學下來，林蘭腦子沒暈掉，手卻是酸得不行，做筆記做得身上也是酸痛不已。周嬤嬤要求甚高，一個屈膝的動作，高一分不成，低一分也不成，腰太直不行，太僵不行，太散漫更不行，弄得林蘭心裡直發毛，又不是去選秀女，要搞得這麼嚴格做什麼？難道京城裡的官家小姐夫人們都能做得這般到位？她才不相信。

「周嬤嬤，今天就先到這吧，一口吃不成一個胖子！」

就在林蘭不知第幾遍行跪拜禮，跪得腿腳都快發軟的時候，李明允如及時雨般出現了。

林蘭立時就癱坐在地上揉膝蓋。

周嬤嬤原本對林蘭先前的表現相當滿意，這會兒看她當著明允少爺的面就坐在了地上，不由得皺起了眉頭。

銀柳想笑來著，可看見周嬤嬤臉色不豫，又不敢笑，忍得肩膀一抖一抖的。

「自己把今日所教的好好練練，明日我要檢查。」周嬤嬤說著暗嘆了口氣，到底是農家出身，這就原形畢露了，罷了罷了，還是明日再教。

周嬤嬤一走，李明允就喚銀柳：「去給姑娘打盆水來。」

銀柳應聲出去打水。

李明允走到林蘭跟前，略彎下腰，目光溫柔，語聲溫潤：「要不要扶妳一把？」

林蘭疲憊地仰頭看他，只見他眸光微垂，透著融融暖意，笑容清淺，流露關切之情。

林蘭有些恍惚，自打與他簽訂了合約，他就像變了個人似的，不復以往的冷漠和拒人千里的疏離，時不時溫顏以對，不論是冷還是溫，他都表現得那麼自然、坦然，讓人情不自禁相信，這一刻，他是發自內心的關懷。

片刻的茫然後，林蘭得出了結論，這傢伙絕對是個偽裝高手。

「不用，我還沒那麼嬌貴。」林蘭姿勢不太雅觀地站了起來。

李明允不以為意，看著額上生汗的林蘭，微哂道：「妳不用急，慢慢來，從這裡到京城少說也得兩個多月，還有時間。」

林蘭默然，不急？她是不急，可人家葉老夫人急，都花了大血本了，三千兩銀子呢！她要是臨出發前不學個七八分，過不了關，說不定人家老太太要毀約。

「噯，當個大家閨秀真不容易，說話要輕聲細語，走路要弱柳扶風，目不能斜視，笑不能露齒，在家從父，出嫁從夫，這一輩子就跟個木頭人似的，有什麼意思？還不如當個鄉野農婦自在些，好歹想說可以大聲說，心裡不痛快了，罵幾句也沒啥關係……」林蘭累壞了，往靠背椅上一坐，忍不住牢騷滿腹。

李明允略微苦笑，「好在妳也只須忍耐三年。」

「三年也不短了，不過，你放心，我林蘭是個言而有信的人。」林蘭說得大義凜然，心中想的卻是……到時候李明允會給她什麼補償？

李明允低眉，眼中一抹不太相信的神色。

「你今天一天都在做什麼？」林蘭很好奇，她累死累活了一天，他都在幹些什麼？

「看書。」李明允撩起長衫下襬，在林蘭邊上的椅子上坐下，姿態甚是優雅。

「看書？這麼清閒？」林蘭不滿，心裡不平衡。

李明允淡淡一笑，「這次回京要參加鄉試，原本三年前就該應試了，若是我考得不好，妳的儀態學得再端方，別人也不會多看妳一眼。」

這話說得實在，有道是夫貴妻榮，如果李明允能中狀元，那麼她這個假狀元夫人，就算蠢笨如豬，想必也有人逢迎拍馬。

林蘭若有所思地瞅著李明允，笑得有些陰險，「讓你多看了三年書，多準備了三年，若還是考不好，你也太差勁了，那……咱們那個合約也可以作廢了。」

李明允神情一肅，「為什麼？」

林蘭攤手，「沒有意義了呀！你要是考不中，你在那個家還有什麼地位可言？我的作用也發揮不出來了啊！」

李明允挑眉看她，悠悠道：「妳放心，我會給妳機會發揮作用的。」

說話間，銀柳打了熱水來。玉容跟在身後，見到李明允，屈膝一禮，「少爺，陳家公子來了，要見少爺。」

「人呢？」

「在前廳。」

李明允忙起身，整了整衣衫，對林蘭說：「我先過去，妳稍稍整理下，也去見見陳公子。」

「就那個陳子諭嗎？」林蘭問。

看她一臉心虛的模樣，李明允不禁啞然失笑，「怎麼，不敢見人家？」

不是不敢，就是有點不好意思，林蘭扭捏著不想去。

「子諭不是那麼小心眼的人，再說，他明日要先回京了，我還有要事拜託他，妳去見見，了解下情況，也好有個心裡準備。」李明允耐心勸說。

周嬤嬤回去後直接去見葉老夫人。

「她學得如何？」葉老夫人端著茶盞，有一下沒一下用茶蓋撩著杯中茶葉，漫不經心地問。

「老夫人，咱們是小瞧她了。」周嬤嬤道。

葉老夫人撩茶蓋的手一頓，抬眉，「怎麼說？」

「她學得挺用心，也挺有悟性，關鍵是……她也和小姐一樣，喜歡拿個冊子做記錄。我偷瞄了一眼她那個冊子，寫得滿滿當當的，一條一條分門別類，記得清清楚楚，小姐當年不就是這麼學的嗎？」周嬤嬤道。

葉老夫人不語，過了好一會兒，說：「明允今兒個告訴我，她是胡大夫的女徒，會開方子。」

這是解釋給周嬤嬤聽，也是想說服她自己，這不過是個巧合罷了。

當林蘭換了身衣裳，拖拖拉拉來到前廳的時候，李明允和陳子諭的談話已經接近尾聲。

「……這件事就拜託你了。」李明允的聲音低沉，略顯凝重。

另一個聲音卻是明朗而飛揚：「你就放心吧，多大點事?這幾年，雖說鐵三角缺了一，受美女關注度有所下降，但經過我和寧興的努力，力挽狂瀾，總算保住了地位，咱還是京城最惹眼的搭檔，不說呼風喚雨，想弄出點波瀾還是輕而易舉的，你只管慢慢來，只當攜美遊春，優哉游哉。」

林蘭站在外頭聽得這話，皺了皺鼻子，這傢伙牛皮吹得，靠不靠譜啊！

「哎……只是這樣一來，不知道會碎了多少女子的閨閣夢，可憐啊可憐！」陳子諭誇張得唏噓感嘆。

李明允薄嗔他一眼，不鹹不淡地說：「不是還有你陳三少嗎？」

「去，我從不把這些庸脂俗粉放在眼裡！」陳子諭很有骨氣地一昂下巴。

「庸脂俗粉？也不知是誰每每受冷落就抱怨個不休。」李明允嗤道。

「我那是為她們悲哀，她們只看見你頭上神童的光環，一窩蜂衝你去，卻看不見一表人才、內涵深厚的我，這會兒叫她們悔斷肚腸，我是決計不會多瞧她們一眼，尤其是那個裴芷箐。」陳子諭鄙夷地說。

「你就吹吧！」李明允不以為意，早習慣了陳子諭自吹自擂。時隔三年，這傢伙非但吹牛功夫大有長進，裝腔作勢的本事也不小。

「噯，老實說，我對你此舉還是持保留意見，你那後母確實是那個了一點，你爹也太那個了一點……可是你犯不著賠上自己一生的幸福去跟他們鬥不是？那個村姑……我是真想不明白，怎麼就會入了你的眼？」陳子諭又是惋惜又是不解地搖頭。

「她為何就入不得我的眼？」李明允閒閒地問。

陳子諭探頭過來，帶著揶揄的笑，「照理說，你一名動京華的大才子，娶一個才比文君貌比西施的大家閨秀也是容易，紅袖添香夜讀書，何等愜意，何等快活，現在你卻摘了朵鄉野的狗尾巴花回家，難不成以後夜夜秉燭對美話桑麻？再說了，我看她又沒腦子，又粗魯……」陳子諭說著，頭搖得更厲害了。

你才狗尾巴、豬尾巴、牛尾巴，你才沒腦子，不，你有腦子，豬腦……林蘭氣得一陣咒罵，就知道這傢伙要說她壞話。

一旁的銀柳也氣憤了，這位陳公子好生無禮，居然背後道人長短，說人是非。

林蘭腦子一轉，附在銀柳耳邊低低交代了幾句。銀柳連連點頭，轉身離去。

「明允，我來晚了，陳公子走了嗎？」林蘭換了張笑臉走了進去。

剛說完人家壞話的陳子諭，因為心虛，臉上有些尷尬，故而笑容誇張地看著走進來的人。

李明允起身迎她，站在她身邊做正式介紹。

「林蘭，這位是陳公子，字子諭，是陳太傅家的三公子，是我舊日在京中最好的朋友，這次他出京辦事，特意前來尋我。」李明允為林蘭做介紹。

林蘭笑微微朝陳子諭做了個剛學的標準屈膝行禮，「陳公子，上次真不好意思，誤會你了……害你摔個大跟頭，沒摔壞哪兒吧？」

陳子諭起先見她儀態從容，還暗暗稱奇，潑辣村姑居然也可以調教得這般溫婉模樣？後聽她開口道歉，心裡還一陣慚愧，自己剛才還說人家壞話來著，剛要客氣幾句，卻聽她笑吟吟提起他的糗事……陳子諭有點懵，她這是真心道歉，還是故意氣他的？上次摔一大跟頭，是他陳子諭這輩子最糗的事了，簡直耿耿於懷，難以釋懷，她還哪壺不開提哪壺，這叫他怎麼接話？

李明允微垂下眼，將笑意掩藏在眼底。林蘭定是聽到子諭的話了，她是從不肯吃虧的。

林蘭見陳子諭怔在那裡，心底暗笑，裝出十分關切和內疚的樣子，「陳公子，您要是哪摔疼了，可不能瞞著，我也算學過幾年醫術，要不，我幫您看看，替您診治診治？」說著上前兩步。

陳子諭忙退兩步，擺手急道：「別……沒……沒事，我沒事，真的，本公子身體壯實得很，摔個跤，沒什麼，多謝姑娘關心了。」陳子諭話一說完，就懊惱死了，這算什麼事，居然還謝上了，果然是說人壞話是非多，都是心虛惹的禍。

李明允看陳子諭一臉窘樣，忍著笑為陳子諭默哀。

「沒事啊？那我就放心了。」林蘭笑得明媚，一臉真誠坦蕩。

陳子諭面上訕訕，心中悻悻。

三人復又坐下來，因著之前正事都談好了，這會兒再熱冷飯不合適，李明允便與陳子諭說起寧興來。

「朝廷不是要開武科了嗎？他怎不去參加？若是中了武舉，朝廷自會重用，也不會落人口舌。」李明允挑眉問道。

「開武舉還要等明年，眼下……西北大營那邊正好有空缺，那個……你也知道的，是個要職，機不可失，再說，寧興寧小霸王早就威名遠播，誰敢說他不行？」陳子諭因著林蘭在座，有些話不好說得太通透。

李明允微哂，「那倒也是，我只是替他可惜，若他參加武舉科考，武舉人非他莫屬。」

林蘭聽了尋思著：京城鐵三角，明允是神童，寧興是霸王，一文一武，那這個陳子諭最擅長什麼呢？吹牛皮嗎？

「寧興這一走，段慶洪這傢伙最高興了，山中無老虎，猴子稱霸王……」陳子諭不忿道。

他們倆有一搭沒一搭聊著，林蘭卻是記掛銀柳怎麼還不來。

說曹操曹操就到，銀柳端了個托盤進來。

林蘭擺出女主人的姿態，笑吟吟地說：「兩位杯中的茶都涼了，快換上熱的吧！」

銀柳先給兩位公子換上熱茶，到林蘭這，銀柳悄悄使了個眼色，林蘭會意，讓她退下，然後端起茶盞，輕撩茶蓋，臉上掛著淡淡的笑意，儼然一派名門淑女的婉約姿態，眼風掃到陳子諭端了茶盞，對著茶水輕吹了一口。

林蘭默數：一、二……

噗！

陳子諭一口茶噴濺出來，動靜太大，手中茶盞一晃，茶水又灑了一身，燙得他跳起來，端的是狼狽。

李明允驚愕地看著陳子諭，「子諭，你……」

陳子諭齜牙咧嘴，眼睛眉毛全皺一塊兒，苦著臉說：「這茶，怎麼是苦的？」

廢話，加了黃連能不苦嗎？

李明允瞥了看似比他還要震驚的林蘭一眼，心知肚明，定是林蘭搞的鬼，無奈地無聲嘆氣。

「誰讓他先罵我的？」陳子諭離開後，林蘭面對著一臉沉鬱，目光中帶著質問的李明允，理很直，氣卻不是很壯地嘟噥。

「可他是客。」李明允到底是與陳子諭十多年的交情，那十多年裡，他沒有兄弟姊妹，與陳子諭、寧興一見如故，從此，親如手足，倘若林蘭只是爭些言語上的便宜，他倒是很樂意見到子諭吃癟，可現在弄得太狼狽了，上回林蘭是無心，這次是有意，李明允自然而然要幫子諭說話。

李明允的責問讓林蘭氣惱，「你還幫他說話？有道是君子不言人長短，不道人是非，他背地裡說我壞話，本來就有失德行，我是看在你和他交情不淺的分上，才對他手下留情，要不然，等他的就不是一口苦茶，而是巴豆了。」

李明允錯愕，這女人……夠狠，他相信她絕對做得出來。

林蘭還不解氣，怒目相向，「還有你，別人當面諷刺你的妻子，即便是假的，那也等於當面打你的臉。你不維護我不說，現在還來指責我，合約上是怎麼寫的，你忘了嗎？如果你連最起碼維護我的尊嚴都做不到，這份合約，不如廢了！」

李明允面對林蘭的責問，一時語塞，腦子有點轉不過來，明明覺得有什麼地方不對，可被她這麼一說，反倒成了他的錯。

「子諭他是開玩笑的，他這人平日就這樣。」李明允認為自己找出了問題的根源，因為林蘭不了解子諭，子諭其實是揶揄她來著。

林蘭冷哼一聲，「你說他是開玩笑，那你怎麼不說我也是開玩笑？不就一杯黃連茶嗎？喝了還能清熱解毒呢！」林蘭又剜了他一眼，沒好氣道：「你別扯開話題，今天的事完全就是你的錯，別說我們有合約在，也別說我是你的假妻子，就算我是一個陌生人，你一個知書達理的大才子，也不能隨便嘲笑挖苦人家。」

「我又沒有說妳什麼。」李明允皺眉，她還真能順竿子往上爬，越扯越遠了。

「你沒有出言阻止，沒有替我說話，就等於你也參與了對我的嘲笑和挖苦。也許你當時心裡還很認同，還笑了。」林蘭咄咄逼人地控訴著，並充分發揮自己的想像力，幻想著李明允當時嘴角掛著一絲譏誚的笑，越想就越氣憤難平。

李明允哭笑不得，要說善辯，他李明允還沒遇到過對手，可就是眼前這個女人，歪理橫說，每回都讓他胸悶氣短，理屈詞窮。

「你還不服氣，你根本就沒有站在我的立場考慮，如果有人說你沒腦子，說你粗魯，你會作何感想？」林蘭說完，甩袖走人，為了幾千兩銀子受這份閒氣，真是吃飽了撐著，管他要怎樣，大不了不幹了。

見林蘭氣走，李明允重重嘆了口氣，他不承認她的行為是對的，但他不得不承認林蘭最後說的這兩句話是對的，他的確沒有站在她的立場考慮問題。女人的心都是細膩的，也許子諭的話傷到了她的自尊。

林蘭心情很不好，本想晚上好好復習禮儀功課來著，也懶得復習了，誰知道這樁交易還會不會繼續下去，索性悶頭睡覺。

好多年沒睡過這麼舒適的床，沒蓋過這麼柔軟還帶著淡淡香味的被子了，林蘭稍作憶苦思甜，很快便沉入夢鄉。

翌日，林蘭的生理時鐘意外失調了，快到辰時才被按捺不住的銀柳叫醒。

「林姑娘，該起了，待會兒周嬤嬤就要來了……」

林蘭揉揉惺忪的睡眼，迷糊著問：「什麼時辰了？」

「都快辰時了，本來見姑娘睡得香，想讓姑娘多睡一會兒，又怕周嬤嬤來了，見到姑娘還睡著，要說姑娘的不是。」銀柳一邊撩起雲帳，用雙魚銀鉤挽住，一邊答道。

林蘭打了個激靈，瞌睡蟲立刻飛得無影無蹤，急急忙忙下床穿衣，嘀咕著：「真是意志不堅，這麼快就被腐化了。」

銀柳沒聽清，以為姑娘是要吩咐她什麼事，忙問：「林姑娘，您說什麼？」

林蘭咧嘴，訕訕一笑，「我自說自話呢！以後，妳還是早點叫我起來吧！」

玉容打來洗漱用的水，要伺候林蘭洗漱。林蘭還有點不習慣這種衣來伸手飯來張口的米蟲生活，即便在前世，傭人滿屋，她也喜歡自己的事情自己做。

「玉容，妳放著就好，我自己來。」

這邊緊張得剛整理完畢，外邊就有人喊：「周嬤嬤來了。」

本想盡善盡美，可因為昨晚一場置氣，林蘭偷懶了，好在她記憶力不差，周嬤嬤的檢查還應付得過去。

周嬤嬤一如既往的嚴厲，甚至比昨天要求更高，搞得林蘭緊張兮兮，打足精神來學。

快到晌午，周嬤嬤終於準備收工，對林蘭說：「妳的悟性雖好，學得也快，但切記莫要浮躁，要把我教妳的牢牢記在心中，勤加練習，今日就先學到這。」

林蘭以為自己聽錯了，周嬤嬤說今日就先學到這，不是說暫時學到這？這才半天呢！看她面上有茫然不解之色，周嬤嬤道：「下午，明允少爺要帶妳去綢緞鋪挑衣裳。」

林蘭這才恍然笑了笑，「辛苦周嬤嬤了，您放心，在走之前，我保證把您會的都學會。」

周嬤嬤懷疑地打量著林蘭，心道：我會的可多了，就算妳學上三年五載也不一定學得完，不過，這份決心還是值得讚許的。周嬤嬤不動聲色點了點頭，帶了丫鬟離去。

吃過午飯，李明允就來了，林蘭心裡還有氣，白了他一眼，自顧自看小冊子，不理他。

「怎麼？還生氣？」他唇角帶笑，語聲溫和。

林蘭又遞了個白眼過去，「不用這麼假惺惺，反正現在沒外人，你想說唯女子與小人難養也你就說。」

他輕笑了一聲，那聲音，像是聽了心愛的女人撒嬌了一樣，透著一絲寵溺的味道。

「我不敢說，我怕妳給我下巴豆。」李明允忍著笑，一本正經地說。

林蘭嘴角不露痕跡翹了起來，話裡帶了得意的嬌嗔：「算你有自知之明。」

「那……可不可以出發了呢？」李明允微微欠身，徵詢道。

林蘭本想再說兩句，比如再有下次，別怪我撂挑子的狠話，但看他面色溫和，眼神溫柔，態度……還算誠懇，決定暫時放他一馬。

兩人剛出院子，只見對面走來兩位小姐打扮的少女。

林蘭見那兩位少女，一位看似年長，身量高挑，身穿煙柳色綾衣，下繫淺碧色束腰籠輕紗長裙，頭上綰著彎月髻，斜插一支赤金嵌寶銜珍珠串的小鳳釵，柳葉彎眉，鳳眼如絲，婉約動人；另一位似乎尚未及笄，個頭只到另一位的嘴唇，穿一身淺豆綠綾衣，繫一條櫻草黃撒花水霧百褶裙，綰著一對雙環髻，眉目如畫，玉腮凝脂，顯得俏皮可愛。

但這會兒，林蘭覺得她一點也不可愛，因為她那雙撲閃的大眼睛裡，毫不掩飾地流露出對林蘭的厭惡。

能如此坦白表露內心的人，不可怕，可怕的是表裡不一的人，就比如那位婉約的小姐，看到林蘭的那一瞬，她眼中一絲寒意轉瞬即逝，隨即又是一副溫婉的笑容，但林蘭還是敏銳地捕捉到那一瞬的內心活動，可以肯定，這一位對她的討厭，絕對比那位可愛的小姐更強烈。

理由很簡單，絕對不會是因為林蘭本身很討厭，而是她此時的身分讓人她們討厭。

「表哥，這位就是未來的表嫂嗎？」溫婉的小姐面帶微笑，聲如鶯啼，嬌滴婉轉。

李明允微微頷首，「馨兒表妹，珂兒表妹。」算是答覆了問話，打了招呼。

可愛小姐走上前來，斜著眼打量林蘭，神情很是輕蔑，轉而對李明允說：「表哥，你的眼光可不怎麼樣。」

「珂兒，不得無禮。」婉約的小姐嬌聲呵斥，面上卻是毫無不悅。

叫珂兒的鼻子一皺，嘟著嘴不高興地說：「我說的是實話嘛！我還以為未來表嫂會是個天仙般的女子，沒想到連咱們府裡的丫鬟還不如！」

太直接了，太不給面子了！林蘭心道：我有妳說的這麼不堪嗎？

林蘭忽然笑了，對李明允說：「明允，我覺得我可以不用學規矩禮儀了。」

李明允已經慢慢適應林蘭跳脫的思維，估計這是林蘭反攻的序幕，便配合地問：「為何？」

「外祖母一再強調說，府裡最重規矩，對女子的教養最是嚴格，然後又聽周嬤嬤教導了很多，本以為府上的小姐們雖稱不上大家閨秀，但也不會差到哪裡去，誰知今日一見……」林蘭欲言又止，看著珂兒，失望地搖頭。

「妳說什麼？今日一見又如何？」珂兒自然明白林蘭是在挖苦她，一個鄉下野丫頭，也敢來挖苦她葉府三小姐？原本就不痛快的珂兒，就像被點著了的火，頓時柳眉倒立，大聲質問林蘭。

林蘭輕輕短笑了一聲，不鹹不淡地說：「當然是失望啊！首先，明允是妳們的表哥，我是妳們的未來表嫂，見了面，不說行見長輩之禮，也該先行個平輩之禮，但是妳們沒有；其二，妳，一開口就對未來嫂子出言不遜，極盡嘲弄、挖苦之能事，有失口德，至於其他的我就不一一細說了，免得妳太難堪，讓府裡的丫頭們笑話了去。」

珂兒一下子漲得臉通紅，指著林蘭的鼻子羞怒道：「妳算什麼東西，也敢來教訓我？」

李明允上前跨一步，擋在了林蘭面前，一手拍掉珂兒的手指，面若沉霜，聲若含冰，低沉而威嚴：「珂兒，今日是妳無理了，妳表嫂並未說錯。」

珂兒不可思議地睜大了眼睛，不敢置信地看著表哥，眼眶裡迅速盈淚，顫著聲：「表哥，你幫她不幫我？」

叫馨兒的忙上前來拉珂兒，柔聲勸道：「三妹，妳別鬧了，表哥都生氣了。」

「他生氣，我才生氣呢，這個女人怎麼配得上表哥嘛！我就是替表哥不值，我不喜歡她，我討厭她！」珂兒淚眼瞪著林蘭，恨不得立刻把這個女人趕出去。

「快別說了，別惹表哥生氣。」馨兒說著，滿目歉意地看著表哥，「表哥，三妹就是這脾氣，你是知道的，就不要跟她計較了。」

林蘭聽她一口一個表哥，好像她有多在意這個表哥似的，這麼溫柔賢慧，早幹麼去了？別以為她看不穿，珂兒雖驕縱恣意，不過就是個沒腦子的火炮，而葉馨兒則有心計的多，她是在利用葉珂兒來試探李明允的心意。

李明允表情淡漠，口氣嚴厲：「林蘭是我的妻子，是妳們的表嫂，妳們可以不喜歡她，但是別讓我再聽到妳們說她一句不是。」說罷，李明允拉了林蘭的手說：「我們該走了，二舅母還在鋪子裡等我們。」

林蘭嫣然一笑，做出很開心的樣子，跟著李明允走了，還不忘回頭朝葉馨兒和葉珂兒昂了昂下巴得意一笑，氣死妳們。

葉珂兒氣得直跺腳，指著已經遠去的那個討厭的背影說：「二姊，妳瞧瞧妳瞧瞧，這種女人也配做咱們的表嫂？我看表哥是腦子壞掉了，被鬼迷了心竅！」

葉馨兒也盯著那個背影，被掩飾著的寒意這一會兒毫不遮掩地釋放出來，冷冷地說：「她不會得意很久的。」

「那咱們該怎麼辦？」葉珂兒心急。

葉馨兒唇角微揚，露出一抹冷笑，「妳急什麼？自有人比咱們更討厭她，等著吧！我敢打賭，就算表哥把她帶到京城，她也進了不了李家的大門！」

李明允牽著林蘭一直往外走，林蘭被他牽著只覺手心發燙，雖然她來自二十一世紀，思想沒這麼保守，牽個小手沒什麼大不了的，可是幹麼要牽著，她又不是小狗？沒看見一路上那些丫鬟僕人都面露驚訝之色嗎？林蘭掙了掙，他回頭淡淡掃了她一眼，似乎是警告，叫她安分些，大手卻是拽得更緊了。林蘭瞪著他的後腦杓，腹誹著：這傢伙是不是想趁機揩油？

兩人出了葉府大門，李明允才放開了手，下人早已經備好了馬車在等候，見少爺出來了，忙去搬了小凳子，好讓少爺和少奶奶上車。

李明允體貼地先扶林蘭上車。

坐上馬車，林蘭就開始質問：「你幹麼拉著我不放？」

李明允捋平整衣襬，正經八百地說：「我在擺明我的態度，我想，今天以後，府裡不會有人再質疑我對妳的感情。」

原來是這個目的！林蘭心情又好了起來，歪著腦袋看他，笑得耐人尋味，「噯，那個，剛才你說那番話，難道就不怕你那個嬌滴滴的表妹傷心？」

李明允表情略顯不自然，「反正我們過幾日就走了，這些天，妳若再見到珂兒，她若再對妳不敬，妳別理她就是。」

「那可不行，你知道我是最小心眼的，我可做不到罵不還口，打不還手。」林蘭不以為然地翻了個白眼。

李明允悶悶地盯了她一會兒，苦笑著搖頭，「妳還是把本事留到京城再用吧，那邊的人可比珂兒難對付多了，再說，怎麼也得給二舅母留幾分薄面不是？二舅母對妳總還不錯。」

到葉氏綢緞莊還有一段路程，李明允就在馬車上把葉家人口的大致情形告訴林蘭。

葉家二老育有二子一女，女的就不必說了，就是李明允的母親，長眠在澗西村後山那個孤墳裡的那位。不過林蘭很好奇，李明允的母親大概是被京城的那個後母給害了，要不然李明允不會那麼恨那個家，但是，葉家這麼有錢，李明允的母親為何只修那麼一座簡陋得不能再簡陋的荒塚？暫且按下心中疑惑，聽李明允繼續說。

葉家長子葉德懷原本是葉家產業的主要分責人，但是前年葉老太爺讓他把豐安縣一帶的生意全部移交給次子葉德盛打理，命他去京城拓展生意。林蘭揣度著，葉老太爺此舉跟李明允他娘的死是否有關係？

葉德懷膝下一子一女，長子葉思成隨父進京，做幫手去了，留下女兒葉馨兒在豐安縣。而葉德盛就比較悲慘，前面生了三個兒子都不幸夭折，只有一個女兒葉珂兒活到現在，今年十四歲，之後夫人戚氏就沒有再生育，葉德盛也沒有再納妾。這一點讓林蘭對這位二舅舅很敬佩，在古代，一個男人能做到這分上，非常不容易，可見他與二舅母戚氏是真心相愛的，也難怪戚氏在經歷多次喪子之痛後，還能這麼開朗，愛情的力量啊！

知道了這些，林蘭就明白葉珂兒為什麼會這麼刁蠻任性了，被慣的。

到了葉家綢緞莊，二舅母戚氏已經等候多時，熱情陪著林蘭挑選布料，絲的、緞的、煙羅紗的，都拿最好的給林蘭挑。看得林蘭眼花繚亂，一時不知該選那種好。

戚氏拿了布料一一在林蘭身上比試，然後看李明允的意思。

李明允閒閒地坐在一旁喝茶，若他覺得好，就點點頭，不合適就搖頭。

林蘭起先有些不快，是給她做衣裳，怎麼都不問她的意思，盡問李明允的意思，她又不是為了穿給他看的，但是後來她發現但凡她喜歡的，李明允基本都要了，她不喜歡的，他一樣沒要，難道說這就是所謂的「心有靈犀」？

但是為了表示她也是個有主見的人，林蘭硬是要了一塊她並不怎麼喜歡的胭脂紅錦緞。

李明允只是和煦地笑了笑，點頭。

然後是選款式。

「這幾款都是剛到的今年京中女眷流行的樣式，咱們豐安縣還沒有，妳看看，這腰身收得多好，這袖子多飄逸，還有這領子，多好看，不過脖子粗的人就不合適了，再看這些花樣，又精緻又大方……」戚氏熱情洋溢地介紹。

林蘭看著都好喜歡，簡直各種仙，心裡是想每款都來上這麼一身，又覺得不好意思，便去看李明允的意思。

李明允指著其中一身領口開的較低的款式說：「這款就不要了，其餘的，每樣都做一身。」

林蘭大大的不滿，他說不要的那身可是她最中意的，廣袖低領，可以展露優美的頸項、性感的鎖骨，又涼快又不會顯得太暴露，為什麼不要？

「可我喜歡這件。」林蘭抗議道。

李明允低頭喝茶，輕描淡寫地說：「那身不適合妳。」

林蘭撇了撇嘴，心中鄙夷，什麼不適合？不就領口稍微低了點，男人就是小氣，巴不得別的女人什麼都不穿，但自己的女人就要捂得嚴嚴實實，最好連臉也用面紗遮了。一想到「自己的女人」這個詞，林蘭不禁偷偷瞄了李明允一眼，隨即堅決否定，他才不會這麼想。

「我不管，這款我一定要！」林蘭堅持。

戚氏見狀，打趣道：「我說明允，你是怕林蘭打扮得太漂亮了，讓人眼饞？」

李明允面有窘色，無奈道：「那就聽她的吧！」

林蘭露出勝利的笑容。

搞定了服裝，李明允就跟戚氏告辭，「這些就麻煩二舅母了，我現在帶林蘭去瑞福莊。」

戚氏拉著林蘭的手，笑嗔道：「去吧去吧，我已經跟瑞福莊的掌櫃打過招呼了，你們只管去選，先記帳，回頭我去付錢就是。」

看來李明允的字讓戚氏很滿意，所以戚氏才這麼大方，李明允的字真值這麼多錢？林蘭懷疑，若是真這麼值錢，這三年裡她可得好好收集他寫的字，等離開李家再拿去拍賣，也是一生財之道。

「多謝二舅母。」李明允笑著作揖。

林蘭也跟著道了聲謝謝。

「都是自家人，還分什麼彼此？只是回頭你們進了京城，也得照樣問你那大舅母來一份才行，要不然，我可是要心疼了。」戚氏開玩笑說道。

出了葉氏綢緞莊，林蘭說：「你二舅母人真好，性情爽朗，大方熱情。」

李明允微微哂笑，溫柔如許地看著林蘭，糾正她的話：「也是妳二舅母。」

林蘭笑嘻嘻，「暫時的，暫時的！」

兩人並肩走著，李明允生得太過俊朗，又是一身華衣，顯得風姿卓然，俊逸瀟灑，簡直就是鶴立雞群，很是惹眼，引得路人，尤其是女性，紛紛側目。

再看李明允神情自若，一貫的優雅從容，似乎絲毫不在意自己被人圍觀。

林蘭不由腹誹：這傢伙好會裝，心裡一定得意得很吧！又想：倘若她和李明允是真的，似乎也挺好的，這種老公帶出去，多有面子啊，別人還不得羨慕死她！

「李明允，咱們為什麼不坐馬車？」林蘭問，因為這樣走在大街上實在是太招搖了。

心裡一胡思亂想，就顧不上腳下，林蘭踩到兩塊青石板不平整的銜接處，頓時扭了一下。李明允背後好像長了雙眼睛，微一轉身一把扶住了她。

他皺著眉頭，口氣略帶責備：「走路不看路，在想什麼呢？」

「沒啊，沒想什麼！」林蘭急忙辯解，腳踝處的疼痛讓她皺緊了眉頭。

他一眼淡淡掃了過來，眼底分明是不信，然後就那麼自然地蹲了下來，要為她檢查傷勢，「還能走嗎？」

林蘭倒抽一口冷氣，把痛楚壓下，稍微定了定神，「應該沒什麼關係，緩一緩就好了。」

他抬頭四下裡一望，說：「前面拐個彎就是胡記藥房了。」

呃……林蘭微窘，剛才只顧著想些連七八糟的事，居然沒注意到這條街是她常來的。

他站了起來，一手扶著她，「去妳師父那裡看看吧！」

林蘭知道自己的腳沒事，有事的話也站不起來了，不過，想去看看師父和師兄他們，便一瘸一拐地跟他去了胡記藥房。

今天倒是巧，胡記藥房師徒幾個都在，店裡的病人也少，難得的清閒。胡大夫先查看了林蘭的腳踝，確定沒什麼大礙，師徒幾人就坐下來敘話。

胡大夫看了眼在一旁默默喝茶的李明允，捋了捋稀疏的鬍鬚，感嘆道：「林蘭啊，妳是為師教過的最聰慧的弟子，本想著再教妳兩三年，妳便能出師，這世上就多了一個懸壺濟世的良醫，可惜，妳這就要離開了。」

一旁三位師兄弟個個面露愧色。

林蘭默然：師父啊師父，我上輩子就已經出師了好不好？不過，這兩年跟著您，還是學了不少東西！

看胡大夫那深表遺憾的表情，林蘭很是觸動，不由說道：「師父，我去了京城，還是可以行醫的呀！」

胡大夫又瞧了李明允一眼，說：「哪有那麼容易？」

「師父，事在人為。」林蘭不以為然，她想做的事，有誰能攔得住？

胡大夫渾濁的老眼陡然一亮，本來因為遺憾而略顯頹廢的臉上綻開了笑容，滿臉褶子。

「林蘭啊，妳能這樣想，為師很欣慰。」

莫子遊腆著笑臉說：「師妹，妳將來要是開藥店，師兄給妳當夥計去。」

林蘭拍拍莫子遊的肩膀，認真看了看他，一本正經地說：「五師兄，讓你當夥計豈不是大材小用？怎麼也得當個坐堂大夫。」

王大海也來湊趣，「師妹，到時候可別忘了妳二師兄，也給我安排個活計。」

林蘭大方地說：「沒問題，到時候咱們師兄妹就在京城大展拳腳，也弄個百年老字號出來。」

大師兄趙仁急道：「你們都走了，剩下我和師傅怎麼辦？店裡就兩人忙不過來啊！」趙仁是個老實忠厚之人，想法十分簡單，人家隨便開個玩笑都會當真。

眾人哈哈大笑。

胡大夫老懷欣慰，笑呵呵地說：「看來老夫又要招學徒了，趙仁，寫告示去。」

趙仁大師兄一臉愁苦地「哦」了一聲，當真去寫告示了，惹得林蘭幾個又是一陣大笑。李明允也是忍俊不禁，很喜歡這裡的氣氛，自在又溫馨。

「你們師兄妹聊吧，李公子，你隨老夫來一下。」胡大夫起身喚了李明允，李明允放下茶盞隨胡大夫進了內堂。

師父一走，莫子遊臉上洋溢著八卦的神采，「噯，小師妹，妳什麼時候跟李秀才對上眼了？一齣搶親記，可是傳遍豐安縣了，現在大街小巷都在談論你們倆，快說來聽聽，給師兄解解惑。」

「是啊是啊，妳今兒個要是不來藥房，我還打算上葉府找妳去了。」王大海也是一臉的好奇與興奮。

林蘭眼珠子滴溜溜轉了一圈，居然這麼轟動？

「這個……其實沒什麼好說的，緣分到了，就這樣了唄！」林蘭打馬虎眼。

「不行，妳這是敷衍了事，快說說搶親那天的情形。」莫子遊不依，窮追不捨。

不是她要敷衍，實在是有太多不能告人的內幕。

「五師兄，你要是把這好奇心都用在學醫上，早就可以去坐堂了。」林蘭避重就輕。

「不要扯開話題，快說！」王大海也來催。

林蘭逃不過，只好把當天的情形粗略說了一遍。

莫子遊聽到那個劉管家為難林蘭的時候，不禁握緊拳頭憤慨地說：「這個張大戶，哪天他再請師父去坐診，我就給他家井裡放瀉藥，拉死他們一家子！」

「就是，林蘭，妳也太不夠意思了，出了這麼大的事，也不來找我們師兄弟，我們再沒用，給妳搖旗吶喊助助威還是行的。」王大海也責怪道。

「那個……不是有李明允了嗎？就不用麻煩師兄們了。」林蘭訕笑道，心裡卻是很感動，師父和幾位師兄還是很疼她的，這裡就像是她的另一個家，想想很快就要離開了，也不知何日才能再見面，不覺有些傷感，暗下決心，等以後在京城開了藥鋪，一定把師父和師兄都請到京城去。

又閒聊了幾句，李明允拿了張藥方出來，交給王大海，麻煩他幫著抓藥。

林蘭一把抓過來，「還是我來吧！」正好店裡來了病人，王大海和莫子遊各自忙碌開。

林蘭打開藥方一看，是一劑烏頭湯，此湯藥適用於風濕性關節炎關節劇痛，喜暖惡寒者。

「給你外祖母的嗎？」

李明允點頭，「多年舊疾了，只是這幾年越發嚴重起來。」

「其實，這病光治標不行，患此疾者，多是脾虛、腎虛、三焦不暢導致，所以還得調脾、固腎、通三焦、通經絡，多管齊下。這方子是對症的，可以先喝著，另外調理脾腎可用食補，至於通三焦和經絡，我這裡有個熏洗法，我寫下來，回去你交給外祖母，只說是我師父開的就是。還有一套推拿法，你找個機靈的丫鬟來我教她，讓她每日給你外祖母推拿。你別小看推拿法，正確的推拿方法，甚至比藥補還要有效。」林蘭說著，拿了筆墨把熏洗要用的材料寫好，藥店裡有的，一併抓了帶回去。

李明允看她說病理開藥方時，眉頭微蹙，神情專注，儼然一位經驗有方的大夫模樣，不覺有些怔忡，而且她說的跟胡大夫所言大體一致，胡大夫也提出了以食補來補脾固腎，還提過用針灸治療，只是外祖母怕疼，受不了針灸的脹痛，死活不肯，只好作罷，聽著這熏洗法和推拿法倒是可以試試。

「藥抓好了，是咱們自己帶著走，還是叫個夥計先送回去？」林蘭麻利地包好藥，問道。

李明允回過神來，看見櫃檯上已經整齊擺放著十四帖藥，不由愕然，「妳……這麼快？」

「開玩笑，我們小師妹抓藥一個頂五。以前我們師兄妹常玩這遊戲，五個人比不上她一個快，而且都不用秤的，一抓一個準。」莫子遊拿了張藥方過來，順便幫林蘭大大吹捧一番，然後笑咪咪地說：「師妹，順手把這方子也抓了吧！」

林蘭嗔了他一眼，「我一來，你就抓我幹活！」嘴上抱怨著，眼睛卻是飛快瞄了眼藥方，記下了上面的藥名、錢數，轉身打開藥屜，一一揀出，分勻包好，前後費時不過幾口茶的功夫。

莫子遊朝傻眼的李明允昂了昂下巴，自豪笑道：「怎麼樣，我這個師妹厲害吧？不過我告訴你，我師妹最厲害的還不是這個……」莫子遊說著瞄了眼林蘭，湊過去要跟李明允咬耳朵。

林蘭見狀馬上大眼瞪過去，威脅道：「五師兄，不許揭我的底，不然叫你好看。」

莫子遊吐了吐舌頭做了個鬼臉，趕緊溜走。

李明允卻是好奇不已，林蘭還有什麼更厲害的手段？

◆ ◆ ◆

逛了一下午，滿載而歸，回到家用過晚飯，林蘭叫銀柳關上門，然後把所有的首飾都攤在桌上，跟個守財奴似的一遍遍數著自己的財產，十分幸福。還以為自己上輩子生在錢堆裡，對金錢已經免疫了，起碼在來葉家之前，她是這麼想的，可能是被葉老夫人三千兩銀子給刺激到了，重新激發了她對金錢的渴望。

戚氏送的是一套金的、一套銀的，林蘭對金啊銀啊的並不怎麼喜歡，覺得俗氣，所以也無所謂樣式，只挑重的，鑲嵌珠寶多的，以後這些就是她的私人財產了，當然是越貴越好。然後就看到李明允的臉色越來越黑，再後來，他連看都不來看，直接走開了，隨她怎麼挑。等結帳的時候，他手上多了一支翡翠簪子、一只羊脂玉鐲，還有幾朵珠花，有石榴石的、蜜蠟石的、珊瑚水晶的，叫掌櫃分開結算。金銀首飾記帳，其他的付銀票。林蘭當時眼就直了，沒想到那只羊脂玉鐲的價格是所有金銀首飾的總和還要超出那麼一點，李明允還真大方，林蘭對他的好感陡增。

銀柳和玉容先前是服侍葉老夫人的，什麼樣的財寶沒見過，林蘭攤在桌上那些，跟葉老夫人房裡的比起來，簡直就是小巫見大巫，所以，看林蘭兩眼放光，樂不可支的模樣，銀柳不覺莞爾，覺得林蘭很有趣，而玉容的心不覺沉了沉，這位林姑娘到底出身低微，沒見過世面。她雖沒去過京城，沒見過京城的那一家人，但平時從老夫人和周嬤嬤的對話中不難聽出，那家如今的主母是個厲害角色，林姑娘能應付得了？玉容很懷疑。

「姑娘，等您跟明允少爺成了親，好寶貝多的是。」銀柳見天色不早了，抱了個妝奩要替林蘭把東西收起來。

「是嗎？」林蘭的好奇心一下被勾了起來。

「那是當然，葉老夫人最疼的就是三小姐了，聽說，葉老夫人原本不同意三小姐嫁給李老爺的……」銀柳打開了話匣子。

「銀柳……」玉容板著臉，低喝了一聲。

銀柳自知失言了，尷尬地笑了笑，問林蘭：「姑娘，我把珠玉放在最底層，金的放在中間，銀的放最上一層，可好？」

林蘭「哦」了一聲，故意沒去看玉容陰沉的臉。銀柳因著她姊的關係，跟她特別貼心，但玉容不是，玉容對她的態度，是客氣得疏離。林蘭自然不會怪她跟自己不親近，就算玉容不喜歡她也是正常，人和人之間相處也是要講究緣分，只要玉容辦事認真，不會做一些對不起她的事就成。

至於明允她娘到底留下什麼好東西，林蘭也不會去惦記，她和李明允又不是來真的，他娘的東西怎麼可能會交給她？這點自知之明她還是有的。

伺候林蘭歇下後，玉容和銀柳回到小耳房，玉容鄭重地告誡銀柳：「老夫人派妳我幫襯林姑娘，妳跟林姑娘親近是沒錯，但哪些話能說、哪些話不能說，妳心裡也該有個數。」

雖說她們都是二等丫鬟，但玉容年長銀柳兩歲，又是家生子，比銀柳在府裡待的時間長，資格比銀柳老，所以，玉容教訓銀柳，銀柳不敢不服。

「姊姊教訓的是，銀柳記下了。」

玉容的面色緩了緩，說：「林姑娘該知道什麼、不該知道什麼，少爺和老夫人自有決斷，咱們只管把林姑娘伺候好，不該咱們操心的事還是少操心的好。」

銀柳連連點頭。

此時，葉老夫人的房裡很是熱鬧。

戚氏帶著葉珂兒和葉馨兒來向葉老夫人請安，見到李明允也在，戚氏笑呵呵地問：「林蘭怎麼沒來？」

不等李明允回答，葉珂兒就陰陽怪氣地說：「就是，也不來給祖母請安，到底是鄉野村婦，不懂規矩。」

李明允目光一冷，面有不悅，淡淡地說：「林蘭的腳扭到了，我讓她好好歇著。」

葉馨兒聞言，心中酸澀，望向李明允的眸子裡不禁含了幾分幽怨。

戚氏忙呵斥珂兒：「什麼鄉野村婦？林蘭是妳表嫂，妳再這般沒規沒矩，娘可不饒妳！」

一向最疼愛她的娘，從來不說她半句重話的娘，此時居然因為林蘭，當著這麼多人面呵斥她，葉珂兒一時難以承受，心中漲滿委屈和不忿，卻不敢在祖母面前放肆，只癟著嘴，一副泫然欲泣的可憐模樣。

整個葉府，也只有葉老夫人、周嬤嬤和葉老太爺知道林蘭和李明允是怎麼個關係，其他人都是莫名其妙接受了這個突兀的現實，心中有想法很正常，不過從中也可以看出很多平時看不清的東西。

葉老夫人一面對戚氏寬宏的性情大為讚賞，一面也為葉珂兒的口無遮攔深感擔憂，女兒家養在深閨，備受嬌寵，可是出嫁後，婆家可比不得娘家，一句話說不好，都能引起軒然大波，招來禍事，看來，珂兒是該好好管束管束了。

「妳娘說的對，不管林蘭出身如何，妳表哥既已認定了她，她就是妳的表嫂，對長輩不尊敬就是失禮，以後，這種話莫要再說，想也不能想。」葉老夫人目光微涼，語聲威嚴。

葉珂兒的嘴癟得更厲害了，心中更是怨恨林蘭，都是這個討厭的女人，自打她來了，大家都不喜歡她了，每個人都責罵她，林蘭簡直就是掃把星。

看著葉珂兒的憋屈樣，葉老夫人暗暗嘆氣，撇開她先不說，對戚氏道：「妳大伯來信，說今年入貢之事已經有了眉目，妳這幾日把鋪子裡的閒錢盤一盤有多少，都讓明允帶去，若是咱們葉家的綢緞能入貢，花多少銀子都是划算的。」

戚氏忙應了。

葉馨兒想著表哥就要回京了，自己的年紀也不小了，祖母最近在替她張羅親事，她心裡是一百個不情願，便也想去京城。有些心事，跟別人不能說，只能跟母親去說，正思忖著如何開口，只聽祖母點了她的名。

「馨兒，妳爹來信，想讓妳跟妳表哥一道入京，妳可願去？」葉老夫人雖是徵詢馨兒的意思，但心裡只盼著馨兒說不願。這兩個孫女，都是她心尖上的肉，她已經有過一次失敗的擇婿經歷，總想給兩個孫女找一門最好的親事，德懷信中說的雖然詳細，出身人品才貌都不錯，可自己沒親眼見過，這心總是不安。

葉馨兒心頭一跳，又喜又憂，喜的是可以跟表哥同路去京城，憂的是，爹突然提出讓她去京城，怕是她的終身大事有了眉目，頓生糾結。

「回祖母，馨兒也想娘了。」葉馨兒委婉地回道。

葉老夫人微微嘆了一口氣，「這幾日妳先準備準備吧！」

聽堂姊要走了，葉珂兒急得忘了先前的委屈，急聲道：「祖母，珂兒也想去京城！」

一旁的戚氏忙低喝：「別胡鬧！」

葉珂兒眼眶都紅了起來，「我和堂姊一處長大，從來沒分開過，這會兒她要去京城了，再見面都不何時，我去京城陪她一陣有何不可？」

這話說得真情流露，姊妹深情可見一斑，戚氏一時不知如何反駁，心道：妳長這麼大一日也沒離開過娘，娘又如何捨得？

還是葉老夫人有辦法，說：「京城總有機會去的，但這回不行。」

一干人走後，葉老太太揉了揉脹痛的腿，神色苦楚。

周嬤嬤關切道：「明允少爺今兒個帶回來熏洗的草藥，要不要讓人去煎了試一試？」

葉老太太擺擺手，「今兒個晚了，明日再試吧，妳幫我揉揉就好。」

周嬤嬤突然想起來，又說：「明允少爺說，林姑娘會一種專門治風痹之症的推拿法，趕明兒，我去學來試試。」

葉老夫人哂笑道：「她跟胡大夫才學了幾年？她那點本事還不都是胡大夫教的？胡大夫都沒提，看來沒什麼大用。」

「有沒有用都試試，總比我這樣亂揉一氣的好。」周嬤嬤笑道。

葉老夫人笑了笑，卻沒有再反對，歪著身子躺下來閉目養神。

◆◆◆

因為葉珂兒與葉馨兒離別在即，離愁太深，無心找林蘭麻煩，只是見到林蘭就翻白眼，林蘭懶得跟她計較，心裡清楚，這裡可不是她的主戰場，像葉珂兒這種沒什麼殺傷力的跳樑小丑，她還不放在眼裡。

葉老夫人試了幾次熏洗，配合周嬤嬤從林蘭處學的推拿，痹症竟是緩解了許多，葉老夫人對林蘭的看法稍有改觀，看來這姑娘並不是光練一張嘴，還是有幾分真本事的。

於是乎，林蘭在葉府的日子過得還算舒坦，只是擔心出發之前，那十六套美衣能否完工。很快，出發的日子定好了，四月十一，宜出行的吉日，也就是後天。

日子一定下來，林蘭反倒開始不安了，當真要離開這個生活了三年的地方，離開最親近的人，奔向那前路迷茫，甚至還有不可知的危險的未來，心裡惴惴，一宿都沒睡好覺。

早上，天幽幽亮，銀柳就把林蘭叫醒了。

「少爺讓姑娘趕緊起來。」

一聽是李明允讓起來，林蘭抱著毯子賴著不肯起，實在是睏，懶懶地問：「起來幹麼？今天又不學規矩了。」

「說是要陪姑娘回澗西村。」

林蘭猛地醒神，對啊，明天都要走了，是得回去見見哥，還有澗西村的鄉親們！

麻利地穿好衣裳，洗漱清爽，玉容端了早飯來，林蘭只撿了兩塊米糕，胡亂吃了幾口就問銀柳：「少爺呢？」

銀柳看她著急的樣子，笑道：「姑娘不用急，少爺說坐馬車去，不出一個時辰就到了。」

林蘭包了一嘴的米糕，含糊地說：「早點去涼快。」說著就準備出門。

「姑娘……」玉容叫住她。

「什麼事？」

玉容拿了塊乾淨的帕子來，指指嘴角，「姑娘這有點髒東西。」

林蘭微窘，接過帕子擦擦嘴，紅著臉問玉容：「這樣可以了嗎？」

玉容將她上上下下仔細端詳了一遍，這才露出笑容，「可以了。」

澗西村的村民好像早得到了消息，都在村口迎接。

林蘭看到烏壓壓的一片，看著鄉親們那殷切的眼神、喜悅的笑臉，倍感壓力。她這趟回來在村民們眼中也算是榮歸了，榮歸是好事，可是，似乎榮歸的人都應該造福鄉里，不然如何對得起大家的盛情？可惜，她這次來什麼都沒帶，林蘭後悔不已，早知道這樣，買上一袋子糖果來也好，收買不了大的，能收買小的也成啊，可惜這會兒想到也遲了。

林蘭不禁怪起李明允來，小聲地說：「都是你，催得這麼急，早知道也買點禮物來，這會兒，你叫我拿什麼臉來見他們？」

李明允勾起一抹淡笑，回頭對跟隨的一個僕從說：「文山，把馬車裡的東西拿出來。」

林蘭愕然，馬車裡有什麼東西？她坐了一路都不知道裡面藏了什麼東西。名叫文山的僕從應聲上了馬車，須臾扛了個大袋子出來。

「那裡面是什麼？」林蘭好奇地問。

李明允輕輕說出兩字：「喜糖。」

林蘭大喜過望，嘴上卻輕蔑地說：「真小氣！」

李明允也不跟她計較，抱拳迎上村長和林風，禮貌地打招呼：「村長！大哥！」

村長一貫的波瀾不驚，微笑著點頭。林風見到自家妹子穿上了綾羅綢緞，跟玉樹臨風的李秀才站在一起，心裡比吃了蜜還甜，臉上笑成了一朵花。

「妹夫、妹子，可把你們給盼來了。」

林蘭吩咐銀柳：「這澗西村一共三十二戶人家，妳算一下怎麼分。」

一旁的文山說：「少夫人，少爺早就已經準備好了，這裡一共三十二份喜糖，每個袋子裡還裝了兩個銀錮子。村長家、金大嬸家和少夫人娘家，少爺另外備了禮物，等小的把這些禮物分了，再把特別的禮物送到少夫人娘家去，由少夫人親自送給他們。」

林蘭這次真的意外了，沒想到李明允早就做好了準備，還考慮得這樣周全，可恨的是，這傢伙居然都不告訴她，她極不喜歡被蒙在鼓裡的感覺。

心裡抱怨了一陣，林蘭又打量起這個叫文山的僕從，看這小夥子長得人高馬大，四肢發達，卻是雙目有神，透著股機靈勁，說話也很有條理。

「好吧，那就辛苦你了。」林蘭讚許地點點頭。

文山嘿嘿笑道：「這是小的應該做的。」

「林蘭，走了。」李明允溫柔喚她。

「妹子，回家了！妳嫂子一早起來煮了紅雞蛋，還打了茶糕妳」林風笑呵呵地說。

「村長！哥！」林蘭開心地迎上前，想要挽住哥的手，李明允卻是一步跨過來攔在了中間，牽著林蘭的手，笑容和煦如春光，語聲溫柔如春風：「走吧！」

林蘭暗瞪了李明允一眼，這傢伙又在演戲了，一有觀眾他就特來勁。

林風見那兩隻緊緊握在一起的手，眼底眉梢全是笑意。先前他對妹子嫁給李秀才還有諸多憂慮，現在看來李秀才這個人是個靠得住的，對妹子又體貼，他就沒什麼好擔心的了。

一群人簇擁著兩人到了村東頭林蘭家，李明允就陪村長和大哥他們說話，林蘭被村裡的姑娘大嬸們團團圍住。

「哎喲，林蘭，妳身上這緞子好漂亮，好柔滑！」二妞羨慕著，伸出手隔著空氣撫摸林蘭身上的衣裳，又怕自己手髒弄髒了林蘭的新衣。

「林蘭，妳可真是好福氣，嫁了這麼好的男人！」

「是啊，我早看出來了，李秀才不是個簡單的人物，只是沒想到他比我想像中還要厲害！」

「陳家大嬸，妳早看出來有什麼用？可惜沒生個跟林蘭一樣標致的閨女。」有人打趣道。

金大嬸也來湊趣，作惋惜狀，嘆息道：「我本來還想林蘭做我家媳婦兒的，沒曾想讓個外姓人拐跑了。」

「金大嬸，看妳最近瘦了，是不是心疼的呀？」大家又開始揶揄金大嬸。

金大嬸一點也不惱，配合著說：「可不是，我心疼得幾宿睡不著！」

眾人哈哈大笑。

林蘭聽著大家七嘴八舌地說笑，甚感親切，她是真心喜歡這些樸實的村民。

姚金花端了紅雞蛋來給大家吃，聽大家說得熱鬧，得意笑道：「這就叫姻緣天註定，我家林蘭一看就是有福之人。」

金大嬸對姚金花沒好感，鄙夷地說：「這天定的姻緣差點就被某些人攪黃了。」

姚金花訕笑道：「往事不提往事不提，來，吃喜蛋，沾沾喜氣！」

林蘭淡淡地掃了姚金花一眼。

姚金花見林蘭看著她，有些心虛笑了笑，討好地說：「小姑，妳也吃個喜蛋？」姚金花本就是個見高踩低的主，見林蘭如今成了財神婆，她哪裡還敢對林蘭耀武揚威，乖乖夾著尾巴，她還指望從林蘭這裡多撈點好處呢！

「嫂子，我的藥箱還在吧？」林蘭問道。

「在在，妳的東西我一點也沒動過！」姚金花忙道。

「那好，嫂子陪我去整理下東西，諸位大媽大嬸、姊妹們，我先失陪一下。」林蘭笑嘻嘻地跟大家打了個招呼，回屋去。

姚金花隨即跟來，「小姑，妳要整理什麼，讓嫂子來，別弄髒了妳這身衣裳。」

林蘭也不跟她客氣，說了幾樣東西，讓姚金花去找。看姚金花樂呵呵忙碌著，林蘭不鹹不淡地說道：「嫂子，妳也知道今時不同往日了，以前的事，我可以不計較，只要妳以後安分守己，勤勞持家，知道心疼自己的丈夫，我林蘭就認妳這個嫂子。如若不然，妳也知道我的脾氣，別以為我去了京城，就不知道家裡的事，但凡讓我聽到一點不好的消息，我立馬就在京城給我哥另找個嫂子。」話已經說得夠清楚了，若是姚金花還不識相，她可不管什麼寧拆十座廟，不毀一門親的廢話，堅決鼓動哥把姚金花休了。

姚金花嘖嘖笑道：「小姑啊，瞧妳說的，丈夫就是女人的天，我哪能對天不敬，對天不好？妳就放心去做妳的少奶奶，家裡就交給嫂子，嫂子保管把妳哥伺候得舒舒服服，把這個家料理得妥妥貼貼的。」

林蘭懷疑地瞅著信誓旦旦的姚金花，暗道：這女人能屈能伸，不簡單啊，但願她說到做到！

「小姑，妳別不信啊！不信妳去問問妳哥，這陣子我對他有多好！」姚金花似乎急於證明自己已經改過自新。姚金花說的倒是實情，因為這段時間林風對她心有怨氣，對她總是不冷不熱，要換作以前，她早鬧開了，但現在情形變了，林風有了個當少奶奶的妹子，腰桿也直了，說話也大聲了，姚金花絕對相信，只要她一出這個家門，立刻就有一大堆女人想要嫁給林風，她能不巴結點，討好著嗎？沒得讓別的女人占了便宜去。

「不是這段時間好就行，而是以後都要對我哥好。」林蘭認真糾正她。

「那是一定的。」姚金花連忙保證道。

那邊李明允跟村長說：「你們跟張大戶家的合約還有一年到期，我已經跟外祖商量好了，到時候，葉家會派人來跟你們簽約，價錢絕對比張家要優惠，至於張家那邊有什麼意見，我們葉家會出面的。」

村長金富貴聞言，大喜，「那敢情好，我代表全村老少謝謝李公子了。」

李明允笑容恬淡，「我在此三年，多虧了大家的照拂，林蘭也常提起大家對她的幫助，我們為大家做點事也是應該的。」

在場的村民們看李明允的眼神不由得又親熱了幾分，暗暗慶幸自己當初立場堅定，幫對了人。

因為還要趕回去收拾行李，不能久留，該送的禮都送了，該說的話也說完了，李明允讓文山給林蘭那邊遞個信，準備打道回府。

林蘭沒見到保柱，悄悄問金大嬸，金大嬸說：「這臭小子真不懂事，一早就跑得不見人影，也不來送送妳。」

林蘭訕笑著，估計保柱躲在哪個角落鬧情緒。

妹子要走了，做哥哥的總要叮嚀幾句。

林風把林蘭拉到一邊，神情是萬分的不捨，「妹子，哥覺得李秀才這人還不錯，只是不知他京城裡的家人如何，妳到了京城，可不能再使妳的小性子，凡事多忍耐點，要孝敬公婆，與妯娌和睦，有事沒事都給哥來個信。」

林蘭點頭，她肯定會好好「孝敬」公婆的，至於妯娌，得看是什麼樣的妯娌再決定要不要「和睦」相處。

「妹子，等妳嫂子生了，哥再想辦法去京城。妳一個人在京城，哥不放心。」林風猶豫了一下，好像下了很大的決心說道。

林蘭眼睛一亮，「那好啊！哥有一身好武藝，在這種小地方的確是埋沒了！」

其實這也怪不得哥，都是她那個印象模糊的老爹，說去從軍就再也沒回來，娘是怕了，死活不讓哥步爹的後塵，只求一家人在一起安生度日，所以，才早早給哥說了親事。

林風憨厚笑著，不好意思摸了摸後腦杓，「我這算什麼本事？」

「哥太小看自己了，哥，你既有此意，那我去京城後就幫你留意著，看看有什麼好機會。」

「只要能混口飯吃就行了。」林風胸無大志，只求溫飽，能養活一家人就行。

有了這個約定，離愁被沖淡不少，反正不久以後，兄妹倆又能再見面了。

村民們又熱情地送他們到村口，馬車走出老遠，林蘭還能聽到「林蘭多保重」之類的聲音，不覺眼眶微紅。

「看來，妳很受歡迎。」

他的笑容溫文爾雅，並無揶揄的意味。

林蘭本就不是那種喜歡悲秋傷春的人，收拾心情，口氣微酸：「受歡迎的是你，我還沒見過村長跟誰這般客氣過。」

李明允淡笑，「那是因為我許了他們一些好處。」

林蘭知道李明允指的好處是什麼，卻是有些擔心，「你這樣做，張家那邊恐怕會不高興。」據她所知，葉家和張家多年來一直很有默契地守著各自的地盤，井水不犯河水。澗西村的蠶繭是豐安縣一帶成色最好的，一直都是由張家低價收購，村長往年也想過換個買家，但被葉家拒絕了，這次李明允居然主動提出來，平衡的格局被打破，恐怕豐安縣要不平靜了。

李明允不屑道：「張家算什麼？外祖只是因為前幾年心情不好，懶得跟他爭。」

林蘭聽出點不尋常的信息，「這麼說，你外祖現在要重振雄威了？」

李明允哂笑道：「這只是個開始，如果今年葉家能拿下入貢的名額，葉家需要更多的原料。」

「原來你這是一舉兩得，惠人惠己。」林蘭明白了，簽下澗西村是葉家拓展生意的第一步棋。

馬車突然一頓，停了下來。

李明允眉頭微擰，問道：「文山，何事？」

馬車外，文山回道：「有人攔馬車。」

李明允掀開車簾，林蘭也探頭去看，不禁心頭一凜，站在路中央攔住馬車的正是金保柱。

「妳去見見吧！」李明允淡淡開口。

林蘭下了馬車，朝金保柱走去。

保柱見林蘭下來了，站在原地憨憨傻笑，只是眼中的落寞和不捨卻是暴露了他此時的心情。

林蘭刻意避開保柱投來的目光，燦然一笑，「保柱哥，你怎麼會在這裡？」

「我……我來送送妳。」保柱咧著嘴笑，把手中的籃子往前一送。

「我沒什麼好東西，這籃子雞蛋妳帶著路上吃。」

林蘭盯著那滿滿一籃子雞蛋，回想起以前保柱總在半道上等著她，然後殷勤塞鴨蛋給她吃的情形，心頭就像被什麼東西堵住了，很難受。

看林蘭不接，保柱的手尷尬得頓在那，支吾著解釋道：「我知道妳不喜歡吃鴨蛋，所以，我……我特意養了幾隻雞……」

林蘭忙上前把雞蛋接了過來，努力笑著，「雞蛋我喜歡。」

保柱如釋重負地笑了，撓撓頭皮，「妳……妳喜歡就好。」

「小姐，該走了……」銀柳遵少爺之命來催林蘭。

林蘭回頭答應：「知道了。」

「保柱哥，我要走了，你自己多保重，好好孝順你娘。」

「知道了，妳也要多保重，如果……如果……」保柱看了看馬車，吞吞吐吐。

「如果什麼？」

「沒……沒什麼，林蘭，妳快上車吧，我、我也要回去了。」保柱訕訕道。

「哦，那我走了！」

保柱用力點頭，看著林蘭上了馬車，目送馬車走遠，保柱的笑容才漸漸隱去，目光變得堅定有力，默默地說：林蘭，等我存夠了錢，就去京城找妳。

林蘭坐在馬車上對著一籃子雞蛋發呆，沉甸甸的雞蛋，是保柱沉甸甸的心意。她雖不喜歡保柱，但保柱對她的好，她會記在心裡，永遠不會忘記，曾經有個傻傻的大男孩，總是跟著她，她開心的時候，陪著她笑，她不開心的時候，哄她笑……

李明允也盯著那籃子雞蛋，卻是一句話也沒有說。

兩人一路無話回到葉家。

玉容已經開始整理行李。

林蘭看屋子裡橫七豎八放了好幾個箱籠，不禁愕然，她有這麼多東西嗎？

玉容指著放在最裡面那只箱子說：「二夫人命人把小姐的新衣送來了。」

林蘭大喜，雀躍道：「這麼快？我看看我看看！」說著，忙去開箱子，把新衣一件件拿出來比試，邊問銀柳和玉容：「怎麼樣？好看嗎？」

銀柳笑道：「當然好看，姑娘穿什麼都好看。」

很官方的回答。

玉容含蓄地笑了笑，指著桌上的一個匣子說：「胡記藥房也送了東西來。」

林蘭第一個反應是：是不是師父送什麼古醫藥集給她？小說裡，電視裡不都是這麼寫這麼演的嗎？徒弟要遠行了，師父就拿出一本可以驚世駭俗的祕笈……

林蘭又興奮地去開那匣子，一打開，臉色大變，慌忙「啪」的一聲將匣子蓋上，回頭緊張地問玉容：「這匣子妳打開過嗎？」

玉容搖頭。

林蘭暗吁了口氣，幸好幸好！心裡罵道：這是哪個缺德鬼出的餿主意？

林蘭忙抱了匣子去裡屋。

銀柳和玉容看林蘭鬼鬼祟祟的樣子，不由得面面相覷，那匣子裡到底裝了什麼？把姑娘給嚇得，臉色都變了。

第二天，出發的日子，林蘭終於見到了傳說中的大善人葉老太爺。

大善人看著倒是一臉的慈眉善目，只是那雙和藹中透著犀利的眼睛盯著你看的時候，你會有一種面對X光機的感覺，所有的心思無所遁形。林蘭給出中肯的評價，李明允扮豬吃老虎的本事絕對遺傳自他這位外祖。

葉老太爺對林蘭招招手，叫她過去。

林蘭嫣然一笑，乖乖走過去，恭敬行了個禮，甜甜叫了聲：「外祖父。」

葉老太爺眼睛瞇起，笑容和煦，又對林蘭招招手，示意她湊近些。

林蘭瞄了眼一旁嚴肅的面無表情的葉老夫人，恭順地往前走了兩步。

葉老太爺悄聲說：「明允他娘在京城還有兩座莊子、十八間鋪面，這些妳若能弄回來，我做主，分妳一半。」

林蘭詫異地抬頭，但見葉老太爺笑眼裡透著鼓勵的神色，心裡有些吃不定，這老頭是在跟她開玩笑還是來真的？兩座莊子有多大她不知道，十八間鋪面是在黃金地段還是角落也不清楚，憑直覺，這是一筆不小的財富，分一半？那她豈不是發大了？

林蘭又瞄了眼葉老夫人，只見她嘴角微微抽搐了一下，不由得遲疑地問：「當真？」

葉老太爺笑呵呵點頭，「就看妳有沒有這個本事。」

重賞之下必有勇夫，林蘭頓生豪情萬丈，這樁生意她無論如何要接下。林蘭撲閃著大眼睛，開玩笑道：「到時候外祖父可別捨不得。」

李明允走進來，對外祖父外祖母深深一揖，「外祖父、外祖母，甥兒這就先別過，來日再回豐安看望二老。」

眼看著外甥就要離開，葉老夫人嚴肅不再，轉而是一臉的不捨，眼眶也濕潤起來，「此去京城，當以自己的前程為重，莫要意氣用事。」

「外祖母安心，甥兒自有分寸，倒是外祖母一定要保重身體，免得甥兒牽掛。」

「明允啊，要走就趕緊走，別磨磨蹭蹭惹你外祖母傷心。」葉老太爺不耐煩地揮揮手。

葉老夫人一眼瞪過去，嗔怒道：「你少惹我生氣才是正經的！」

葉老太爺忙閉上嘴，瞅了眼林蘭，無奈皺皺眉，似乎在說……女人就是麻煩。

林蘭心裡好笑，這個外祖還挺有趣。

「周嬤嬤，那邊的事就拜託妳了。」葉老夫人拍拍攙著她的周嬤嬤的手，鄭重囑託。

周嬤嬤抹了抹眼角的濕潤，點點頭，「老夫人您自個兒要多保重。」

林蘭驚訝，什麼？葉老夫人把身邊的頭等僕婦也派過去？

「林蘭……」葉老夫人喚她。

林蘭趕忙凝神，認真聽葉老夫人指示。

「我把周嬤嬤派給妳，有什麼不懂的就問周嬤嬤。我還是那句話，這擔子妳既然挑了，就給我挑好了，穩住了，要是妳敢半路撂擔子，我可不答應。」葉老夫人口氣威嚴。

林蘭乾笑兩聲，「哪能呢，我林蘭可是個有始有終的人！」

「如此甚好。」葉老夫人不鹹不淡地說道。

有丫鬟來催：「馬車都準備好了。」

葉老夫人神情一黯，望向李明允的目光充滿了不捨，似有千言萬語，終究化作一聲嘆息，「走吧走吧！」

林蘭和李明允這才行禮退下。

「瞧你，說好不掉眼淚又沒忍住，明允又不是一去不回了？」四下無人了，葉老太爺才和聲安慰道。

「你還說，一張嘴就把明允的一半家當給分出去了。」葉老夫人抹著淚，怨怪著說。

葉老太爺不以為然地揚眉，「就算全給外人，我也不願意給那兩個賤人一分一毫。欺負了我葉家人，還想霸著我葉家的財產，沒門。」

「憑啥給外人？那是明允的東西，要你來做主？再說我已經許了那丫頭三千兩銀子，夠她用上一輩子的了。」葉老夫人沒好氣道。

葉老太爺「咦」了一聲，「妳什麼時候許她的？我怎麼不知道？」

葉老夫人想到那份合約，心裡就堵得慌，倒不是心疼那三千兩，只是這丫頭不簡單，回頭別把明允給賠進去了。葉老夫人心煩意亂，「你許她的時候問過我了嗎？我又憑什麼要告訴你？」

葉老太爺被嗆了一句，也不生氣，反而笑嘻嘻地說：「她若有那個本事，那也是她該得的，這說明咱們英雄所見略同。」

「呸，別往自己臉上貼金！當初要不是你鬆了口，咱們薇兒也不至於被人欺辱至此！」葉老夫人甩臉就走，留下個葉老太爺在那唏噓感嘆，夫人為這事已經怨了他多年。

林蘭跟著李明允出了葉府，看著龐大的車隊，不禁傻眼，光青幃馬車就是五輛，另有裝載行李的平板車七輛、丫鬟婆子七八個，還有十幾個身強力壯的車夫和護衛，這樣的隊伍不管走到哪都很扎眼了，不知道的，還以為是走鏢的呢！

周嬤嬤看林蘭怔愣的表情，解釋道：「妳和少爺各一輛馬車，二小姐一輛，我一輛，還有二小姐的奶娘一輛，其餘的都是裝行李的。老夫人還派了家中比較得力的桂嫂一家跟了去，咱們先到臨安府，然後走水路進京。」

林蘭看見葉馨兒和戚氏母女在第三輛馬車邊說話，最末的那輛馬車旁，有一個長得壯實，眉眼都透著精明的婦人在指揮丫鬟把東西搬上馬車。

「周嬤嬤，那就是桂嫂？」

周嬤嬤沒有正面回答：「以前小姐在家時，桂嫂就是伺候小姐的。」

戚氏見林蘭等人出來了，笑盈盈地迎了上來，「林蘭啊，此去京城路途遙遠，一路上可得注意身子。」

葉珂兒狠狠甩了一記白眼過來，又跟葉馨兒嘀咕，不知道說些什麼，葉馨兒只是含笑不語。

林蘭笑道：「多謝舅母關懷。」

李明允已經上了第一輛馬車，文山過來朝林蘭抱拳一禮，「少夫人，少爺說該出發了，要趕臨安府的船，過了日子，船可不等人的。」

林蘭又跟戚氏寒暄了幾句，上了第二輛馬車，銀柳和玉容與她同乘一車。

林蘭納悶道：「少爺身邊怎麼沒個丫頭伺候？」

銀柳回說：「少爺只讓文山和冬子伺候的。」

林蘭心道，這傢伙還算正派，一般大戶人家的公子，哪個身邊沒幾個漂亮丫頭，賈寶玉那麼鍾情林黛玉，還和身邊的襲人胡搞呢！

「冬子又是誰？」林蘭聽著耳生。

「冬子是跟少爺從京城來的，這幾年少爺在澗西村為亡母守孝，冬子就住在葉府，不過今年年初少爺就把冬子派出去了，不知道去做什麼。」銀柳知無不言。

肯定是要緊的事吧！林蘭心想。

馬車是富貴人家才有的享受，可跟現代的汽車比起來，不管是舒適度還是速度都是天差地別，坐了大半天，林蘭就被晃得頭暈，看銀柳和玉容臉色也不太好看。

「妳們……暈車不？」林蘭好心問道。

玉容臉色發白，「車子還好，只是那船，從來沒坐過，不知道會不會暈船。」

銀柳擔心道：「我們好歹年輕禁得住，不知道周嬤嬤吃不吃得消。」

這倒是個嚴重的問題，此去京城少說也得走一兩個月，而且天氣也越來越熱了，要是半路上有人病了，耽誤行程不說，病人也遭罪，林蘭想了想說道：「待會兒休息的時候，我去跟少爺說一聲，到哪個小鎮停一下，我去配點消暑和暈車的藥來，以備不時之需。」

銀柳聞言，喜上眉梢，「我怎麼忘了，姑娘就是個大夫，這下可好了，大家有救了！」

玉容一旁認真糾正道：「銀柳，妳又忘了周嬤嬤的吩咐，上了馬車，就不能再喚姑娘，要叫少夫人。」

銀柳頑皮地吐了吐舌頭，笑嘻嘻地說：「玉容姊姊教訓的是，少夫人。」

馬車外一陣吵雜，隨即車隊停了下來。

「銀柳，妳去看看什麼事？」林蘭吩咐道。

銀柳哎了一聲，下車去，須臾回來，說：「二小姐吃不消了，吐得昏天暗地，丁嬤嬤讓車隊稍停一會兒，讓二小姐緩一緩。」

真是嬌貴！林蘭心裡鄙夷，隨即想起周嬤嬤，關心地問：「周嬤嬤如何？」

銀柳回說：「周嬤嬤還好，我去看過了。」

林蘭放下心來，葉馨兒吐不吐她才不來管。

車簾突然被人掀開，是李明允，神色擔憂地問：「妳……還行？」

林蘭睜大眼，讓自己看著很精神，滿不在乎地說：「我沒事啊！」

李明允的目光在她臉上稍作逗留，確定她沒事，說：「前面不遠有個小鎮，今晚咱們就在那落腳。」頓了頓，他又道：「妳待會兒去看看表妹吧，她吐得厲害。」

肆之章

表妹矯揉亟巧取

林蘭過去的時候，葉馨兒正趴在車沿吐黃水，聽著聲音很是痛苦，丁嬤嬤不停給她揉背順氣，很是心疼地說：「這才第一日就吐成這樣，可怎生了得……」

兩個丫鬟站在一旁也是愁眉不展，神色擔憂。

周嬤嬤指使人拿生薑片來給葉馨兒含著，可葉馨兒聞到生薑味，反而吐得更厲害了。

「這法子不行啊……」丁嬤嬤焦急得不得了，恨不得自己替小姐難受。

林蘭見一幫子人圍著葉馨兒一籌莫展，便開腔道：「大家都散開吧，讓二小姐透透氣。」

眾人回頭看著林蘭，卻沒人動。

林蘭皺眉，「妳們這樣圍著她，她呼吸不到新鮮空氣，只會越發難受的。」

周嬤嬤忙道：「大家都退開些，少夫人學過岐黃之術，聽少夫人的沒錯。」說著，帶頭散開。

林蘭走過去，看了眼地上的嘔吐物，心中有數，氣定神閒道：「誰去取一碗清水來。」

這會兒馬上有丫鬟自告奮勇說：「奴婢去取。」

「丁嬤嬤，妳先讓開。」林蘭上了馬車，叫丁嬤嬤讓位。

丁嬤嬤將信將疑地把已經吐得虛軟無力的葉馨兒交給林蘭。

林蘭讓葉馨兒枕在自己腿上，併攏食指和中指按壓她的內關穴，邊問丁嬤嬤：「二小姐以前也坐過馬車吧？」

「是啊，以前也暈車，不過沒這次這般厲害。」丁嬤嬤說。

「以後要乘車之前，讓小姐吃清淡些，甜食是千萬不能吃了。」

一個丫鬟奇道：「少夫人怎麼知道小姐吃了甜食？」

林蘭哂笑，「看看地上的嘔吐物就知道了。綠豆湯雖有解暑的功效，但是太甜了，適得其反。還有，在馬車上，就不要看書了。」

那丫鬟三分驚訝，七分崇拜地看著林蘭，暗道：這位少夫人可真神，居然什麼都知道！

按揉了一陣，葉馨兒總算緩過神來，弱弱地說：「表嫂，讓您受累了。」

林蘭無所謂地笑笑，「舉手之勞。以後乘車若是覺得暈了，就按按這個穴位，可以緩解眩暈之症，不過最好的辦法還是閉目養神，能睡就睡一會兒。」

丫鬟取水回來，林蘭讓葉馨兒把水喝了，說：「妳再堅持一下，前面不遠就到鎮上了，妳表哥說今晚咱們就在鎮上落腳。」

葉馨兒面帶病容，一副我見猶憐的模樣，歉意道：「都怪我沒用，耽誤了表哥的行程。」

「這怎麼能怪妳，誰也不想生病的。」林蘭微笑著，帶了銀柳回自己的馬車。

「少夫人可真厲害。」葉馨兒的丫鬟靈音小聲感嘆了一句。

葉馨兒不由皺眉，望著林蘭的背影，目光深涼複雜。

李明允等在車旁，見她回來，問道：「表妹好些了嗎？」

「這會兒應該沒問題了。」林蘭看他眼含隱憂，不知他是在擔心葉馨兒的身體，還是怕葉馨兒一路暈車，會耽誤行程，便又道：「到前面鎮上，我去藥鋪看看，買些鎮定安神的藥來。」

李明允點點頭，「辛苦妳了。」

到了前面的小鎮，早有僕從安排好了客棧，大家安頓下來，吃過晚飯，林蘭就去找藥鋪。李明允要照顧大家不方便離開，便讓文山跟了林蘭去。

鎮定安神的藥材並不是什麼稀罕藥材，一般的藥鋪裡都有，林蘭買了一大堆，估計上船後會有更多人用得著，還買了些陳皮和食醋。藥材不重，但體積不小，文山一雙大手還拎不過來，只好連脖子上都掛滿，活像棵笨重的聖誕樹，甚是滑稽，銀柳和林蘭不由得掩嘴偷笑。

一回到客棧，林蘭衝進自己的房間，直奔大床，重重趴在了被子上，哀嘆：「累死我了……」

很想腐敗一下，叫玉容來給自己捶捶背，可玉容一直跟她保持著距離，不好意思叫，銀柳倒是跟她親近，不過銀柳也累了，更不好意思叫，正糾結著，一個清朗的聲音問：「要我幫妳揉揉？」

林蘭嚇得忙翻身坐起，卻見李明允坐在對面的羅漢榻上看著她，淡淡地笑著，目光在微黃燭光映襯下顯得越發柔和。

「你……你怎麼在這裡？」林蘭有些迷茫，環顧四周，是不是自己走錯房間了？這些客房擺設都差不多。

「這是我的房間，我自然在這。」李明允合上在看的書，一手搭在小几上，一手搭在弓著的膝蓋上，身體略往後，姿態散漫卻不失優雅，笑看著她。

呃……林蘭大窘，果然是她走錯房間了。

林蘭心裡窘迫，面上卻是不肯流露半分，低低咕噥著：「真討厭，這些房間長得都一個樣。」說著趕緊往外走。

「妳去哪？」李明允叫住她。

林蘭怔怔道：「我回我自己的房間啊！」

李明允輕微哂笑，起身下了榻，走到林蘭面前，淡笑道：「妳應該知道，從葉府出來，妳和我在外人眼中就是正式的夫妻了，妳配合我從今晚開始。」

林蘭有點轉不過來，「可京城還遠著呢！」

她自然知道要配合他做一對假夫妻，同住一個屋簷下是必須的，但是，這又沒到京城。

「演戲也要演得逼真才行，如今除了周嬤嬤心知肚明，連銀柳和玉容都不知情。我必須提醒妳，京城那位精明得很，被她看出點端倪，咱們的戲也就不用演了。」李明允鄭重提醒道。

要瞞過近身伺候的銀柳和玉容，這難度可不是一般的大，林蘭看看那張床，突然意識到自己一直忽略了一個很嚴重的問題，同榻而眠，誰能保證這傢伙哪天獸性大發，那她豈不是賠了夫人又折兵？

李明允似乎看穿了她的心事，說：「妳放心，我特意讓小二在屋裡添了張羅漢榻，以後也都如此，妳睡床，我睡榻。晚間我也吩咐了，只說不喜歡房中有外人，不需要她們伺候，再說……」李明允頓住，將她上下打量，目光中一抹嫌棄的神色，悠悠道：「我對妳，沒興趣。」

林蘭頓感羞辱，一個男人說對妳沒興趣，這是對一個女人最大的羞辱，哼，你對我沒興趣，我對你還沒興趣呢！誰知道你是不是個銀樣鑞鎗頭，中看不中用。

林蘭用更不屑的眼神也將他上下打量，然後了然地點點頭，一臉揶揄的壞笑，說：「了解，好在咱們是假夫妻，你那什麼……不行，跟我也沒關係，不過呢，人有毛病還是早點治的好，千萬別諱疾忌醫，免得將來你的妻子因為備受冷落整日以淚洗面，這樣是很不道德的。」

李明允這樣說原是想讓她安心，沒想到這女人居然懷疑他不行，頓時一張臉漲得通紅，偏偏這種事還沒法爭辯，心中甚是鬱悶。

「好了，妳也累了，早點休息。」李明允冷了臉，轉身繼續去看他的書。

林蘭朝他的背影翻了個白眼，誰叫你先羞辱我的？

林蘭自去洗漱，上床放下簾帳，才脫了外衣，倒頭就睡。可是翻來覆去怎麼也睡不著，帳子外面還坐著個男人呢，這種感覺實在太詭異了！想到以後一千多個夜晚都要跟這個男人同住一個房間，林蘭就百般糾結。

「喂，你翻書輕點，吵到我了！」林蘭不滿地低嚷了一句。

外面一陣寂靜，再沒聽見翻書聲，林蘭好奇地透過紗帳張望，隱隱約約看見他跟放慢鏡頭似的，小心翻著書頁，神情專注，不時提筆做註解。這傢伙還真用功，林蘭的戒心慢慢放鬆，也著實累了，不禁沉沉睡去。

李明允夜讀直到更鼓三響，才合上書本，揉揉酸澀的眼睛，準備睡覺，驀然發現，自己居然沒把毯子抱過來，他是特意吩咐小二多準備了一條毯子，因為怕玉容懷疑，就先把毯子放在了床上，結果剛才被林蘭一氣，就把這事給忘了。這會兒，帳子裡的人呼吸沉穩，已然沉睡，他總不好去掀帳子，萬一她突然醒來，還以為他意欲圖謀不軌，那就真是跳進黃河也洗不清了。

李明允無聲嘆息，第一次遇到這種情形，沒有經驗，看來今晚只能和衣而眠了，好在這個時節，夜裡不是太涼。

◆　◆　◆

葉馨兒倒也自覺，怕自己吐得天翻地覆，耽誤了表哥的行程，即便林蘭開的藥再苦，也捏著鼻子一口喝下，上車後倒頭就睡。

解決了這個麻煩，車隊終於在三天後的黃昏時分趕到了臨安渡口。

此時，夕陽正斜，運河上大小船隻穿梭如織，一派繁榮景象。在古代，水路是遠行的首選，一來運河上有官船維持秩序，比較安全；二來也可免去車馬勞頓之苦；三來，可省去每日尋客棧的麻煩，費用也比較省，不足之處就是慢了點。

但這點不足，對李明允來說根本不存在，他原本就不趕時間。

車隊一到渡口，就有一個清秀白淨的小廝迎了上來。

「少爺，可把您給等到了，您不知道，昨兒個來了一家人，差點把咱們的船給撬走了，說是急用，願意幫船家付雙倍的違約金給咱們，好在這位船家有良心，沒答應，要不然，這時節船還真不好找……」那小廝一見面就訴苦。

李明允擺了擺手，不以為然，冬子不知道這船家跟葉家是舊識，豈是別人出幾兩銀子就能撬走的？只問：「東西可準備齊全？」

「都準備妥了，上船就可以開船了。」小廝忙道。

李明允回頭吩咐文山：「把東西都搬上去吧！」

文山積極地應了一聲，有條不紊指使著僕從們搬行李。

「這車是少爺和少夫人的，都搬到少爺房裡，仔細些，別滑了手……那些是要送到大老爺家的，都搬到艙底去，這車行李是二小姐的，搬到二小姐房裡……」

林蘭下了馬車，玉容仔細把林蘭隨身攜帶的東西整理成一個大包袱背在身上，顯得有些吃力。

文山見狀，忙跑過來，「還是我來拿吧！」

玉容看了眼林蘭，說：「還是我自己來，文山哥你忙你的。」這裡頭都是少夫人的貴重物品，交給別人，萬一弄壞了可是不行。

林蘭跟玉容相處了一段日子，也知道她的脾氣，做事十分謹慎，盡心盡職，話又不多，有時還稍嫌嚴肅，林蘭雖和她親近不起來，卻知道這人是個可靠的。

「文山，讓她自己背吧！」林蘭微笑著說，又問道：「那人是誰？」

文山順著少夫人的目光看去，笑道：「哦，他就是冬子，少爺讓他早點來安排船隻。」

冬子也正往這邊看，目光裡透著不可置信的驚訝，連少爺叫喚他也沒聽見。

「冬子……」李明允皺眉又叫了一聲。

「噯！」冬子這才回魂，嬉皮笑臉道：「少爺，您動作可真快，冬子這才離開幾個月，少爺您把少夫人都給帶回來了。」

李明允瞪了他一眼，「還不快去請少夫人上船。」

「得咧！」冬子歡快地跑過來，一臉諂媚的笑，誇張得向林蘭作揖，「少夫人，小的冬子，小的扶少夫人上船。」

林蘭心笑，這倒是個機靈鬼。

一旁的銀柳笑嗔道：「少夫人就不用你扶了，倒是那邊的二小姐有這個需要。」

冬子忙作正經模樣，「冬子眼裡可只有少夫人。」

銀柳揶揄道：「你可得了人家不少好處……」

冬子大急，「銀柳姊姊，沒有這樣污蔑人的！」

「我哪有污蔑你？」

兩人鬥起嘴來。

林蘭聽出點異樣，似乎葉馨兒對冬子好，別有用心。

玉容沉著臉低喝道：「快住嘴吧，周嬤嬤過來了。」

兩人這才閉嘴，周嬤嬤走過來，繃著臉道：「怎還不上船？」

冬子腦子轉得快，嘿嘿笑道：「周嬤嬤好，這會兒正搬東西呢！少爺說等這車行李裝上船，大家再上船！」

上船的踏板上特意鋪了毯子，防滑，李明允站在碼頭，看大家一一上船，不時叮囑一聲小心。林蘭上踏板的時候，他還伸手扶了一把，「別看水，往前走就是。」

林蘭挑眉，她可沒這麼嬌貴，大步踏上踏板，穩穩走了過去。

冬子又自告奮勇要帶林蘭去她的船艙，林蘭卻不急於躲進窄小的船艙，讓玉容跟冬子先去把東西放好，自己站在甲板上看古渡口的風光。

「小姐，您要是怕就閉上眼睛，奴婢扶您過去。」

林蘭聞言轉身，只見葉馨兒站在踏板前，一臉惶恐，看著窄窄的踏板死活不肯邁開腳步。

李明允也勸：「表妹只管放心走就是。」

葉馨兒戚戚地望著李明允，弱弱道：「表哥，我真的怕……」

丁嬤嬤已經上船了，看小姐不敢過來，勸道：「小姐，大膽走，沒事的，這踏板只是看著危險，其實很穩的。」

葉馨兒只是猶豫不前，惶惶看著李明允。

李明允看她身後，搬運行李的人已經排起了長龍，這樣僵著可不是辦法，只好說：「表妹，妳閉上眼，我扶妳過去。」

葉馨兒神色依然楚楚，卻是聽話地點了點頭，閉上眼睛。

林蘭想起之前銀柳和冬子的對話，心裡莫名不爽，蹬蹬蹬走過去，攔住了李明允伸過去要扶葉馨兒的手，自己扶了葉馨兒。

葉馨兒還以為扶她的是表哥，內心的喜悅遠遠超過了對那塊窄小木板和蕩漾的河水的恐懼，邁開了腳步。

「表妹，到了，可以睜開眼了。」林蘭笑嘻嘻地開口。

葉馨兒心裡咯噔一下，睜開眼看，扶著她的哪是表哥，分明是林蘭。

林蘭明顯感覺到葉馨兒身體一僵，那絲懷疑越加清晰，面上卻是不動聲色地笑道：「表妹膽子太小了，妳看，這不是穩穩當當過來了嗎？」

葉馨兒笑容僵硬，低眉下去，不知是因為害羞，還是為了掩飾自己內心的失望。

「讓表嫂見笑了。」

林蘭吩咐葉馨兒的丫鬟：「快帶二小姐去船艙吧，河上風大。」

靈韻和靈音忙扶了葉馨兒進船艙。

桂嫂扶著周嬤嬤輕聲說：「少爺的房間和二小姐的房間是不是挨得太近了？要不要換換？」

周嬤嬤面無表情說道：「這船總共這麼點大，待會兒妳叫玉容來我房裡一趟。」

桂嫂低低應了一聲，若有所思地看了眼林蘭。其實二小姐的心思，府裡好多人都心知肚明，只瞞著老太爺老太太而已。本以為少爺帶了少夫人回來，二小姐那心思也該斷了，可是看剛才的情形……桂嫂心裡嘆了一氣，老太太讓二小姐一路同行，不是無端給少爺添麻煩嗎？這一路時間可不短，萬一出點什麼亂子……防不勝防啊！

換乘船隻後，十幾個僕從護院，只留下六人，其餘的都回去豐安。

因為要在大船上住好些日子，玉容和銀柳很用心地布置船艙，歸整行李，讓這狹小的空間儘量變得舒適些。

「少夫人，藥箱就放在櫃子裡？」玉容問，這些常用之物，最好是問問少夫人自己的意思。

林蘭望著窗外船舷邊在說話的李明允和冬子，冬子的聲音壓得很低，林蘭隱約聽見冬子說：「其實明珠小姐並非如韓氏所說是她妹妹的女兒，而是韓氏親生的，給韓氏接生的穩婆可以證明……」

「那穩婆人呢？」

「我已將人妥善安置，必要時，她願意出面作證。」

李明允微微頷首，拍拍冬子的肩膀，「這次的事你辦得很好。」

冬子笑呵呵地說：「那是少爺運籌帷幄之功。」

李明允瞪著他，「少油嘴滑舌。」

「少夫人……」玉容抬眼，見少夫人正望著窗子發呆，便走近兩步又喚了一聲。

「哦……什麼事？」林蘭愣愣地回過頭來，呆呆問道。

玉容也看見了窗外兩人，若無其事地說：「這藥箱放櫃子裡可好？」

「隨便放哪，到時候告訴我一聲就行。」林蘭心不在焉，腦子裡還在琢磨剛才聽到的話。明珠、明允，都是明字輩，應該是李明允的妹妹吧？可韓氏為何要說成是別人生的？

「少夫人，那這個匣子呢？」銀柳從箱籠裡捧出那個讓少夫人色變的匣子。

林蘭沒注意到銀柳手上捧的是什麼，只說：「隨便放。」

銀柳和玉容愕然，這不是少夫人很緊張的東西嗎？怎的又說隨便了？

銀柳想了想，為慎重起見，還是把匣子放到了床頭的案子上。

桂嫂來喚玉容：「玉容，妳來一下。」

玉容沒應聲，而是看林蘭的意思。這點林蘭很滿意，不知道葉老夫人臨行前是否對玉容做了特別的交代，自從出發後，玉容的轉變是很明顯的，林蘭和煦道：「妳去吧！」

屋子裡沒了旁人，銀柳表情猶豫不決，一副欲言又止的模樣。

林蘭瞧在眼底，知道銀柳想說什麼，而她其實也很有興趣八卦一下，不過她有個習慣，從不主動去打聽八卦，別人一定要說她也不會攔著。

銀柳認為自己先前的提醒，少夫人多少是聽進去了，不然少夫人不會攔著明允少爺扶去二小姐的，這會兒玉容不在，她還以為少夫人會問她點什麼，可是等了好一會兒，少夫人都沒開口，反倒樂呵呵捧著妝奩又看她的玉鐲子。

這件事該說不該說，銀柳很糾結，她主動說，少夫人會不會以為她是個多嘴好事之人？可是不說，萬一少夫人還不甚明白，所以很想少夫人開口問，少夫人問話她自然是知無不言，可惜……心裡憋了一肚子話找不到說出來的藉口，銀柳很內傷，低頭鬱悶地繼續整理東西。

沒多久玉容就回來了，主動向林蘭報告：「周嬤嬤說，這些船隻挨得這麼近，晚上怕有歹人闖進來，所以叫奴婢和銀柳看著點，以後白天夜晚輪番守著。」

怕歹人闖進來？李明允已經安排了家丁護院輪番值守，歹人哪有這麼容易摸上船的？恐怕，周嬤嬤是意有所指吧！林蘭也不說破，含笑說：「只是辛苦妳們了。」

頂著少夫人的頭銜，林蘭總得裝模作樣到各人房裡去查看，看大家是否都安置妥當。

葉馨兒一上船就躺下了，不知是暈船了還是黯然神傷，林蘭沒打攪她，悄悄退了出來。

桂嫂帶人去開鍋做飯，周嬤嬤和丁嬤嬤在說話，見林蘭來了，周嬤嬤道：「少夫人來得正好，我和丁嬤嬤正在說二小姐的事。」

丁嬤嬤滿面愁容，「少夫人，您可得想想辦法，二小姐坐車暈車，坐船暈船，這才幾日，人就瘦了一大圈。」

林蘭微笑著安慰她：「丁嬤嬤且放寬心，這船夠大，行得也穩，表妹只是暫時不太習慣，慢慢就會適應了，回頭我給她開一副補脾開胃的藥。」

「只要能吃東西就好，這不吃飯光喝藥，鐵打的身子也受不了。」丁嬤嬤唉聲嘆氣。

林蘭笑笑，問周嬤嬤：「周嬤嬤可有不適之處？」

周嬤嬤淡笑道：「妳別瞧我年紀大，身子骨卻是硬朗的。早年跟著老夫人北上南下，折騰慣了，這點風浪還難不倒我。」

林蘭笑呵呵，又問丁嬤嬤。

丁嬤嬤嘆道：「只要二小姐沒事，我老婆子心裡就舒坦了。」

林蘭告辭又去別的房裡查看。

丁嬤嬤看著艙門關上，對周嬤嬤說：「少夫人人倒是不錯，可惜出身……」

周嬤嬤不動聲色，沒接話。

丁嬤嬤還道周嬤嬤也認同她的說話，便壯了膽子又道：「明允少爺這回是欠考慮了，這樣隨隨便便就把人帶回去。若是個出身好的，品貌好的姑娘，倒還說的過去，就少夫人這樣的，三姑爺能答應？」

周嬤嬤嘴角一扯，似笑非笑，閒閒地說：「這些事，用不著妳我操心。」

丁嬤嬤討了個沒趣，止住這個話題，又扯回到二小姐的身體狀況上去。

林蘭走了一圈，沒發現什麼不妥的，就回自己房間去。

李明允正在房裡東翻西找，玉容站在一旁乾著急。

見少夫人和銀柳回來，玉容忙問銀柳：「銀柳，妳剛才收拾東西的時候，可看見少爺的書？」

銀柳茫然，「什麼書啊？」

李明允頭也不抬，手上不停翻找，「妳們別管了，我自己找找，總是在這屋子裡的。」

玉容不滿地瞪了銀柳一眼，小聲埋怨：「妳怎麼剛收拾完就不記得了。」

銀柳慚愧不語，臉色微紅，剛才收拾的時候，她腦子裡正想事呢，就沒留意。

林蘭道：「以後少爺的東西別亂動，要歸置也等少爺來了再歸置。」

兩人諾諾。

「好了，妳們快去看看晚飯可做得了，都餓了呢！」林蘭把兩人打發出去，回頭看見李明允正要打開放在床頭几案上的匣子。那匣子……好像很眼熟……

林蘭驚得魂飛天外，猛撲過去搶那匣子，「別動我的東西！」

李明允的手已經打開了匣子，還未看清裡面裝的是什麼，一個人就飛撲過來，將他猛地一撞，

「啪」的一下，把匣子給合上了，正好夾住他的手。

「啊……」一聲慘叫劃破船艙，驚天動地。

船上所有人先是呆了三秒，隨即反應過來這聲慘叫是明允少爺發出的，頓時驚悚不已，腦子裡只閃著一個念頭：不得了了，少爺出事了！

眾人忙放下手中的事，慌忙奔了過來，狹窄的過道裡，擠成了一團。

葉馨兒就住在隔壁，離得最近，第一個撞開了林蘭的房門，驚慌失措地喊道：「表哥，您怎麼了？」因為心急，眼底的關切之意暴露無遺。

林蘭驚訝於葉馨兒的動作如此神速，完全不像是個暈船暈得東倒西歪的病人，更驚的是，她沒想到會傷到李明允，剛才一時情急，真的用了很大力。雖然第一時間放開了李明允被夾住的手指，但李明允的三個手指還是以可見的速度腫了起來。林蘭怔怔看著李明允紅腫的手指，不知道該怎麼解釋。

此番夾得狠了，十指連心，李明允倒抽了好幾口冷氣，才壓住那股鑽心的疼痛，勉強鎮定下來，「我自己不小心，夾了手指。」

林蘭愕然望他，他竟然把過錯全攬到自己頭上。

葉馨兒疾步上前，查看表哥的傷情，看那手指上深深的一道夾痕，再想到表哥那一聲慘叫，心狠狠地痛了起來，眼中驀然盈淚，六神無主地訥訥著說：「傷得這麼嚴重，可如何是好，也不知骨頭有沒有斷……」

李明允本來只是痛，這會兒被葉馨兒捧著手，又平添幾分尷尬，不滿地看向站在一旁發呆的始作俑者，口氣略顯冷峻，「妳是大夫，還不快幫我治治！」

林蘭這才反應過來，上前一步不著痕跡擠開葉馨兒：「表妹趕緊讓讓，我好幫妳表哥診治。」

周嬤嬤等人也趕到了，未進門就一疊聲詢問：「怎麼了怎麼了，出什麼事了？」

顯然周嬤嬤沒想到葉馨兒也在，還站在一旁默默垂淚，這樣的情形不由叫人生出多番猜測。

李明允沒想到自己急痛之下的一聲慘叫，驚動了這麼多人，很是尷尬，忙道：「周嬤嬤，沒事兒，不小心夾了手指。」

周嬤嬤聽說傷了手指，再看林蘭捧著明允少爺的右手，頓時心慌起來，心疼得口氣中又忍不住帶了些許埋怨：「怎的這麼不小心，您這手可是要寫字的，萬一傷了筋骨，如何是好！」

「應該沒傷到骨頭，您看，這不是還能動嗎？」李明允忍痛動了動手指。

「別動，桂嫂，快去拿點菜油來。」周嬤嬤看明允少爺的手指已經腫得跟紅蘿蔔似的，急聲喚桂嫂。

桂嫂連忙跑去廚房。

葉馨兒懷疑道：「菜油……有用嗎？」

「怎麼沒用？這是土方子，妳爹小時候頑皮，從樹上掉下來，額頭上腫了拳頭大個包，也是用菜油抹好的。」周嬤嬤略帶不滿地咕噥了一句，卻不是因為葉馨兒懷疑她的土方子。

林蘭解釋道：「菜油性溫，有散火丹、消腫毒的功效。」

葉馨兒又是委屈又是生氣，她不過是問問，周嬤嬤怎還拿她爹出來說事，口氣還這般不耐煩，在家時，周嬤嬤可不是這樣的。

周嬤嬤現在沒功夫去照顧葉馨兒的心情，對擠在門口的圍觀者呵斥了一句：「不相干的人都散了，該幹麼幹麼去！」

眾人忙散開了去，葉馨兒又把這話聽到心裡去了，不相干的人，周嬤嬤是在說她嗎？她怎麼就成了不相干的人？受傷的可是她的表哥！周嬤嬤算什麼，不過是一個下人而已，又沒帶過表哥，沒奶過表哥，葉馨兒心中不平，反倒站著不走了。
桂嫂來去一陣風，很快取了菜油來。
林蘭道：「給我，我來幫少爺抹。」
林蘭小心翼翼幫李明允抹上菜油，看他紅腫的手指漸漸泛出青紫顏色，心中越發愧疚。
周嬤嬤叮囑道：「少夫人，少爺的手傷得不輕，這陣子您得看仔細了，別讓他沾水，也別碰東西。若是養不好，留下病根，廢了少爺一手好字，咱們可都擔待不起。」
林蘭自己闖的禍，心虛又慚愧，哪有不應的，連連點頭，保證道：「我會看好他的。」
周嬤嬤這才放心，「那這裡就交給少夫人了。」
走了兩步，周嬤嬤見葉馨兒還沒有挪腳的意思，微蹙了眉頭，對靈韻說：「二小姐還病著呢，還不快扶二小姐回去歇息！」
靈韻諾諾，去扶二小姐。
葉馨兒看了看表哥，眼中是無盡的擔憂，「表哥，要仔細些，千萬別再弄傷了。」
李明允淡笑著點點頭，「表妹自己也要保重身體。」
周嬤嬤出去的時候，經過玉容身邊，輕哼一聲，「妳跟我過來。」
玉容惶惶，知道周嬤嬤要訓斥她了，剛剛交代過，要好生照顧少爺少夫人，結果她才離開一會兒，少爺就出事了。
銀柳同情地看著玉容，愛莫能助。
「是不是很疼？」林蘭心虛地問。
看著她一臉歉疚的表情，李明允又不忍責備她，瞅了眼事發後被她扔到床上的匣子，問道：
「那裡面裝了什麼？」

啊？林蘭忙去把匣子藏到櫃子裡，訕訕道：「沒什麼，是師兄他們送的禮物。」心中怨念，這個銀柳也太不會辦事了，怎麼把匣子放在這麼顯眼的地方。

銀柳端著雕花的填漆托盤，小心道：「少爺、少夫人，該用飯了。」

李明允看看自己的手，又看看林蘭。

林蘭大方地說：「我來餵你。」

銀柳布好飯菜交給林蘭，林蘭搬了凳子坐在李明允旁邊，一口一口餵他。

林蘭心裡倒沒什麼，只當伺候病人，可李明允很不自在，雖說這已不是林蘭第一次餵他吃飯，上回他被百花蛇咬傷了，半死不活躺在床上，也是林蘭照顧他，但那時候他是不能動了，但現在，兩人面對面坐著……

為了緩和這令人尷尬的氣氛，李明允問道：「妳師兄送了妳什麼？」

林蘭皺眉，「你能不能不糾結這個問題？」

李明允黑著臉說：「我為此莫名其妙受了傷，妳總該讓我知道那裡面裝了什麼。」

「這是我的個人隱私好不好？君子不探人隱私。」林蘭拿大帽子扣他，打死也不會告訴他裡面藏了什麼，要不然她還不如跳河裡去把自己淹死算了，好過被人笑話死。那個該死的匣子，她早就該扔掉的。

「是藥？」李明允試探道。

林蘭臉一紅，「不告訴你！」

瞧她這窘迫的神情，李明允心裡猜了個八九分，不禁哂笑。

他一笑，林蘭沉不住氣了，唬道：「你笑什麼？不許笑！」

李明允更加確定自己的猜測，再也忍不住哈哈大笑起來。

林蘭生氣地站起來，把飯碗往銀柳手上一塞，「妳來餵！」自己跑去打開櫃子，把匣子抱出來，衝出了房間。

李明允喊她：「噯，妳別扔啊！可以送給陳子諭的……」

林蘭腹誹：送你個大頭鬼！

銀柳一頭霧水，「少夫人這是怎麼了？」

李明允好不容易忍住笑意，「沒什麼，吃飯吃飯。」

林蘭跑到甲板上，打開匣子，把裡面的一個個小瓷瓶都丟進河裡，罵道：「去你個金槍不倒！去你個飄飄欲仙散……」

◆ ◆ ◆

船上的生活一點也不悠閒，主要的原因還是林蘭自己造成的，李明允受傷後，林蘭就成了他的祕書。李明允看書有個習慣，看到重要的或是精彩之處，總要寫一些心得體會，可恨的是，他的體會特別多，因此，林蘭一天當中大半時間都在幫李明允做筆記。

「惻隱之心，仁之端也；羞惡之心，義之端也；辭讓之心，禮之端也；是非之心，智之端也……人性本善，世上何來惡？惡之源又在何處？」李明允自言自語，搖頭皺眉，頗不認同。

林蘭有氣無力地問：「這個也要記下嗎？」

李明允搖搖頭，「只是略發感慨。」

林蘭不以為然道：「這有什麼好感慨的？孟老頭子不過是在勸人向善而已，大家都做個有道德的君子，這個社會就圓滿和諧了。」

李明允眼中一抹異彩，沒想到林蘭會說出這樣一番話，便起了和她論一論的興趣，「可孟子言，此四德乃人性之本。何謂本，本乃自然，生而有之也。」

林蘭嗤鼻道：「胡說八道，你見過哪個嬰兒生下來就知道禮義廉恥的？還不是後天教化而成？若此四德生而有之，那孔子、孟子等人還需這般費力寫什麼《論語》，著什麼《孟子》？還有誰需要他們來教化？」

李明允越發覺得有趣了，「那妳認為人性本該如何？」

林蘭想了想，不能說得太玄乎，免得李明允起疑心，要知道她不過是個會點岐黃之術的村姑而已，便道：「我覺得人之初，無所謂善惡，因為嬰兒根本什麼都不懂，就像一張白紙，而後天所接觸的人和事，就像筆墨，就看潑在你這張白紙上的是赤色還是墨色。」

「妳這說法，頗有新意。」李明允笑道。

「本來就是嘛！什麼人性本善人性本惡，爭來爭去，一點意思也沒有！我曾聽說，有人把初生的嬰兒扔在了森林裡，後來這個嬰兒被狼叼了去，在狼群中長大，性情也和狼一樣，這種人，你能說他是善還是惡？還能稱之為人？」林蘭舉了個現代狼孩的例子來證明。

李明允感嘆道：「實不能稱之為人也。」忽而又凜眉，「妳說的事是真的？怎麼會有這麼狠心的父母？」

林蘭聳聳肩，「大千世界無奇不有，所以說，沒有人生來就是君子，也沒有人生來就是邪佞之輩，都是後天教化的結果，孟老頭子有夠無聊的，昔日孟母三遷早就已經說明了這個問題，他還說什麼四德為本，簡直就是在扇他母親的臉，這個無聊的問題也值得你糾結，愚蠢！」林蘭不耐煩地說道。

李明允不禁撫掌而笑，「妙，妳這番話雖有悖聖言，卻自有妙處！」

「聖人之言也非絕對，我說過，孟老頭子無非是想教人向善而已，他的話還是有積極作用的。」林蘭很中肯地說。

李明允點點頭，想到一事，故作嚴肅道：「別孟老頭子孟老頭子的叫，這是對聖人不敬。」

林蘭想起劉羅鍋巧解「老頭子」的故事來，歪著腦袋，笑看嚴肅正經的李明允，「何謂老？老乃尊稱也，像老爺、老先生、老太太。何謂頭？頭乃一家之首，學派之宗也。何謂子？子乃天之驕子也。孟子身為僅次於孔子的儒家宗師，當不當得老頭子之稱？」

李明允怔了怔，聽她解得極妙，不禁啞然失笑。那種笑聲，像是聽了心愛的女人撒嬌一樣，不自覺帶了幾分寵溺的味道，第一次覺得與她談話竟可以這般開心。

看她笑容中自然流露出小女人的嬌媚與天真，李明允很自然刮了下她小巧的鼻尖，笑嗔道：「在外人面前可不許這樣稱呼。」

好啊，敢刮她鼻子！林蘭伸出手就重重在他鼻子上刮了一下，還擺出一副你敢再占我便宜試試的架勢，大眼瞪他。

李明允好氣又好笑，「行了，今天就到這吧，我要出去曬曬太陽。」

「還曬太陽，太陽都快落山了。」林蘭嘟著嘴趕緊把筆墨紙硯都收拾起來，這個書呆子，看書看得都不知道白天黑夜了。

李明允愕然，挑窗一望，只見外面已是餘暉如霞，微然而笑，「那便去賞落日吧！」

「叫玉容陪你去，我要休息，寫了一天，手都快斷了。」林蘭揉揉酸脹的胳膊，懶懶地靠在椅背上，抱怨道。

李明允伸出受傷的手，在她眼前晃了晃，「噯，差點手斷了的人是我。」

林蘭立即洩氣，哀怨萬分，猛地站起來，去拿藥箱。

「妳做什麼？」李明允不解地看著她。

林蘭打開藥箱在裡面摸索，「我要研究一味特效藥，好早點治好你的傷，解放我的手。」

李明允不禁莞爾，任她搗鼓，背著手出了船艙。

這幾天林蘭已經利用閒暇時間，搗鼓出一味治療暈車暈船的藥丸，其實就是保濟丸。不過這味藥丸是清光緒年間佛山的李兆基研製出來，林蘭用的就是他的配方，稍做改良，命名為保寧丸。既免去了喝藥的痛苦，效果又好，葉馨兒和玉容現在都在吃，暈船的症狀大有好轉。林蘭還想把六神丸、六味地黃丸、藿香正氣丸什麼的都做出來，將來開藥鋪，這些就是招牌藥了。

正忙碌著，有人敲門。

林蘭以為是銀柳，便道：「進來吧！」

「表嫂，表哥不在啊？」身後葉馨兒清脆婉轉的聲音響起。

林蘭回頭，見葉馨兒端著個紅漆小茶盤悄生生站在那，笑道：「原來是表妹啊，妳找妳表哥有事嗎？」

葉馨兒溫婉道：「沒事，我特意來看表嫂的。這些日子多虧了表嫂的保寧丸，身子爽利多了，看表嫂每日陪著表哥讀書辛苦，馨兒特意讓廚房燉了燕窩粥，給表嫂解解乏。」

林蘭受寵若驚，忙起身接過茶盤，「這怎麼好意思呢！」

葉馨兒笑說：「都是自家人，難道只興表嫂照顧表妹，就不興表妹為表嫂做點什麼嗎？」

林蘭訕訕而笑，「那就多謝表妹了。」心中卻是狐疑，葉馨兒無事獻殷勤，葫蘆裡賣的什麼藥？

葉馨兒柔聲道：「表嫂快趁熱喝吧，涼了就不好喝了。」

盛情難卻，林蘭只好先放下手中的活，把燕窩粥喝了。葉馨兒走到藥箱旁，摸摸那些藥材，似乎很好奇，說：「真羨慕表嫂會醫術，其實我自幼身子骨就弱，沒少讓家人操心，也曾想過學點岐黃之術，不說去治病救人，就是自己能給自己調養身子也好，可惜一直不得如願。」

這話說得，分明是想林蘭湊話上去……表妹也對醫術感興趣？

林蘭慢悠悠喝著燕窩粥，笑呵呵看著葉馨兒，只裝沒聽懂她的話。

葉馨兒等了一會兒，見林蘭沒順她的話說，便開門見山：「表嫂，要不，馨兒跟妳學醫吧！」

是真心，還是醉翁之意？林蘭故作訝然，「學醫可是很苦的。」

葉馨兒施施然走過來，施施然在林蘭對面坐下，笑容委婉，語氣真誠，「馨兒是真的想學，不求能治百病，只求跟表嫂學一些養身之道，表嫂可願教我？」

林蘭笑道：「只學養身之道是容易的，依表妹的聰明才智，看兩本養生方面的書籍便會了。」

「那怎麼成？看書不如表嫂言傳身教來得有效，表嫂，妳便答應了吧！」葉馨兒已是擺出了哀求的姿態。

林蘭拒絕不過，只好說：「那我有空便教妳一些。」

葉馨兒欣喜，起身朝林蘭屈膝一福，「那馨兒先謝過表嫂了。」

林蘭乾笑幾聲，「表妹多禮了，都是一家人。」

且不管葉馨兒是存了什麼心思，她若是真心求學，她也不是小氣之人，教她便是，若是葉馨兒想要什麼花招，那她就見招拆招。

「表嫂，您慢用，馨兒先告辭了。」葉馨兒達成目的，歡喜地出去了。

林蘭放下燕窩粥，無奈地咕噥了一句：「吃人家的嘴軟，這話真是一點也不錯。」

吃晚飯的時候，林蘭把葉馨兒要跟她學醫的事告訴了李明允，李明允聽了，半晌不語。

「你倒是說話啊！」林蘭想聽聽李明允對這件事有什麼看法。

李明允抬眼看她，深邃如海的眼眸中是一片平靜與清明，他淡淡地不帶任何情緒地說：「妳已經答應了。」

這幾天相處下來，林蘭多少摸到點他的脾氣，他開心的時候會笑，不開心的時候也會笑，但是，當他面無表情的時候，就肯定是不開心了。

「我能不答應嗎？好像顯得我多小氣似的，更何況人家還端了碗燕窩粥來。」林蘭虛張聲勢地為自己辯解。

一旁的銀柳和玉容不約而同地蹙眉，這不是給了二小姐接近少爺的機會嗎？

李明允心道：還好意思提燕窩粥？

「玉容，妳去告訴二小姐，就說少夫人白日要陪我讀書，每天就酉時有點空閒，讓她酉時再來。」李明允略微思忖了一下，吩咐玉容道。

玉容會意，少爺是給二小姐定下時辰，這個時辰少爺自然會避出去，這也是沒法子的法子。

「奴婢這會兒便去說。」玉容笑盈盈應聲出去了。

李明允低頭繼續吃飯，這兩天，他慢慢學會了用左手吃飯，就是動作慢了點，越發顯得斯文。

銀柳看少爺光顧著吃飯，菜也不夾，而少夫人沉著臉直直地坐在一旁，不知是在生自己的氣，還是在生少爺的氣，便上前給少爺盛了一碗湯，「少爺，喝口湯吧！少夫人，您也喝一碗，這是今兒個剛從河裡撈上來的小魚燉的，鮮美得很。」說著，銀柳也給少夫人盛了一碗，輕輕放在少夫人面前。

林蘭兀自鬱悶，她不想答應的，可人家腆著臉來求……

李明允瞅了她一眼，目光柔和下來，漫不經心道：「答應了就答應了，又不是什麼要緊的事，只是妳要幫我做筆記，又要教表妹，還要搗鼓藥材，怕妳太累。」

這話聽著順耳，而且還打著關心她的名義，林蘭心情稍稍好轉，伸手把李明允面前的魚湯給端了過來。

「嗳……我還沒喝呢！」李明允莫名其妙看她，他又沒說她什麼，怎的還不讓喝湯了？

林蘭一撇嘴，「你這兩天吃中藥，沾不得魚腥味。」

銀柳方知自己疏忽了，連忙告罪。

林蘭莞爾一笑，「下回記得就好了。」說著舀了一勺魚湯嘗了嘗，回味片刻，故意氣某人似的，讚道：「這魚湯果然鮮美，回頭妳跟船娘說一聲，讓她最好每天撈點新鮮的魚來，燉著吃，煎著吃都好。」

「少夫人喜歡吃魚這還不簡單，每日叫船家撒上一網什麼都有了。」銀柳出了錯，少夫人卻沒訓她，心中越發感念少夫人的寬厚仁慈。這錯要擱在老夫人那，輕則罰俸，重則降級，銀柳暗暗下定決心，以後更要盡心盡力伺候少夫人。

「銀柳，妳告訴船娘，本少爺最近手受了傷，在吃藥，嘗不得魚腥，讓她等本少爺傷好了，再做魚湯。」李明允夾了根青菜淡淡說道，微垂的眼眸裡閃過一絲狡黠。

林蘭大怒，「你這是小人之舉！」

李明允抬眼，閒閒道：「我這是近墨者黑。」

林蘭咬牙切齒，「你才是墨，你一肚子墨水，五臟六腑都是黑的！銀柳，妳別聽他的，按我說的做！」

銀柳為難地看看少爺又看看少夫人，不知該聽誰的好。

李明允笑看著林蘭，「我覺得我應該給胡記藥房寫封信，讓妳的師兄們按原樣再送一份禮。」

林蘭看著他那可惡的笑臉，一副勝券在握的樣子，心裡將他咒了八百遍。這傢伙居然敢拿這事來要脅她，可她是怕被人要脅的嗎？林蘭陰惻惻笑了起來，朝銀柳揮揮手，「妳先出去。」

李明允原是逗她玩的，誰叫船上的日子無聊呢！可林蘭這一笑，讓他萌生不祥之感。

銀柳正左右為難，少夫人叫她出去，頓時如釋重負，連忙逃離這個是非之地。

林蘭稍稍往前探了探身子，似笑非笑道：「你只管寫信去討，到時候讓師兄他們笑話了，別說我沒提醒你。」

李明允心裡打鼓，嘴上卻是硬著：「有什好笑的！」

林蘭淡定地說：「一般要用到那些藥的人，要麼自己不行，要麼就是縱慾無度，你希望師兄他們認為你是哪一種呢？」說著還用輕蔑的眼神掃了他一眼。

跟人鬥，有時候就看誰比誰無恥，就李明允那張薄臉皮，還想去討春藥？借他十個膽子，他也不敢。

果然李明允滿臉通紅，敗下陣來，鬱鬱地低頭吃飯，再不開口。

林蘭悠閒地喝著魚湯，故意做出很享受的表情，還不時感嘆：「這魚湯真鮮啊！」

對面那人紅臉漸漸轉黑臉。

◆◆◆

玉容去了二小姐房裡，把少爺的話轉述了一遍，故意強調這是少爺說的。

葉馨兒似乎沒有半點不高興，笑容還是一樣的溫婉，語氣還是一樣的柔和：「我這點小小心願卻是給表哥表嫂添麻煩了，妳回去告訴少夫人，以後我就酉時過去討教。」說罷又喚靈韻：「把今兒個新得的櫻桃勻出一半來，讓玉容帶過去給少爺和少夫人嘗嘗鮮。」

靈韻應著，心裡卻有些不捨。小姐自打出發後胃口一直不太好，今兒個船靠了岸，丁嬤嬤想到小姐喜歡吃櫻桃，特意命人上岸去尋的，總共才得了一小籃子。

「聽說妳也有暈船之症，本該好好歇著，偏巧少爺的手又傷了，真是夠難為妳的。」葉馨兒又取下髻上的一支嵌了紅寶石的金簪塞到玉容手上。

玉容心驚，二小姐這是何意？忙搖頭，「二小姐，這可使不得，伺候主子本是我們做奴婢的分內之事。」

葉馨兒笑道：「如何使不得？我要跟少夫人學醫，以後少不得有麻煩妳的地方，莫要推辭，顯得生分。」

玉容猶豫了片刻，將簪子握在手心，屈膝一禮，「玉容謝二小姐賞賜。」

玉容出了門，忖了忖，先往周嬤嬤房裡去。

周嬤嬤看著那支簪子恍然出神：這還是二小姐十一歲那年生辰，老太太賞給她的，上面嵌的紅寶石雖稱不上極品卻也是價值不菲，二小姐出手如此大方，可見她心不死。林蘭與少爺假夫妻一事瞞得甚緊，知情者除了當事人，只有老夫人老太爺還有她，二小姐斷不可能知道底細，二小姐到底是怎麼想的？願意屈尊做小？周嬤嬤搖搖頭，別看二小姐性子溫婉，其實骨子裡卻是驕傲得很，給人做小，就算大老爺昏了頭答應，二小姐也不會委屈自己。想與林蘭平分秋色？周嬤嬤再次搖頭，心裡諸般猜測，每一種都叫她心驚肉跳。

玉容不安地看著周嬤嬤，現在二小姐打主意都打到她身上來了，她一個小丫鬟，不能跟主子撕破臉，但她是絕對不會受人利用的。

「妳先收著吧，二小姐那邊有什麼風吹草動，及時來報。」周嬤嬤思忖了半晌，把簪子還給了玉容。

玉容應聲，又問：「那……這事要不要告訴少夫人？」

周嬤嬤沉吟道：「告訴她也好，她若是個明白人，心中自然有數，也不會疑妳有二心。」

玉容得了指示，心裡踏實了些，別過周嬤嬤，提了櫻桃回到少夫人房裡。

李明允吃過晚飯去甲板上透氣，銀柳跟去服侍，屋子裡就剩林蘭，又在搗鼓她的特效藥。這些藥，以前她就想做來著，只是苦於無錢買藥材，又怕被師父和師兄他們看出異樣，現在好了，葉家有的是錢，只要她開出單子，要什麼藥材都有，而且師父師兄他們又不在，她可以盡情地做實驗。

林蘭正努力把牛黃研成粉末，聽見玉容喚她，笑道：「妳回來得正好，幫我把這些研成粉。」

「少夫人……」

玉容放下櫻桃過來幫忙。

看少夫人快活忙碌著，玉容遲疑著開口：「少夫人，奴婢有事要稟。」

「妳說吧！」林蘭估摸著，是不是葉馨兒聽了李明允的安排不高興了。

「奴婢把少爺的話轉給二小姐了。」玉容神情複雜。

「哦？二小姐怎麼說？」林蘭面上漫不經心，心裡卻是在意著。

「二小姐說，以後她就酉時過來討教，為了表示謝意，二小姐還讓奴婢帶了半籃子櫻桃來，給少爺和少夫人嘗嘗。」玉容指指桌上的籃子說道。

林蘭心道：葉馨兒還真沉得住氣啊！

「二小姐還賞了奴婢這個……」玉容拿出簪子給少夫人看。

好大一顆紅寶石，林蘭覺得自己真窮，人家賞給下人的東西都比她在瑞福莊買的東西好。

「既然是二小姐賞的，妳就收著吧！」林蘭淡淡一笑。

「少夫人……」玉容認真了神色說：「少夫人請放心，玉容心裡只有一個主子。」

林蘭不禁莞爾，半開玩笑地說：「真的只有一個嗎？」

玉容聽了惶恐，噗通跪地，鄭重了神色道：「老夫人把玉容派給少夫人，玉容便只認少夫人是主子，只對少夫人忠心。」

林蘭沒想到一句玩笑話，把玉容嚇成這樣子，忙扶她起來，笑嗔道：「妳還真是個實心眼的，我跟妳開玩笑妳也當真。妳若不好，我早就回了老夫人換人了，既然決定帶妳和銀柳入京，便是信得過妳們。我雖出身低微，但也知道疑人不用，用人不疑，今日咱們把話說開了也好，此去京城還不知有多少風浪等著，但我相信只要咱們主僕一條心，再大的風浪也能闖過去。」

她並不介意玉容心裡真正的主子是豐安的那位老夫人還是她，因為她和老夫人在某種意義上來說，目的是一致的。

玉容聞之動容，用力點頭，眼中神色堅定，「少夫人的話，玉容記下了。」

◆　◆　◆

一連幾天，葉馨兒都很自覺，酉正過來，也不會叨擾林蘭很久。林蘭從最基本的食補入手，教她一年四季如何通過食補調理身體，葉馨兒都一一記下。

看著認真好學，貌似規矩的葉馨兒，林蘭當然不會用簡單的想法去揣測一個想法不簡單的人，只是想想有些鬱悶，還沒到京城就要開始面對這些花花草草，到了京城還不知有多少麻煩等著她。聽那個陳子諭說，李明允在京城很受閨秀們的歡迎，她不僅要幫他對付家裡的老巫婆——這是林蘭給那個不正統的未來婆婆取的綽號，李明允聽了後深深頷首，覺得這個稱呼非常合適——還要做個辛勤的園丁，幫他掃除花花草草。林蘭琢磨著，是不是該找李明允商量商量，掃除一個給多少報酬，不然她沒動力啊！

「表嫂，那我就先回去了。」教學告一段落，葉馨兒自覺地收拾本子起身告辭，一條手絹悄無聲息落在了地上。

林蘭心中微動，假裝沒看見，笑咪咪地說：「表妹走好。」

葉馨兒唇角微揚，笑容高深莫測，柳腰款擺婀娜而去。

「銀柳，把地上的帕子撿起來，給二小姐送回去。」林蘭吩咐道。因為葉馨兒拿金簪收買玉容，為了不讓玉容難做，林蘭每天這個時候都讓銀柳在房裡伺候，怎麼說也得給銀柳一個撈好處的機會不是？

銀柳撿起帕子，有些困惑地問：「剛才少夫人明明瞧見了。」

林蘭笑道：「我這不是給妳爭取個機會嗎？」

銀柳沒反應過來，茫然著說：「什麼機會？」

林蘭抿嘴一笑，「妳去了不就知道了？」說著又埋頭開始搗弄藥材，自言自語：「珍珠粉不夠了，還少冰片……」

銀柳懵懵懂懂拿了帕子去還給二小姐。

沒多久，銀柳回來，把一隻鐲子放在了林蘭面前，忍著笑，「原來這就是少夫人說的機會？」

林蘭拿過鐲子對著油燈品鑒一番，嘖嘖道：「真是大方，這麼貴重的翡翠鐲子都捨得送。」

銀柳笑道：「這麼貴重的鐲子，奴婢可用不上，少夫人留著好了。」

林蘭雖然愛財，卻也沒貪婪到連奴婢的賞賜都要貪沒的地步，嗔了她一眼，「這可是二小姐的一片心意，妳留著做嫁妝不是挺好？」

銀柳臉色微紅，羞赧著咕噥道：「少夫人說什麼呢！什麼嫁妝……」

「快收起來收起來，以後學聰明點，好處少不了的。」林蘭把鐲子還給銀柳。

銀柳詫異，「奴婢得了這好處已經心裡很不安了。」

林蘭笑呵呵地說：「有什麼好不安的？是她自己心甘情願賞妳的，又不是妳問她討要的。」

「可是拿人的手短。」銀柳很怕二小姐到時候向她提出什麼不合理的要求。

「切……說妳笨妳還真笨，有些事妳自己心裡明白就行，妳不收人家反而不放心，又會想別的路子。與其讓她找別人，還不如找妳，這樣一來，她有什麼想法，我第一時間就能知道，一舉兩得。」林蘭耐心地指點迷津。

銀柳忖了忖，恍然道：「少夫人的意思是……二小姐想利用我，我就假裝讓她利用，以便少夫人能更好的對付二……」

林蘭噓了一聲，小聲道：「只可意會，不可言傳。」

兩人竊竊而笑。

「什麼事這麼開心？」李明允回房，見主僕兩人笑得不懷好意，頭皮一陣發麻。

林蘭嗔道：「反正不關你的事。」

李明允閒閒道：「不關我的事最好。」

銀柳忙起身去給少爺沏茶，玉容問道：「今兒個外面起風了，船家說夜裡會下雨，晚上是不是換一條厚毯子？」

林蘭瞅了眼床上兩條薄毯子，道：「換就不用了，妳去取一條厚的來，要是晚上真的轉涼就蓋厚的。」

玉容不疑有他，依言去取了床厚的毯子來，放在床上。

李明允明顯鬆了口氣，接過銀柳沏的茶，慢悠悠品著。

林蘭拿了張新開的藥單給李明允，「缺了幾味藥，什麼時候船能靠岸，我得上岸採辦一些。」

李明允粗粗看了一眼，「後天吧，後天船到蘇州碼頭，我也要上岸走走。」

林蘭來了興致，在李明允對面坐下，笑容裡帶了幾分討好的意味，

「我聽說姑蘇風光甚美，你說上岸走走，是不是要去遊玩一番？」

李明允挑眉看她，淡淡地說：「不遊玩，我去訪友，妳去採辦藥材。」

林蘭失望地噘著嘴，賭氣道：「你不帶我，我自己去。」

「不行，我們在蘇州碼頭只停留一日，要是妳逾期不歸，耽誤了行程怎麼辦？」李明允嚴肅地拒絕。

林蘭悶悶道：「我又不是三歲孩子不知道時辰？我還擔心你去訪友逾期不歸呢！」

李明允猶豫了，林蘭自從上船後，幾乎每天都待在船艙裡，忙這忙那，連甲板上都極少去。

看他動搖了，林蘭又試探道：「你若是不放心，就讓文山跟著我好了，文山你總信得過的。」

李明允望著她那雙期盼的眼睛，心生不忍，便道：「我帶妳一道去訪友。」

訪友？林蘭沒興趣。

李明允頓了頓又道：「我那友人就住在虎丘，那裡是蘇州最美景致所在。」

虎丘？林蘭前世曾在網上流覽過虎丘的美景，那裡確實是景色宜人，頓時綻開笑顏，「一言為定，不許反悔。」

夜裡果然下起雨來，先是淅淅瀝瀝，打在船身，像是撒豆子一般，到後來是傾盆大雨，船身止不住搖晃，那動靜甚是嚇人。

林蘭被吵得睡不著，透過紗帳，見躺在榻上的李明允一動不動，不由佩服他雷打不驚的睡功。

緊了緊身上的毯子，有點冷，林蘭正準備扯過玉容備下的厚毯子蓋上，卻聽得一陣窸窣聲，忙闔上雙眼，屏氣凝神。

只見榻上的李明允下了榻，朝她這邊摸過來。

他想要做什麼？林蘭心裡一緊，眼睛張開一條縫。

朦朦朧朧看見帳子被人輕輕掀起，李明允探身進來。

林蘭緊張得攥緊了手中的毯子，心裡想好了，他要是敢撲上來，就直接踹他要害。

他的手伸過來了，伸過來了……林蘭整個人繃得像是滿弓的弦，蓄勢待發。

他的手卻是越過她的身體，摸向了後面的毯子。

難道他是冷了，想把毯子拿走？那她怎麼辦？她也冷啊……

他果然拿走了毯子，林蘭正想開口，他卻是展開毯子，蓋在了她身上，還幫她掖緊了被角，輕輕嘀咕了一句：「睡得真死。」便又退了出去，回到榻上躺下繼續睡覺。

林蘭呆了足足有半分鐘，原來他是怕她冷了，給她添毯子……她剛才是小人之心了，這傢伙還知道照顧人？哼！她照顧了他這麼多日，他偶爾照顧下她也是應該的，受之無愧，至於他會不會冷？他最近被逼著吃了好多補藥，怎麼會怕冷呢？林蘭想到這，心安理得抱著毯子閉上眼睛。

◆◆◆

天光未亮，林蘭和李明允被一陣急促的敲門聲驚醒。

因為雨一直下，雨聲嘈雜，玉容已經敲了好一會兒了，若不是文山一直朝她努嘴使眼色，她真不敢驚了少爺和少夫人的好夢。

李明允忙下榻，把毯子扔到床上，問了聲：「何事？」

「少爺，前面一艘船上有個孩子得了急病，那家人正急得四處找大夫，問到咱們船上來了，小的不敢做主……」文山清了清嗓子大聲說道。
李明允回頭看林蘭。
林蘭早在聽說有孩子病了，就起身穿衣了，隔著簾帳說：「我過去看看。」
治病救人乃是大事，李明允道：「文山，你去回那家人，少夫人稍後就過去。」
文山應聲，忙跑了出去。
林蘭穿好衣裳下床，看李明允也動手穿衣。
「你不再睡會兒？」
李明允繫好腰帶，淡淡說道：「我陪妳過去。」
林蘭微微詫異，「你又不會醫術，去做什麼？」
李明允自顧自穿好鞋子，去開門，玉容候在外間。
「趕緊去打盆水來，叫銀柳過來給少夫人梳頭。」李明允吩咐道。
大家以最快的速度收拾妥當，銀柳幫少夫人背藥箱，玉容拿來幾把油紙傘，「外面雨大。」
出了船艙，李明允撐著傘，虛摟著林蘭的腰，一下衝進了大雨裡。
林蘭看見船頭文山正和一位中年男子在說話，冬子則跑過來，「少爺，那家人就是先前在臨安碼頭想撬咱們船的。」
這個時候說這話啥意思？難道還記仇不去救人？
李明允面色冷峻，「一碼事歸一碼事。」
冬子嘿嘿笑道：「小的可不是要攔著少爺，就是跟少爺提個醒兒。」
李明允瞪了他一眼，你小子肚子裡幾根花花腸子，本少爺還會不知道？
「走吧！」李明允摟在林蘭腰上的手微一用力，林蘭被他帶著往船頭走去。

見少爺和少夫人出來，文山跟那中年男子迎上前來。

那男子對兩人深深一揖，「真是對不住，這個時候來打攪公子和夫人，實在是我家小公子病情堪憂。」

林蘭道：「不用多禮了，看病要緊。」

中年男子連連點頭哈腰，做了個請的手勢，「我家的船就在前面。」

文山去幫銀柳背藥箱，「我來吧！」

兩艘船之間已經搭好了兩人寬的木板，中年男子先過去，跟對面候著的僕人交代了兩句，僕人立刻跑進船艙。

木板上濕漉漉的，李明允虛扶的手不禁緊了緊，小聲道：「留神腳下。」

林蘭「嗯」了一聲，心中不覺漾起一股暖意，他們從未靠得這麼近，近得彼此能感受到對方的體溫。他撐的傘，總是斜向她這邊，他的手緊而有力，給人安心的感覺。他的關心流露得那麼自然，彷彿她真的是他心愛的妻子，但林蘭很清楚，這種關心與愛沒有半點關係，也許，這是他的個性使然，其實李明允這人還是很細心的。

葉馨兒也起來了，早在玉容敲門的時候，她就驚醒了，派靈韻去打探，看出了什麼事。

沒多久靈韻回來說：「前面船上有人病了，請少夫人過去看病，少爺陪少夫人一起去了。」

葉馨兒聽了心頭湧起強烈的酸澀之意，表哥到底喜歡林蘭什麼？琴棋書畫，林蘭都不會，花容月貌，林蘭也沒有，不過會開幾個方子，會說幾句俏皮話而已，表哥的品味什麼時候變得這般低下，莫說她心裡不服，只怕京城裡那些傾慕、愛慕著表哥的女子知道了，也會百思不得其解，鬱悶不已了。

小姐的心思，靈韻看得明白，以前她也指望著小姐能與表少爺親上加親，郎才女貌，天造地設，可如今表少爺有了少夫人，小姐還……

那日打賞玉容金簪子，還有後來打賞銀柳翡翠鐲子，靈韻都看在眼裡，心裡頭很是不安，小姐如此這般求的是什麼？

葉馨兒極為苦惱，船上的這兩個月是她唯一的機會了，如果不能如願，等到了京城，怕是再見表哥一面都難。可恨的是，表哥一味躲著她，她千方百計給自己找的機會又被林蘭破壞掉，這個林蘭看似傻呵呵的，誰知道她是真愚鈍還是裝傻，看來，她得再下一番功夫才行。

靈韻看小姐蹙眉不語，想勸又不知從何說起，畢竟小姐從未對人吐露她的心事，猶豫再三，靈韻還是決定作罷，先看看再說。

「小姐，這會兒天色還早，要不要再睡一會兒？」

葉馨兒慵慵地躺了回去，對著帳子怔怔出神，她該怎麼辦？

李明允和林蘭上了那家的船，只見一位年約四十開外，雍容華貴的婦人迎了出來。夫人面容姣好，只是因為焦慮不安，神色顯得有些憔悴。

看到中年男子帶了林蘭和李明允前來，婦人眼中急切之意更加明顯。

中年男子上前介紹道：「夫人，這位是李公子，這是李夫人。李夫人精通醫術，聽說小少爺病了，冒雨前來。」

聽到精通醫術幾個字，婦人的眼神熱切了幾分，蘊含著強烈的希望。

「給二位添麻煩了。」婦人微微福身。

「夫人無須多禮，還是快讓拙荊去看看孩子吧！」李明允還禮說道。

婦人看向林蘭，「那就勞煩李夫人了。」

林蘭回頭喚銀柳，卻看見李明允半邊衣裳都濕了，便道：「你先回去換身衣裳。」

李明允點點頭，小聲囑咐道：「能行最好，若是不行，先穩住病情也好，明日就到蘇州了。」

林蘭懂他的意思，這是對她的醫術不太放心，但她也明白李明允這幾句叮嚀確實是出於對她的關心。

「知道了，你快回去換衣裳，別凍著了。」林蘭低低回應了一句，帶著銀柳，跟隨那位婦人進了內室。

「前日融兒看有人在船上垂釣，也嚷著要釣魚，不慎掉進河裡，所幸救得及時，當時我就命人煮了薑湯給融兒喝下，可是夜裡融兒還是咳嗽了，到昨天更是發起熱來，本以為能撐到蘇州……」婦人邊走邊說，說道後面已是語聲哽咽，落下淚看，端的是心疼著急。

「那現在呢？」林蘭追問。

婦人拭了拭眼角的濕潤，說：「昨兒個夜裡，燒得越發厲害了，上吐下瀉，一味喊冷。我用白酒給他擦身，用帕子沾了涼水給他敷額頭，卻是一點也不見效，反倒燒得越加厲害，這會兒人都糊塗了。」

「夫人，不好了不好了，少爺抽搐了……」一個丫鬟驚慌失措地跑出來。

婦人臉色大變，痛喊一聲：「融兒……」竟是撇下林蘭快步進屋。

林蘭也跟了上去。

只見一群丫鬟婆子圍在床前，搓手的搓手，搓腳的搓腳，都在那裡急聲呼少爺。

婦人見那孩子身子不住抽搐，口吐白沫，兩眼翻白，竟是雙腿一軟就倒了下去。

好在林蘭眼疾手快扶住婦人，忙吩咐道：「妳們快扶夫人躺下，掐她人中，去弄點熱茶給妳們夫人喝下。其餘人等，去準備熱水、乾淨的帕子，都不要圍在這裡了。」

眾丫鬟已經慌得手足無措，見有人出來指示她們怎麼做，哪有不聽的。

一個婆子站出來，「紅香、紅玉快扶著夫人，青荷去倒茶，蘭英去燒水……」

林蘭拿出自己的手絹塞進孩子的嘴裡，讓銀柳打開藥箱，「幫我取銀針出來。」

銀柳麻利地取出銀針交給少夫人，林蘭就著油燈消了消毒，給孩子施針，讓他先穩定下來。

那婆子指使了下人，就在一旁看著林蘭。她是看林蘭年紀輕，生怕林蘭醫術不精。

兩針下去，孩子停止了抽搐，安靜下來。

林蘭用手背試試孩子額上的溫度，又翻開孩子的眼皮看了看，拿木籤撬開孩子的嘴，查看舌苔，最後再細細診脈。

先前聽婦人說了孩子得病的原因，她心裡已經有數，這是濕邪侵體引起的傷風，說不定還喝了幾口污水，因為沒能及時醫治，導致病情加重。

「銀柳，取保寧丸兩顆。」林蘭面色凝重，「用溫水化了，餵孩子喝下。」

婆子忙道：「我來我來！」

這時，婦人悠悠醒轉，一醒轉，情緒又激動起來，「融兒怎樣了？」

林蘭按住她的肩膀，「夫人安心，小公子的病情看起來嚴重，卻不是不能治的，不過再拖延兩日的話，恐怕就危險了。」

婦人一聽說能治，一把抓住林蘭的手，激動道：「李夫人，求您一定要救救融兒，我們喬家可就融兒這麼一根獨苗，他若有個好歹，我……我也活不成了……」

林蘭看這夫人年紀不小了，而這孩子不過七八歲的樣子，看來是中年得子，自是萬分疼愛。

「夫人放心，治病救人乃是醫者本分。我現在給小公子吃的是急救的藥丸，只能暫時將病情緩解下來，若要痊癒，還得吃上幾味藥。」

婦人這才安靜下來，命人取來筆墨，「請李夫人開方。」

林蘭坐下，提筆邊寫邊道：「先受風，復感濕，惡風有汗，脈浮數為陽痓，易治，用麻黃、附子、防風散之……」

那婦人和婆子見林蘭說得頭頭是道，開藥方更是胸有成竹的樣子，不禁對望一眼，那神情好似在說……融兒真的有救了。

「這些藥材眼下我這裡也缺，只有等到了蘇州再去配齊。這兩日，你們先用保寧丸，也不能多吃，四個時辰餵兩顆。多餵他喝水，可以沖淡體內病毒，過兩個時辰小公子的燒若是退了，你們再來喚我。」林蘭把方子交給婦人。

婦人感激萬分，「若是融兒能逃過此劫，李夫人便是我們喬家的大恩人。」

林蘭微笑道：「夫人言重了，小公子福大命大，必然會安泰的，倒是夫人您自己要多保重身體，要不然小公子病好了，夫人自己又病了。」

林蘭一出來就看見李明允背著手在廳裡走來走去，蹙著眉頭，神色凝重。

文山先看到少夫人，面上一喜，忙道：「少夫人出來了。」

李明允立即抬頭，迎了上來，「怎樣了？」

一旁那中年男子也一臉關切地看向林蘭。

送林蘭出來的婆子方嬤嬤，笑呵呵道：「李夫人醫術高明，這會兒小公子安穩多了，也不說胡話了。」

李明允長長吁了口氣，露出微微笑容。

林蘭看他左半邊衣裳還是濕的，根本就沒回去換衣裳，心情莫名煩躁起來，「你怎麼還在這裡？衣裳都濕了，黏在身上不難受嗎？要是濕氣侵入體內，受涼了怎麼辦？」

中年男子連忙告罪：「是在下考慮不周。」

李明允淡淡一笑，「不妨事，既然小公子已無大礙，那我們就先告辭了。」

文山樂呵呵幫銀柳背過藥箱，中年男子送四人出艙。

這一番折騰，天色已明，雨也停了，雨後的空氣格外清新，透著微微的涼意。幾隻白鷺從河上掠過，落在了桅杆上，專注凝視著水面，準備隨時撲下來捕食河裡的魚蝦。

「小姐，妳看，上面有幾隻大鳥。」靈音指著桅杆興奮嚷嚷著。

「姑娘，那是白鷺。」船娘提了桶髒水往河裡倒，笑著給靈音介紹。

葉馨兒恍若未聞，只盯著前面走來的兩人。

表哥一手護著林蘭，小心呵護的樣子，深深刺痛了她的眼，更刺痛了她的心。如果不是爹和娘去了京城，家中無人替她做主，此時此刻，站在表哥身邊的人就應該是她。總以為還有機會，表哥就算要議親也要等孝期滿以後，沒想到，表哥孝期一滿就帶了林蘭回來，破滅了她所有美好的希望，叫她如何能甘心？

葉馨兒黯然收回視線，望著悠悠的河水，心裡不由產生一個惡毒的念頭：如果……如果……林蘭消失的話，一切煩惱都不存在了吧！

她霍然起身，朝那兩人走去。

靈音見小姐走了，顧不得問船娘關於白鷺吃什麼的問題，忙跟了上來。

「鍾管事不用送了，快回去吧！」到了自己船上，李明允回頭跟中年男子說。

鍾管事又是深深一揖，「等小公子好些了，在下再來謝過李公子、李夫人。」

李明允微哂道：「出門在外，都不容易，相互幫襯是應該的。」

鍾管事抱拳道：「那在下先告辭了。」

鍾管事一離開，林蘭就嘀咕上了：「幹麼非得等我？你就對我的醫術這麼不放心嗎？」

李明允笑看她，淡淡說道：「妳真囉嗦。」

「嫌我囉嗦你還等我？」林蘭剜了他一眼。

「我只是擔心那孩子的病。」李明允漫不經心地說。

林蘭生氣，「你以為我擔心你生病啊？我只是擔心你病了我又要受累。」

李明允一本正經道：「妳是我夫人，我等妳是應該的。我病了，妳照顧我也是應該的。」

林蘭哼了一聲，「咱們的合……」她想說咱們的合約裡可沒這條，立時又反應過來文山和銀柳還跟著，硬生生把話嚥回肚子裡去。

李明允聽她差點把祕密說出來，不禁有些生氣，神情也變得冷峻起來，硬邦邦地說：「妳知道就好。」

把林蘭嘔個半死。

銀柳和文山無奈苦笑，少爺和少夫人明明是關心著對方，偏偏都不肯說真話，這不是自找不痛快嗎？

「表哥、表嫂，你們回來啦！」

對面，葉馨兒笑盈盈迎上前來。

林蘭見葉馨兒過來，心裡起了個促狹的念頭，你李明允不是不喜歡面對這個表妹嗎？今兒個我還不管了，讓你自己頭疼去！

林蘭換上笑臉，「表妹起得這麼早啊！」

葉馨兒瞄了眼神色冷峻的表哥，心裡就像被人用利刃劃了一道口子，這種痛，只有她自己知道，為什麼表哥每次見到她，都要板著一副生人勿近的面孔，她就真的這麼讓人討厭嗎？語聲裡不覺透出幾分黯然：「早醒了，躺著又睡不著，索性起來走走。對了，聽說表嫂去給人看病，那病人不要緊吧？」

林蘭點頭，「應該是沒什麼大礙了，把我累得夠嗆，我先回去歇會兒，失陪了。」

此時林蘭離船舷只有兩尺光景的距離，只要她假裝滑了一跤，撲過去，林蘭就會掉進水裡……

可是，林蘭說她失陪了……

只一猶豫，林蘭已經撇下李明允，與葉馨兒擦身而過。

李明允愕然看著說走就走的林蘭，她還真生氣了？

銀柳忙取過藥箱，跟少夫人回船艙。

「啊，表哥，你的衣裳都濕了。」身後傳來葉馨兒的關切之語。

林蘭撇了撇嘴，葉馨兒，妳好好表現吧！

銀柳追上少夫人，小聲怨道：「少夫人，您怎麼把少爺留下了？豈不是……」

林蘭不以為然道：「少爺他又不是死人，更何況還有文山在，怕什麼？」

「吱呀」一聲旁邊的艙門打開，周嬷嬷走了出來。

銀柳看見周嬷嬷，諾諾叫了一聲。

周嬷嬷面無表情地唔了一聲，對林蘭說：「既然少夫人累了，趕緊回去歇著吧！」

林蘭訕訕而笑，心裡有些發虛，敢情周嬷嬷聽到她的話了，看來以後說話得小心點，隔牆有耳，更何況在船上，隔著薄薄的門板，太不安全了。

「少夫人回來了？少爺呢？我讓廚房裡溫著早點就等少爺和少夫人回來。」玉容和聲道。

林蘭重重往靠背椅上一倚，深吐了口氣。

銀柳放下藥箱，「少爺還在外面呢，估計這會兒正跟二小姐在說話。」銀柳的聲音不高不低，正好能進少夫人的耳朵。

林蘭翻了個白眼，望天，說就說唄！他又沒許她什麼好處，她又不是他正經八百的妻子，管那麼多做什麼？

玉容訝然，「怎不一起回來？」

銀柳朝少夫人那邊努了努嘴，用唇語對玉容說：「兩人鬧彆扭。」

玉容著急了，鬧彆扭也不能把少爺扔在外面啊，二小姐一直找機會跟少爺接近呢！

「我出去看看。」玉容說著就要往外走。

剛一開門，李明允來了，臉沉得要滴出水來。

玉容忙讓開，「少爺……」

李明允大步走進來，低喝了聲：「出去！」

銀柳和玉容自然知道少爺是在叫誰出去，兩人忙退下去，反手關上門，站在門外忐忑不安。

玉容小聲道：「少爺好像很生氣。」

銀柳點點頭，心說：少夫人也很生氣。

玉容又道：「他們會不會吵起來？」

銀柳搖搖頭，表情很是無奈。

林蘭驚訝於李明允怎麼回來得這麼快，葉馨兒的功力那啥也太差勁了點。

李明允黑著臉走到屏風後，把濕衣換掉，須臾出來，繼續黑著臉，拿了本書，盤腿坐到榻上，期間眼角都不曾斜一下林蘭。

林蘭用力剜了他兩眼，腹誹著：你生什麼氣，氣表妹不給力嗎？

外面周嬤嬤帶著桂嫂過來，見銀柳和玉容杵在門外。

「妳們倆怎不進去伺候，站在這裡做什麼？」周嬤嬤低聲斥責。

銀柳支吾著：「是少爺他……讓我們出來的。」

周嬤嬤瞪了兩人一眼，教訓道：「妳們也算是老夫人親自調教出來的，連怎麼伺候主子都不會了？沒看見少爺身上的衣裳都是濕的？不知道少爺和少夫人這會兒連早飯都沒吃？做奴婢的，沒那本事去為主子排憂解難，起碼也要照顧好主子的飲食起居，不是什麼事都要等主子吩咐了妳才想到去做。」

兩人慚愧地低著頭，暗自惴惴，剛才只顧著擔心少爺和少夫人會不會吵架，把這麼重要的事都給忘了。

「還不快去廚房讓人煮薑茶來？」周嬤嬤見兩人一副羞愧模樣，口氣稍緩了緩。

「咚咚咚！」有人敲門。

李明允只作沒聽見，專注看書。林蘭裝了一會兒，正想問什麼事，門被推開了，周嬤嬤帶著桂嫂走了進來，桂嫂手裡還端了個紅漆雕蓮葉的托盤。

周嬤嬤一進屋就發現屋裡氣氛不對，兩個人都繃著張臉，心裡對林蘭有些不滿，不過面上卻不表露出來，跟個無事的人一樣，笑說：「少爺和少夫人忙了個大早，早點都還沒吃吧？我讓桂嫂煮了薏米粥來，弄了個涼拌萵苣、蒜泥金針菜，都是去濕氣的食物，少爺和少夫人趕緊過來吃些。」

桂嫂麻利地擺好粥菜碗筷。

周嬤嬤可不同於一般的僕婦，那是在老夫人跟前都說得上話的老人，林蘭很識趣地先動了，笑咪咪地說：「周嬤嬤怎還親自送來了？叫玉容、銀柳來做就好了。」

周嬤嬤也笑，心道：我要是不來，我家少爺不被妳氣死也要餓出病來了！到底不是真夫妻，不知道心疼少爺！

此刻，葉馨兒在自己房裡，用剪刀把手絹絞成了碎片，一邊絞一邊落淚。她不過是想用手絹給表哥擦擦衣裳，表哥就跟碰到了瘟神似的躲開了去，更可恨的是周嬤嬤，不過是個下人，死老婆子，仗著自己在祖母面前得寵，就不把人放在眼裡，說什麼這些是下人們做的事，怎敢勞二小姐動手……表妹關心下表哥怎麼了？不行嗎？死老婆子，竟把她比作下人！

絞了帕子，葉馨兒還不解氣，又撿了香囊來絞。

「小姐，快別剪了，這可是您一針一線繡了好幾天的……」靈韻撲過來奪剪刀，心疼香囊是假的，怕小姐傷了自己的手才是真的。

葉馨兒扭身，帶著哭腔說：「妳別管我，我自己的東西愛剪就剪！」

「小姐，您若是心裡不痛快就打奴婢幾下出出氣好了，千萬別跟自己過不去！剪子鋒利，小心傷了手！」靈韻苦勸著，搶下了香囊。

靈音見勢不妙，趕緊去找丁嬤嬤。

「妳別管我，讓我剪！」靈韻越勸，葉馨兒心裡越覺得委屈，越發來勁。香囊被奪走了，就胡亂扯了衣裳來剪。

丁嬤嬤聞訊趕來，見屋子裡正鬧得不可開交，忙上前，幫著奪下剪子，一疊聲道：「我的好小姐，您這又是何苦呢？靈韻，還不快把剪子拿出去！」

靈韻拿了剪子，趕緊去藏好。

葉馨兒見到乳娘，那份委屈再也忍不住，又不敢大聲哭，只嚶嚶啜泣著，淚眼婆娑，梨花帶雨，好不悽楚可憐。

丁嬤嬤先前已從靈音口中知道了事情的大概，二小姐的心思她如何不知，也是，表少爺那樣的人才，哪個女子不喜歡，可偏偏好女嫁醜漢，俊男配俗妻，能不叫人心裡憋悶嗎？

「妳們出去守著，我來勸小姐。」丁嬤嬤把靈韻和靈音打發了出去，方才和聲勸道：「小姐，快別哭了，傷神又傷身的，又不是什麼大不了的事。」

葉馨兒抹著淚，鼻音濃重，低泣道：「我就這麼不受人待見嗎？」

「小姐說的哪裡話，小姐可是葉家的二小姐，老爺夫人的掌上明珠，老太爺老夫人的寶貝疙瘩，誰敢不待見小姐？」丁嬤嬤嗔道，頓了頓，說：「要說表少爺，他原本就是一副冷漠的樣子，又不是只衝著小姐的。」

「可不是只衝著我的？見到我就一副避之唯恐不及的樣子，小時候他可不是這樣的，他對林蘭也不是這樣的！」葉馨兒幽怨道。

丁嬤嬤暗嘆了一氣，表少爺那不是為了避嫌嗎……

「小姐，聽嬤嬤一句勸，有些事該放下就放下吧，您這樣自苦又有何益？」丁嬤嬤苦口婆心。

葉馨兒倔強地抿著嘴，淚眼裡透著強烈的不甘，「我放不下！」

丁嬤嬤看她那樣子，又覺得心疼，小姐的性子她最清楚，從來想要的東西就非得要到手不可，勸是沒用了。丁嬤嬤思忖了半晌，神色變得堅決起來，眼中露出一股狠意，「既然放不下，那便爭上一爭，只是……卻不是這麼個爭法。」

葉馨兒驀然抬眼，盈盈雙眸清亮無比，殷切地看著丁嬤嬤。

「小姐，您想啊，就少夫人那樣的女子，若非表少爺真心喜歡，怎麼可能會往京城帶？如今表少爺一顆心全在少夫人身上，小姐就算對他再好，他非但不會感激，反而會感到困擾。」

「那……要怎麼做呢？」葉馨兒顫著聲，毫無主意。

丁嬤嬤嘴角勾起一抹冷笑，「雖說老太爺老夫人認同了這門婚事，但最終還是要京城的三姑爺點頭，如果三姑爺堅決不答應，您想，表少爺會為了她頂上不孝的惡名，放棄大好前程不要嗎？」

葉馨兒沉默了，如果表哥真的為了林蘭這樣做，就算表哥才華蓋世，背上了這不孝之名，前程也難保了。

「可是……祖父祖母都點頭了，三姑父那邊……」葉馨兒擔心道。

「這是個問題，三姑爺因為對葉家心懷愧疚，老太爺老太太的意思他也不能不考慮，但是，如果林蘭不止是出身低微，而且品行惡劣呢？」丁嬤嬤眼中透著一抹冷意。

葉馨兒琢磨著丁嬤嬤的話，表情陰晴不定，「品行惡劣？這又從何說起呢？」

林蘭雖然可惡，那是因為她站在了表哥身邊，頂著少夫人的頭銜，要說她有什麼大奸大惡的行為，還真是無從說起。

丁嬤嬤冷笑一聲，「有句話叫無中生有，還有句話叫眾口鑠金、積毀銷骨。她沒有，我們就想辦法讓她有，只要京城裡傳得沸沸揚揚，誰有那份閒心去求證事情真假？到時候，三姑爺就算為了李家的顏面，也斷不能答應讓林蘭進門。」

葉馨兒的眉眼漸漸舒朗開來，「對，咱們一定要想辦法阻止這事，這是為了表哥的前程著想，不能讓她毀了表哥。」

丁嬤嬤的神色也緩和下來，卻是帶著幾分鄭重，「所以，小姐只管安心在船上待著，不要再費神去想些無謂的事。女兒家，名聲要緊，若是傳出一星半點不好的閒話，對小姐不利，此事，只能慢慢來。」

葉馨兒緩緩點頭，反省著，自己這些日子，病急亂投醫，的確有失方寸。

伍之章

激將化瘀渾無懼

李明允和林蘭就這樣冷著，各做各的事。

這樣也好，起碼不用幫他去做筆記，林蘭很欣慰，愉快哼著小曲兒研究她的配方。

李明允忍住扶額的衝動，悶悶地腹誹：真是個沒心沒肺的人！

銀柳來稟：「喬家的方嬤嬤來了。」

林蘭忙放下手頭的事，「我這便出去。」

李明允豎著耳朵，聽外面的交談。

「我家小公子，燒退下來了，這會兒人也清醒了許多，嚷著餓了要吃東西，夫人餵他喝了半碗米粥，都沒有吐……」

「很好，記得多餵他喝水，哦……那個薑茶先別餵了，小公子嗓子有些紅腫，薑茶辛辣，喝了嗓子會疼的。」

「真是多謝李夫人了，要不是碰到您這樣的活菩薩，我家夫人真是愁也要愁死了……」

「方嬤嬤快別客氣了，舉手之勞而已，晚些我再過去看看小公子。」

須臾，林蘭回來，腳步輕快，小曲兒哼得越發帶勁。李明允瞥了她一眼，林蘭對他挑眉，神情得意，好似在說：現在總該相信本姑娘的醫術了吧？

李明允嘴角抽了抽，低頭看書，心道：看妳得意到幾時，不想去虎丘了？

到了酉時，李明允正要避出去，靈韻卻來報，說二小姐今天身體不適，就不過來了。

林蘭不以為意，葉表妹想必是受了點打擊，情緒低落，沒心情聽她說什麼養身之道了。

晚間，林蘭又去了喬家的船上，過個個把時辰才回來，進屋就吩咐玉容：「妳待會兒去跟文山說一聲，明兒個船到蘇州，喬夫人拜託我帶方嬤嬤去配藥，讓他跟著去。」

這話主要是說給李明允聽的，她明天有正事，就不陪他去訪友了，至於蘇州城，等配好了藥，她還是要去逛一逛的，正好，一個人樂得悠閒自在。

玉容看了少爺一眼，見少爺不出聲，這才出去轉告文山。

李明允默不作聲，心中卻是隱隱失落，好似一直以為自己手裡拿了副好牌，就等對方認輸，沒想到對方拋出一副更大的牌，反倒把他吃得死死的。

一夜無話，第二天一早，船到了蘇州渡口，李明允帶了冬子上岸訪友。喬家那邊，方嬤嬤過來請林蘭。

周嬤嬤叮囑銀柳要好生跟著少夫人，千萬莫走散了。

上了岸，林蘭打聽了一下藥鋪所在，喬家租來一輛馬車，一行人直奔「仁安堂」而去。

就在林蘭等人離開不久，丁嬤嬤一個人上了岸。

「仁安堂」在蘇州算得上是老字號了，門面夠大，藥材齊全，店家服務態度也很好，林蘭很羨慕，將來自己也能開這麼一家藥鋪就好了。

先幫方嬤嬤抓好藥，林蘭拿出自己開的單子，讓夥計去配。夥計看了看寫得密密麻麻的單子，眼中露出詫異之色，不確定地問：「夫人要買這麼多？」

「是啊，不會是你們鋪子裡沒有這麼多藥材吧？」林蘭笑道。

「哪能啊？本店萬藥俱全，夫人稍候，小的馬上去準備。」夥計笑呵呵地說。

林蘭要配的藥材不少，等了大半個時辰，夥計才配好，整整一大堆。

「一共三百六十八兩。」帳房先生劈里啪啦打了半天算盤，吊著眼皮說。

「銀柳，妳去付銀子。」林蘭吩咐道。

銀柳支吾著：「我、我沒帶銀子……」

林蘭腦子裡「嗡」的一下，意識到自己犯了個慣性思維的錯誤，還以為當了少夫人，買東西只管叫下人付錢就行了，殊不知，下人的錢也是要主子先給的。真糟糕，昨天光顧著跟李明允冷戰，都忘了問他要銀子。林蘭很尷尬，難道說讓文山回去問周嬤嬤拿銀子？

夥計的臉色更難看，可別說忙活了半天，人家沒銀子又不買了，這不是消遣人嗎？

方嬤嬤身上也沒帶這麼多銀子，只好說：「要不，大家湊湊？」

文山清點藥材完畢，起身道：「不用，我來，我來付。」又對林蘭說：「少爺一早就把銀票交給小的了。」

林蘭愕然，她沒想到，李明允居然想到了。

銀柳打趣道：「還是少爺想得周到。」

林蘭不屑地輕哼一聲，卻是不覺得李明允那麼討厭了，說起來，昨天的彆扭鬧得有夠無聊的，現在想想，一點意義也沒有。

辦好了正事，林蘭拜託方嬤嬤先把這些藥材運回船上，自己則帶著文山、銀柳，準備在蘇州城裡逛一逛。

「文山，少爺給了你多少銀子？」林蘭問道，這個問題要先弄清楚，如果銀子富餘的話，待會兒還能買點別的東西。

文山笑呵呵地說：「有六百兩呢！」

林蘭暗抽一口冷氣，李明允真大方啊，一出手就是六百兩，那豈不是還能買點好東西？

沒了銀子不足的顧慮，林蘭帶著兩人直奔最熱鬧的西市。

三人逛了不久，文山手裡就大包小包的拎上了。

林蘭給自己買了幾塊漂亮的手絹，她不會刺繡，看葉馨兒的手絹繡工都很精美，很羨慕，這會兒看見了，豈能錯過？又給銀柳買了支銀釵，給玉容買了對耳環，給文山和冬子各買了雙鞋子，給周嬤嬤買了一條勒子……

「少夫人，給少爺買點什麼呢？」銀柳提醒道。

林蘭蹙眉想了想，掃了一圈滿大街琳瑯滿目的貨物，最終搖頭，「還是算了，這裡沒什麼好東西，買來少爺也不會用的。」

銀柳道：「不管少爺會不會用，總是少夫人的一片心意啊！少夫人，就買一樣吧！」

文山指著前面說：「那邊有扇子耶！天氣越來越熱了！」

兩人一唱一和攛掇著林蘭給李明允買禮物，林蘭只好選了一把白紙扇，在銀柳的建議下又買了個青色彩繡的扇套，準備回去後寫上幾個字，算是送給李明允的禮物了。

該有的都有了，文山記著少爺的吩咐，催少夫人回去，便說：「少夫人，天色不早了……」

林蘭抬頭看天，不早了嗎？這會兒才到吃午飯的時間呢！

「不著急，文山，你去問問這附近哪裡有好吃的，咱們吃過午飯再回去。」

銀柳也是難得出來玩，自然贊同少夫人的意思。

文山只好吭哧吭哧跑去打聽，不一會兒回來說：「前面轉彎有一家『迎客來』，聽說那裡的魚味春捲做得很好，附近還有一家糕點鋪，他家的糕點據說是蘇州城裡頂好的。」

林蘭聽得腹內饞蟲活躍起來，立即拍板：「好，咱們中飯就去『迎客來』，吃過午飯再帶些糕點回去給大家嘗嘗。」

轉過街角，卻見前面圍著一群人。

林蘭好奇道：「文山，去看看。」

文山又拎著大包小包費力擠進人群，須臾跑回來說：「大家在看一張尋醫告示。」

一聽說尋醫，林蘭的職業病就犯了，「你們在這等著，我過去瞧瞧。」

「知府夫人久病不癒，遍訪名醫，若能治癒知府夫人，知府大人賞金五十兩！」一位官差在告示旁大聲宣讀。

眾人議論紛紛，大多是被五十兩黃金震撼到了。

「前幾日才賞十金，今天就成五十金了……」

「是不是知府夫人情況不妙了，知府大人急了……」

「哎，可惜咱們不懂醫術，要不然，也去碰碰運氣，五十金，一輩子不用幹活了……」

林蘭算了一下，五十兩黃金差不多有五百兩銀子，真是大手筆啊！不過，即便沒有重賞，她也想去看看的，便擠到前面問那官差：「大人，若是醫不好會打板子嗎？」

那官差將林蘭上下一打量，看她穿戴雖然樸素，卻都是極好的料子，想來不是普通人，便笑道：「姑娘說笑了，知府大人廉政愛民，怎會無故打人板子呢？」

林蘭放下心來，下巴一昂，「那這尋醫告示，我揭了。」

有好心人提醒道：「姑娘，知府夫人的病，這蘇州城裡的大夫都束手無策，可不是這麼容易治好的。」

林蘭笑道：「反正醫不好又不會打板子，去試試有什麼關係？再說，蘇州城的大夫看不好，不表示我也不行啊！」

那官差看這位林蘭年紀輕輕，本存了輕視之心，可聽林蘭口氣……心道：這告示貼了都快有兩月了，頭一個月還有人揭榜，這一個月再無人敢揭，好不容易來了一個，試試就試試，反正大人也沒說年輕的女大夫不行。

「如此，請姑娘隨我來。」官差抱拳道。

林蘭說：「等等，我還有兩個同伴在那邊。」

銀柳和文山見少夫人揭了告示，不由得心裡打鼓。剛才他們也聽人議論了，這位知府夫人病情不容樂觀，少夫人能行嗎？

林蘭看他們倆擠眉弄眼的，笑道：「放心吧，看不好不打板子的。」

官差被她逗笑了，「姑娘只管大膽給夫人看病，就算治不好，我家大人也會給診金的。」

「什麼姑娘？這是我家少夫人。」銀柳糾正道。

◆ ◆ ◆

桂嫂走進了蘇州城的郵驛，見到位郵差。

「請問剛才那位婦人可是來寄信的？」

郵差抬頭看著桂嫂，「來這裡不是寄信還能幹麼？」

「那，能不能麻煩您給我看看那封信？」桂嫂說著，一錠銀子悄悄放在了郵差左手邊。

郵差不露痕跡把銀子藏進了袖子，掂了掂分量，還算滿意，說：「這裡的規矩妳是知道的……只看一眼啊！」

「是是……」桂嫂一疊聲應諾。

郵差拿出那份信。

桂嫂瞄了眼信封上，寫著柏樹胡同葉府少夫人王氏……桂嫂心裡咯噔一下，王氏與二小姐原是閨中好友，後來大少爺娶了王氏，好友變姑嫂，兩人關係更是親厚。丁嬤嬤這封信不寄給大夫人，而寄給少夫人，怎麼想怎麼怪。

「看好了？」郵差催促著來拿信。

桂嫂笑咪咪地又拿出一錠銀子，小聲說：「郵差大爺，是這樣的，剛才那人是我家的婆子，我家老太太病了，說是不讓告訴京裡的大老爺，可我家二老爺又覺得不告訴不妥，就讓人偷偷給京裡送信，我家老太太早料到了，讓我來把信給截回去，您看……能不能通融通融？」

郵差感覺手裡的銀子比剛才的要重許多，估摸著有十兩，露出為難之色，「這不合規矩……」

顯然是人心不足，桂嫂手裡已經沒多餘的銀子了，靈機一動，褪下手中的鐲子偷偷塞了過去，央求道：「這位大爺，還請行個方便，我若辦不成這事，回頭老太太怪罪下來……」

郵差遲疑了片刻，卻是鬆了手，不耐煩地說：「快走快走！」

桂嫂喜出望外，忙將信藏進了袖子裡，快步出了郵驛。

◆◆◆

林蘭等人跟著官差走了差不多一刻鐘，就看見了知府衙門。官差把林蘭主僕三人帶進了後衙花廳，讓他們先等著，自己前去稟報。不多時，有個僕婦跟著官差出來。

「是哪位大夫揭了告示？」僕婦問。

林蘭往前一步，「是我。」

僕婦猶豫了一下，說：「妳跟我來。」

林蘭走了兩步，想起件事，笑說：「官差大哥，我這兩位隨從還未吃午飯，你能不能……」

官差笑道：「小事一樁，我這就帶他們先去用飯。」

僕婦眉頭皺了皺，心說：別是來蹭飯的吧！

銀柳不放心少夫人一人前去，「少夫人，銀柳也去。」

林蘭笑道：「妳還是先去吃飯吧，我很快就回。」

僕婦的眉頭皺得更緊了，打心眼裡認定林蘭就是來蹭飯的。

出了花廳，一直往裡走，過了一道垂花門，林蘭方才詢問：「請問這位嬤嬤，妳家夫人是何時開始得病？因何得病？」

僕婦回頭瞅了林蘭一眼，卻沒有要答話的意思。

林蘭道：「看病講究望聞問切，這問，不僅要問病況，這病由也是很重要，還請嬤嬤告知。」

僕婦猶豫了好一會兒，才道：「我家夫人是年前得的病，起先只是心口悶，沒胃口，後來越發嚴重起來，胸脅脹悶，一動就疼痛不已。」

「妳家夫人是不是有心事啊？」林蘭問道。

僕婦腳步一頓，躊躇著說：「夫人原本體弱，生養了兩位小姐之後，大夫便說夫人不宜再生育了……」

正說著，迎面走來一位身著淺碧色綾衣、月白挑線裙的年輕女子，面若桃花，春風得意。鳳眼微挑看著林蘭，神色傲慢，曼聲道：「秦嬤嬤，就是這位大夫揭了榜嗎？」

「趙姨娘，夫人正等著呢！」僕婦的態度淡漠而疏離。

林蘭瞄了眼這位趙姨娘，見她小腹處微微隆起，心中了然，只怕這位趙姨娘肚子裡的孩子就是知府夫人的病因了。

林蘭一進屋就聞到了濃重的藥味，屋子裡光線也暗，四周窗戶都拉上了簾子。

秦嬤嬤進內室稟報，林蘭聽得那夫人聲音虛弱無力：「我這病怕是治不好了，瞧了也沒用。」

秦嬤嬤和聲勸著：「還是瞧瞧的好，大夫都來了。」

「讓她進來吧……」

秦嬤嬤這才出來請林蘭進去，示意丫鬟掀起簾帳，扶夫人坐起，靠在軟枕上，反正是女大夫，沒那麼多避諱。

林蘭走到床前，見知府夫人臉色黧黑，肌膚乾燥，神情懨懨。

「夫人可否讓我看看舌苔？」

知府夫人遲疑了一下，張開了嘴。

苔色發紫。

林蘭又坐下，替她診脈，脈象細澀。林蘭心中有了計較，這位夫人得的應該是氣滯血瘀症。按說這種病不難治，關鍵是夫人有心事，鬱結於心，無法化解，有道是心病還須心藥醫啊！

「大夫，我家夫人病情如何？」秦嬤嬤關切問道。

林蘭起身說：「我看不用治了，準備後事吧！」

眾人大驚，臉色驟變，這位大夫實在太過分了，即便是夫人病重不治，也不能當著夫人的面說這種話。

秦嬤嬤大怒，「妳胡說，從來沒有大夫說夫人的病不能治了。」

「那怎麼一直都治不好？那些大夫不過是想騙幾個診金吧！」林蘭不以為然道。

「我看妳才是騙子！來人，快將她打了出去！」秦嬤嬤恨不得上前扇林蘭幾個大嘴巴。

知府夫人一直想著自己是治不好了，但是親耳聽到大夫說準備後事，對她的心理衝擊還是讓她無法承受，當即急喘起來。一喘氣，引發胸脅劇痛，發出痛苦的呻吟。

「夫人，您別信她的話，她就是一個騙子，想來騙點吃喝……」秦嬤嬤急忙幫夫人揉背順氣，寬慰著，一邊怒視林蘭。

林蘭冷笑道：「我要是來騙吃騙喝，那就肯定說夫人病情無礙，吃我幾副藥便能好了，還能騙點診金呢！」

這話駁得秦嬤嬤啞口無言，知府夫人更是哀痛，了無生趣是一回事，但真正面臨死亡又是另一番感受。

「我說的是實話，叫妳家老爺不用再費什麼心思貼尋醫告示了，還是趕緊準備後事的好，反正死了夫人，還有姨娘，姨娘一樣能給她生個大胖小子，香火有繼。」林蘭刻薄道。

秦嬤嬤氣得臉色發白，怒吼道：「還不快將這個滿口胡言亂語的騙子給打了出去！」

一旁的丫鬟忙上前要把林蘭拖出去。

林蘭掙開，繼續道：「夫人還是趕緊給兩位小姐安排安排，免得沒了親娘，受後母虐待……」

知府夫人被林蘭激得，萬般思緒齊齊湧了上來。她走後，老爺就可以日日寵著那個賤人，等那賤人生了兒子，她的兩個孩子還有什麼好日子過？還不知會被那個賤人虐待成什麼樣……憤怒、不甘、擔心、絕望如潮水般湧上心頭，不禁嗓子一熱，噴出一口鮮血。

「夫人吐血了……」眾人驚慌失措，有人忙跑了去稟報老爺。

大家都圍著夫人，又不知道該如何是好，只能眼睜睜看著夫人吐出一口又一口的鮮血，再沒人來管這個始作俑者……林蘭。

林蘭卻是吁了口氣，只是……還不夠，還需要再下點猛藥。

「夫人……夫人……」一高瘦的中年男子疾步而來，神色慌張。

秦嬤嬤哭道：「老爺，也不知哪裡來的江湖騙子，把夫人給氣吐血了！」

知府大人看夫人吐血不止，面若金紙，頓時大怒，回頭怒視著林蘭，厲聲道：「好你個騙子！來人，給我拿下，倘若夫人有個好歹，我要將妳碎屍萬段！」

林蘭淡然一笑，「老爺，您就別裝了，夫人死了不是正合你心意嗎？反正你這個夫人又生不出兒子。」

知府大人被氣得差點一口血噴出來，「大膽，今日若不將妳亂棍打死，難解我心頭之恨！」

「我不活了，我死了一了百了……」被林蘭戳中痛處，知府夫人哀慟，又吐出一大口血來。

知府大人連忙去安慰夫人：「夫人，莫聽她胡說，妳的病一定會好的，為夫就算訪遍天下名醫也要治好妳的病！」

家丁聞訊趕來，就要把林蘭拖出去。

林蘭急忙央求：「幾位大哥再等一會兒，馬上就好了。」

家丁被她弄得莫名其妙，不是老爺吩咐要將她拉出去亂棍打死的嗎？

秦嬤嬤恨死林蘭了，她是抱著一絲希望引了林蘭進來，沒想到卻是引狼入室，要了夫人的命，當即喝道：「你們還等什麼？還不快動手？」

家丁們又去拉扯林蘭，就在這關鍵時刻，林蘭看見知府夫人的面色終於有了一絲紅潤，喜道：「夫人，您現在覺得好一些了嗎？」

此言一出，知府夫人怔愣，捂著心口仔細感受了下身體，卻發現胸口的悶痛竟是緩解了許多，她怔怔地看著林蘭，不可思議喃喃著：「竟是鬆快了些。」

這下一屋子的人都愣住了，茫然不解。夫人被氣得半死，還吐了這麼多血，卻說鬆快多了，這是什麼情況？

林蘭甩開家丁扯著她的手，上前屈膝一禮，「夫人，剛才林蘭多有得罪，還請夫人勿怪。夫人乃是鬱結於心，情志不遂，故而肝氣鬱滯，疏瀉失職，日久不解，引發瘀血症。有道是醫病難醫心，林蘭以為先前的大夫都能診出夫人得的是瘀血症，開的藥也是散氣化瘀之藥，卻是久治不癒，皆因夫人鬱結太深之故，故而出奇招，激上一激，讓夫人吐出淤血。夫人，您看，您先前吐出的淤血，紅中帶黑，黑中帶紫，後吐出的血才有了鮮紅之色。」

眾人看地上鮮血果然如這位女大夫所言，先是黑紫，後才是鮮紅，這才明白這位女大夫出的乃是奇招，這等治病之法，真是聞所未聞，見所未見。

知府大人率先反應過來，小心翼翼地問：「那……夫人有救了？」

林蘭微哂，「暫時無礙了。我再給夫人開個方子，只要夫人能化開心中鬱結，悉心調養上一段時日，便能痊癒。」

知府大人面露喜色，有些不敢相信，「此言當真？」全然忘了剛才林蘭也把他氣個半死。

「老爺可否讓林蘭跟夫人單獨說幾句話？」林蘭笑問道。

知府大人看看夫人，夫人微微點頭，遂道：「都先退下吧！」

須臾，一屋子人都退了個乾淨。林蘭上前，掏出新買的帕子替夫人擦去嘴角的血漬，和聲道：「夫人，說句不中聽的話，不管趙姨娘能否生下兒子，這後宅都是夫人的天下，只要夫人身體康健，永遠坐在這個位置上，便只有讓她鬱悶的分。您若是倒下了，豈不遂了別人的心？正所謂親者痛，仇者快，夫人便是想著兩個女兒也該振作起來，開開心心地活著。」

知府夫人聞言，猶如醍醐灌頂，恍然大悟，動容地握著林蘭的手，眼中含淚，「從沒有人跟我說這樣的話，這口氣我憋在心裡這麼久，有時候想想，真是不想活了。老爺的心已經被那狐狸精迷住了，她若再生個兒子，我……我……」

「夫人想岔了，看得出老爺還是很緊張夫人的，只要夫人把這個家打理好，讓老爺無後顧之憂，老爺的心就永遠在夫人這。老爺與夫人是夫妻情分，豈是一個姨娘能破壞的？她再得寵也是姨娘，還能翻過您這片天去？」林蘭寬慰道。

知府夫人拭著眼淚，「姑娘，今兒個幸虧遇見妳，要不然，我還鑽在牛角尖裡走不出。」

林蘭笑道：「剛才我可是冒了很大的風險，差點被老爺拖出去亂棍打死，嚇得我一身冷汗。」

知府夫人心中歉意，卻嗔道：「剛才我也差點被妳氣死了。」

兩人相視而笑。

知府夫人道：「不知姑娘是何方人氏，聽口音不是我們蘇州的。」

林蘭道：「我只是路過蘇州，碰巧看見了尋醫告示，便來碰碰運氣。老爺出的賞金太吸引人了，足足五十兩黃金呢，可見老爺多緊張夫人。」

知府夫人被她直率的言語逗笑了，「不若，妳就留在府裡吧，聘金妳自己說個數。」

林蘭笑道：「我是隨夫入京的，船隻在蘇州停留一日。既然夫人已經無大礙了，我也得告辭了，家人還等著我呢！」

知府夫人失望道：「是這樣啊，真是可惜了，我與妳倒是一見如故呢！」

「有緣自會再見的，夫人趕緊躺下歇著吧。您剛吐了那麼多血，氣血兩虧，還需要好生調養。」林蘭扶她躺下，方起身告辭。

文山和銀柳吃過午飯，就在花廳等少夫人，根本不知道剛才少夫人差點就命喪亂棍之下了。

林蘭開了藥方，又細細叮囑了一番。秦嬤嬤這會兒對林蘭是佩服得五體投地，感激涕零，一一應承。

知府大人已知林蘭是為救夫人才出言無狀，自然不會怪罪，還親自送林蘭出來，命剛才帶林蘭來的官差護送林蘭回船，當然還有那五十兩黃金。

出了知府衙門，坐上知府大人命人備好的馬車，銀柳好奇道：「少夫人，您真的治好了知府夫人的病？」

林蘭得意地晃了晃腦袋，拍拍一旁的箱子笑道：「五十兩黃金都到手了，妳說呢？」

銀柳一臉崇拜看著少夫人，「少夫人，您真是太厲害了，簡直就是神醫啊！」

林蘭嘿嘿乾笑，「神醫不敢當，真本事確實有一些，運氣嘛……也不錯，而已，而已。」

林蘭說的是實話，但銀柳認為少夫人這是謙虛，對少夫人越發敬佩，真心覺得少爺好眼力。人人都說少夫人出身低微，配不上少爺，只有少爺知道少夫人其實是顆草中明珠。

船上，桂嫂將信交給周嬤嬤，「我也不知道這麼做合不合適，只是覺得有些不妥，就不管三七二十一，先把信拿回來了。」

周嬤嬤拆開來，臉色大變，「虧得妳把信拿回來了，這信要是到了大少奶奶手裡就壞事了。」

桂嫂驚訝，「這麼嚴重？」

周嬤嬤鄭重點頭，「二小姐想讓大少奶奶幫忙在京城散布對少夫人不利的言論，好阻止少夫人進李家的門。」

「這……虧她們想得出來。」桂嫂有些氣憤。

「妳莫說這主意出得還真夠厲害的，少夫人要想順利進李家原本就不容易，要不然，老夫人也不會讓妳我跟著進京，若是被她們這麼一攪和，就難上加難了。」周嬤嬤心有餘悸道。

「那現在怎麼辦？」

周嬤嬤沉吟片刻，冷靜道：「咱們靜觀其變，她們以為這信送出去了，想來會消停一段時日。」

林蘭並不知道周嬤嬤和桂嫂剛幫她化解了一個大麻煩，三人繞道先去買了糕點，回到船上已是申末時分，李明允訪友還未歸來。

林蘭讓銀柳去送禮物，糕點什麼的每人都分一些，自己就在房裡琢磨該在白扇子上寫什麼字好。想來想去，林蘭覺得自己很失策，李明允最拿手的就是字，她還想寫字送給他，真是魯班門前弄大斧，關公門前耍大刀，趕著去獻醜。

玉容看少夫人對著白紙扇愁眉苦臉，唉聲嘆氣，不由笑道：「既是送少爺的，無論少夫人寫什麼都好，總歸是一片心意。」

林蘭默然：什麼心意啊！她只是覺得大家都有禮物，就他沒有，有點不好意思而已，更何況，錢還是他出的。不過玉容說的有道理，他要是敢嫌棄，她還不給了。

銀柳到周嬤嬤房裡，「周嬤嬤，這是少夫人為您挑選的勒子。桂嫂，這盒白玉膏是您的，還有兩盒綠茶餅，是蘇州的特產，少夫人買了好些，人人有份。」

周嬤嬤瞄了眼那條石青緞滿地繡折枝花樣的勒子，繡工精美，是道地的蘇繡，心下歡喜。

桂嫂沒想到她也有禮物，驚訝地接過白玉膏，「這……這是給我的？」

銀柳笑道：「當然啊！少夫人說您整天在廚房忙裡忙外，這雙手是最需要保養的！」

桂嫂有些感動，她早年跟在三小姐身邊伺候，三小姐嫁人後，她又在老夫人身邊伺候了幾年，得老夫人賞識做了葉府的管事嬤嬤，現在在船上成了臨時廚娘，每日在廚房裡摸東摸西，一雙手弄得油膩膩的，乾了後又燥得很，她正為此事煩惱。少夫人真是體貼入微，連這都想到了，桂嫂感激道：「少夫人有心了，替我謝謝少夫人。」

周嬤嬤瞥了桂嫂一眼，看她眼底眉梢全是笑意，發自內心的喜歡，神色間更有感動之意，平日裡得了多少賞銀也不曾見她這般模樣，不覺對林蘭又多了分讚賞。老夫人沒看走眼，林蘭是個聰慧的人。

這送東西也是一門學問，看人送禮，禮不在貴而在對，送對了，一盒白玉膏就能收買人心，送的不對，紅寶金簪也無用……

周嬤嬤笑道：「我說呢，喬家早就把藥材送過來了，卻半天不見你們回來，原是上街去了。你們回來的時候，好像是官差送回來的，這又是怎麼回事？。」

銀柳興奮地說：「是這樣的，少夫人看見知府大人貼出尋醫告示，就給知府夫人治病去了。」

周嬤嬤意外道：「結果如何？」

「少夫人怎麼給治的奴婢是沒瞧見，就看見知府大人親自送少夫人出來的，很客氣的樣子，還給了五十金的診金。」銀柳一臉得意自豪的樣子，比自個兒得了賞金還要高興。

周嬤嬤和桂嫂頓時驚訝得倒抽一口冷氣，異口同聲：「五十金？這麼多？」

銀柳用力點點頭。

周嬤嬤默然，若非知府夫人的病情十分嚴重且難治，也不會出這麼高的診金，林蘭的醫術果然了得。

◆ ◆ ◆

李明允是踩著飯點回來的，剛到渡口，就看見有個官差在跟文山說話，以為船上出了什麼麻煩，忙走過去。

「文山，這是……」

文山見少爺回來了，愉快道：「少爺，這位是知府衙門的差大哥，奉命來給少夫人送禮的。」

李明允困惑，蘇州知府為何要給林蘭送禮？他不在的這一天到底發生了什麼？

官差對李明允拱手施禮，「李公子，我們夫人還拜託李夫人往京城帶一封信。」說著，官差從懷裡掏出一封信來，雙手呈上。

李明允接過來一看，信封上寫著懷化將軍府馮淑敏親啟。李明允對這位懷化將軍不太了解，只知是位驍勇善戰的大將軍。

看李明允面有疑慮，官差解釋道：「懷化將軍夫人乃是我們夫人的親妹子。」

李明允頷首，道：「請轉告你家夫人，這信，我們一定帶到。」

「多謝公子。」官差拱手告辭。

等官差走遠，李明允問文山：「這到底是怎麼回事？」

文山把少夫人給知府夫人治病的事說了個大概，遞上一個鳳紋描金紅漆的匣子，「知府大人已經給了五十金的診金，這會兒又送了份禮過來。」

李明允一手拿著匣子，一手拿著信，發了會兒呆才上船去。

冬子和文山跟在後頭，冬子用手肘捅了捅文山，小聲羨慕道：「文山，早知道你們今天過得這般精彩，我也跟你們去了。跟著少爺，盡喝了一肚子茶水，撐死我了。」

文山笑道：「今兒個午飯我們可是在府衙吃的，好酒好肉。」

聽得冬子又是一陣唏噓感嘆。

「少爺回來了……」玉容忙去打水給少爺洗臉淨手，銀柳去沏茶。

林蘭頭也不回道：「怎麼才回來，等你開飯呢！」

李明允把匣子和信放在她面前。

「這是什麼啊？你給我帶的禮物？」林蘭意外著。

「這是知府夫人送妳的，這封信是拜託妳帶去京城懷化將軍府的。」李明允去洗手。

呃？知府夫人這麼客氣，還送禮物來？

林蘭打開匣子一看，裡面是三串碧璽手鏈，一串粉紅色、一串碧藍色、一串深綠色，色澤鮮豔明亮，顆顆晶瑩剔透，皆是上品碧璽寶石。

李明允淨了手過來，看到了碧璽手串，輕哂道：「妳今天收穫頗豐。」

林蘭覺得受之有愧，她只是做了她應該做的事，而且已經得到了遠超過她該得的報酬，現在又收到這麼貴重的禮物，讓她覺得欠了人家什麼似的。

李明允本以為她會兩眼放光、喜不自勝，沒想到她卻是蹙著眉頭，一副很不安的樣子。

「知府夫人的病……真的無礙了？」李明允首先擔心的是，林蘭是不是因為沒有把握徹底根治知府夫人的病，因而心中不安。

「應該是無礙了吧，只要她能想得開。」林蘭合上匣子，目含隱憂，該說的她都說了，能不能化解心結，只能看夫人自己的造化了。

李明允微微頷首，看來知府夫人得的是心病，繼而挑眉看林蘭，這個沒心沒肺的人，居然還懂得醫心病？

「也許這是她託妳帶信的報酬吧！」李明允安慰道。

林蘭不由哂笑，「那這封信未免也太貴重了，叫個郵差送去，多省事啊！」

林蘭拿著信，看上面的字念道：「懷化將軍府……馮淑敏……」

「是懷化將軍夫人，也是知府夫人的親妹子。」李明允說著接過銀柳遞來的茶，用杯蓋撩了撩上面漂浮的嫩葉，想到自己今日已經喝了無數杯茶，便將又茶盞放下。

知府夫人不會是單讓她送信這麼簡單吧？會不會是想把她介紹給她妹妹？不管怎樣，能認識懷化將軍夫人總是好事。

「明允，你能不能幫我寫一副字？」林蘭鄭重其事地問。

李明允靜靜望著她，「何用？」

「我想送幾個字給知府夫人，可不是因為你的字值錢，而是……」林蘭諂媚地笑道：「當然你的字也很值錢，關鍵是，我覺得只有你能寫出那種澹泊超然的氣勢。」

李明允微微一笑，「妳來研墨。」

林蘭欣喜，「沒問題！」

李明允挽袖提筆蘸了墨汁，問：「寫哪幾個字？」

林蘭想了想，緩緩道：「就寫……愛重反成仇，薄極終成喜。」

李明允聽了良久未下筆，愛重反成仇……當初娘之所以放不下，也是因為愛重之故嗎？

「怎麼了？你覺得這幾個字不妥？」林蘭小心問道。

李明允輕輕搖頭，「沒有，很好。」說著，提氣運筆，如行雲流水，一揮而就。

林蘭看他寫字，行筆不激不厲，揮灑自如，收放有度，點畫從容而神氣內斂，自始至終流露著一種從容不迫、瀟灑俊逸的氣度。林蘭有些出神，他的字讓人驚豔，而寫字的他更讓人驚豔……

桂嫂來請示：「少爺、少夫人，是不是可以開飯了？」

林蘭如夢初醒，放下墨條，微笑道：「擺飯吧，時候不早了。」

玉容和銀柳去幫忙，林蘭聽見桂嫂小聲問銀柳：「少夫人喜歡吃什麼菜？」

銀柳低笑，「回頭我問問。」

林蘭會心一笑，喚道：「銀柳，妳幫我去把文山叫來。」

吃過晚飯，李明允去洗漱，走了一天，出了身汗，黏糊糊得難受。

出來時，林蘭不在房裡，只玉容在碾藥。

「少夫人呢？」

玉容忙起身回話：「到喬家船上去了。」

李明允點點頭，是該去一趟，明天船就出發了。

李明允坐到榻上，準備看書，卻發現書上放著一把扇子，扇套是青色的杭綢，精美的彩繡，繡的是幾枝竹。

「少爺，那是少夫人今日上街特意給少爺買的。」玉容笑著強調了「特意」兩個字，頓了頓又道：「少夫人還在上面寫了字。」

李明允不覺眉心一動，她會寫什麼？拿起扇子，去了扇套，展開。

哪裡有字，分明就是一幅畫！

幾根修竹，構圖簡單布局倒也巧妙，算得上疏密有致吧！只是筆觸還稍嫌稚嫩，李明允笑微微地問：「這……當真是少夫人畫的？」

玉容湊過來一瞧，「怎麼是畫？少夫人明明說要寫字來著。」

李明允擺擺手，「妳下去吧！」

玉容喏了聲，捧了銅藥缸子出去幹活，免得打擾少爺看書。

李明允對著扇子端詳良久……竟不知她還會作畫，雖然畫得不怎麼樣，但從中還是可以看出她頗有繪畫的天分。扇子的右邊留了一處空白，李明允想了想，提筆寫了兩句詩……未出土時先有節，及凌雲處尚虛心。

他滿意地搖著扇子，雖然今晚的天氣並不熱，河上的夜風透窗而入，甚至有些微的涼意。

這幅被李明允評價為還過得去的畫，卻是林蘭費了許多心思才畫出來的。既不能畫得太醜太丟臉，也不能畫得太好太張揚，對於一個學畫三年就過了國畫十級的人來說，要偽裝成初學者，的確很不容易。

林蘭上了喬家的船，方嬤嬤熱情地迎她入內。

「我家小公子吃了李夫人開的藥，好多了，這會兒夫人正餵他吃飯呢！」

林蘭含笑，「不再發熱就沒事了。」

還未進門就聽見喬夫人在哄孩子：「融兒，多少吃一些，再不吃可就涼了。」

孩童稚嫩綿軟的聲音撒著嬌：「我不想吃。」

「不想吃也得吃啊！不吃，病怎麼會好呢？」喬夫人耐心地勸。

「不要不要，我就是不要……」

方嬤嬤笑得無奈，說：「小公子平日就不愛吃飯，勸著哄著費老勁他才肯吃一點。」

林蘭輕笑道：「孩子都這樣。」

「夫人，李夫人來了。」方嬤嬤通傳。

「快請進來。」喬夫人忙道。

林蘭向喬夫人行了個禮，然後笑咪咪走到床前，在床沿坐下，拉過融兒的手，一邊替他診脈，一邊柔聲問道：「融兒喜歡吃藥嗎？」

融兒一癟嘴，「不喜歡，苦死了。」

「融兒知道嗎？這個世上有一些我們看不見的怪獸，這些怪獸喜歡鑽到人身體裡作怪，讓人生病。」林蘭做出害怕的表情，

融兒聽了也露出害怕的神色，弱弱地問：「那我生病是不是因為怪獸跑到我身體裡去了？」

林蘭笑語如風：「是啊！不過，融兒不用怕，其實，融兒身體裡住了一個小勇士，這個小勇士會幫你打敗這些怪獸的！」

「可是，我還是生病了啊？」融兒不信，嘟著小嘴兒。

「那是因為你不愛吃飯，小勇士餓了，沒力氣了，所以就打不過怪獸了。」

融兒小大人般蹙眉想了想，忽而高興道：「我知道了，如果我多吃飯，小勇士就會變得很強

壯，就能打跑怪獸了。」

林蘭輕刮了下他的小鼻子，稱讚道：「融兒真聰明，要想小勇士變得強壯，不僅要多吃飯，還不能挑食。小勇士喜歡吃很多東西的，融兒要不要小勇士趕快變得厲害起來？」

融兒一疊聲嚷嚷：「要要，我要小勇士趕快變得厲害起來，打跑怪獸，融兒就不用吃藥了。」

喬夫人和方嬤嬤相視一笑，還是李夫人有辦法。

喬夫人把飯碗交給方嬤嬤，讓方嬤嬤餵融兒吃飯，自己陪著林蘭到外間說話。

「李夫人，融兒的病還會復發嗎？」喬夫人有些擔憂，離京城還有很長一段路，若是路上融兒再生病……早知道就該帶位大夫同行。

「夫人且放心，我剛才給融兒把脈，他的脈象平和，已經無礙了，只要莫讓他再掉水裡，應該沒什麼問題。」林蘭半開玩笑道。

喬夫人訕然笑道：「是我這個做娘的疏忽了。」

林蘭拿出一瓶保寧丸交給喬夫人，「這藥丸是我自己配的，用於治療腹痛腹瀉、腸胃不適、消化不良、四時感冒、頭疼發熱什麼的都很有效，您帶著以備不時之需。」

喬夫人接過，喜道：「真是多謝李夫人了，我正發愁，明兒個就要開船了，有了這神藥，我就安心多了。」

林蘭笑道：「這可不是什麼神藥，救救急倒是不錯的，若病了，還是得去看大夫。」

「那是，但不知李夫人家住何處？要去何方？請告知一二，將來我有機會，也好登門拜謝。」

「喬夫人客氣了，我是大夫，治病救人乃是本分，不過，我們這次是前往京城。」

喬夫人驚喜道：「這麼巧？我們也是去京城的，這麼說，我們可以結伴同行了！」

林蘭也感到意外，「那好啊！」

喬夫人喜形於色，「咱們真是有緣，差不多還有一個月的路程，這一路就不寂寞了。」

林蘭聽了卻是猶豫起來，她聽李明允說過，到京城還要走一個半月到兩個月，便道：「喬夫人是要趕時間嗎？我家相公沿途還要訪幾位故友。」

喬夫人失望道：「這樣啊……我去京城是有急事。」

這事林蘭可不敢隨便做主，喬夫人也不好意思讓人不要去訪友，兩下默然。

「不能同行也沒關係，反正大家都是到京城的，到了京城再聚也是一樣。」喬夫人說著，去寫了一個位址給林蘭。

林蘭看那地址上寫著「荷花里……周府……」。

「這是我外子家的位址，李夫人若是到了京城，就託人捎個信來，我一定登門拜謝。」喬夫人說道：「說不定到時候還要麻煩李夫人呢！」

林蘭回到自己船上，李明允在看書，林蘭瞧見他手上搖著扇子，正是她送的那把。

林蘭拉了玉容到一邊，悄聲問道：「少爺可有笑話我？」

玉容忙搖頭，輕笑道：「少爺很喜歡。」

屋子總共這麼點大，就算林蘭聲音再輕，那邊還是聽得清楚，李明允嘴角微微一翹，繼而若無其事道：「回來了？」

林蘭揮揮手讓玉容退下，坐到李明允對面，跟他說了喬夫人想要同行的事。

李明允目光沉靜，悠悠道：「妳沒答應吧？」

「哪能呢？不經你同意，我怎麼會隨便答應人家？」林蘭說著，偷瞄他手中的扇子，見上面多了兩行字。

李明允讚許地點點頭，「冬子說過，他們是有急事要趕路，所以當初才想撬我們的船。我們又不急著進京，還是分開走的好。」

「我也是這麼想的，喏……這是喬夫人給我的位址，是她外子家的，說到京城以後給她捎個信。」林蘭把紙條給他看。

李明允輕聲念道：「荷花里……周府……」

目光陡然一凜。

林蘭敏銳地察覺到他的變化，問道：「怎麼了？」

李明允道：「妳知這周府是誰家？」

林蘭搖頭，心說：我又沒去過京城，京城的城門朝哪開都不知道，怎麼知道周府？

「這是靖伯侯周家，我出京前聽聞靖伯侯娶了東陽喬家的女兒做續弦，沒想到就是她們……」

林蘭愕然，這也太巧了吧！碰上一位侯爺的丈母娘？

◆◆◆

船繼續北行，葉馨兒也不常來求教林蘭了，有時會讓靈韻過來知會一聲，各種理由，有時又不請自到，弄得李明允避之不及。

每每這個時候，林蘭就藉口李明允要看書，把葉馨兒請到外間。

每每這個時候，葉馨兒就會變得虛心好問，語聲格外婉轉動聽。

林蘭不以為意，葉馨兒再表現，李明允也不會對她有什麼想法的，只要不讓她有機會對李明允做出什麼不合適的舉動就好，而這點根本不用她擔心，她身邊的人個個戒備著，對葉馨兒嚴防死守，李明允自己也是小心翼翼，從不單獨行動。

除了上次和李明允鬧了場莫名其妙的彆扭，這一路上，兩人相處得還是挺愉快的。

李明允每次上岸都會帶上她，或帶她去遊覽風景名勝，或陪她去藥鋪採辦藥材，有時候還會陪她走街竄巷當一回鈴醫。不上岸的時候，他就專心讀書，閒暇之餘，也會找話題跟林蘭辯論一番。起初常被她的歪理邪說辯得啞口無言，到後來，他也學會以其人之道還治其人之身，才扳回局面，回味過程甚是有趣，故樂此不疲。

在外人眼裡，兩人真如一對如膠似漆的恩愛夫妻。

林蘭雖享受這樣和諧的相處之道，但有時候會陷入迷茫，真假莫辨的迷茫。他的眼神、他的話語、他的體貼入微，表現得那麼自然，那麼真切，當真都是在演戲嗎？這個問題很難弄清楚，林蘭也不想去弄清楚，真的如何？假的又如何？何必自尋煩惱呢？只要明白這是一場交易，最終的結局就是幫他達成心願，幫葉老夫人達成心願，然後她拿錢走人。每次這樣一想，心中便坦然起來。

船慢悠悠前行，終於在兩個月後到達京津渡口。

一大早，林蘭被李明允叫醒。

「快起來。」李明允已經穿好衣裳，一身月白暗團紋長衫，繫一條青色四合如意絲絛，腰間綴一塊青玉，身材頎長挺拔，宛若臨風玉樹。

林蘭看了看窗外的天色，又躺了回去，懶懶地道：「這麼早，我還睏著呢！」昨晚跟他辯什麼子非魚，辯到深更半夜，他還意猶未盡，睏得她眼淚直流，實在佩服他旺盛的戰鬥力，她甘拜下風，繳械投降，這才爭取到少得可憐的睡眠時間。

「船到京津渡口了，這可是入京前最後一站了，我要去一趟萬松寺，妳若實在睏，就睡吧，我自己去。」李明允掀開簾子，把摺好的毯子扔了進來。

「等等，到天津了？」林蘭立時睡意全消。

「是啊，最後一站。」李明允強調道。

這幾個字很有殺傷力，意味著過了這一站，輕鬆愉悅的旅程就結束了，意味著艱苦的戰鬥生涯即將開始，怎能不抓住這美好時光的尾巴，好好放鬆放鬆呢！

「我去，等我。」林蘭馬上起來穿衣。

李明允低眉莞爾，「妳快點，我去看看文山準備好了沒。」

林蘭用最快的速度穿戴整齊，李明允也回來了，銀柳張羅二人吃早飯，玉容出去整理東西。

「慢點吃，別噎著。」李明允看林蘭吃得急，小聲溫和地提醒。微揚的唇角，暖暖的眸光，帶著些許寵溺的味道。

林蘭別過眼，不與他對視，他的眼神太過魅惑，林蘭嘀咕著抱怨：「不是你說快點的？」

李明允愉悅輕笑，「不這麼說，這會兒能坐在這裡吃早飯？」

林蘭輕哼一聲，拿了個素包子來吃，這段時間辯論多了，沒什麼興趣說話。

吃過早飯，玉容把整理好的包裹交給銀柳，「裡面有棗泥核桃糕、紅豆糕，還有幾個素包子、蕎麥餅，都是少爺少夫人愛吃的。聽說這裡離萬松寺有二三十里路，萬一趕路錯過了飯點，餓肚子就不好了……」

林蘭想著每回都是帶銀柳出去，玉容看家，有點不公平，便道：「玉容，妳也一起去吧！」

玉容笑道：「少夫人就饒了我吧！您知道我腳程不好，爬山更是喘得不行，沒得叫我掃了大家的興，再說了，大家都出去了，總得有個人看家不是？」

銀柳過意不去，「要不，我看家吧！」

玉容嗔她一眼，「妳就別為難我了。」

李明允開口道：「算了，由她吧！」

林蘭和銀柳只好作罷，三人出門，就見冬子神色慌張地迎了上來。

「少爺，二小姐她……」冬子指指岸上，「文山正頂著呢！」

林蘭和李明允不約而同蹙眉。

「我先過去看看。」林蘭自發自覺地做先鋒，不能讓葉馨兒壞了出遊的興致。

「表妹，這麼早啊！」林蘭過去打招呼。

文山正發愁，這位二小姐實在太難纏了，非得問少爺和少夫人要上哪兒去。見到少夫人來了，如見救星，文山給少夫人遞了個眼色，示意他什麼都沒說。

林蘭心神領會。

「是啊，表嫂，聽說京津渡口是最後一站了呢！我也想上岸走走，看看這邊的風土人情！」葉馨兒低眉柔婉，笑語嫣然。

林蘭打著哈哈，「是這個理兒，這一路上妳都很少下船。」

「只是我一個人又不知道該去哪，丁嬤嬤也不放心讓我一個人出去，所以，只好麻煩表哥表嫂了，今天我就跟著你們了。」葉馨兒搶占先機，率先把話挑明了，然後一雙大眼眨巴眨巴地看著林蘭，滿目期待的神情叫人不忍拒絕。

林蘭為難道：「我也很想帶表妹去呢，只是妳表哥今天是去訪友，我已經是個累贅，再添一個，似乎不太好，要不……」林蘭沉吟道：「文山，你去轉告少爺，今兒個我就不跟他去了，順便讓銀柳把我的藥箱取來，今天我去當鈴醫。表妹，妳就跟著我，咱們既可以走街竄巷，領略這裡的風土人情，又可以治病救人，一舉兩得。」

葉馨兒這次厚顏開口，可不是為了跟著林蘭的，更何況是去做鈴醫，走得累死不說，還要當林蘭的助手。葉馨兒心裡一百個不情願，可是她臉皮再厚，也不好意思再說跟表哥去的話，哪怕林蘭是在騙她，忙道：「原來表哥和表嫂是要去訪友啊，那我就不好意思跟著了。」

林蘭早料到嬌滴滴的二小姐怎麼可能答應跟她去做鈴醫，故意道：「表妹不跟我去嗎？」

葉馨兒笑容僵硬，「還是不了，我就在附近走走，表嫂還是陪表哥去訪友吧！」

林蘭很惋惜的樣子，「那好吧，其實我是很想去城裡逛逛，聽說天津的小吃特別多，特別好吃，表妹可得幫我帶些好吃的回來。」

葉馨兒苦笑著，心裡暗道：妳不讓我跟著，還要我給妳帶吃的，想得真美！

文山一旁聽著暗暗好笑，還是少夫人有辦法，三言兩語就把二小姐打發了。

文山被留在船上，幫周嬤嬤打理些事務，只帶上了冬子和銀柳，四人坐上馬車直奔萬松寺。

萬松寺坐落在雄渾偉岸的盤山，青山綠水，夢月松風，佛像莊嚴，是這一帶最大的寺廟，香火鼎盛，李明允帶著林蘭先進彌勒殿參拜。

兩人並肩跪在佛前，上香膜拜，就好像兩人在山盟起誓一般，感覺怪怪的。

林蘭偷瞄李明允，只見他目光沉靜，神情肅穆，很是虔誠的樣子，也不由鄭重起來。其實，她最應該感謝佛祖，給了她一個重生的機會，雖然這一世的身世不怎麼樣，沒有前世那麼風光，好在佛祖沒有拿走她前世的記憶，林蘭相信憑藉自己的努力，一定能過上幸福的生活。

「佛祖，你千萬要保佑我此行能夠順利完成任務，氣死老巫婆，嚴懲負心漢……」林蘭口中念念有詞。

李明允聽到後兩句，不禁好笑，可是莊嚴佛殿又不容放肆，便起身去把香插上，又在功德箱裡放了一張銀票。

一旁的小沙彌看見了，向李明允施佛禮，「阿彌陀佛，施主功德無量。」

李明允還禮，問：「智圓大師可在？」

小沙彌見李明允儀表、氣度皆不凡，出手大方，理所當然地將他當成了貴客，只是，大師不輕易見香客。

看出小沙彌的猶豫，李明允微哂道：「還請代為通稟一聲，就說京城李明允求見。」

小沙彌施禮轉入後殿。

林蘭求告完畢，恭恭敬敬叩了三個響頭，銀柳扶她起來。

「冬子，你帶少夫人去上面的千佛殿看看。」李明允吩咐道。

林蘭道：「那你呢？」

李明允微然一笑，「我與此間的智圓大師有舊，找他討教佛理，妳自己去玩吧，待會兒我會去找妳。」

那敢情好，佛理什麼的，林蘭不感興趣，便帶了銀柳和冬子去了千佛殿。

千佛殿，名不虛傳，其間供奉了無數佛像，入眼的首先是一尊寶相莊嚴的釋迦摩尼銅像，往裡走，又有倒坐觀音、十八羅漢，以及大小佛像不計其數。

冬子顯然對這裡很熟悉，一一介紹。

「你跟少爺常來這裡？」林蘭邊走邊問。

「也不常來，算上這次，總共來過三趟。」冬子回道，然後不問自說：「第一次是少爺和陳公子他們出遊來的，第二次，就是三年前，夫人帶著少爺回豐安路過此地，少爺原想請此間的智圓大師為夫人指點迷津，可惜，夫人還是想不開，未到豐安就病重了……」

關於明允他娘到底遭遇了什麼，李明允一直沒有告訴過她，一切都是她自己憑著李明允的態度和葉老夫人的反應猜測的。

「那……夫人為何要葬在澗西後山？」這點是林蘭最想不通的。

「這個……小的也不是很明白，總之是夫人臨終的交代，不過小的聽少爺說過，夫人小時候曾跟隨老太爺去澗西村收蠶絲，結果出了點意外，差點就……」冬子做了個翻白眼吐舌頭的表情，表示差點一命嗚呼。

「然後，夫人就說澗西村是她的重生之地，可能就是這個原因吧，夫人才讓少爺把她葬在澗西後山。」冬子道。

林蘭聞言深感震撼，重生之地，這說法好奇怪，難道說李明允他娘也是……

「對對，這個我也聽說過，是聽府裡的老人說的，說夫人七歲的時候跟老太爺去澗西村，然後就莫名其妙昏倒在後山，救治了好幾天人才醒過來。」銀柳補充道。

林蘭心裡更加狐疑。

冬子老氣橫秋地嘆了口氣，「當初夫人嫁給老爺，老夫人和老太爺都十分反對，是夫人執意要嫁，老夫人拗她不過，只得應了。要說，夫人對老爺那是真好，一心一意輔佐老爺，老爺才慢慢從一個籍籍無名的窮書生做到了戶部侍郎，沒想到，老爺卻是一直瞞著夫人，三年前，老爺的前妻也就是現在的韓氏帶著一雙兒女找上門來，夫人這才知道老爺之前已經有過一房妻室。老爺解釋說當年家鄉鬧水災，他親眼見韓氏捲入洪水中，就以為韓氏已經死了，這才另娶的……」

林蘭愕然，聽起來這說辭合情合理，李明允他娘不會因此而想不開吧！

冬子繼續道：「夫人心裡雖不痛快，但想著韓氏畢竟是老爺的結髮夫妻，況且還育有一子，本欲答應與韓氏平起平坐，可是後來夫人發現根本不是這麼回事，老爺和夫人成親後，其實一直暗中與韓氏有來往，夫人生少爺的時候是難產，老爺卻是徹夜未歸，家中下人到處找老爺找不到，少夫人，您猜怎麼回事？」

林蘭搖頭。

冬子露出憤恨的表情，冷哼了一聲，「大少爺只比少爺早了一個時辰出生，當時老爺就在韓氏身邊，而夫人差點因為難產救不回來了。」

林蘭大驚，要是這樣的話，性質就完全不同了，這完全就是欺騙。從時間上算，李渣爹根本就是在知道韓氏沒死的情況下另娶的，他這樣做，就是想憑藉葉家的財力幫他的前程鋪路，利用完了，然後再來個夫妻團聚，皆大歡喜，這算盤打得真響啊！

「這些夫人又是如何知道的？」林蘭問。

冬子咬牙切齒，「是韓氏自己跟夫人說的，韓氏就是知道夫人深愛老爺，不會因此去告發老爺，她就是存心想氣死夫人。這些還不算，她還故意在夫人面前說老爺如何如何愛她，她又是如何如何愛老爺，為了成全老爺，她委曲求全這麼多年……」

林蘭氣憤了，這女人未免太可惡了，難怪李明允這麼恨她。

「夫人真就放手了？」林蘭既為李明允的娘不平，又覺得她也太軟弱無能了點，換作是她，她定要叫那對狗男女不得好死。

銀柳亦是義憤填膺，氣得柳眉倒立。

「少夫人不知道，夫人是個自尊心很強的人，她一直以為老爺對她是真情，所以當初不顧一切下嫁給老爺。這件事對夫人打擊很大，夫人心灰意冷，留書自請下堂，帶了少爺回豐安。當時少爺不知道這些，只以為夫人是不願與韓氏共侍一夫，以為夫人只是嚇唬嚇唬老爺，所以，船到京津渡口，少爺還特意帶夫人來萬松寺，想解開夫人的心結，後來夫人才告訴他實情，夫人是再也不想見到老爺和韓氏了。少爺聽了很生氣，要回京找老爺理論，夫人這個時候卻是病了。夫人生下少爺後身體一直不好，這一病，來勢洶洶，少爺沒奈何，只得從了夫人的心願，送她回豐安，再然後……少夫人，您都知道了。」冬子一口氣說道。

林蘭氣得肺都要炸了，她想說李明允的娘簡直就是個蠢女人，為了什麼狗屁尊嚴，一個欺瞞了自己十幾年的渣男，妳還愛個屁啊，還顧全他什麼顏面啊，一棍子將他打回原形還差不多！還有，對於一個處心積慮要奪取她位置的女人，更應該寸步不讓，叫她繼續躲在陰暗角落委屈去吧！

「更更可氣的事還在後頭呢！夫人走了，老爺對外就說，夫人氣量狹小，容不下他那九死一生，奔波千里前來投靠他的前妻。夫人一死，老爺就重新迎回韓氏，製造輿論，把他自己說得多麼有情有義，為此還得到聖上的賞識，一路加官進爵，當上了戶部尚書。李明則順利認祖歸宗成了李家大少爺，而我們少爺變成了二少爺，還有那李明珠，韓氏對外說是她妹妹的女兒，我剛剛查到，其實李明珠是韓氏和老爺親生的，為了不影響老爺的聲譽，故而以外甥女稱之。」

林蘭已經不知道說什麼好了，這本爛帳實在爛得夠可以，這樣的劇情實在狗血得夠可以，不知道李明允他娘在地底下知道了這些，會不會氣得活回來？她為了狗屁自尊，成全了一對狗男女，活活氣了自己，弄來弄去，最委屈的還是李明允。

林蘭清楚地意識到，這趟京城之行，對手有多無恥，任務有多艱巨。

心情煩躁，原本莊嚴肅穆的佛殿此刻只給人沉悶的威壓，呼吸都不順暢了，林蘭到外面去透氣，冬子和銀柳沉默地跟著。

林蘭一直往殿外走，冬子怕少爺待會兒尋人不見，讓銀柳跟著，自己去找少爺。

登上望海樓，極目遠眺，但見海闊無邊，波濤浪湧，一如她現在的心情，難以平靜。

林蘭覺得，她真的應該好好想想對策了，那李家不是一般的麻煩之地，不管是老巫婆還是李渣爹，都不是省油的燈，如果自己不打起十二分精神，只怕會被吃得連骨頭都不剩。所以，首次交鋒很重要。林蘭不用想也知道，李家不會讓她輕易進門，而她必須進去，不僅是為了那些好處，更是為了幫李明允。

「怎麼上這來了？」身後，溫潤的聲音響起。
林蘭悠悠道：「這裡很開闊，透氣。」
他與她並肩而立，一起眺望遠海，海風徐徐拂面，心逐漸安寧。
「妳都知道了？」
他的問話似一聲嘆息，很輕，林蘭卻能感覺到他內心的沉重。
「嗯……」林蘭點頭。
「妳會不會怕？」他回頭看她，眸光淡淡，嘴角噙著一絲微笑，有苦澀的味道。
「沒有，只是覺得事情比我想像中麻煩。」林蘭微一沉吟，說道。
「如果妳想反悔，現在還來得及。」他的神情變得認真起來。
林蘭橫了他一眼，「你覺得我是那麼沒義氣的人嗎？」
看著她一臉不忿的表情，李明允低頭微哂，視線延伸，直至無邊大海。
「妳不用怕的。」
這樣的說的時候，他的眼底流露出清冷的寒意，讓他整個人變得犀利而堅定。
林蘭輕笑，「我說我怕了嗎？」
「我爹最看重的就是他的前程爵位，其他的都是次要。其實……我這次回京，家中已經為我議好了親事，是兵部右侍郎魏大人家的千金……」
林蘭愕然，他的意思是，這門親事只是李渣爹手上的一步棋？只聽他繼續道：「如今天下昌平，幾位皇子也逐漸成人，其中以四皇子最為出色，可惜他不是太子……」
這是要開始站隊了嗎？林蘭想。
「李明則已經娶了僉都御史之女為妻，而我若是再娶右侍郎魏大人之女，我們李家就等於與太子和四皇子都搭上了關係，然而，我不知道我爹到底是要站在哪一邊，我不想成為他手中的一顆棋子，我的人生我自己操控。」李明允並沒有希望林蘭能理解這其中複雜的關係，只希望林蘭能明白一點，這樁婚事他是堅決不能答應，所以，林蘭很重要。

他的話很含蓄，甚至是模稜兩可，但林蘭聽明白了，李渣爹腳踏兩船，要麼就是為了表示他乃純臣一個，兩邊都站也就是兩邊都不站；要麼就是另有陰謀，比如，迷惑人心。政治鬥爭其實就是一個站隊問題，站對了，扶搖直上，從此榮華；站錯了，後果很嚴重。因此，李明允不想讓自己陷入尷尬兩難的境地，被人利用，最後被人拋棄。

結論就是李渣爹的心思複雜，李明允很有主見，而她成了破壞李渣爹計畫的「罪魁禍首」，前面的路並不好走。

「你希望我怎麼做？」林蘭靜靜望他。

李明允低眉一笑，握住她的手，「相信我就可以。」

他的手微涼，卻很有力，試圖讓她安心，可林蘭卻覺得他自己的心並不安寧。

林蘭笑了，「好，從今天起，我們就是真正的戰友了，我們都要相信對方。」

他的手握得更緊了，目光更加清澈明亮，蘊含著感激之意。

古寺鐘聲響起，渾厚低沉，遠遠傳開去，融入波濤，林蘭苦笑，此情此景，猶如山盟海誓，卻是非關情愛。她鄭重承諾，是真心想幫他一回。

終於明白，這次萬松寺之行，訪友是假，跟她交底是真。

兩天後，船到京城。

岸上早有葉家人和李家人在等候，齊齊迎上前來。

「二少爺……」

「表少爺……」

李明允先對葉家的文管事點點頭，吩咐文山：「文山，你去安排一下。」

文山應聲，道：「爹，您跟我來。」

文管事拍了下文山的腦袋，笑容裡帶著幾分疼愛，「你這小子，出息了。」

文山憨憨傻笑。

李家的管事瞄了眼站在二少爺身邊的那位女子，又不動聲色低垂著眼，靜靜等候二少爺開腔。

「趙管事，家中一切安好？」李明允和聲問道。

趙管事俯首作揖，「回二少爺，一切安好，老爺盼著二少爺回京，讓老奴天天在此等候。」

李明允淡笑著揉了揉太陽穴，「坐了兩個多月的船，晃得我頭暈。」

「馬車已經準備好了，請二少爺上車。」趙管事笑容裡透著恭謹。

李明允頷首，看向身旁的林蘭，「走吧，咱們回府。」

趙管事神色微變，上前一步，作揖道：「二少爺……」

李明允挑眉看他，「嗯？」

趙管事吞吞吐吐道：「二少爺，老爺……老爺吩咐，只讓二少爺先回府，至於……林姑娘，老爺已經讓老奴在京城『臨仙居』訂了上房。」

呵！這就開始了？不讓她進李府，而讓她去住客棧，虧得李渣爹想得出來！

李明允蹙眉不悅道：「你應該叫她二少奶奶。」

趙管事臉色變得更加難看，把頭垂得更低，「請二少爺體諒老奴。」

李明允口氣嚴厲起來：「這是何話？二少奶奶自是跟我一同回府，豈有讓她去客棧的道理？」

趙管事噤若寒蟬，連連作揖，「是是，只是老爺特別交代……」

李明允臉色一沉，「既然二少奶奶住客棧，那我也去客棧。」

周嬤嬤等人在後面聽著都暗暗捏了一把汗，李家消息可真靈通，人未到，那邊已經有了對應之策。

林蘭淡淡一笑，柔聲道：「明允，你不要這樣嘛！爹還未見過我，一時不能接受也是正常！」

趙管事心道：見過了也斷不會接受的。

「不行，我怎麼能讓妳去住客棧？」李明允執了林蘭的手，堅決搖頭。

林蘭嗔道：「你別這樣，這樣爹會不高興的。你先回府，我到靖伯侯家叨擾幾日。」

李明允立刻明白了林蘭的意思，他已經讓陳子諭在京城製造對他和林蘭有利的輿論，這一招是爹慣用的手法，只是爹再要面子，一時也無法接受兒子要娶一個村姑的現實，林蘭這時候去靖伯侯家，等於給爹無形的壓力，只有好處沒有壞處。

趙管家驀然抬頭，這一次認真打量了這個不起眼的女人，不是說她只是個村姑嗎？怎麼跟靖伯侯家扯上了關係？還說去叨擾幾日……趙管家一頭霧水，不過遵從老爺的吩咐肯定不會錯，於是又低下了頭。

周嬤嬤暗鬆了口氣，林蘭這招以退為進，用得很好，幸虧當日在蘇州渡口救了喬夫人的兒子，算是好人有好報吧！

葉馨兒遠遠站著，不過這邊的對話，還是一字不落地入了她的耳朵。她嘴角微揚，幸災樂禍地笑，早就料到，林蘭要進李府，門都沒有。

李明允嘆了一氣，很是心疼地說：「那只好委屈妳去靖伯侯家住幾日，我會盡快來接妳的。」

林蘭替他整了整衣衫，一副溫柔賢慧的樣子，語聲柔婉：「我等你。」

李明允回頭找文山，文山已經交接了事務，見少爺尋他，忙跑過來。

「文山，你送少夫人去靖伯侯府。」

文山微詫，很快便回過神來，「是！」

周嬤嬤上前對林蘭說：「少夫人，老奴先去趟葉府，交代些事，便去靖伯侯府找少夫人。」

林蘭頷首，「周嬤嬤只管先忙。」

李明允讓趙管事把李家的馬車駛過來，親自扶林蘭上車，又小聲叮嚀了幾句，才放下車簾，揮手讓車夫駕車。

馬車上主僕三人安靜無聲，銀柳和玉容心中皆是擔憂，可少夫人沉默不語，她們也不敢說話。

林蘭在考慮的是，到了荷花里周家，她該怎麼說，實言相告，還是……若是普通拜訪，想必周家不會有什麼負擔，若是實言相告，周家會不會為難？若是周家不歡迎她，又該怎麼辦？林蘭心裡也沒底。

馬車行了小半個時辰，車夫吁了一聲，勒住轠繩，馬車停了下來。

文山道：「少夫人，周府到了。」

到底是侯爺府邸，大門開闊，門前兩座大石獅，端的是氣派。

林蘭讓文山去遞名帖，等了一炷香時間，銀柳和玉容面上已是焦急之色難掩。

終於林蘭看到了一個熟悉的身影，方嬤嬤。

方嬤嬤快步上前，向林蘭福了一禮，笑呵呵道：「我家夫人剛念叨李夫人，李夫人可巧就來了！李夫人，快請進吧！」

方嬤嬤的熱情，讓林蘭懸著的心陡然落回了胸腔，礙於李家的車夫還在，林蘭就沒說什麼，讓銀柳給車夫一兩賞銀，遂跟著方嬤嬤進府。

車夫看著手中的銀子，暗暗咂舌。這位二少奶奶出手好闊綽，大少爺成親那會兒，大少奶奶給下人的賞銀也只有一個二三錢的銀錁子。

進了周府，林蘭才笑道：「我也是掛念著融兒，所以，一到京城就先來看看。」

方嬤嬤眉開眼笑，「夫人有心了，我家小公子路上又鬧了回肚子，吃了夫人的保寧丸就好了，為此，我家夫人整日念叨夫人。」

說話間，已經到了垂花門，一個小身影急急跑了過來，後面的丫頭急喚：「小少爺，小少爺，您慢點……」

「哎喲……我的小公子啊，您跑這麼快，小心摔了！」方嬤嬤忙上前攔住融兒。

融兒推開她，卻是來拉林蘭的手，昂著小臉，急切地問：「大夫姊姊，妳快幫我看看，我身體裡的小戰士是不是變得強壯了，我每天都有好好吃飯的……」

林蘭啞然失笑，這孩子，真是太可愛了。

「融兒，怎麼稱呼呢？應該叫夫人。」喬夫人笑吟吟地走了過來。

「可是……我喜歡叫大夫姊姊。」融兒撇著小嘴。

林蘭笑道：「我也喜歡這個稱呼。來，咱們進屋去，大夫姊姊給你瞧瞧你的小戰士有沒有變得強壯。」

融兒開心地拉著林蘭的手，「好啊好啊，進屋去！」

喬夫人最寵這個兒子，一點也拿他莫可奈何，只得訕笑道：「讓李夫人見笑了。」

林蘭笑說：「融兒很可愛。」

再沒有比誇獎自己的孩子更讓人舒心的事了，喬夫人笑道：「早就盼著妳來，今兒個總算盼到了。」說著喬夫人似乎想起了什麼，笑容裡多了幾分苦澀的味道。

林蘭察覺出喬夫人臉上細微的變化，心裡有些打鼓，莫非喬夫人已經知道她的身分，可是……

不太可能啊！

一行人進了屋，丫鬟們忙著上茶、上果品。

林蘭替融兒診脈，這只是做做樣子，看融兒活潑可愛的樣子，就知道他身體好著呢！

「大夫姊姊，怎麼樣怎麼樣？」融兒很是急切，大眼睛一瞬不瞬地盯著林蘭。

林蘭刮了他一個鼻子，笑道：「小戰士很威武喔！」

融兒高興得嚷嚷起來：「我就說我的小戰士一定變得很厲害了，這會兒姊夫該帶我去騎馬了！娘，我找姊夫去……」說著，忙不迭跑了出去。

喬夫人急忙喚紅玉跟上，語氣裡帶著幾分寵溺說：「這孩子，到了京城越發淘氣了。」

林蘭道：「小孩子淘氣才聰明。」

兩人寒暄了幾句，喬夫人突然情緒就低落下來，蹙眉嘆氣。

林蘭小心問道：「夫人可是遇上了什麼難處？」

喬夫人給方嬤嬤遞了個眼色，方嬤嬤把下人都遣了出去。

「不瞞李夫人，我可真是遇上難處了。」喬夫人愁眉苦臉道。

「夫人有何難處，若是用得上林蘭的，林蘭一定盡力。」林蘭見她遣了下人，就知道府上肯定有人病了，而且病得不輕，因為除了看病，她也沒其他本事。

喬夫人又是重重一嘆，「我家閨女雲汐，四年前嫁入周家做了續弦，侯爺原配只留下一女，一心盼著雲汐能給他添丁，好繼承香火。雲汐肚子也還爭氣，嫁過來才兩月就懷上了，可惜……四個月的時候，被一個毛躁的丫鬟撞了一下，孩子……孩子沒保住。大夫說是個男孩，侯爺氣得抓狂，把那丫鬟活活杖斃，這以後，雲汐一直就沒懷上，看過許多大夫，吃了好多藥，年初總算又有了好消息，可是……情況不太妙。雲汐趕緊讓鍾管事接我進京，我急忙帶了融兒趕來，這才知道雲汐這孩子擔得不容易，稍一動就見血，如今只好躺在床上靜養，御醫都來過好幾回了，說這孩子怕是保不住……」

林蘭明白了，這位侯爺夫人怕是第一次小產沒養好，留下了病根，不過她還沒見到病人，不能輕易下結論。

「夫人莫急，能否帶林蘭先去看看侯爺夫人？」林蘭安慰道。

◆ ◆ ◆

李府外書房外，只一個趙管事垂首而立，其他的丫鬟小廝們都遠遠站在廊簷下，個個神色擔憂，眼裡卻充滿好奇，只是礙於趙管事站在那裡，沒有一個人敢吱聲，用目光做著無聲的交流。

離家將近四年的二少爺回來了，本該是件大喜事，可是自打一個月前京城裡冒出了關於二少爺的那些傳聞，府中的氣氛就變得十分古怪，老爺一天到晚繃著一張臉，額頭上分明寫著……老子煩透了；夫人似乎也很憂傷，但據廚房那邊傳出來的消息，夫人最近胃口好得很，叫廚房變著花樣做好吃的；大少爺與大少奶奶吵了一架，至今誰也不理誰……

如今身處風口浪尖的二少爺就在書房裡。

李敬賢盯著站在書房中央的兒子，近四年未見，這個兒子個子長高不少，褪去了少年的稚氣，沉靜優雅，自在安然，人若靜水，含而不露。李敬賢無聲感嘆：明允真是越來越像他娘了……

感慨之餘，李敬賢又想起那些傳聞，頓時心頭一陣發堵，強忍住要狠狠訓斥明允的衝動，他將茶盞放下，用儘量平和的語氣問道：「那個女人是怎麼回事？」

李明允不露聲色，怎麼回事？想必陳子諭已經說得很清楚了，爹也知道得很清楚了。

「她是澗西村的大夫，救過兒子的命，兒子知恩圖報，決定娶她為妻。」李明允用一種陳述的口吻說道。他陳述的是既定的事實，而不是要徵詢誰的意見。

「荒唐！」李敬賢被他這種聽似恭謹溫和，卻清晰傳達出他堅定決心的語氣激怒了，他威嚴地低喝一聲。

「知恩圖報就一定要娶她為妻？你也不想想自己是什麼身分，她是什麼身分，你這樣做簡直就是在自毀前程！」李敬賢怒斥道。

李明允波瀾不驚地說：「男兒的前程是靠自己的本事去拚搏，若是依賴女人上位，兒子會覺得羞恥。」

含沙射影，絕對的含沙射影！這句話如同一把最鋒利的匕首，狠狠刺中了李敬賢的弱點。然而李敬賢是絕對不會承認的，所以，他雖然很憤怒，也只好將這個話題轉移。

「你有這份志氣是好事，但你不要忘了你是李家的兒子，你的一言一行都關乎李家的聲譽，你置家族的榮辱與不顧，恣意妄行，實乃大逆不道之舉，你的聖賢書都讀到哪裡去了？」

「兒子並不認為自己的言行有什麼可以讓人詬病之處。」李明允淡淡說道。

李敬賢大怒，「你的自以為是已讓你父親成為大臣們的笑柄，你讓李家每個人都抬不起頭。」

李明允笑了笑，抬眼看著盛怒的父親。記憶中的父親似乎很少有對他溫言細語、和顏悅色的時候，稍有不滿便是大加斥責。以前的他天真地以為，父親對他嚴厲是為他好，怕他也跟其他富家子弟那般不思進取，遊手好閒，所以，他一直很努力，努力讀書，努力規範自己的言行，努力做一個父親心目中的好兒子，所以，從三歲起，他自己穿衣，自己吃飯，做自己所有力所能及的事，只為了博得父親一個微笑、一聲讚許，後來他才明白，父親的冷漠與嚴厲，是因為李明則的存在。聽說，李明則認祖歸宗那日，父子抱頭痛哭，那場面一定很感人吧？

李明允譏誚一笑，「父親多慮了吧！當初父親迎娶繼母的時候，不是贏得了滿朝喝彩嗎？聖上不是還誇讚父親有情有義嗎？繼母不也是一介村婦嗎？說起來，林蘭雖出身農家，卻是個女大夫呢！」

「放肆！」李敬賢「砰」的一聲拍案而起，茶盞上的茶蓋被震翻，滴溜溜滾到了青色地磚上摔成了碎片。

李敬賢一張老臉漲成了豬肝色，下巴的鬍鬚抖動著，他用一種憤怒的陌生眼神死死瞪著這個闊別多年的兒子。是的，很陌生，眼前的兒子已經不是以前那個對他唯命是從，在他面前小心翼翼的兒子了，這一刻的明允，看似從容帶笑，目光沉靜，可他的話句句透著嘲弄和鄙夷，那樣尖銳犀利……他清楚地意識到，李明允在恨他。

李明允平靜地與父親對視，看著他惱羞成怒，心中莫名痛快。

李敬賢的目光突兀地黯淡下來，神色疲憊，故作心痛地說道：「明允，爹知道你在為你娘的事恨爹，爹不怪你。你娘的事，是爹不好，怪爹沒有及時跟你娘說清楚，讓她產生了誤會，哎……你娘一直是很溫婉賢淑的女子，我本以為她能體諒我的苦衷，沒想到，她會這麼決絕。這幾年來，爹就沒有一日安生過，想到你娘，就……心痛……」

看著父親痛心疾首、追悔莫及的樣子，李明允只覺可笑，一句誤會就能掩蓋一切嗎？一句誤會就能讓你心安理得了嗎？一句誤會能讓娘活過來嗎？看來娘離開是對的，跟這種虛偽無恥的人在一起，多待片刻都難以忍受。

「爹以為你娘只是使小性子，等她想通了，我再去接她回來，沒想到，等到的卻是你娘去世的消息。我是整整三日滴水未沾，顆米未進，大病一場，只想著不如跟你娘一起去了……」李敬賢感傷著，眼中含了熱淚，情真意切溢於言表。

李明允心底冷笑，大病了一場？只是做做樣子吧！

「本欲將你娘的牌位接回京城，可你外祖父外祖母……我知道他們傷心，再加上不明真相，對我心有怨懟也是正常，只想著，等二老心平氣和了，再去豐安……哎，真是世事難料，聖上會在這個時刻委以重任……」

李明允真是用了很大的耐心才聽完這番虛偽無恥的言語，也不得不佩服父親的演技。表情真摯，言辭懇切，到底是浸淫官場多年，這種無恥已經深入骨髓，融入肺腑了。

李敬賢上前兩步，如慈父般拍拍李明允的肩膀，嘆道：「明允啊，爹不求你原諒，但你一直是爹的驕傲，是爹的希望，爹是真心為你好，你莫要負氣做出傷人傷己的事。你這樣，爹看著真的很心疼。林姑娘的事，爹會為你解決，她要什麼咱們李家都儘量滿足她，不會叫她吃虧。秋闈在即，爹是很看好你的，希望你專心應考，莫要再跟爹置氣了。」

如此低聲下氣，若不是李明允早已查明真相，只怕還會感激愧疚得涕淚俱下了。

他不露痕跡避開了父親搭在他肩膀上的手，拱手一禮，正色道：「從小爹就教導兒子，做人要信守承諾，才是君子所為，兒子已經在澗西村全村父老鄉親面前對林蘭許下了承諾，兒子不能言而無信，為人所不恥，林蘭，兒子是非娶不可。」

李敬賢覺得自己快要被心頭的怒火燒焦了，他廢了這麼多口舌，動之以情，曉之以理，可明允非但不能體會他的苦心，還一意孤行。既然軟的不行，那就只能來硬的，無論如何也不能讓那個村姑進門，破壞了他的計畫。

李敬賢口氣冷了下來：「明允，你再好好想想，爹不會害你！」隨即大聲喚道：「趙管事！」

趙管事應聲推門進來，俯首聽命。

「送二少爺回綴雲軒，好生伺候著。二少爺一路辛苦需要好好休養，不得讓閒雜人等打擾了二少爺。」李敬賢冷聲吩咐道。

李明允愕然，父親這是要將他軟禁？

這一點是李明允不曾想到的，父親會採取這樣強硬的手段，看來這場鬥爭是一場持久戰。李明允不禁暗暗慶幸，幸虧林蘭沒聽從父親的安排去「臨仙居」，而是去了靖伯侯周家，要不然……可是，周家能收留林蘭嗎？李明允又忍不住擔心，希望文山和冬子機靈點，不要也被困住，能給葉家和林蘭遞個信，讓他們好有所準備。

就在李明允被送回綴雲軒，一個丫鬟連忙跑回後院向韓氏稟報。

「知道他們都說了什麼？」韓氏歪在炕上，一個丫鬟站在炕邊給她打扇，一個丫鬟蹲在地上給她捶腿。

那丫鬟道：「老爺遣開了其他下人，只留趙管事在外面候著，所以……」

韓氏不滿地瞪了丫鬟一眼。

丫鬟怯怯地低下頭去，諾諾道：「不過，二少爺是被五六個家丁擁著去了綴雲軒的，老爺出來的時候，臉色不太好看。」

韓氏琢磨著丫鬟的話，須臾，對身邊的嬤嬤說：「姜嬤嬤，去吩咐廚房，今晚的接風宴要準備得再隆重些。」

姜嬤嬤不解道：「老爺與二少爺似乎談得不甚愉快，這接風宴……還有必要嗎？」

韓氏嘴角浮起一絲冷笑，她當然知道父子倆談得不愉快，所以她更要表現得格外熱情，這樣才能讓老爺對李明允的成見更深。

「叫妳去，妳去便是。」韓氏閒閒說道，享受地閉上了眼。

陸之章 妙手保胎破僵局

葉府花廳裡。

周嬤嬤把截下來的信給大老爺過目。

「二小姐是不明白老夫人的用心，一味替表少爺抱不平，這信虧得被我截了下來，要不然，還不知會給表少爺添多少麻煩。」周嬤嬤隱去了二小姐的真實用心，大老爺是個火爆脾氣，要是讓大老爺知道二小姐那點心思，只怕……

葉德懷臉色晦暗，蘊著怒意，「臭丫頭，要是再敢添亂，我即刻打發她回豐安！」

「大老爺是明白人，老奴只怕夫人和少夫人……」周嬤嬤點到即止。

葉德懷冷哼了一聲，「她們敢？」

周嬤嬤微微一笑，「有大老爺這句話，老奴就放心了，還有，入貢的事，老夫人特別交代，不計代價一定要拿下。」

說到生意上的事，葉德懷自信滿滿道：「這事八九不離十了，幾個關鍵人物那裡再打點打點，應該沒問題。」

「那就好，拿下入貢之事，葉家在京城就算站穩腳跟了。」周嬤嬤愉悅道。

「一切都按老太爺的計畫行事，現在就看明允這小子了，今年秋闈定要大放異彩才好。」葉德懷笑道。

「眼下還有件麻煩事呢，李敬賢不讓林蘭進門。」周嬤嬤想起這事就憂心，也不知林蘭去周家可否順利。

葉德懷濃眉一擰，「我在李府安插了眼線，據說，李敬賢這小人近來是坐立不安，他要是讓林蘭進門，就等於直接回了魏家的親事，而這門親事其中的利害關係非言語所能道，難怪李小人要頭疼，要說……明允這步棋走得真不賴，給李小人出了個大難題啊！依我看，這事急不得，我們先看看李家的反應，再做商議。」

周嬤嬤把該交代的事交代了，心裡記掛林蘭，便告辭，帶了桂嫂要去周家找林蘭。

剛出葉府，就看見文山滿頭大汗跑來，好像身後有老虎追他似的。

周嬤嬤心一沉，忙迎上，問道：「文山，出了什麼事？少夫人呢？」

文山抹了把汗，氣喘吁吁地說：「周嬤嬤，大事不妙，我送少夫人進了周家就趕去李府，一進門，幾個家丁就把我架住，看情形是要把我關起來，好在我力氣大，三拳兩腳打翻了幾個家丁，跑了出來，馬車都丟在李府了。周嬤嬤，您說少爺會不會被李老爺關起來了？」

桂嫂急道：「這可如何是好？」

周嬤嬤皺眉思忖了會兒，冷靜道：「先莫慌，別自亂陣腳，讓大老爺派人先去李府打聽打聽。」說罷周嬤嬤急匆匆轉回葉府。

◆ ◆ ◆

靖伯侯府。

林蘭給喬雲汐細細把脈，詢問道：「夫人，妳前三月是不是經血不斷？」

喬雲汐微怔，隨即點頭，「只因經血不斷，是以都不知已有身孕。」

「這就是了，夫人因前次小產，體內淤血未盡，後又行經之時遇冷，餘血留而為癥瘕，雖得血而成胎，然癥病復動，故而漏下不止。」林蘭說著，心情有些沉重，喬雲汐的癥病不輕，難怪看過的大夫都覺得不樂觀。

喬雲汐驚詫地看看林蘭又看看母親，之前，母親常跟她念叨在路上偶遇的女大夫，但喬雲汐以為母親是誇大其詞，最好的大夫都在宮裡呢！可現在林蘭光憑脈象就把她的病況診得如此清楚，與御醫說的一般無二。要知道，那些御醫都是在再三詢問過後才得出此結論的，喬雲汐不由對林蘭刮目相看，同時也生出了一絲希望。

「那……這癥病能治好不？」喬夫人忐忑問道。

喬雲汐也滿懷期待地看著林蘭。

林蘭斟酌再三，道：「希望還是有的，夫人的癥在下，迫其胎，故而臍上升動不安。」

喬雲汐連連點頭，「正是如此。」

「可先用桂心茯苓丸主之，用芍藥護其營，先將血止了，胎方能安。」林蘭道。

「桂心茯苓丸我倒是一直在吃。」喬雲汐隱隱失望，林蘭開的藥與御醫所開之藥一樣。

「哦……是嗎？」林蘭思忖了下，問：「可否將夫人先前所服之藥方給我看看。」

喬雲汐讓丫鬟去取了藥方來，林蘭細細看了，笑道：「我知道了，我再給夫人加一味藥，防風附子湯。夫人脈弦有虛寒，虛陽散外，用防風附子湯溫內臟，雙管齊下，胎方能安。」

喬雲汐將信將疑，林蘭又道：「藥只能去病養身，關鍵還要夫人放鬆心情，莫要太過焦慮，我觀胎心雖弱，卻不至於滑落。」

喬夫人喜道：「李夫人有幾分把握？」

林蘭謹慎道：「五成。」

喬氏母女俱是臉色一變，有些失望，才五成？

「若是我親自在此間為夫人調理，可能會多兩成把握。」這可不是為了留下來而找的藉口，如果能隨即了解喬雲汐的情況，隨時調整治療手段，的確能多幾分把握。

喬雲汐動容道：「如此，還請李夫人暫時留下，若是能保得胎安，雲汐感激不盡。」

「是啊是啊，李夫人，這事還得妳多費心才是。」喬夫人急切懇求。

林蘭微一苦笑，「不瞞二位，林蘭現在已是無處可去，便留下為夫人盡一份心力吧！」

喬夫人聞言詫異道：「李夫人不是隨李公子入京的？那李公子呢？」

林蘭神色戚然，低低道：「李家嫌棄我出身低微。」

喬雲汐憤慨，「哪個李家？如此嫌貧愛富！」

林蘭深垂螓首，抿著嘴，一副委屈模樣，「便是戶部李尚書家。」

喬雲汐為之一驚，遂想起前不久聽說的一件傳聞，說是李尚書之子為報救命之恩，要娶一位村姑為妻。喬雲汐不由得打量起林蘭，看她舉止端莊，言談得體，根本不像是農家出身，而且醫術又這般了得。

「原來妳便是傳說中的那位村……」喬雲汐驀然驚覺用村姑二字似乎不太禮貌，硬生生將「姑」字嚥了回去。

萬松寺之行後，李明允就告訴過她，他已經讓陳子諭在京城製造輿論，林蘭只是沒想到，居然連這位夫人也知道這事，看來陳子諭這張嘴巴夠大，鬧的動靜也夠大。

林蘭故作好奇，「什麼傳聞？」

喬雲汐便將她聽到的說與林蘭聽，林蘭自嘲地笑笑，「讓夫人見笑了，其實這也怨不得李家，李公子雖對我情意深重，怎奈門第之見……」

喬夫人笑道：「李夫人，妳不用擔心，只要妳替雲汐保住了腹中胎兒，還愁京城之中沒有妳的立足之地？」

這話雖帶有交易的味道，卻是很有道理，周家不可能平白無故為妳一個陌生人出頭，但如果能保住喬雲汐腹中的胎兒，那就是大功一件，說是周家的恩人也不為過，到時候，周家才能名正言順地出面。

林蘭淡淡一笑，「能不能在京中立足倒是無所謂，林蘭原本就沒有抱太大的希望，也不想讓李公子太過為難，只是醫者父母心，林蘭會盡力保住夫人腹中的孩子便是。」

林蘭這樣說，喬夫人不禁有些慚愧，就衝著林蘭救治過融兒，她也該幫這個忙，怎奈她說的話不管用。林蘭的問題不是可以輕易解決的，那畢竟是朝中大員李家，但若是侯爺肯出面，希望就大了。

喬夫人安慰道：「我看那李公子是個正人君子，一定不會辜負妳的。」

林蘭訕然，李明允當然不會辜負她，辜負了她，也就等於辜負了葉家二老，辜負了他自己。終於能順利留下，林蘭卻不敢鬆懈，且不管李府那邊，要幫喬雲汐安胎養身就是件極費心力的事，需要打起十二分精神，拿出真正的本事來才行。

這邊剛安頓下來，周嬤嬤就找上門了，並帶來了壞消息。

「大老爺已經打聽清楚，少爺被李老爺軟禁了，幸虧文山機靈跑了出來，要不然，大家還蒙在鼓裡。」

靠，這個李渣爹還真夠渣，兒子剛回來就給了個大大的下馬威！軟禁？你以為軟禁了李明允，他就能屈服？呃，不對，恐怕李渣爹軟禁了李明允，是為了方便對她下手吧！林蘭立刻意識到李渣爹的企圖，不禁暗暗慶幸，幸虧沒去住客棧啊！要不然，李渣爹讓她人間蒸發，也是輕而易舉的事！

「少夫人，您也不用擔心，李家那邊少爺一定會頂住壓力的。」周嬤嬤看林蘭神色凝重，不禁寬慰道。

「光他頂住有什麼用？咱們還得助他一臂之力才行。」林蘭雙目微寒，沉聲說道。

周嬤嬤茫然，這會兒連她都不知道該怎麼辦才好，難道少夫人有主意了？

「少夫人，此話怎講？」

林蘭冷笑道：「李老爺是想把這件事低調處理，消於無形，那咱們就偏偏把事情鬧大，周嬤嬤，陳子諭，陳家您可認得？」

周嬤嬤道：「知道，陳公子是陳御史家的三公子。」

「那好，妳給陳公子捎個信，讓陳公子去李府求見少爺，若是李老爺跟讓他見最好，順便聽聽少爺的意思，如果不讓見，更好，讓陳公子在外面放出話，就說李老爺嫌貧愛富，要棒打鴛鴦。散播傳聞這種事，陳公子最擅長了，他知道怎麼做。」林蘭曼聲說道。

周嬤嬤眼睛一亮，笑道：「這主意使得！」

桂嫂卻是擔心道：「那李老爺會不會來找少夫人麻煩？」

林蘭輕哼一聲，「這是肯定的，不過，他想上靖伯侯府找麻煩，也要問問靖伯侯答不答應。」

文山去了趟陳府，帶回口訊。

「陳公子說少夫人的意思他明白了，後日寧少爺要回京，他們會一起去看望少爺的，到時候再做商議。」

周嬤嬤深感安慰，「如此甚好！」

林蘭定下心來，事情會發展到哪一步她暫時無法預知，畢竟京城的一切對她而言都很陌生，更別提理順那些錯綜複雜的關係，她只能看一步走一步，做一些力所能及的事，並盡最大的努力做好，比如，保住喬雲汐腹中的胎兒。

「周嬤嬤，你們早點安歇吧！」林蘭打發了周嬤嬤等人下去，回到裡屋，在桌邊緩緩坐下，蹙眉沉思。喬雲汐的問題比較麻煩，既要治母體的病，又要養胎兒，不然的話，即便勉強把孩子保住，只怕生下來也會先天不足。

「少夫人，您還是早些安睡吧！」銀柳打了熱水來，看少夫人坐著發呆，便勸道。

玉容給她使眼色，搖搖頭，讓她別打擾少夫人思考。

銀柳吐了吐舌頭，不再吱聲，兩人安靜地忙碌著

林蘭思忖良久，終於鬆了眉頭，安心睡覺去。

這一晚，李府的人也不安寧。

韓秋月屏退左右，屋子裡只餘母子二人。

李明則站在下首，頭雖然低著，但脊背挺得很直，因為他心裡不服氣，他不過是順著爹的心思，隨口說了一句二弟也太任性了之類的話，結果惹來爹一頓訓斥，把火氣全撒了他身上，現在還要站在這裡聽娘的訓話，真是倒楣。

「你知道你錯在哪裡？」韓秋月冷哼道。

李明則一臉惶然，「兒子不該說那句話。」

「那你該說什麼？」韓氏問。

李明則想了想，鬱鬱道：「兒子根本就不該說話，爹那會兒正在氣頭上。」

韓氏輕聲冷笑，「你現在倒是明白了，那會兒怎麼糊塗了？不管你說什麼，只要你開口了，你爹必定會訓斥你。」

李明則腹誹：憑什麼？明珠不也抱怨了？爹怎麼沒訓斥她？

「不過，就算你隨便說什麼都會挨罵，你也還是該開口的，只是話不該那樣說。」韓氏目含深意地看著兒子。

李明則困惑不解。

「你爹的脾氣，娘最了解，你也說，這幾年你爹對你不如以前，那是因為當初你不在你爹身邊，你爹就覺得虧欠了你，對你就格外疼愛，如今你已經認祖歸宗，列為李家長子，明允有的你都有了，他沒有的你也有了，你爹又覺得虧欠了明允。娘本來還擔心明允這次回來，你爹的心會偏向他，沒想到，他會鬧這麼一齣，把你爹氣得夠嗆，倒是省了我不少心思，不過，越是這個時候，你越要表現得謙和有禮，你該勸你爹，而不是落井下石，火上澆油，這樣只會讓你爹覺得你心胸狹窄，氣量狹小。有時候，想要詆毀一個人，不一定要說他壞話，別把心思都放在嘴上，要放在肚子裡……」韓氏諄諄教導，這十幾年來，她忍辱負重，沒有一日不是絞盡腦汁，想著如何掌控李敬賢，如何趕走葉心薇，好不容易得償所願，她絕不會讓任何人破壞掉這份來之不易的勝利果實。

李明則如夢初醒，連連稱是：「母親說的是，是兒子糊塗了！」

看兒子有所領悟，韓氏面色和悅下來，「以後說話做事多用用腦子，別讓人給比下去。」

李明則面含愧色，「兒子知道了。」

韓氏點點頭，又道：「若妍回娘家還沒回來嗎？」

一說到這個問題，李明則就覺得頭大，有些賭氣地回道：「她不在，耳根倒是清淨些。」

韓氏的臉色刷的就沉了下來，聲音也高了起來：「我看你是這幾年閒大發了，忘了以前吃過的苦頭！別以為娘什麼都不知道，你看似一天到晚讀書，真正能讀進去多少？你媳婦勸你兩句，你還嫌煩了？別怪娘沒提醒你，李明允自小才名遠播，被譽為神童，可不是浪得虛名的，這次秋闈，娘沒打算你能勝過他，但也不能差他太遠，若是失利了，我看你還有什麼臉面！」

李明則被罵得額上流汗，一聲不敢吱，心中卻是腹誹：他就不信李明允真的這麼厲害，他也是三歲讀書，四歲便能作詩，如果那時他便是李府的長子，什麼神童之名，還輪得到他李明允？

「明則啊，咱們娘仨不容易啊……娘這後半輩子可就指望你了，你一定要給娘給你自己爭口氣，若是叫明允得了勢，咱們母子的日子可就難過了。」韓氏嘆息道。

李明則心中一譬，忙道：「兒子會用功的。」對於這次秋闈應試，他還是有一定的把握，連一向要求苛刻的爹也對他的文章大加讚賞，說他文采飛揚，見地獨到，不見得就會輸給李明允，但娘說的有道理，事關重大，還是認真些的好。

「待會兒你就去把你媳婦接回來，莫要讓你老丈人對你心生成見。」韓氏語氣淡淡，卻透著不容抗拒的威嚴。

李明則低頭應諾，其實他想跟若妍好好相處的，可是若妍開口閉口就拿明允跟他比，叫他能不生氣嗎？她這麼看重明允，當初就不該點頭嫁給他，嫁明允去好了。

韓氏揮揮手，讓他退下。

姜嬤嬤看大少爺走了，才進來伺候。

韓氏揉揉發脹的腦仁，已經很久沒這般費神過了，覺得很疲憊。

「姜嬤嬤，明天妳叫牙行的婆子來，把大少爺身邊的碧如領出去賣了。」韓氏懶懶說道。

姜嬤嬤愕然，「夫人，這……不妥吧？大少爺好像很喜歡碧如。」

韓氏冷笑一聲，眼裡閃過一抹寒意，「就是因為大少爺喜歡她，才要賣了她。留著這個騷蹄子只會壞事兒，沒得叫她帶壞了少爺。」

姜嬤嬤低低道：「只怕少爺不高興。」

韓氏道：「這可由不得他……」

正說著，外面丫鬟通稟：「老爺來了。」

韓氏忙起身，整了整儀容，走到門邊相迎。

李敬賢黑著臉走了進來，也不理會笑臉相迎的韓氏，徑直走到炕邊坐下，悶悶不樂。

韓氏給姜嬤嬤遞了個眼色，姜嬤嬤忙下去吩咐人上茶、上點心。

韓氏微笑著上前，柔聲道：「老爺這是何苦呢？明允是個懂事的孩子，老爺跟他好好說，他會聽的。」

李敬賢重重哼道：「我看他是存心想氣死我。」

韓氏嘆了一口氣，「他心裡有氣也是正常，慢慢的，他會理解老爺的難處的。」

李敬賢回想起先前的談話就萬般無力，明允對他的怨恨很深，豈是三言兩語便能釋懷。

「現在要緊的是那個村姑，若不趕緊打發了，只怕魏大人那邊……」韓氏擔心道。

「傳言滿天飛，魏大人已經很不高興了，這些日子一直擺臉色給我看。」李敬賢氣悶道：「本想盡快打發了那村姑，沒想到她居然住到靖伯侯府上去了，也不知她哪來那麼大的本事。」

韓氏不由心驚，「不能吧？她不是一介村婦嗎？怎麼跟靖伯侯家扯上了關係？」

李敬賢苦惱道：「我如何知道，車夫回來稟報，說是靖伯侯府的人高高興興把她迎進去的。」

韓氏原是巴不得李明允娶了那村姑，這樣，一來，魏家的婚事就告吹，她可不想讓李明允娶魏家的千金，等於如虎添翼，她的日子就不好過了；二來，李明允會因此失寵於老爺；三來……娶個村姑進門，她也容易掌控，想那村姑自認身分低微，又沒什麼見識，到時候還不是由著她搓圓揉扁的。

這個消息太過震驚，韓氏覺得有必要重新掂量這個村姑。

「會不會是明允安排的？」韓氏還是不太相信這個村姑有這麼大的能耐。

李敬賢沉吟道：「咱們李家與靖伯侯家素無瓜葛，況且明允離家這麼久，如何能跟靖伯侯府攀上交情？」

靖伯侯府乃世家公卿，屹立百年不倒，從不管朝中新舊更替，更沒聽說他與哪位皇子親近，蓄意破壞應該談不上，得罪了太子殿下，他又有什麼好處呢？

韓氏見老爺眉頭深皺，突然想起一件事，「我聽說靖伯侯的繼室有孕了，只是情況不太好，那個村姑貌似會些岐黃之術。」

李敬賢心頭陡然一亮，猛地直起身子，頓了一頓，復又緩緩倚了回去，「靖伯侯的繼室身體不適，請御醫去瞧也是容易的，緣何會相信一個籍籍無名的村婦？」

韓氏心念一動，「老爺何不叫冬子來問問，他們這一路上可有什麼奇遇？」

李敬賢瞪了她一眼，「妳以為本老爺沒問？冬子那廝自小跟著明允，對明允忠心得很，想從他嘴裡套出話來，我還不如直接去問明允。」

另一邊李明則叫人備好了馬車，正準備出府去接若妍回來，丁若妍卻是自己回來了。

李明則先時一喜，可看到丁若妍那張嬌豔如花的面上覆冰蓋霜的，一顆心又冷了下來，還以為娶了如花美眷，豔福不淺，沒想到卻是娶了個冰山美人，看著更鬧心。想到娘之前的諄諄教誨，李明則勉強按捺下心中的不快，笑臉相迎，溫言道：「我正準備去接妳……」

丁若妍面無表情與他擦身而過。

被忽視的感覺讓李明則憤怒起來，娘的教誨也拋到了九霄雲外，他用一種嘲弄的口吻說道：「妳這麼遲歸來，卻是錯過了一場好戲呢！」

丁若妍頓住腳步，李明則以為她會回頭問他，沒想到，她只是稍作停頓，頭也不曾回，便又走了。李明則瞪著那婀娜的身影，恨得牙癢癢。

林蘭專心當她的私人護理，先是給喬雲汐擬定了一份食譜。林蘭一直對食療很感興趣，前世可是費了不少時間去研究這個，她始終認為是藥三分毒，藥補不如食補。又建議喬雲汐把屋子裡厚重晦暗的帷幔換成顏色明亮的輕紗，什麼孕婦要防風防寒，這大熱天的悶在屋子裡，不生病也要生病了。

喬雲汐採納了林蘭的建議，丫鬟們忙碌了一早上，換了紗幔，屋角放了一缸從湖裡移來的荷花，桌上擺了個汝窯的花瓶，插了幾枝粉嫩嬌豔的薔薇，又開了窗戶通風。室內煥然一新，顯得生機勃勃。

「這樣看著心情都舒暢了。」喬雲汐在床上躺了好幾個月，不見天日的，早就悶壞了，這樣一歸整，呼吸都暢快了許多。

喬夫人看著大開的窗戶，有些擔心，「要不要關上幾扇窗？」

林蘭笑道：「今天外面風和日麗，開窗通通風最好不過了，若是風大了再關上就是，保持室內空氣清新，對孕婦有益。」

「娘，沒事的，這風吹得人舒坦。」喬雲汐笑道，林蘭的話深得她心。

喬夫人看女兒高興的樣子，不忍拂了她的興致，再說，林蘭是大夫，她說沒事應該就沒事吧，便不再提。

說話間，幾個丫鬟捧著捏絲戧金五彩大盒子魚貫而入。

大丫鬟芳卉指使丫鬟們把飯食一一擺開，笑道：「這是按李大夫擬的食譜做的，有清蒸鯽魚、鮮蘑菇炒豌豆、雞脯扒小白菜、銀魚悶蛋，還有豆腐皮肉末粥……」

喬雲汐一直胃口不太好，食慾不振，看到這麼多吃食，不覺皺起眉頭。

林蘭和顏悅色道：「這孩子在肚子裡，全靠吸收母親的營養才能漸漸長大，夫人即便沒什麼胃口，也要多吃些，只當給孩子吃的。」

喬夫人也道：「李夫人說的對。雲汐啊，多吃孩子才能長得壯實。」孩子是喬雲汐最大的希望和動力，聞言積極道：「端上來吧！」

芳卉高興道：「平日我們也勸夫人多吃點，可夫人就是吃不下，還是李大夫的話管用，我們說上百句，也抵不上李大夫一句。」

喬雲汐嗔了她一眼，「就妳多嘴。」

看喬雲汐這麼配合，林蘭的信心又增添了幾分。

第三日上，陳子諭派人來傳話，邀林蘭出去見面。

林蘭告了半日假，帶上文山去赴約。

地點約在一家舒適清靜的茶樓，陳子諭包了間雅座。

陳子諭算是相熟的，他身邊有位皮膚黝黑，濃眉大眼，身材高大威武的漢子，林蘭心知，這便是寧興了。

「林蘭見過兩位大哥。」林蘭態度謙和，誰叫她這會兒有求於人呢，就讓陳子諭這傢伙得意一次吧！

陳子諭果然很得意，一臉的奸笑。

寧興為人就老實多了，忙起身還禮，「不敢當，我們該稱妳一聲嫂子才是，嫂子快請坐。」

林蘭對寧興好感大增，又還了一禮，方才坐下。沒想到李明允看起來斯斯文文的，居然還是人家的大哥。

陳子諭瞪了寧興一眼，在桌子底下踢了寧興一腳，腹誹著：你這麼老實做甚？我好不容占一回便宜，你偏嫂子嫂子的叫！

寧興瞪回去，嚷了起來：「你踢我做甚？」
陳子諭訕然，忙笑呵呵地說：「談正事談正事！」
林蘭心知肚明，暗暗好笑，只裝糊塗，關心地問：「你們去李家見到明允了嗎？」
寧興濃眉倒立，憤憤道：「太可氣了，我們倆登門求見，直接給回了，管家說……他們少爺正閉門苦讀，準備應考，一律不見客。」
寧興的粗大嗓門學著管家諾諾的回話，有些滑稽。
這個結果在林蘭的意料之中，並不感到驚訝。
「那兩位有什麼主意？」林蘭想先聽聽他們的意思。
林蘭這麼沉得住氣，倒讓陳子諭感到驚訝，不過，想想先前林蘭不動聲色整他的事，陳子諭就釋然了。
陳子諭做出一派悠閒模樣，一手手指輕叩桌面，咚咚脆響。
「明允這小子早料到他老爹會反對，只是沒料到他老爹會把他給軟禁起來……」
寧興認真地糾正：「是李大哥。」
陳子諭怒道：「你可不可以不要打斷我說話？」
寧興悻悻住了嘴。
陳子諭繼續道：「不過妳儘管放心，李老爺雖然很生氣，但還不至於對明允動家法什麼的。也就是關上幾日，說不定明允還求之不得呢，正好可以靜下心來備考。」
林蘭腹誹：說得輕巧，換你試試！
「好在明允事先就對情勢做了全面的分析，也有了詳細的計畫，接下來，咱們就推波助瀾，把事情鬧大，讓李老爺想息事寧人也不成。」

嗯，這點林蘭很贊同，她原本也是這意思，只是沒想到李明允早就想到了。

「李老爺的態度這般強硬，他能妥協嗎？」林蘭把握不大。

「這可由不得他，京城裡的水深著呢！別看這只是你們李家的事，其中牽扯的厲害關係多了去了！」陳子諭不以為然道。

「哦？快說來聽聽。」林蘭大感興趣，現在的她，就像身處迷霧當中，雖然目的很明確，但是若能把京中各方勢力的關係理順了，便能有的放矢，少走彎路。好不容易搭上了靖伯侯府的關係，若不能好好利用，就太可惜了。

陳子諭慢悠悠喝了口茶，慢悠悠說道：「複雜得很，不知道妳能不能聽明白。」

林蘭很想一腳踹過去，生生忍住了，虛心道：「你先別管我聽不聽得明白，我多知道一些也是好的。」

寧興贊同地點頭，「不錯，不錯。」

陳子諭清了清嗓子，說道：「要說你們李家現在可是炙手可熱，太子和四皇子都想拉攏李老爺。這麼說吧，妳那個嫂子丁若妍她爹是太子的忠實擁護者，而現在跟明允議親的兵部侍郎魏大人是四皇子的人，當然，魏大人的表現不是那麼明顯，但大家還是將他歸為四皇子那一邊。我實在搞不懂李老爺心裡是怎麼想的，他是想腳踏兩條船呢？還是想兩邊都不得罪？」

「依我說，他是野心太大。」寧興鄙夷道：「別到時候弄巧成拙，害人害己。」

「這個先且不論，就明允的分析，他若是娶了魏大人的千金，很可能會成為犧牲品，他並不看好四皇子。」陳子諭道。

林蘭好奇道：「那他看好誰？」

陳子諭的表情嚴肅起來，「其實看好誰並不重要，關鍵是，誰才是最後坐上龍椅的那位。選邊站這種事是有風險的，很大的風險，最安全的就是永遠跟著坐在龍椅上的人。只要你是個貨真價實的人才，無論誰登上寶座，都會予以重用。」陳子諭儘量說得簡單直白，生怕林蘭聽不懂。

林蘭深以為然，明允的想法很對，有道是富貴險中求，但像他那樣的人，有真才實學，又何必去冒險？做一個純臣，屹立不倒才是正理。讓她安心的是，陳子諭和寧興與李明允的想法一致，這樣很好，要是他們其中一人被誰拉攏了，再來遊說李明允，李明允會很難做的。雖然她和李明允是假夫妻，事成之後一拍兩散，但她還是希望李明允能平平安安的。

「李大哥做事向來很有主見。」寧興由衷讚嘆。

「好吧，先不管李老爺是怎麼想的，關鍵是，怎樣才能利用這些關係解決眼下的問題呢？」林蘭指著問題的核心。

陳子諭不由一愣，林蘭的腦子還是很清楚的嘛！

「妳想，這事鬧大了，誰最不高興？」陳子諭故弄玄虛。

誰最不高興？拉幫結派的，最不高興的當然是皇上，兒子們這是等不及要搶他的位置了？林蘭微微一笑，一副了然的神情。

陳子諭從她淡定的目光裡看出她領悟了，不禁又暗暗稱奇，什麼時候村姑的見識也這般高了？

「當然，想要那個人出面，還需要多方配合，需要機緣巧合，比如……現在庇護著妳的那位，如果他肯出面說幾句……」陳子諭提點道。

寧興大眼瞪過去，「你可不可以不要說得這般玄乎，嫂子聽不懂怎麼辦？」

林蘭朝他感激地一瞥，說：「你們的意思我明白了，那接下來，咱們分頭行事。」

陳子諭不放心，「妳的醫術到底行不行啊？若是不行，我暗地裡請兩位名醫配合妳。」

林蘭起身，淡笑道：「不用了。」說著向兩位盈盈一禮，「我和明允的事，就麻煩二位了。」

寧興連忙起身還禮，「嫂子無須跟我們客氣，大哥的事就是我們兄弟的事。大哥有難，做兄弟的責無旁貸。」

從茶樓裡出來，林蘭心情大好，經過這番談話，她心中敞亮了許多，不用再像隻無頭蒼蠅到處亂撞。林蘭下定決心，回去要更加努力鑽研喬雲汐的情況，拿出攻堅的決心和勇氣，一定要拿下靖伯侯府這座大靠山。

林蘭抬頭看著湛藍的晴天，連老天都在幫她，李渣爹，這回你肯定要敗下陣來。

文山看少夫人神色愉悅，心中的隱憂也隨之淡去，既然少夫人都不擔心，那肯定沒什麼好擔心的了。文山把馬鞭揮得啪啪響，馬兒輕快跑了起來。

◆　◆　◆

幾乎是一夜之間，一個新的傳聞傳遍了京城的大街小巷、高門宅院。說是戶部尚書李大人嫌貧愛富，要棒打鴛鴦；京城第一才子李明允信守承若，不求豪門妻，但求與貧民婦不離不棄，情比金堅，真乃至情至性之大丈夫也……

有哪個女人不渴望得到一份轟轟烈烈又真摯感人的愛情？有哪個女人不希望自己的男人或是將來要嫁的男人能一心一意對待自己？

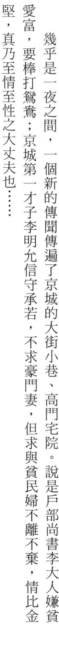

傳聞中的李明允極大地滿足了女人們對愛情的幻想，讓她們在殘酷不堪的現實中看到了真實的美好，原來天下烏鴉不是一般黑，好男人還是有的，可恨的是自己為什麼碰不到？李明允簡直就是她們心目中的完美情聖，有才有貌，有情有義。

於是乎，這些女人抱著羨慕嫉妒又同情的複雜心理，開始對自己的男人諸多抱怨，枕邊不停的風吹啊吹……

於是乎，那些大老爺們開始陷入深深的痛苦之中。

於是乎，某日早朝結束以後，就有官員找李敬賢，用一種懇切懇求的語氣說：「李大人，趕緊把你家二公子的事解決了吧，要不然，我們的日子不好過啊！」

李敬賢嘴角抽搐，乾笑兩聲，心說：我家的事，關你們什麼事？

於是乎，某日晚間魏大人去見了四皇子。

魏大人說：「殿下，如今李家的事鬧得沸沸揚揚，連帶我也成了大家的笑柄，都快沒臉出去見人了。」

四皇子淡然道：「魏大人稍安勿躁，李明允是個不可多得的人才，就這麼放棄，豈不可惜？」

魏大人腹誹：誰不知道李明允是個人才，可也不能拿我家閨女的名聲來糟蹋啊！

四皇子似乎洞悉了他的心事，說：「魏大人如今是騎虎難下，滿京城都知道你們魏家要與李家議親了，如果事成，皆大歡喜，若是不成……最大的輸家，可就是你魏大人。」

大熱天裡，魏大人只覺得寒意叢生，激靈靈打了個冷顫。

「所以，我勸魏大人還是退一步，海闊天空。」四皇子意味深長地說。

魏大人不解，剛剛還說不能放棄，這會兒又要他退一步，四皇子到底是何意？

「依我看，李明允對那名村姑不過是心存感激，一心想要報答，並不見得用情有多深，不如你答應讓他納那村婦為妾，早點把親事敲定下來，等事成定局，再找個由頭打發了那村姑，豈不是省事？」四皇子建議道。

魏大人鬱鬱地想，看來也只能這樣了，讓紫萱暫時受點委屈，總比滿盤皆輸的好。

「可是……殿下，如今李大人已與丁大人結為秦晉之好。據下官所知，李大人與太子……似乎走得也挺近……」魏大人欲言又止，不過是想提醒四殿下，此人心意不明，是不是該重新考慮計畫。

四皇子突兀地笑了起來，「魏大人啊魏大人，難道你到現在還以為我想要的人是李大人？」

魏大人困惑地看著四皇子。

四皇子身子往前略傾，意味深長地說：「秋闈在即，很多人都看好李明允，如無意外，李明允必進前三甲，而且，你別忘了，李明允還有兩位好兄弟，皆是我朝出類拔萃之輩。如今父皇龍體還算康健，我等該思慮的是如何招募人才，好替父皇分憂解難。」

魏大人恍然大悟，敢情四皇子根本就無心拉攏李大人，四皇子的目標一直就是李明允，還有李明允身邊的那兩位……

「恕下官愚鈍，下官明白了，一切就按殿下的意思去辦。」

外面滿城風雨，綴雲軒卻是靜謐無聲。自從李明允被關進這裡，既沒有叫喊咒罵，也沒有摔東西，而是整日捧著書本發奮苦讀，儼然認真備考的模樣，似乎外面的一切他都毫不關心，安靜得叫人不安。

當然，這只是下人們看到的表象，李明允的真實內心，他們無從窺探。

李明允真的什麼都不在意嗎？答案肯定是否定的。

已經七天了，外面的事態發展是否如他預想？林蘭在靖伯侯府可否順利？林蘭的安全問題他並不怎麼擔心，就算沒有靖伯侯府庇護，葉家和陳子諭也會想辦法保護她，只是他還是忍不住會擔心。

李明允拿起一旁的扇子，徐徐展開，看著上面的幾枝修竹，李明允的唇角情不自禁勾起，眼中瀲灩著柔光。在船上習慣了與她每日爭辯，習慣了掩書稍憩時，抬眼便能看見她搗弄藥材的身影，甚至習慣了空氣中那股淡淡的藥香……再想想這幾日，還真是有些不得勁，看來，習慣真是一種可怕的東西。

李府中與綴雲軒遙遙相望的一座小樓裡，一道倩麗的身影倚窗而立，細長的柳眉微蹙著，如水的雙眸靜靜凝視著遠處那一角飛簷。

人在咫尺，心已天涯，曾經那些美好的時光，終究被無情的人事消磨殆盡，她終於走進了李家，卻永遠無法走近那個人了……

窗前掛著的鳥籠裡，兩隻畫眉上下跳躍，嘰嘰喳喳，似在互訴衷情……那柳眉蹙得更緊了。

「綠綺……把這鳥籠子掛到別處去。」丁若妍不耐煩地吩咐道。

叫綠綺的丫鬟忙放下手中的針線，過來取下鳥籠，欲走又頓住腳步，小聲勸道：「大少奶奶，這裡日頭大，還是進屋去吧……」

丁若妍幾不可聞地嘆了一口氣，日頭再大，也曬不暖她的心，照不亮她的前路。

「綠綺，妳給我滾出來……」一聲爆喝震得丁若妍心頭猛跳，綠綺驚得手中的鳥籠都掉地上，畫眉受驚，吱吱亂叫。

一道身影旋風般衝了進來，丁若妍馬上上前一步，攔在了綠綺面前。她沉著臉，冷漠地望著這個熟悉的陌生人，「你不去好好念書，跑這裡來撒什麼瘋？」

早有下人跑去稟報夫人。

李明則紅著眼睛，視線越過丁若妍落在了綠綺身上，眼中的恨意更甚，他咬牙切齒，一字一頓地說：「妳讓開。」

「不讓，有事你衝我來，不用找我身邊的人麻煩。」丁若妍與他爭鋒相對。

李明則雖然已經憤怒到極點，但腦子還保留了一絲清明，他可以和她吵，和她冷戰，卻是不能動手，否則別說護犢子的丁大人饒不了他，就連爹娘也饒不了他。

「妳問問綠綺，看她都做了什麼好事。」李明則怒道。

丁若妍冷聲道：「綠綺整天跟著我，大門不出二門不邁，她能做什麼好事？」

李明則氣哼哼地來回走了兩步，說：「碧如怎麼就得罪妳了？妳非要讓娘賣了她。」

丁若妍心底冷笑，果然是衝著她來的。

「碧如被賣掉也有好幾天了，怎麼現在才想起來跟我算帳？」丁若妍譏諷道：「還是你原打算偷偷將她買下，安置在外頭，結果沒買成，這才氣惱了吧？」

李明則被戳破心事，惱羞著吼道：「是又如何？人家夫妻都是恩恩愛愛，親親熱熱，可妳呢？整天繃著一張臉，好像我前世欠了妳的，莫說恩愛了，連多跟我說一句話都不願意。我是個男人，一個正常的男人，不是廟裡的和尚，妳要我怎麼辦？」

丁若妍聽他在下人面前毫不避諱說這些話，也惱羞起來，「誰管你喜歡誰來著，娘要賣掉碧如是娘的主意，跟我無關！」

綠綺怯怯道：「大少爺，這真不是大少奶奶的主意，大少奶奶跟誰都沒提過這事。」

李明則看丁若妍氣得面若飛霞，越發明媚動人，那豐盈隨著急促的呼吸起起伏伏，敞開的領口，那欺霜賽雪的嬌嫩肌膚，無一不刺激著他的感官。回想洞房花燭那夜的銷魂蝕骨，李明則小腹處不由得陣陣發熱，強烈的渴望如洪水猛獸，衝走了他的理智……他真恨她啊！恨她的冷漠，恨她的美麗，恨她曾經跟李明允的傳聞，恨她的一切一切，只因，他是那麼喜歡她，第一次聽到她的名字就莫名喜歡上她……

他死死地盯著這張叫他又愛又恨的面容，冷聲喝道：「綠綺，滾出去！」

綠綺看大少爺盛怒，哪敢離開大少奶奶，噗通一聲跪下來，哀求道：「大少爺，碧如的事真不是大少奶奶說的，大少爺如果有氣，只管責罰奴婢，還請大少爺不要跟大少奶奶置氣！」

「我叫妳滾，聽見沒有！」李明則大吼一聲。

「綠綺，妳起來，不用理會這個瘋子！」丁若妍不甘示弱道，為了個丫鬟，敢上這裡來鬧事，這次若是服軟了，他以後還不得更加猖狂？

綠綺急得眼淚掉下來，「大少爺，請您息怒……」

李明則上前一步，一把推開丁若妍。

丁若妍被他推得一個踉蹌，撞到了桌子上，痛得臉色發白。

李明則一把揪住綠綺的頭髮，連拖帶拉把她丟出門外，大門一關，插上門閂，不顧綠綺在門外拍門哭喊，回過身來，一步一步逼近丁若妍。

他的眼裡閃著寒芒，還有慾望。

丁若妍猛然意識到他要做什麼，頓時捂緊了領口，驚慌往後退，「你……你要做什麼……」

李明則恨恨道：「做什麼？妳是我的妻子，妳說我要做什麼？丁若妍，妳已是我的妻子，從今往後，妳的身體和妳的心都只能屬於我……」

丁若妍慌亂搖著頭，「你不要胡鬧，我會告訴娘的！」

李明則冷笑，過度的憤恨加上強烈的渴望，讓他原本俊美的容顏變得扭曲，笑容猙獰可怖，「我巴不得妳去說，讓大家知道妳丁若妍是如何為人妻的，我也不用再受那些窩囊氣！」

說著，他大步上前，抓住丁若妍，將她狠狠推到床上，撲上去，胡亂撕開她的衣襟。

「不要不要……李明則，你是個混蛋……」丁若妍哭喊著掙扎著，卻怎麼也推不開身上的人。

李明則一手牢牢將她的雙手控制在頭頂，一手解開了褲頭，將灼熱的昂揚對準了他渴望已久的溫熱之地，他在她耳邊喘息著，沙啞著說：「對，我就是個混蛋！很不幸，妳嫁給了我這個混蛋……」說著，他腰身一挺，狠狠衝了進去。

韓秋月聞訊趕來，丁若妍身邊的幾個丫鬟正在死命敲門，隱約聽見裡頭若妍的嗚咽聲，好不淒慘。韓秋月面如覆霜，低聲喝道：「都下去！」

綠綺等人見夫人來了，本想哭訴一番，告大少爺一狀，可夫人陰沉著臉開口就趕人。夫人威嚴，眾人不敢抗拒，綠綺只得帶人退下。不管怎樣，夫人來了，大少爺總該開門了。

「春杏，妳帶人在門外守著，不得讓任何人闖進來，還有，吩咐下去，今天的事誰也不准說出去，老爺這幾日正鬧心，別往槍口上撞。」

「是。」春杏應聲退下。

韓秋月深吸一氣，厲聲道：「明則，開門！」

李明則今番是發了狠，完全不顧身下人的哭求咒罵，只一味用力撞擊，恨不得把自己整個人都埋了進去……關鍵時刻，突然聽見娘的聲音，李明則一個激靈，嚇得連滾帶爬下了床，撿起地上的衣裳，手忙腳亂穿上，又撿起丁若妍的衣裳想叫她也穿上，可是拎起來一看，都撕破了，哪裡還能穿，不由急道：「妳還哭，還不趕緊找身衣裳穿戴整齊，到時候我沒臉，妳也一樣沒臉！」

丁若妍恨透了這個混蛋，可是婆母就在外邊，她這副樣子，若是讓人瞧見了，還不如跳樓死了算了，只好強忍著身上的種種不適，裹了毯子去衣櫃裡找了衣服穿上。

韓秋月聽見裡面沒了聲響，便耐著性子等著，心裡已是將李明則痛罵了一遍。這個逆子，沒一天讓人省心的，眼下府裡都快人仰馬翻了，他還在這裡瞎折騰。

丁若妍穿戴好，無比怨恨地盯著李明則，低低地恨聲道：「李明則，你若再敢這樣對我，咱們和離……」

李明則現在心慌意亂，只想著待會兒怎麼應付娘，又怕她待會兒跟娘告狀，只好哄著：「是我一時氣昏了頭，適才有沒有傷到妳？」

丁若妍拿起針線簍裡的剪刀對準自己的頸項，梨花帶淚道：「你再說……再說我死給你看！」

李明則嚇壞了，趕緊去搶了下來，「妳瘋了，我不說就是！娘就在外頭，妳別鬧了！」說著，伸手想要擦去她臉上的淚痕。

丁若妍扭頭嫌惡地避開他的手，「別碰我！」

李明則灰溜溜地去開門，戰戰兢兢叫了聲娘。

韓秋月指著門外，「你給我在這跪著，好好反省反省。」

李明則心虛，別說他不敢提是因為碧如的事發脾氣，更不敢提自己剛才做的事，老老實實跪在了門邊。

韓秋月甩袖進門，丁若妍擦了眼淚向婆母行禮。

韓秋月忙扶她起來，一眼就看見了她脖子上的紅印，不由得一陣氣惱。白日宣淫，要是讓老爺知道，那還了得？明則真是太不像話了！生氣歸生氣，韓秋月還是得做心疼狀安撫媳婦：「瞧妳，眼睛都腫了，這個逆子，回頭娘一定好好收拾他，替妳出氣！」

丁若妍心中苦澀，萬般委屈無從訴說，只能默默垂淚。

韓秋月又是好一陣安慰，都怪自己的兒子不爭氣，害得她這個做婆婆的還得低聲下氣。

「明則就是任性了點，也不知道怎麼疼人，其實他心裡是極喜歡妳的。當初知道要娶的是妳，他不知道多開心，總在我面前說妳如何如何好……若妍啊，娘是真心把妳當自己的閨女看待，希望你們倆好好的，和和樂樂過日子。其實咱們做女人的一輩子還圖啥？不就圖能嫁個心疼自己的丈夫？明則對妳是有心的，只要妳也能真心待他，他一定會痛改前非，一心一意待妳。以後，他若是做了什麼錯事，妳也不用跟他吵，只管來告訴娘，娘為妳出氣，看他還敢不敢放肆。」

婆婆的話明面上都是在幫她，其實是在暗地裡指責她對明則太過冷漠，若妍不知該怎麼說，是的，她也知道已經嫁給了明則，就該把那個人徹底放下，可是，感情不是一件東西，說放下就能放下。那個人已經刻在她心上，除非她死了，心不再跳動，或許就能忘了吧？她也不是沒試過對明則好，可是看到明則華而不實，她就很生氣，不由自主拿明則跟那個人比較，越比就越心寒……

看媳婦低眉不語，卻不是反感的神色，韓秋月知道她是聽進去了，故意走到門邊戳著兒子的額頭罵道：「你倒是出息了，連自己的媳婦也敢打，改明兒個是不是連你娘也不放在眼裡了？」

韓秋月故意說成明則打老婆，免得兩人面上尷尬。

李明則是半點脾氣也沒有，連連認錯：「娘，兒子知道錯了，請娘消消氣！」

「這話你不用跟我說，要跟你過一輩子的人是你媳婦，你若是不知道心疼自己的媳婦，把若妍氣走了，你也不用再喊我娘了！」韓秋月恨聲道。

「兒子再也不敢了，不敢了……」李明則惶恐不已。

韓秋月朝他努努嘴，示意他去跟媳婦道歉，嘴上卻說：「你是大了，翅膀硬了，娘的話都當成耳旁風了！你給我去祠堂跪著，等你爹回來再發落你！」

李明則會意，急道：「娘，千萬別告訴爹，爹會打死兒子的，兒子這就去跟若妍認錯賠罪。」

李明則慌忙爬起來，進去賠罪：「若妍，這次是我不對，我不該為那麼點小事就發脾氣，這事若是讓爹知道了，爹追查起來……」

丁若妍哪裡不明白他的話，要是讓公爹知道他們大白天……可是，李明則實在太可氣，就這麼原諒他，心裡不甘，丁若妍糾結不已。

「若妍，以後咱們好好過日子好不好？我一定會勤奮苦讀，不再教妳失望。」李明則真誠道，這番話倒是李明則的心裡話，如果若妍肯對他好一點，他什麼都願意做。

丁若妍微微動容，婆母的話也有道理，這樣鬧下去，難道鬧一輩子不成？

丁若妍淒苦道：「以後你若再犯，該當如何？」

聽她鬆了口，李明則喜道：「絕對不會再犯了，再犯妳就罰我跪床頭。」

韓秋月見小倆口沒事了，故意繃著臉道：「這次看在你媳婦的面子上，先饒你一回，改明兒，我給若妍送個算盤。若妍，他要是再敢犯渾，妳就叫他跪算盤。」

李明則垮著臉，「娘，您太狠心了。」

韓秋月瞪他一眼，「若妍就是我閨女，誰敢欺負我閨女，我還有更狠的招。」

這件事總算被韓秋月擺平了，出了門，韓秋月又是一番嚴厲警告，誰敢漏出一絲風聲，馬上叫牙行把人帶走。

◆◆◆

李敬賢今日回來得特別早，下人們看老爺今日臉色沒那麼差了，都暗暗鬆一口氣。這陣子一直提心吊膽的，大氣也不敢喘，差點沒把人給憋死。

李敬賢回府在書房坐了小半個時辰，喝了幾盞茶，這才起身往綴雲軒。

「二少爺這兩日如何？」李敬賢走到綴雲軒樓下問看守的僕人。

「二少爺一直在讀書。」僕人回道。

李敬賢重重呼了口氣，明允還真沉得住氣，明則卻是太浮躁了，若是兩人能揉一揉，他就不用操這麼多心了。

「你們都退下。」李敬賢揮揮手。

看守的僕人們都散開了去。

李明允聽著不一樣的腳步聲，手中的筆微頓……終於還是露面了。

門鎖被打開，李敬賢走了進來。

李明允放下筆，起身垂手而立，既不叫人也不行禮，只這樣低眉順目地站著。

李敬賢走過去翻了翻李明允看的書、寫的文章，點頭讚道：「看得出來，這幾日你很用功。」

李明允沒接話。

李敬賢討了個沒趣，走到在對面的太師椅上坐下，溫和道：「明允，坐吧！」

李明允依舊一動不動。

李敬賢耐不住了，「你到底要彆扭到幾時？」

李明允抬眼，平靜道：「如果父親肯接納林蘭，兒子會感激不盡。」

父子兩對視良久，李敬賢嘆了一口氣，「我答應讓林蘭進門。」

李明允錯愕，他沒聽錯吧？爹真的同意了？

「不過，你也得答應為父一個條件。」李敬賢曼聲說道。

李明允冷靜下來，就知道爹不會輕易答應，「父親請說。」

李敬賢平靜地看著兒子，「你娶魏大人的千金，林蘭……只能做妾。」魏大人已經做了讓步，這是最好的解決辦法。

「不行，兒子不能答應父親，兒子今生除了林蘭，不會再娶別的女人。」李明允果斷拒絕。

李敬賢怒了，「你別得寸進尺，那種鄉野女人，能進李府做妾都已經是抬舉她！」

「那就沒什麼好說的了。」李明允重新坐回書案前，拿起書本，無視李敬賢的存在，心裡卻是思潮翻湧，爹做出讓步是迫於外界的壓力嗎？陳子諭到底把計畫實施到了什麼程度？

李敬賢本以為今天的談話會有所收穫，沒想到明允態度如此堅決，毫無商量的餘地，一時間胸悶氣堵，竟不知說什麼才好。

「明允，你也要想想為父的難處。」良久，李敬賢才開口：「為父也要給魏大人一個交代，如今滿京城都知道你和魏家千金議親的事，你若是不娶她，叫她以後如何見人？」

李明允放下書，靜靜地看著父親，「可是，議親的事，兒子根本不知道。凡事有個先來後到，若是父親早早與兒子商議，兒子也就不會輕易許下承諾。」

李敬賢語塞，隨即怒道：「婚姻大事，本就是父母之命，媒妁之言，你自作主張已是不對，反倒責問起為父的不是來，真是豈有此理！」

李明允微微一笑，「兒子身在豐安，沒能及時告知父親是兒子的疏忽，不過外祖父外祖母都是欣然應允的。父親不是常教導兒子，要尊重長輩，長輩之言不得違拗，父親不也一直很敬重外祖父的嗎？」

李明允那邊還膠著著，僵持不下，林蘭這邊卻是有了很大的進展。

在她的精心調理之下，不過半個多月，喬雲汐的病症大為好轉，加之林蘭不時開解她，說些鄉間趣聞，喬雲汐一改以往的晦澀，逐漸容光煥發。

侯府上下先前對林蘭持懷疑態度的人，現在不得不佩服林蘭的醫術，看來民間自有高人在。

「我跟孩子說話，孩子真的能聽見？」喬雲汐不可思議地看著林蘭。

「古書上是這麼寫的，孩子在娘肚子裡可不是整天睡大覺，三個月，孩子就已經有知覺了。古時就有妊娠期間『目不視惡色，耳不聽淫聲，口不出敖言……』之說，況且母子連心，孩子是能感受到母親的心情，所以夫人一定要儘量讓自己開心一點，這樣孩子生下來性格也會開朗一些。妳常跟孩子說說話，講講故事什麼的，孩子會很高興的。」林蘭笑著說道。

喬雲汐覺得很新奇，若有所思道：「那我前陣子天天愁眉苦臉的，孩子豈不是也不開心？」

林蘭開玩笑道：「可不是？所以接下來要好生彌補他才好。」

喬雲汐連忙點頭，害怕道：「那是一定的，我再也不想什麼煩心事兒了。」

「這樣想就對了。」林蘭笑道，其實喬雲汐很好哄的，喬雲汐把孩子看得比自己的性命還重，只要有利於孩子的建議，她無不聽從。

那邊芳卉拿著今兒個林蘭新擬的食譜看來看去，最後還是忍不住來問：「李夫人，這張單子上，蔬菜水果多了好些，葷菜卻是少了好些，會不會……」

林蘭莞爾一笑，「妳莫擔心，該有的營養都有了，多吃些水果，孩子的皮膚會水靈靈的。新鮮蔬菜營養最豐富了，葷菜適當就可以，免得將來孩子長得過大，分娩的時候就要吃苦頭了。」

古人沒有條件做剖腹產手術，生孩子是件很危險的事，尤其是這種富貴人家的女人，大多養尊處優，一旦有孕，家裡就把人當佛一般供起來，講究的是少動多養，補品當飯吃，實在是錯誤。若是運氣好，胎位正，胎兒也不是很大，還能順利生產，要是遇上難產，一隻腳踏進鬼門關，說不定就再也回不來了。所以，她根據喬雲汐的身體情況重新擬了食譜，接下來還要教喬雲汐做做孕婦操，調整調整胎位。

芳卉笑嘻嘻地說：「李夫人說的極是，奴婢這就把食譜交給廚房，讓廚房每日按食譜做。」

喬雲汐聽到分娩吃苦頭，就膽戰心驚了，侯爺的前妻就是死於難產的，她有陰影。

林蘭回過頭來，看喬雲汐一臉惶然，心知她是聽到分娩害怕了。侯爺前任妻子的事，她也聽說了，難怪喬雲汐這麼緊張，便安慰道：「夫人不必擔心，我會儘量幫妳把身體調整到最佳狀態，到時候一定能順利生產的。」

「萬一調整不好呢？萬一難產怎麼辦？」喬雲汐很害怕。

一旁的銀柳說道：「夫人，有我家少夫人在，您不必害怕。當初奴婢的姊姊難產，就是我家少夫人給救回來的，母子平安。」

喬雲汐聞言，拉著林蘭的手，「林蘭，妳能不能留到我生產以後再走？」

林蘭故作為難道：「我當然想幫夫人，可是……李家那邊只盼著我早日離開才好呢！」

喬雲汐神色一凜，憤慨道：「要說李老爺也太過分了，都說寧拆十座廟，不毀一門親，更何況李公子對妳又是這般心意，他還一意孤行！」

「夫人，注意您的情緒，別嚇著孩子。」林蘭見她動了氣，忙提醒她。

喬雲汐趕緊做了兩個深呼吸，把心中的不快吐出去。

這晚，靖伯侯周信回房，看見芳卉扶著夫人在屋裡慢行，當下大驚，「夫人，妳怎起來了？」

喬雲汐一手撫著肚子，一手撐著腰，笑道：「林蘭說妾身的身體已經好多了，每天起來走幾步無妨，不要累著就是。」

靖伯侯揮揮手，示意芳卉退下，自己攙著喬雲汐坐回到床上，蹙眉道：「要不要請王御醫再來瞧瞧？」

喬雲汐搖頭微笑，「妾身的身體妾身自己清楚，當真是一日比一日好。侯爺，您看，妾身這肚子又大了一圈，林蘭說，現在咱們的孩子安穩著呢！」

靖伯侯的大手溫柔地在大肚子上摸了摸，笑呵呵地說：「確實大了許多。」

喬雲汐低眉含笑，輕說道：「林蘭說，這裡頭是個男的呢！」

靖伯侯眼睛一亮，閃爍著喜悅的光芒，有些激動道：「當真？」

喬雲汐羞澀地點點頭，「林蘭是這麼說的。」

靖伯侯放在雲汐肚子上的手微微顫抖，小心翼翼的，生怕自己粗糙的手掌驚擾到裡面的孩子似的，「太好了，祖宗保佑，咱們周家有後了！」
喬雲汐看靖伯侯這般高興，笑嗔道：「也該謝謝林蘭才是，這陣子最辛苦的便是她了。」
靖伯侯笑呵呵盯著大肚子，「應當的，應當的！」
「說起來林蘭也真不容易，她自己的煩惱事一大堆，還要費心為妾身調理，侯爺，咱們該想辦法幫幫她才是。」喬雲汐伺機提醒道。
靖伯侯斂了笑容，沉吟道：「按說這是李家的家事，咱們不好插手，更何況這其中還牽扯到一些利害關係……」
「妾身不管這些，咱們的孩子是林蘭給保住的，妾身一定要報答她。」喬雲汐撒嬌道。
靖伯侯微然一笑，安慰道：「我又沒說不幫，瞧妳急得。」
喬雲汐聽靖伯侯這麼說，又高興起來，在他懷裡蹭了蹭，柔聲細語道：「那該怎麼辦呢？」
靖伯侯思忖著說：「妳不是跟三皇妃交好嗎？過幾日是娘的大壽，到時候她肯定會來。妳也無須跟她說什麼，只要在她面前提個醒，就說聽說李公子如今炙手可熱，現在好些人都想與他交好便成。」
喬雲汐沒有領悟其中之意，有些失望道：「這樣行嗎？」
靖伯侯寵溺地摸摸她的秀髮，「妳還信不過為夫？」
八月二十六，靖伯侯府老夫人六十大壽。
三皇妃章氏去向老壽星拜了壽就來看喬雲汐。
喬雲汐按著侯爺的意思把話說給章氏聽，又把林蘭著實一頓誇獎，章氏聞言若有所思。
當晚，章氏就對三皇子吹枕頭風：「殿下，您說如今滿京城的閒言碎語，那魏大人怎麼還這般沉得住氣？要是換作旁人，只怕早就作罷了，會不會是醉翁之意不在酒？」

三皇子聞言良久不語，第二天一大早便去了東宮。

「殿下，臣弟以為咱們都把事情想岔了。」

太子詫異道：「此話怎講？」

「殿下原意是想藉這門親事把魏大人拉過來，可是臣弟思來想去，這事有些不妥，萬一四弟的目標不是李大人，而是李公子呢？李公子的才名是有口皆碑的，馬上就到秋闈了，若是李公子一舉得中……更何況，李公子與陳大人之子、寧家的公子交情匪淺……臣弟以為，一個魏大人的分量還不如李公子，再說了，李大人如今與李公子鬧得這麼僵，就算李公子當真娶了魏家千金，只怕心中也是不痛快的，說不定他心有怨懟，故意跟李大人對著幹，那豈不是遂了四弟的心願？」三皇子昨晚可是一夜未眠，靖伯侯夫人不會無緣無故跟章氏說這些，只怕靖伯侯那邊聽到了什麼風聲，或是揣測到某些人的意圖。靖伯侯這人一向小心謹慎，精明得很。

太子默然，本以為勝券在握，可是聽了三弟這番話，他不得不重新考量，越想越覺得三弟說的有理。如今朝中文官大多傾向於他，但武官多支持四弟，所以他想藉機籠絡魏大人。兵部尚書年事已高，魏大人很有希望坐上這個位置，可是萬一偷雞不著蝕把米，豈不便宜了某人？不行不行……太子搖頭。

三皇子靜靜而立，他知道太子需要考量考量。

「依你所見，該當如何？」良久，太子詢問道。

「臣弟以為，事態的發展超出了咱們的預期，沒有把握的事還不如不做。太子不如賣個人情給李明允，成全他，讓他對太子心存感激，到時候再加以籠絡。李明允這人最重情義，還不死心塌地為殿下效勞？而且，臣弟聽說那村姑醫術了得，御醫都說保不住的胎兒，硬是讓她給保全了，這種人，說不定也有用處。」

太子深以為然，點點頭，「三弟說的極是。」

當日早朝後，太子特意叫住了李敬賢：「李大人，有句話本宮不得不提醒你，如今你家的事鬧得滿城風雨，還傳到了父皇耳朵裡，父皇似乎不太高興。」

李敬賢深感惶恐，他就是因為賢名有加，才得到聖上的賞識，若是因此讓聖上不悅，那真是得不償失。

「魏家的事就這麼算了吧！」太子淡淡地說了一句，背著手離去。

留下滿頭大汗的李敬賢，心中惶惶不安，這下可是既得罪了太子，又惹惱了聖上，這事鬧得……

林蘭沒想到，喬雲汐也沒想到，靖伯侯輕描淡寫的幾句話，情勢就峰迴路轉了。

李明允終於走出了那座關了他將近一個月的綴雲軒。

就在剛才，李敬賢來到綴雲軒，神色疲憊，彷彿整個人都蒼老了許多，無奈地說：「罷了罷了，你終究是為父的兒子，為父也不忍看你這般自苦。魏家的親事，為父已經豁出老臉回絕了，你……帶林蘭回家吧！」末了又說：「為父這麼做，都是為了你好。」

雖然李明允不清楚父親為何會妥協，但他很清楚，絕對不會是出於心疼他這個兒子。父親這麼說只是為了給他自己一個臺階，李明允沒有戳破，父親要扮慈父，那就讓他扮好了，鬧得太僵，對林蘭也不利。

李明允好好地伸了個懶腰，瞇著眼望了望天，都快九月，入秋了，日頭還是這般猛。

「少爺少爺……」冬子飛快跑了過來，興奮道：「少爺，我還以為他們要我玩的，沒想到少爺真的出來了！」

李明允微微一笑，「這陣子你過得如何？」

「還行吧！也就捆了我三天，之後麼，把我扔小黑屋裡了，還挺涼快的！」冬子說得輕巧。

李明允笑了笑，「走吧，回咱們落霞齋去。」

「噯！」冬子歡快地應聲。

落霞齋裡，大丫鬟白蕙指指書架上，「錦繡，這裡也擦擦，要是讓少爺看見上面有灰，少爺會不高興的。」

錦繡噗哧笑道：「白蕙姊，這書房咱們日日都打掃，哪來的灰啊？」嘴上是這麼說，但錦繡還是拿了抹布踮著腳尖，將書架上上下下重新擦了一遍。

白蕙又道：「如意，床上的帳子都換好了嗎？」

那邊如意大聲應道：「換好了！新帳子、新蓆子、新毯子，全換好了！」

白蕙皺著眉頭細想，還有什麼是沒辦妥的？

錦繡看她緊張的模樣，笑道：「白蕙姊，您若是心急，就去門口迎少爺吧！」

白蕙嗔了她一眼，「有巧柔看著就好了啊！」

如意突然「哎呀」一聲。

兩人被她嚇一跳，錦繡抱怨道：「如意，妳幹麼一驚一乍的？」

如意慌張地說：「茶葉！少爺最愛喝茶了，可是咱們忘了跟鄧嬤嬤領新茶葉！」

白蕙眉頭一皺，「如意，茶葉一個月前不是領了嗎？」一個月前聽說少爺要回來了，她早早就備好了，沒想到少爺回府連落霞齋的門檻都沒邁進來，就被老爺關進了綴雲軒。

如意拍了下自己的額頭，「瞧我這記性，高興得都糊塗了！」

「呃，妳這麼一說倒是提醒我了，我馬上去燒水。」錦繡忙跑了出去。

剛跑到門口就看見巧柔飛奔進來，嘴裡嚷嚷著：「少爺回來了，少爺回來了……」

三人連忙迎出去，站在院門口，遠遠望見少爺和冬子信步而來，白蕙的眼淚刷的就掉了下來。盼了快四年了，終於盼到少爺回來了，能再見到少爺，就算受再大的委屈也都值得了。

李明允見到幾位伺候了他多年的丫鬟，親切感油然而生，不由得加快腳步。

「少爺……」剛才還笑呵呵的錦繡和如意，見白蕙哭了，也都忍不住了，說話帶著哭腔：「少爺，您總算回來了。」

李明允打趣道：「一個個的都哭鼻子了？」

白蕙抹了眼淚，「我們是高興的。」

冬子說：「大家都站在這裡幹麼？還不快請少爺回家？」

眾人醒神，忙簇擁著少爺進屋。

李明允洗了個澡，換了身衣裳，如意端上了他最喜歡的碧螺春。白蕙等人看到少爺又如往常那樣坐在面前，歡喜得竟覺得不甚真實。

李明允看著她們一個個傻笑，這才想起，似乎進門以後就沒看見紫墨，便問道：「紫墨呢？」

一聽到這個名字，眾人的神色都黯淡了下去。

李明允心中一凜，問：「出什麼事了？」

紫墨是最機靈得力的丫頭，按說她也沒到打發出去的年紀。

白蕙眼眶紅了起來，唏噓道：「紫墨不在了。」

不在了是什麼意思？不在落霞齋了，不在府裡了？還是……

白蕙哭了起來，錦繡低低說道：「少爺離開的第二年冬天，夫人想把紫墨姊和白蕙姊遣出去，把我們分派到外院去做雜役。紫墨姊跪在夫人的院子裡跪求了一夜，回來就發高燒，我們去求夫人給請個大夫，夫人又推三阻四的，說我們大驚小怪，後來還是白蕙姊跑去求了老爺，才給請了大夫，可是……因為沒能及時醫治，紫墨姊撐了沒幾日就……就去了。」

說到這，屋子裡已經是一片哭聲。

李明允手一抖，茶盞掉在了地上，摔了個粉碎。

冬子連忙去收拾。

李明允情不自禁握緊了雙拳，緊到關節發白，骨骼作響，一絲冷意在眼中蔓延開來。此刻，他心中有多難過，恨意就有多深切。韓秋月，妳這個老巫婆，紫墨這條命，總有一天我會從妳身上討回來！

「紫墨她葬在何處？」許久，李明允才開口，聲若寒冰。

白蕙低低道：「夫人連一口棺材都不肯賞，我們姊妹拿出了所有體己給紫墨買了副薄棺，將她安葬在京郊的青松嶺。」

李明允面色如冰，眸光冷然，可見他不在的日子裡，這落霞齋中是何等淒風苦雨，這幾個丫頭為了能守在這裡，為他守住這個家又吃了多少苦頭，受了多少委屈。李明允強按住心頭的怒火，正色道：「現在我回來了，紫墨的仇，我會記在心上，以後……妳們不會再受人欺負了。」

李明允又問了府裡的一些事，知道原來的老管家已經被趕走了，昔日母親身邊的人也都被遣散出去，如今是趙管事掌管外院事務，韓秋月身邊的姜嬤嬤掌管內院事務。韓秋月連母親留下的那兩座莊子也沒放過，辭了原先的管事，派了自己的人過去，清理得徹徹底底。

每聽到一件不好的消息，李明允的眉頭就皺得更緊。

主僕幾人足足說了兩個多時辰，才把這幾年府裡發生的事說了個大概。

在靖伯侯府的林蘭還不知李明允已經脫困，雖然她已經做好了打持久戰的準備，可是這都一個月了，心情不免有些浮躁。

「周嬤嬤，李府那邊有什麼消息嗎？」林蘭問，到京城後，她還沒去拜訪過葉大老爺，都是周嬤嬤兩邊跑，不時帶回來一些消息，什麼葉馨兒被禁足啦，丁嬤嬤被逐出府啦，但都不是林蘭最關心的事。

周嬤嬤也很心急，葉家派到李家的內線隔三差五送消息來，都是一成不變……少爺還被關著。

「少夫人，現在還沒有，想來應該快了，馬上就要秋闈了，李老爺總不能一直這樣關著少爺吧？」周嬤嬤安慰道。

「靖伯侯夫人也說應該很快就會有好消息的。」林蘭嘆氣。

玉容道：「少夫人，既然侯夫人這麼說，就一定會有好消息的。」

林蘭苦笑，但願吧！

銀柳進來報：「文山說有急事要見少夫人。」

「讓他進來。」

文山的神情很是焦急，見到少夫人拱手道：「少夫人，李家來人了，要見少夫人。」

林蘭和周嬤嬤面面相覷，都是驚訝錯愕。

「李家什麼人要見我？」林蘭問道。

文山道：「不知，李家的馬車就在外面，請少夫人出去一見。」

林蘭心中狐疑，會是誰呢？李渣爹還是老巫婆？腦子飛轉，如果來的是李渣爹，她該怎麼應對，如果是老巫婆呢？她又該如何應對？

可是，人已經在外面，不容她多想，林蘭冷靜地吩咐道：「銀柳、文山，你們跟我去見見來人，如果發現情勢不妙，你們就回來通知喬夫人。」

林蘭最怕的是，他們會來硬的，把她給擄走。鬥嘴皮子，不管是裝傻充愣，還是針鋒相對，她還沒恍過誰。

兩人應聲跟在林蘭身後出了門，文山嘴角含了一絲狡黠的笑，朝銀柳使眼色。

銀柳這會兒擔心少夫人，那有心思去領會文山什麼意思，茫然道：「文山，你眼睛怎麼了？」

文山一窘，想到少爺的吩咐，連忙抬手揉揉眼睛，說：「沒事沒事，風迷了眼。」

銀柳更加茫然，這會兒沒風啊！

林蘭出了侯府大門，就看見一輛馬車停在不遠處，車夫有點眼熟，林蘭想了想，就是當初送她過來的那位。

車夫見到林蘭出來，面無表情地對林蘭一拱手，說：「姑娘請上車。」

車夫的態度讓林蘭更加肯定了心中的猜測，馬車裡的應該是老巫婆。即便不是老巫婆，也是老巫婆派來的人。

林蘭做了個深呼吸，讓自己看起來從容而淡定，輕聲說：「你們兩就在這裡等著。」隨即朝車夫微微一笑，走了過去。

車夫放了張小凳子，方便林蘭上車。

林蘭掀開車簾，還沒等仔細看清，就聽見那個熟悉的聲音悠悠地說：「靖伯侯府很大嗎？讓人好等。」

呃？是李明允……

林蘭先是一喜，隨即反應過來自己被人捉弄了，頓時又怒了起來，罵道：「捉弄人很好玩嗎？都什麼時候了，也不想想人家心裡有多著急，你還有心思捉弄人？」

林蘭扭頭就想下馬車，卻被車裡的人一把拉住。

銀柳一直緊緊盯著馬車上的舉動，見少夫人似乎想退出來，被人強行拉了回去，心裡咯噔一下，暗道不妙，忙低聲道：「文山，你在這裡盯著，他們若是敢對少夫人不利，你就衝上去救少夫人，我這便回去告訴喬夫人。」

文山急忙拉住她，小聲急道：「別去，車裡是少爺！」

銀柳傻眼，怔怔地看著文山，文山不像在說謊，又看看馬車，車裡似乎也沒了動靜，銀柳嘴角噙了一抹笑，幸災樂禍地對文山說：「文山，欺騙少夫人，後果很嚴重的喔！」

文山想到少夫人先前那鄭重的模樣，不由得委屈道：「是少爺吩咐不讓告訴少夫人的。」

李明允見林蘭氣惱了，忙賠笑道：「對不住對不住，都是我的不是，原想給妳一個驚喜的。」

驚喜？林蘭真的很想給他一個爆栗，「驚喜你個頭！你以為你是誰啊，我看見你就該驚喜？」

李明允已經從文山那裡知道她這陣子過得挺不容易，頂著巨大的壓力為侯夫人治病，他是真心感激，林蘭在這麼艱難的時候，沒有棄他而去，不過這裡不是說話的地方，車夫可是父親的人。

李明允用寵溺的口吻和聲道：「好了好了，夫人，都是為夫的不是，為夫認罰還不行嗎？」

林蘭聽他一口一個為夫，不禁起了一身雞皮疙瘩，牙都酸倒了，正要譏諷他幾句，李明允卻是伸手捂住了她的嘴，對她微微搖頭，那神色裡的歉意和懇求之意是如此明顯，林蘭不由得安靜下來，

「老莫，趕車。」李明允吩咐道。

馬車載著兩人來到河邊，李明允先行下車，再體貼地把林蘭扶下馬車，吩咐老莫在原地等著，自己牽了林蘭的手，沿著河岸徐徐而行。

此時已近黃昏，夕陽將天邊的雲彩染得絢爛，雲蒸霞蔚，倒映在河水中，如同鋪了一幅五彩錦緞，緩緩飄動。

走遠了，林蘭甩開他的手，四十五度角斜睨著他，沒好氣道：「什麼時候出來的？」

呃，這話問得好像他剛從牢裡出來似的！

李明允溫和一笑，「今天早上，稍作調整，便出門了。先去了葉家，又去拜訪了陳子諭和寧興，這才來找妳。」

林蘭剜了他一眼，嘲諷道：「你這麼忙，還要計畫給我一個驚喜，真是難為你了啊！」

李明允唇邊的笑意變得濃醇，看她噘嘴瞪眼的模樣，活像個吃味撒嬌的女人。

「妳別生氣，我被關了這麼久，總該先去了解一些情況，才好來見妳不是？」

林蘭撇了撇嘴，「那你都了解到什麼了？」

李明允伸出雙手扶住她的雙臂，認真端詳這張面容，不過一月不見，她明顯清瘦了許多。李明允微微心疼，神色間滿是愧疚和感激，「林蘭，謝謝妳，這陣子，辛苦妳了。」

他這麼鄭重其事地道謝，林蘭心中的那點怨氣煙消雲散，反而有些不自在道：「有什麼好謝的？不是說好了，要並肩作戰的嗎？我可是很講信用的人。」

李明允溫和地笑出聲來，眸光裡自然而然流出一縷暖意。真好，他不是一個人在戰鬥，這種攜手並肩的感覺，讓他的心變得溫暖，也變得更加堅定。須臾，他感嘆：「第一關總算是過了，我爹已經答應讓妳進門。」

這是意料之中的事，他都被放出來了，李渣爹肯定是妥協了，可是事到臨頭，林蘭還是覺得有些倉促，「那你是來接我的？」

「不忙，妳總不能說離開就離開，侯夫人那邊總還須做一些交代。這兩天妳準備一下，後日早上我來接妳。」李明允淡笑道。

老莫遠遠看著兩人並肩走在夕陽下，時而深情對望，時而低語輕笑，不禁覺著，這兩人看起來還是挺般配的嘛！

此刻，李府裡，李敬賢看著一桌子的美味佳餚，卻是食不下嚥，一點胃口也沒，拿起了碗筷又放下。

韓秋月知道老爺今天心情不好，就沒讓明則夫妻和明珠過來一起用飯，把下人也遣開，自己一人伺候老爺，「老爺，還在為明允的事心煩呢？我聽下人們說，明允今兒個挺高興的。」

李敬賢悶哼一聲，遂了他的心願，他能不高興嗎？爛攤子又不用他去收拾！

「哎……可憐天下父母心，咱們是真心真意為他好，怕他意氣用事負了終身，誤了前程。老爺，您已經盡心盡力了，就由他去吧。將來，等他後悔了，也不能埋怨老爺了。」韓秋月安慰道。

李敬賢鬱鬱長嘆，「不然還能怎樣？為他這點事，差點鬧得我身敗名裂，我看他就是存心想氣死我！」

韓秋月道：「他存不存心且不去論，咱們自己問心無愧便是。」

李敬賢冷笑著掃了她一眼，自嘲道：「問心無愧，這個詞還真用不到妳我身上。」

韓秋月臉色微變，旋即緩緩道：「老爺此言差了，當初可是她葉心薇先看上您的，老爺可憐她，也是為了光耀李家門楣，與她做了十幾年夫妻。這麼多年專寵與她，連個妾室都不曾納過，老爺並不虧欠她什麼。妾身為了老爺委曲求全，過了這麼多年暗無天日的生活，更不欠她什麼。如果不是她氣量狹小，容不下我們母子，到如今我們姊妹共侍一夫，不也其樂融融？」

李敬賢啞然失笑，「夫人，妳總能把黑的說成白的，而且說得頭頭是道。」

韓秋月也笑，笑容和煦如風，「老爺，妾身說的都是大實話。」

李敬賢點點頭，「確實是大實話。」

有些話說多了，便連自己都會相信起來，而且必須深信不疑。

微雨閣內，李明則和丁若妍正在用飯，李明珠闖了進來。

「哥，你聽說了嗎？爹把二哥放出來了！」李明珠的口氣好像有多不滿似的。

丁若妍微微蹙眉，她對這位表妹的的隨意和奇怪的稱呼總是無法適應，雖然，李明則跟她解釋過，明珠的娘身體不好，所以，明珠很小就住在他家，就以兄妹相稱了。

李明則不動聲色地瞄了丁若妍一眼，淡漠道：「這有什麼好大驚小怪的？難不成爹還要關他一輩子？」

「可是，爹這不是等於答應二哥娶那個村姑進門了？」李明珠很不服氣。

李明則笑道：「妳二哥自己都不嫌棄，妳管這麼多幹麼？」

李明珠嚷嚷道：「怎麼能不管？那個村姑進了門，我不得喊她嫂子了？多丟臉啊！」

丁若妍放下碗筷，吩咐綠綺：「去給表小姐添一副碗筷。」

李明珠猶自憤憤，「嫂子不用麻煩了，我心裡正煩著呢，吃不下！」

李明則開腔道：「若妍，妳別理她，她就這毛躁脾氣！」

丁若妍莞爾一笑，沒有再說話。

李明珠橫了大哥一眼，「我哪裡毛躁了？」心說：你是認祖歸宗了，可以光明正大做李家的大少爺，又娶了如花嬌妻，前程似錦，哪像她，有爹不能認，一輩子都得頂著表小姐的稱呼，見不得光。

李明則怕她鬧起來，影響了丁若妍的食慾，破壞了微雨閣裡難得的和諧氣氛，便和言勸道：「這個妳真不用操心，再過兩年妳都要出嫁了，又不是常常碰面。」

李明珠悶悶地哼了一聲。

「好了好了，趕緊吃飯，吃完飯一起去向爹娘請安。聽姜嬤嬤說爹心情也不好，我先警告妳，回頭到了那邊，不許火上澆油，給爹添堵。」李明則擺出長兄的架子，警告道。

綠綺添了碗筷，李明珠身邊的丫鬟晚香忙為小姐布菜，李明珠勉強吃了幾口。

丁若妍面上看似如常，心中卻是思緒如潮。明允真的要娶林蘭為妻了？外面的傳聞沸沸揚揚，都說李明允對林蘭如何如何情深義重，可她卻是不信，明允怎麼會愛上一個村姑呢？明允說過，此生有若妍足矣……也許明允是聽說她嫁給了明則，心灰意冷，自暴自棄，或者是存心要跟公爹作對，才故意將林蘭帶回來。丁若妍說服自己，一定是這樣。對明允，她是心懷內疚，可是，她能怎麼辦？婚姻大事，父母之命，她怎能不從命？其實爹也是中意明允的，若不是他一去三四年，他們早就成親了，怪只怪命運弄人，她和明允終究是錯過了……

內疚的同時，丁若妍又深感心痛，明允如此優秀，卻配了門如此不相襯的婚事，他這是在拿自己一生的幸福在跟人嘔氣，可惜，她找不到機會去勸說他。

「若妍……若妍……」李明則看丁若妍吃著吃著就發起了呆，便喚道。

丁若妍回神，故作鎮定，「何事？」

李明則笑道：「在想什麼呢？這麼入神。」

「哦……我在想，爹既然心情不好，待會兒還是讓紅裳先去問問姜嬤嬤，若是不方便打攪，咱們還是先別過去了。」丁若妍道。

李明則想了想，贊同道：「還是妳考慮得周全。」

李明珠看哥和嫂子有商有量的，不再像以前那樣冷眼對冷眼，冷語對冷語，心裡也替他們感到高興，笑說：「哥和嫂子真恩愛，羨煞旁人啊！」

李明則笑著睃了李明珠一眼，「吃妳的飯。」

丁若妍心裡苦笑，恩愛這個詞，只怕這輩子都沾不上邊了，跟李明則，只求相敬如賓罷了。

得知林蘭終於可以進李家門了，喬雲汐母女都為林蘭高興，同時又捨不得林蘭離開。林蘭安慰喬雲汐，反正都在京城裡，她會經常過來看望她們的，若有什麼急事，派個人來傳一聲，不過小半個時辰就能趕到了。

第三日早上，李明允如期而至。

喬雲汐自己不能相送，便託母親送一送林蘭，還備了一車厚禮，弄得林蘭很不好意思。

喬夫人當著李明允的面對林蘭說：「若是在那邊有人敢欺負妳，只管派人來知會一聲。」

林蘭知道喬夫人是故意說給李明允聽的，心下感激，故作輕鬆道：「多謝喬夫人，喬夫人放心，我可不是那麼好欺負的，誰敢欺負我，我就給他下巴豆。」說著林蘭還特意瞄了李明允一眼，好顯得她這番話是衝著他去的。

李明允訕訕苦笑，「喬夫人聽見了，她這麼凶悍，誰敢欺負她啊！」

喬夫人早在船上就看出李明允是個靠得住的人，她這番話其實是在提醒李明允要保護好林蘭，別讓她受人欺負。現在看他們兩一唱一和的，喬夫人會意一笑，「總之要常來走動走動才好。」

林蘭點頭答應，辭別李夫人，在李明允的攙扶下上了馬車。

周嬤嬤等人也高高興興上了後面的馬車，文山和冬子有說有笑地跟在馬車後面。

林蘭細心發現，今天趕車的不是老莫，小聲問道：「你爹和老……」林蘭本想說老巫婆來著，又警醒地住了嘴，改口道：「你家會不會設了什麼關卡等著我？」

李明允笑道：「妳只管大聲說好了，這兩輛馬車是大舅送的，車夫都是葉家人，靠得住。」

林蘭鬆了口氣，說話就不再壓著嗓子了，「你快告訴我啊，我也好有個心理準備！」

李明允面帶微笑，目光溫柔如許地看著她，「妳初進門，自然是先見過長輩。他們準備了什麼我還不得而知，不過妳不用怕，不管愉快不愉快，只是走個過場，若是他們太過為難妳，還有我呢！」

林蘭輕哼道：「誰說我怕了，我才不是怕，只是不喜歡打沒有準備的仗而已。」

「這話說得極是，我必須先提醒妳，老巫婆是個笑面虎，吃人不吐骨頭，妳要特別防備她，還有她身邊的人，千萬不能在明面上被她拿了錯處，至於明則和明珠，就算他們不喜歡妳，最多也就話難聽一點，耍些小伎倆，不過，我相信妳能應付。」李明允略微正色道。

這麼說來，李家最難對付的就是老巫婆了？也是，李渣爹雖然很無恥，但男主外，一般不會插手家事，她面對的最多的還是老巫婆。

林蘭笑咪咪地說：「有個偉人說過，與天鬥，與地鬥，與人鬥，其樂無窮啊！」

李明允挑眉，「這是哪個偉人說的？」

林蘭當然不能說這是二十一世紀某個偉人說的，只好道：「這話你沒在別處聽說過嗎？」

李明允居然很認真地想了想，然後搖頭。

林蘭瞧他那認真的模樣，啞然失笑，「這不就結了。」然後擺出一副捨我其誰的樣子。

李明允這才會意過來，再想到當初外祖母給她的評價……臉皮夠厚，不禁哈哈大笑起來。

馬兒輕快地跑著，灑下一路歡笑。

終於進李府了，林蘭的心情說不上緊張，卻也是複雜。她很懷疑，這個家裡除了李明允，還有沒有人是不渣的，這個家埋藏著那麼多陰謀，這些人的心裡一定也是陰暗的吧？

李明允看她有些走神，便握住她的手，朝她微微一笑，似在說……有我在，不用怕。

林蘭還了他一個微笑，輕道：「李明允，打個商量。」

李明允挑眉，點點頭：「妳說。」
「將來給遣散費的時候，必須給我加價。」林蘭很認真地說。
李明允有一瞬的錯愕，都這個時候了，她這腦袋瓜子裡想的居然是這個，讓人哭笑不得。
「喂，你快回答啊！」林蘭催促道。
李明允無奈道：「這事咱們晚上再談，下人們都看著呢！」
林蘭白了他一眼，旋即露出個親和的笑容，氣定神閒跟著李明允往裡走，完全無視李府下人們投來的異樣眼光。
林蘭跟著李明允穿堂過戶，進了垂花門，眼前豁然開朗。方正整潔的庭院，五開間的上房，雕樑畫棟，十分氣派。林蘭聽周嬤嬤說過，李家的所有產業都是明允他娘出錢置辦的，如今鳩占鵲巢，這一切都成了老巫婆的了，想想都氣憤。最可恨的就是李渣爹，忘恩負義，卑鄙小人。
在門外伺候的丫鬟見兩人來了，忙屈膝行禮，「見過二少爺……」
下面就沒聲了，林蘭就這樣被人無視了。
李明允有些不悅，板著臉說：「這位是二少奶奶。」
丫鬟們面露難色，迫於二少爺威壓，幾人又對林蘭屈膝一禮，微弱地喚了聲：「二少奶奶。」
林蘭笑微微頷首，自己身分不夠，沒必要擺什麼派頭，但也不會因為妳們叫了聲二少奶奶，她就歡天喜地了，不卑不亢就可以。
春杏走了出來，說：「二少爺、二少奶奶裡邊請。」
李明允再次牽住林蘭的手，不是為了秀恩愛，而是在表明他的態度，他對林蘭的維護，好叫那些居心叵測之人掂量掂量。
林蘭沒有掙開，這個時候沒必要做什麼矜持，她就這麼牽著怎麼了？她就是李明允的「最愛」

怎麼了？看不順眼就別看，氣死那些人最好！

李敬賢和韓秋月看見兩人攜手而來，心中皆是一沉，明允做得也太明顯了，分明是故意的。

李明則和李明珠打從林蘭一進門，兩人的眼珠子就在林蘭身上提溜轉悠，似乎要在林蘭臉上看出朵花來，越看越想不通，這村姑瘦不拉嘰，容貌又不出眾，怎就把明允給迷得七葷八素？

李明則再看看自己身邊的丁若妍，心情大好，人人都拿他很李明允比，說他才不如李明允，氣度不如李明允，總之是什麼都不如李明允，這下好了，他的妻子遠勝李明允的妻子。

丁若妍始終低著眉眼，雖然她心裡很想很想仔仔細細看看李明允，幾年不見，明允是否還和以前一樣，可又怕對上明允責備幽怨的目光……終是按捺不住心中的渴望，丁若妍的視線慢慢上移，落在那兩隻緊握的手上。

她的心裡頓時像被帶刺的鞭子狠狠抽了一鞭，鮮血淋漓的疼痛，曾幾何時，他也這樣握著她的手，深情相望。

藏在袖子裡的手隱隱顫抖起來，她再也控制不住地抬眼，目光落在了那張熟悉的面容上。

多年不見，他越發清俊脫俗、沉靜優雅、氣度雍容，此刻他那清亮的眼眸中瀲灩著溫柔的光芒，一如多年前他看著她時的目光，可惜，現在這樣的目光不屬於她，而與他執手而立的那個女人，那個相貌平凡、身分低微，更無才情可言的女人，洋溢著一臉幸福的微笑。

這個畫面再次刺痛了她的眼，灼痛了她的心，原來之前的種種設想都成了她自作多情的幻想，那些傳聞是真的……

不堪、不甘、失望、心痛，各種情緒如潮水般將她淹沒，混亂不已，丁若妍痛苦地垂下眼眸。

李明允上前一步，拱手施禮，「兒子帶林蘭見過父親……母親。」

這聲母親，李明允幾乎是用盡了全身的力氣才叫出口，雖然他很清楚，要復仇就不能在這種小事上糾結，但事到臨頭，話到嘴邊，還是各種艱難。

李敬賢很勉強地「唔」了一聲，不鹹不淡慢悠悠說道：「明允啊，你也知道為父為了成全你們，承受了多大的壓力，如今又有多少隻眼睛盯著咱們李家，所以，你和林蘭的婚事當真不宜大肆操辦，今天，就在這『寧和堂』，你們給家人敬一杯茶，便算事成。委屈是委屈了點，但為父對你的疼愛不會因此減少半分，你們……可有意見？」

林蘭忍不住想罵人，李渣爹當真是不要臉，想這麼草率解決兒子的婚事，還談什麼疼愛，簡直是放狗屁……這個爹，渣得沒邊了！

跟在身後的周嬤嬤不禁變了臉色，實在沒想到這個李小人會說出這番話，要是讓老夫人知道了，還不得氣死。

韓秋月坐在邊上，一臉無不遺憾外加歉疚不已的表情，而李明則一副事不關己的神態，李明珠就沒什麼城府了，一抹譏諷的笑容明顯掛在了唇邊。

林蘭一一看在眼底，心道：老巫婆果然功力深厚，演技高超！

李明允似乎一點也不介意，反而感激道：「兒子能體會父親的難處，父親能接受林蘭，兒子就已經萬分感激了，父親的心意兒子明白，兒子不會在意這些虛禮的。」

李敬賢欣慰地點點頭。

姜嬤嬤給幾個丫鬟遞了個眼色，兩個丫鬟立刻拿了軟墊走過來，擺在了李明允和林蘭面前，又有丫鬟端了描金紅漆托盤來，上面放了兩盞茶。

李明允率先跪下，林蘭跟著準備跪下，餘光卻瞥見李明珠正一副看好戲的神情，緊盯著她面前的軟墊。

林蘭心裡咯噔一下，莫非這其中有什麼古怪？

林蘭隨即放慢了下跪的速度，膝蓋小心翼翼跪了上去。

林蘭一碰觸到軟墊，就發現不對勁，棉花裡頭摻雜著許多小石頭，硌得膝蓋生疼。林蘭看向李明珠，李明珠衝她挑眉，挑釁的意味溢於言表。

是李明珠自己的意思，還是老巫婆授意的？居然剛照面就給她來個下馬威，想讓她忍氣吞聲吃這個暗虧？不可能……

只聽得李明允說：「冬子，把文書呈上。」

冬子應聲拿了兩份文書過來。

李明允接過，雙手捧著高舉與頂，說：「這是男方的求婚書，和女方的答婚書，先請父親在上面按下手印。」

林蘭意外著，李明允什麼時候弄到答婚書了？假戲做得還挺真。

春杏將文書遞交與老爺，李敬賢打開來看，上頭已經有林蘭兄長的手印，還有澗西村村長和豐安縣縣令的證明手印，如今只缺男方長輩的手印。

李明允給冬子遞了個眼色，冬子忙掏出印泥跑到在老爺邊上伺候。

李敬賢遲疑了一會兒，還是在上面按下手印。

「多謝父親。」看父親的手指按下，李明允暗暗鬆了口氣。

李明允拿回文書後，寶貝似的放進懷裡，這才拿起茶盞向父親敬茶，「兒子祝父親母親身體康健，事事順心。」

林蘭依樣畫葫蘆對老巫婆敬茶，嘴上說：「兒媳林蘭給父親母親敬茶，祝父親母親身體康健，事事順心。」心裡卻道：祝你們這對無恥夫妻從此病歪歪，事事心不順，早遭報應，早下地獄……

兩人倒是爽快接過，韓秋月輕抿了一口，將茶盞放下，示意一旁的翠枝呈上見面禮。

翠枝端了托盤上前，林蘭看上面擺放著一對玉如意、一封紅包，不由腹誹：就這麼點？還不如葉家二舅母大方。

韓秋月和顏悅色道：「希望妳以後相夫教子，早日為李家開枝散葉。」

丁若妍聽到這話，咬緊了下唇。

林蘭心道：開枝散葉可不在合約範圍，不過您老也不必擔心，李明允肯定會有後的，而且個個都會比李明則的孩子強。

接下來應該是給李明則敬茶了，林蘭看李明允就要起身，心想，若是起來了，她這暗虧就吃定了，心念一動，暗咬著牙膝蓋用力一沉，隨即一陣尖銳的刺痛，痛得林蘭臉色發白。這些變態想暗地裡整她，她就索性給她們來個苦肉計。

林蘭艱難得想要站起來，身子搖搖晃晃。

李明允發現林蘭似乎有些不對勁，一把扶住了她，再看她臉色蒼白，關切道：「妳怎麼了？」

林蘭一手去遮擋膝蓋，一邊強露笑容，「沒、沒什麼？」

掩飾的動作太過明顯，虛弱無力的否認更叫人生疑。

李明允一低眼，就看見她膝蓋處藕荷色的裙子上慢慢滲出鮮紅的顏色，臉色驟變。

林蘭此時正面對著韓秋月和李敬賢，這兩人也發現了林蘭膝蓋上滲出的血，不由得面面相覷，這是怎麼弄的？

李明允死死地盯著林蘭腳下的軟墊，聲音冷得如同寒冬屋簷下掛著的冰棱：「拿剪子來。」

屋子裡鴉雀無聲，除了李敬賢和韓秋月，以及站在兩人身邊的春杏和翠枝，其餘人等對李明允突然變臉發脾氣感到莫名。

「明允……今天可是你大喜的日子。」李敬賢不悅道。

「明……明允，快扶林蘭下去看看。」韓秋月關切道。

李明允沉著臉，輕聲問林蘭：「妳還堅持得住？」

林蘭很不安地說：「明允，我沒事兒，真的，你別小題大做。」

「周嬤嬤，妳扶著少夫人。」李明允說著順手拔下林蘭頭上的簪子。

周嬤嬤也不知道發生了什麼事，但她知道少爺不會無緣無故發脾氣。

「明允，先幫林蘭看看傷勢要緊。」韓秋月急切道，她瞥見明珠眼珠子亂轉，一副心虛惶恐的樣子，就已經明白怎麼回事了，不禁暗罵：成事不足敗事有餘，要整人也不挑時候！韓秋月怒其不爭，可這會兒李明允看起來比她更生氣，那神情就跟要吃人似的，全然沒有剛才溫文爾雅的樣子，只怕事情不能善了，便想著先把事緩一緩。

李明允對她的話置若罔聞，蹲下身子，摸了摸軟墊，隨即拿了簪子用力劃開外面的錦緞。

「嗤」的一聲，李明允拎起軟墊，裡面的石頭紛紛掉了出來。

眾人看傻了眼，這才明白二少爺為何會這麼生氣，原來是有人在整二少奶奶。眾人不由得又生出諸多懷疑猜測，到底是誰這麼大膽？

李明允重重地把軟墊子扔在了地上，指著軟墊子，目光冰冷如刀，「母親，這事還請您給出個解釋。」

韓秋月頓時尷尬萬分，李明允這種態度，分明就是在懷疑她。

「這……這我也不知道啊！這墊子裡怎麼會有石頭……」韓秋月故作茫然狀，矢口否認。

李明允直視著她，目光帶刺，唇角勾起，那抹嘲諷的意味更加明顯，一字一頓道：「這正是兒子要問母親的。」

「明允，算了，我真沒事……」林蘭也故作賢慧狀，苦勸李明允。

李明允冷笑一聲，「算了？」他如同一隻受了傷的野獸，驀然拔高了聲音，那話語裡透著極度的失望與憤怒：「算了？林蘭頭一天進門，規規矩矩向長輩見禮，她做錯了什麼？你們要這樣為難她，難道這就是父親所謂的接受？你們就是用這種方法來接受她，用這種方式來祝福你的兒子兒媳？咱們李家在京中也算是有頭有臉，爹在朝中更是賢明有加，沒想到居然也會用這種下三濫的手段來對付一個柔弱無害的女子，咱們李家的顏面何存？」

說罷，李明允憤怒地拉起林蘭的手，沉痛道：「靖伯侯夫人那樣鄭重地把妳交給我，讓我一定要護得妳周全，沒想到，才進門就讓妳受了這麼大的委屈，是我不對，是我太高看某些人了！既然這個家不歡迎咱們，咱們離開便是，天下之大，還愁沒有咱們的容身之地？」

林蘭愣然，李明允扯起謊來比她還順溜，靖伯侯夫人什麼時候鄭重交代他了？

「明允……事情還沒查清楚，你發什麼脾氣？」李敬賢急聲喝道，若是明允就此負氣離去，只怕不出一個時辰，京中就會盛傳他李敬賢如何如何口是心非，故意刁難兒媳，那他的名聲就算毀盡了。他再愚鈍，也知道之前那些風言風語都是李明允弄出來的，李明允就是拿住了他的死穴，逼得他不得不妥協。

李明允回頭，悲戚道：「父親，這還用查嗎？這軟墊可不是我們帶來的，是這寧和堂裡精心準備的！父親，您可以不成全我們，但您不能這樣羞辱我們！」李明允將「精心」二字咬得極重。

林蘭也忙勸道：「明允，不要這樣跟父親說話，父親怎麼會知道這事，說不定……說不定這軟墊子是這裡用來懲戒犯錯的丫頭用的，下人們不小心，拿錯了……」

韓秋月聽著，心中一亮，忙道：「是啊是啊，肯定是下人們拿錯了！」

「拿錯了？剛才是哪個下人拿的？」李明允厲聲道，淩厲的目光掃視滿屋的丫頭。

一個丫鬟戰戰兢兢站了出來，結結巴巴地說：「二……二少爺，是、是奴婢……」

一看是珠珠，李明允新仇舊恨齊湧。

韓秋月率先責難：「妳個死丫頭，平時做事就毛毛躁躁，教了妳多少回，還改不了老毛病？也不瞧瞧今天是什麼日子，居然拿錯墊子，我看妳是不想活了！」

李明允眸光一斂，咄咄逼人道：「這墊子裡摻雜了這麼多石頭，一拎便知分量輕重，珠珠又不是傻子，連輕重都分不清楚，若非有人授意，她一個丫鬟，就算借她十個膽子，她也不敢。」

拿錯一說被李明允輕而易舉地推翻。

珠珠嚇得噗通跪地，都怪她豬油蒙了心，表小姐給了她幾個賞銀，說是給二少奶奶來個下馬威，叫她吃個暗虧，二少奶奶肯定不敢言語，誰知道二少奶奶會跪出血來，她還特意選了些小一點的石子放進去的……這下好了，她鐵定要背黑鍋了，珠珠悔得腸子都青了。

韓秋月手心漸漸冒出汗來，心知今日之事已難善了，李明允原本就恨她，如今被他拿了錯處，若是不能給他一個合理的解釋，他豈會善罷甘休？可恨的是，她還不能追查，一查就會查到明珠身上，這個臭丫頭，將她陷入如此尷尬的境地！

李敬賢也在懷疑韓秋月，明允雖然稱韓秋月一聲母親，但他很清楚，明允心裡是痛恨韓秋月的，這下讓明允借題發揮，非鬧到人盡皆知不可，李敬賢不由惱怒地瞪了韓秋月一眼。

李明則很著急，這事情沒法交代啊，一交代豈不把母親給交代出去了？心中不由埋怨，平日多麼精明的母親，怎會在這個時候犯糊塗？再看李明允一副不依不饒的樣子，李明則只好起身相勸：「二弟啊，今天是你大喜的日子，何必為了一個不懂事的丫頭生氣？」又道：「母親，您也不能念著珠珠伺候了妳幾年就對她心存仁慈，咱們李家可不是規矩不明的，您應該重重罰她，好給二弟和二弟妹一個交代。」

韓秋月明白明則是在給她找臺階下，忙順著竿子往上爬，「明則所言極是，是母親太過心慈手軟，治下不嚴，是母親的不是。」當下沉了臉喝道：「珠珠，妳今日犯下大錯，若不重罰，難消我心頭怒火！來人，把珠珠拉下去重責二十大板！」

珠珠嚇得癱坐地上，可憐巴巴地看著夫人，又看看表小姐，卻是一句辯解的話也說不出來。她心知，這已是最輕的懲罰了，若是把表小姐供出來，只怕會更慘。

「且慢！」李明允出聲阻攔。

他冷漠地看著韓秋月，慍怒道：「母親都不問珠珠為何要這麼做？還是……母親心虛？」

「明允，你這是什麼態度？怎麼跟你母親說話？」李敬賢也想阻止李明允深究下去。

韓秋月被李明允逼視著，無可奈何，只好喝道：「珠珠，還不從實招來，若是有半句虛言，妳知道會有什麼後果……」她用一種威脅的目光死死地盯著珠珠，希望珠珠能放明白一點。

林蘭一直在觀察李明珠的神色，看她時而鬆口氣，時而又緊張，坐立不安的。林蘭心如明鏡，這次八成是李明珠搞的鬼。哼……這回輪到她看好戲了，希望李明允能給力一點！

珠珠在夫人身邊伺候的時日不短，早已摸透夫人的脾氣。別看夫人表面溫和，其實心狠手辣，得罪了夫人，還不如得罪二少爺……珠珠下定決心，痛哭流涕道：「都是奴婢的錯，是奴婢看老爺夫人為了二少爺的婚事傷透了腦筋，寢食難安，奴婢就把二少奶奶給恨上了，就想著整二少奶奶一整！奴婢原也沒想到二少奶奶會受傷，都是奴婢愚鈍無知，奴婢願意受罰！」

韓秋月上暗暗鬆了口氣，還好珠珠是個明白人。

姜嬤嬤這會兒才找到機會插嘴，瞪著眼罵珠珠：「說妳沒腦子妳還真沒腦子，老爺夫人既然答應二少爺娶二少奶奶，自然是將二少奶奶視為一家人！妳一個丫頭，不本本分分做事，妄自揣測主人之意、自作主張去捉弄二少奶奶，我看妳真是活膩味了！」姜嬤嬤罵完，又喝道：「還不快將這個不懂事的蠢人拉下去！」

李明允當然不會相信珠珠的話，他一擺手，道：「慢著，惡奴欺主只罰二十大板是不是太輕了？如此膽大妄為，卻只略懲小戒，只怕以後這種事還會層出不窮吧！」

韓秋月被逼到無路可退，深深呼吸，「那依你之見，該當如何？」

李明允嘴角一抽，眼底冷意如霜，靜靜說道：「若是我沒有記錯，按我朝律法，惡奴欺主，理應杖斃。」

珠珠大驚失色，咚的癱坐在地上，她睜大雙眼，無法置信地看著二少爺，人人都說二少爺親和溫柔，他怎麼會這麼心狠手辣？

她自然想不通，她也不會想到，早在當年紫墨跪在雪地裡，她還往紫墨身上潑冷水的那一刻開始，就註定了今日的下場。她更想不到，二少奶奶已經在不知不覺中成了二少爺心中的那片逆鱗，觸者必死。

此時她滿腦子只有一個念頭，她不想死，不想被活活杖斃。強烈的求生本能，讓她忘卻了出賣表小姐的後果一樣嚴重，她手腳並用，跪爬到二少爺腳下，哀求道：「二少爺，奴婢錯了，奴婢不該聽表小姐的話，是表小姐指使奴婢這麼幹的，奴婢沒有辦法啊……二少爺，請您開恩啊……」

李明珠花容失色，跳起來指著珠珠氣急敗壞道：「妳……妳胡說，我什麼時候指使妳來著？」

韓秋月的心猛地提到了嗓子眼，這個死奴才，早知道，剛才就先將她亂棍打死。

李敬賢則是痛苦地扶額，沒想到始作俑者居然是李明珠。

林蘭心底冷笑，珠珠，妳還真是給力！

珠珠哆嗦著慌忙從懷裡掏出個香囊，「這是表小姐賞奴婢的，還說事成之後還有重賞……」

李明珠氣急，衝上去一把搶過香囊，扔在地上，重重踩了幾腳，嘴裡嚷嚷著：「妳胡說妳胡說！」她回頭急切地對韓秋月說：「姨母，珠珠她冤枉我，我沒有，我真的沒有……」

珠珠也急了，既然已經將表小姐拉下水，她只能緊緊攀住這根救命稻草，她哭道：「表小姐，是您說不會有事的，出了事，您會擔著，奴婢這才大了膽子！奴婢替您辦事，您不能不管奴婢啊……」

林蘭心裡替珠珠加油：咬，再咬，狠狠地咬！狗咬狗一嘴毛，看不鬧得你們人仰馬翻！

李明珠先前就忐忑不安，這下子被珠珠供出來，更加慌亂了。她哭到韓秋月懷裡，想得到母親的庇護，韓秋月卻是將她推開，冷聲威脅道：「珠珠，妳知道誣陷主子是什麼罪？」

珠珠此時已是自顧不暇，哪裡還注意得到夫人眼中透出來的那股殺意，只連連以頭碰地，「奴婢說的句句是實話，還請夫人、二少爺明察……請二少爺開恩……」

李明則被眼前混亂的情況弄得頭痛不已，他不耐煩道：「夠了夠了，好好的一場喜事，非要鬧得喊打喊殺，有意思嗎？」

李明允扭頭輕蔑地瞥了他一眼，不冷不熱問道：「大哥，若是今日受辱的是大嫂，你覺得有意思嗎？」

一直沉靜不語，安靜得彷彿不存在的丁若妍猛然抬頭，看向李明允，李明允的目光卻始終落在李明則臉上。她心底的失望如漣漪般擴散開來，形成無法抑制的悲傷，他連看她一眼都不願意了嗎？

李明則頓時啞然，他自然不能說有意思，這樣說了，就證明他不在乎丁若妍，他這陣子在丁若妍面前說的那些情意綿綿的話就都成了謊言。他只好悻悻地哼了一聲，別過臉去，不再吭氣。

林蘭只是想揪出李明珠，叫她知道什麼叫做搬起石頭砸自己的腳，沒想過真的要珠珠死，便勸道：「明允，算了吧！大哥說的對，今天是咱們大喜的日……」

李明允不等她把話說完就打斷了她：「就因為今天是妳我的大喜之日，我才更不能放過這些宵小之輩，免得長了某些有眼無珠之人的膽子。」說著，他扭頭溫和地問韓秋月：「母親以為如何？」

韓秋月此刻也是恨不得珠珠去死，杖斃了珠珠，解了李明允之氣，也許他就不會太怪罪明珠，便沉聲道：「將珠珠拖下去，杖……斃……」

珠珠這下徹底崩潰，哭喊起來：「夫人，您不能這樣……這不是奴婢的錯……奴婢不服……」

夫人下了命令，誰還敢遲疑，幾個婆子上前七手八腳把垂死掙扎的珠珠給拖了下去。

李敬賢神色疲憊，是發自內心的疲累，今日李明允表現出來的這種強悍與絕然，讓他深感恐慌，這個兒子真的不再是他印象中那個對他唯命是從的兒子了，他已經很難再掌控他。葉心薇的事差點就斷送了他的前程，幸虧他用了些手段，才讓壞事變為喜事，如果再跟明允鬧得很僵，只怕當年被他好不容易才壓下去的危機會再次爆發。怪只怪這個兒子太過優秀，太過招眼。無奈的同時，李敬賢清楚地意識到，為今之計，只有努力跟明允搞好關係，用父子之情去打動他，好在這個林蘭看起來還算是個明白人。於是，李敬賢不滿地瞪了韓秋月一眼，說：「發生這種事，妳這個當家主母也有責任，我可不想讓別人說什麼治家無方的閒話。」

韓秋月諾諾告罪：「老爺息怒，是妾身疏忽了。」

李敬賢又關切地對林蘭說：「林蘭，剛才只是一場意外，妳切莫往心裡去。這個家既然接納了妳，便會將妳視作一家人。」

林蘭忙上前，忍痛屈膝一禮，感激莫名地說：「父親體恤，兒媳感激，兒媳相信表妹也是無心的，只是頑皮而已。」

韓秋月最怕別人此刻提及明珠，可林蘭偏偏又提了。這個林蘭打從進門，一舉一動、一言一行看似賢慧，可不知她是有心還是無意，說出來的話，每每只會讓情勢變得更糟糕。

怕什麼來什麼，果然，李明允又把目光轉向了李明珠。

李明珠已經看到這位陌生的二哥剛才的陰狠模樣，心中畏懼，不由得往後縮退了兩步。

「表妹雖不是我們李家的人，可是住在李家就要守李家的規矩，別以為妳年紀小就可以恣意妄為，壞了我們李家的聲譽。」李明允用長兄的口吻教訓道。

李明珠委屈得含淚，敢怒不敢言。

韓秋月忙提醒她：「還不快向妳二表哥、二表嫂賠禮？」

李明珠不甘不願地向李明允屈膝一禮，「二表哥、二表嫂，明珠給你們賠禮了。」

李明允點點頭，一副大人大量的口吻：「知道錯了就好，按李家的規矩，犯了錯就要認罰。」

李明珠聞言花容變色，韓秋月腦仁突突直跳。

「按李家的規矩，妳該去祠堂罰跪半日，可妳又不算是李家的人，跪不得祠堂。念在妳又是女子，這回便從輕發落，去外面跪上一個時辰吧！」李明允閒閒說道。

李明則聽不下去了，爆跳起來，「李明允，你以為你是誰啊？開口閉口李家的規矩，父親母親都還健在呢，這個家還輪不到你來發號施令！」

李明允不以為然地嗤之以鼻，笑道：「大哥此言又差了，作為李家的兒子，自然要把李家的規矩牢牢記在心裡，掛在嘴邊，時時警醒自己的言行，這有什麼不對？至於我僭越發號施令，實在是為表妹著想，若是等父親開口發落，只怕會更嚴厲。父親對子女們的要求可是比對下屬還要嚴厲，要不然你以為父親清正嚴謹、大公無私之名是怎麼得來的？你若嫌我多管閒事，那便請父親發落好了。」李明允說著，背了手，閒閒地看著李明則。

林蘭知道李明允是個腹黑的傢伙，卻沒想到黑到這種程度，讓人嘆為觀止。他就是拿住了李渣爹的弱點，先給李渣爹戴高帽，把李渣爹的話給堵死，然後把這個麻煩的問題拋給李渣爹，李渣爹除了贊同李明允的話，還能怎樣呢？除非他承認他也是會徇私的，哎呀……看老巫婆氣得臉發黑，還要強作鎮定，看李渣爹鬱悶得快死了，還要強裝公正嚴明，看李明珠終於搬了塊大石頭狠狠砸了自己的腳，這一場交鋒，真是太爽快了。

柒之章 裝傻回擊玩玄虛

李明珠最終還是去罰跪了，而林蘭是被李明允一路抱回落霞齋的。

先前在寧和堂，她要裝柔弱也就半推半就了，等出了寧和堂，她就想下來了。不就是破了點皮，出了點血，又不是重傷病號，至於嗎？李明允卻不依，那張肅冷的臉上分明寫著……不要囉嗦。林蘭納悶，當初李明允被張大戶家的小姐調戲的時候，還會羞得滿臉通紅，怎得現在變得這麼大膽，美女在懷，面不改色啊……

如此出格的舉動自然引得旁人紛紛側目，林蘭耳朵都有點紅了。有兩個丫鬟見到二少爺抱著二少奶奶大步流星往落霞齋而去，先是驚詫隨即羞紅了臉。林蘭突然意識到，外面的下人也許還不知道之前寧和堂裡發生了什麼，會不會誤以為李明允是迫不及待要抱她去洞房？這個認知讓人很崩潰，林蘭的耳朵徹底燒了起來。

要說李渣爹和老巫婆真是不像話，就算看不起她這個鄉下媳婦，也該給李明允幾分薄面。既然說是大喜的日子，好歹也在屋簷廊下掛幾盞紅燈籠，貼個喜字，可是一路走來，什麼都沒有，除了經過的花圃裡有幾朵紅色的月季，就再見不到紅色了。林蘭為了轉移注意力，好減幾分尷尬，在心裡把李渣爹、老巫婆鄙視了一通。

「來了來了，二少爺帶二少奶奶回來了……」兩個丫鬟站在一院門前嘰嘰喳喳，歡天喜地地嚷嚷著。

林蘭醒神，扭頭望去，原是到了落霞齋。院門前兩盞大紅燈籠高高掛起，燈籠上還貼著燙金的喜字，一股喜慶的氣息撲面而來。

巧柔和錦繡看到少爺居然抱著二少奶奶回來，想到二少爺為了能娶二少奶奶被老爺整整關了一個月，昨日又是親自張羅布置落霞齋，忙裡忙外的，越發肯定了二少爺是真心喜歡二少奶奶，暗暗下定決心，以後也要好好伺候二少奶奶。

聽到呼聲，白蕙和如意也從裡面跑了出來，四人分作兩隊，屈膝行禮，齊聲高喊：「恭喜二少爺！恭喜二少奶奶！」

林蘭小聲道：「快放我下來。」

李明允置若罔聞，對白蕙等人微微頷首，道：「二少奶奶腳受傷了，妳們快去準備熱水和乾淨的帕子。銀柳，去拿藥箱。」

四人一愣，不是說去寧和堂見禮嗎？怎麼會受傷？

愣神間，二少爺已經抱著二少奶奶進了門，白蕙忙道：「還不快去準備！」

大家趕緊分頭去做事。

林蘭已經窘得不行了，掙扎起來，「你快放我下來，我自己能走。」

李明允道：「妳別鬧，馬上就到了。」

白蕙小跑到前頭，推開了正廂的門，李明允側身入內，把林蘭放在了床上。

「銀柳，藥箱……」李明允說著挽起了袖子，看這架勢，他似乎要親自動手處理傷口。

林蘭忙蜷起雙腿，抱著膝蓋，「我自己來，別忘了，我是大夫。」

李明允一怔，他還真是忘了。

「水來了。」錦繡端了熱水來。

林蘭看著李明允支吾道：「你……你先出去？」

李明允低眉頷首，吩咐白蕙等人：「妳們好生伺候二少奶奶。」

其實傷得真不嚴重，林蘭自己有分寸的，不過是膝蓋在石子上用力一滑，弄破點皮而已，她才不會讓自己吃大苦頭。

擦乾血漬，林蘭挑了點止血生肌的藥膏上去，就處理好了。

白蕙有些不放心，「二少奶奶，這樣行嗎？」
林蘭笑道：「沒事的，對了，妳叫什麼？」
白蕙連忙行禮，「奴婢白蕙，見過二少奶奶。」
錦繡也道：「奴婢錦繡，見過二少奶奶。」
林蘭笑呵呵地說：「玉容，快把我準備的見面禮拿出來。」
玉容笑微微地上前，交給林蘭幾個香囊。
「一些小東西，不值幾個錢，大家拿著玩吧！」林蘭把香囊分給白蕙和錦繡。
兩人又行禮謝過。
「這是玉容，這是銀柳，以後妳們要好好相處。」林蘭和顏悅色道。李明允曾經說過，這落霞齋裡的人都是可信的，所以，她沒必要擺什麼少奶奶的威嚴。
白蕙和錦繡齊齊應聲。
巧柔和如意也來見禮。林蘭打量這幾個丫頭，錦繡和巧柔活潑可愛，白蕙最端莊老沉，中規中矩，如意則介於兩者之間。不管是活潑的還是沉靜的，那眉眼之間都對她透著新奇與親近之意，她不由得對她們也心生好感。
「白蕙，妳們帶玉容和銀柳去安頓一下，把東西歸置歸置。」林蘭吩咐道，靖伯侯夫人送了一車的東西，加上她從豐安帶來的，還有葉家大舅送的，想想她的家當還是滿可觀的，要好好理一理。
「是……」白蕙領命，帶了玉容等人下去，留下錦繡伺候二少奶奶。
她們前腳剛走，李明允後腳就進來了，揮揮手叫錦繡也退下，然後走過來坐在了床邊，面無表情地看著林蘭。

林蘭被他看得心裡毛毛的，他那雙漆黑如墨的雙瞳，此時就好似深不見底的碧潭，其中暗潮湧動，卻無法看透他在想些什麼。

「幹麼這樣看著我？」還是林蘭先耐不住。

李明允靜靜望著她，說：「為何不早說？」

「早說什麼？」林蘭遲鈍地反應著。

「妳既知道那墊子有古怪，為何還要一直跪著？」

呃，原來他問的是這個！林蘭白了他一眼，「那你讓我怎麼辦？尖叫起來……裡面有什麼東西？還是說，這裡面有古怪，我不跪了？那豈不顯得我失禮？」

李明允正色道：「我寧可妳失禮，也不要妳受傷。」

林蘭不以為然，「那可不行，初次見面，第一印象很重要。你父親本來就嫌棄我是個村姑，我要再那樣做，他們會更討厭我的，不利於計畫的開展。」

李明允的臉色越來越難看。

林蘭渾然不覺，還有些興奮地說：「當然，叫我吃這個暗虧也不可能，所以，我就略施苦肉計，不過，當時我只想把事情鬧大，沒想到你這麼厲害，配合默契，堪稱完美。我看到老巫婆氣得臉都黑了，心裡真是爽快，哈哈哈……笑死我了！」

李明允這才知道林蘭是故意讓自己受傷，好讓他借題發揮，可她不知道，當時他是真的惱了，根本不是為了配合她演戲，是真的心疼，真的憤怒，當時，他甚至想過帶林蘭離開，與這個家決裂。

「我今天觀察了一下，老巫婆當真是個厲害角色，明明心裡氣得要死，面上是一點也不表露出來，心機深沉啊！而你爹……算了，你爹我就不說了，至於李明則和李明珠，這兩人根本就是跳樑小丑，掀不起多大的風浪，還是比較容易對付的……不過，明允，那個叫珠珠的丫頭……我覺得，她雖然可惡，卻不至死……」林蘭想到李明允堅持不放過珠珠時的狠厲，覺得他做得太過了。

李明允眼中凝起一股冷意，漠然道：「珠珠原本就該死！」

呃，林蘭有些懂了，想必是珠珠以前幹過什麼壞事，李明允早就想除掉她，今天算是珠珠自己撞到了槍口上。

「哦……那就無所謂了，對惡人沒必要仁慈。」林蘭一直信奉對壞人的仁慈，就是對自己的殘酷，沒有必要姑息。

「噯，你那個大嫂好奇怪！」林蘭突然又道。

李明允心裡緊了一下，淡漠地說：「有什麼奇怪的？」

林蘭蹙眉沉吟：「怎麼說呢？感覺就是怪怪的，一直低著頭，不說話也不看人，跟個小媳婦似的，她不是什麼御史的千金嗎？不至於這般低眉順目，小心謹慎吧？」

李明允無言以對，打從進門開始，他就刻意控制自己不去看丁若妍，刻意忽略這個人的存在，過去的終究是過去了，他一再這樣告訴自己，她已經成為他的大嫂，他就不能再與她有任何瓜葛。

「明允……明允……」林蘭看他走神了，伸出手在他眼前一晃。

李明允微微一笑，問：「妳的膝蓋當真不要緊？」

「當然，不過是破了點皮，兩天就好了。」林蘭嘿嘿笑道。

「那也還是要仔細將養。」李明允看她不像在敷衍，懸著的心也就放了下來，不過他還是鄭重警告道：「以後再不可故意弄傷自己。」

林蘭看他嚴肅的表情，再想到他緊張得一路抱她回來，覺得還是聽話一點的好，不然他真的會生氣。

李明允的面色和緩了些，從懷裡掏出兩份文書，將其中的一份交給林蘭，「這個妳放好了。」

林蘭接過文書，心情有些沉重，有了這一紙婚書，她和李明允在法律上就是正式的夫妻了，嘴裡咕噥：「幹麼弄得這樣正式？」

李明允笑道：「有了這個，以後妳在李家只管昂首挺胸。」

林蘭恍然道：「哦……這就是我的護身符了？」

李明允點點頭。

林蘭眼珠子一轉，笑得有些邪惡，湊上前小聲說：「那你就不怕將來我賴著不走？」

李明允微一怔愣，隨即莞爾，「或者，妳我現在就做正式夫妻？」

林蘭忙退避三舍，「算了，還是不要了！」

李明允讓林蘭好好休息，自己出去安排事務。

林蘭哪裡需要休息，剛打了一場漂亮的仗，她興奮著呢！看銀柳和如意把她的衣物都抬了進來，一件件歸置整齊，就要銀柳拿了身新衣換上，準備出去熟悉下這個新家。

玉容忙勸道：「二少奶奶，您就安心歇著吧，二少爺有交代的！」

林蘭道：「歇什麼歇啊？又不是什麼大不了的事！以前上山採藥，從山上滾下來都沒事，照樣走十幾里地進城去買藥，還在乎這點小傷？」

玉容為難著，「可您現在是二少奶奶啊！」

如意聽著很不可思議，「二少奶奶，您當真從山上……滾下來過？」

林蘭本來覺得這是件值得驕傲的事情，說明她身體好，命也大，可是如意強調的那個滾字，讓她突然覺得當時那情形有點窘，就嘿嘿乾笑兩聲，「誇張了一點……」

銀柳卻是很自豪地說：「如意，我們二少奶奶本事可大了，一把菜刀飛出去，妳猜怎麼著？」

如意睜大了眼，二少奶奶還丟菜刀？

「一刀就斬了蛇頭，不偏不倚，正好在蛇的七寸上。也就是那次，二少奶奶救下了二少爺。」

如意頓時兩眼放光，對這位瘦小的二少奶奶敬佩不已。倒不是因為二少奶奶擲菜刀了得，而是銀柳得意地說。

因為二少奶奶那把菜刀丟出去，救的是二少爺……

「原來是真的啊，難怪大家都說二少奶奶救過二少爺的命！」如意感嘆道。

林蘭也不管銀柳在那胡吹，「妳們慢慢收拾，我出去看看。」

玉容無奈苦笑，只好隨她去。

外面，白蕙正指揮大家把東西搬到各個房裡。

「這些禮物先搬到西廂去，整理好了，再決定放哪……」

「這是二少奶奶的，抬進去……」

「這些是周嬤嬤的，放到周嬤嬤屋裡……」

林蘭看她很能幹，有條不紊的，看來，周嬤嬤又多了個好幫手。

見到二少奶奶出來，白蕙忙過來行禮，「二少奶奶，您怎麼出來了？」

「我沒事，出來走走，順便看看這新家。」林蘭站在廊簷下，打量著這個院子，院中有幾點山石，石旁種了幾棵芭蕉，又有東南西三廂五開間的大房，她住的南廂前還有小小的三件抱廈，一色雕鏤著新鮮花樣的隔扇，上面貼著對稱的大紅喜字，一圈迴廊上亦是掛滿了八角琉璃燈，顯得喜氣洋洋，林蘭很喜歡。

二少奶奶要到處逛逛，白蕙又走不開，便叫來巧柔：「巧柔，妳陪二少奶奶四處看看，記得別讓二少奶奶累著，二少奶奶腿上還有傷。」

巧柔歡喜地應聲，當起了嚮導，帶著林蘭往後面去。過了一個穿堂，是後花園，巧柔介紹道：「這園子是二少爺的親娘修葺的，夫人喜歡荷花，就特意在這裡開了個小池子。二少奶奶，您看……」巧柔指著前面一方小池塘，說：「二少奶奶如果打開西次間的南窗，就能看到池塘裡的荷花了，不過，這會兒荷花都謝了。」

林蘭點點頭，很是滿意，又見前面不遠處還有一棟房子掩映在翠竹中，便問：「那是何處？」

巧柔道：「那是少爺的書房，少爺看書喜歡清靜，就把書房建在那邊了。」

林蘭正想過去看看，如果滿意的話，等李明允秋闈結束，她打算霸占過來做藥房，好搗弄她的藥材，就見錦繡跑了來，「二少奶奶，您快去前頭瞧瞧，夫人派了個嬤嬤和使喚丫頭來。」

林蘭眉頭一擰，老巫婆還真是速度快啊，這就派人來盯著他們了？

「二少爺呢？」林蘭問。

錦繡回道：「二少爺剛剛出去了，說是本來在『香溢居』訂了酒席，不過現在二少奶奶腿上有傷，就先去回了，改日再請。冬子和文山都打發出去通知賓客了，不過有個重要的人，二少爺必須親自去一趟。」

林蘭略一思忖，道：「我去瞧瞧。」

錦繡邊走邊道：「那兩個丫頭倒不是很要緊，可那田嬤嬤是夫人的心腹，原是管庫房的。」

林蘭心中有數。

白蕙和周嬤嬤等人正對著夫人派來的田嬤嬤和兩個丫頭心裡發愁，說得好聽，怕落霞齋的人手不夠，其實還不是想在這裡安插人手，好掌控二少爺，可是這也不好回啊！

看錦繡把二少奶奶叫回來了，白蕙忙介紹道：「二少奶奶，夫人怕咱們這裡人手不夠，特意派了田嬤嬤過來。」

林蘭露出感激之色，看向田嬤嬤。這田嬤嬤神色有些倨傲，眼底有一絲不屑，可能覺得自己被派到這裡來，覺得委屈了。

林蘭心底冷笑，面上卻是笑如春風，「我這裡正缺人手呢，還想著什麼時候問夫人去討兩個下人來，夫人卻是先想到了，省去了我不少麻煩。」

白蕙聽了這話，不由心急，難道錦繡沒把話跟二少奶奶說清楚嗎？這田嬤嬤要是留下，這落霞齋可就沒安生日子了。

錦繡無奈地垮著臉。

田嬤嬤嘴角抽了抽，二少奶奶話語雖然客氣溫柔，但下人這兩字有點刺耳，她好歹也是府裡的管事嬤嬤，而且還是夫人身邊得力的。

林蘭把她的神色看在眼裡，笑道：「周嬤嬤，您不是說這裡還缺個管雜物的嬤嬤嗎？」

周嬤嬤立刻心神領會，道：「回二少奶奶，沒錯，廚房已經有桂嫂，就缺個管雜物的婆子。」

周嬤嬤更不客氣地把田嬤嬤直接變成了婆子。

田嬤嬤的嘴角抽搐得更厲害了，難不成這位二少奶奶要派她去管雜物？這小小的落霞齋能有多少雜物？這豈不是要把她晾起來？

「嗯，那就麻煩田嬤嬤留下打理雜物吧，至於這兩個丫頭……」林蘭轉眼問白蕙：「平日裡是誰負責灑掃的？」

白蕙道：「原本是巧柔和錦繡。」

林蘭點頭思忖了一下，說：「銀柳和玉容是跟我過來的，熟悉我的生活習性，她們以後自然還是跟著服侍我。妳和如意是從小服侍二少爺的，也最知二少爺的喜好，妳們就只管服侍二少爺。眼下秋闈在即，二少爺要用功讀書，書房那邊也少不了人伺候，我看巧柔和錦繡機靈乖巧，以後就在書房伺候，這樣一來，院子裡就缺了灑掃的丫頭……」林蘭看了眼跟在田嬤嬤身邊的兩個丫鬟，笑說道：「以後妳們就負責灑掃吧！」

白蕙聽了二少奶奶這一番安排，再看田嬤嬤面黑如鍋底，心裡痛快得想笑，生生忍住，不安的心安安穩穩落回了肚子裡，難怪少爺說，以後不管什麼都聽二少奶奶的。

錦繡和巧柔也是死命憋著笑意，這幾年，從來都是她們受氣，今兒個也見著了田嬤嬤吃癟。

田嬤嬤不悅道：「二少奶奶，老奴原是府裡管庫房的。」夫人讓她放下這等美差來落霞齋，可不是讓她來管雜物的。

這話含義很深啊！老巫婆把府裡管庫房的婆子給派過來，難道是要管她落霞齋的財產不成？

林蘭心道：早知道妳是什麼來路了，沒想到妳還真是憋不住自己說出來了。林蘭故意裝作什麼也不懂，說：「可這落霞齋沒有庫房啊，怎麼辦呢？」

田嬤嬤想哭了，這位二少奶奶是揣著明白裝糊塗，還是真糊塗？

周嬤嬤也道：「可不是？這落霞齋通共這麼點地方，哪有什麼庫房？」

林蘭溫和道：「田嬤嬤，只好委屈妳了。」

林蘭又讓銀柳去取來紅封包，給她們三人每人一封，「今天是我和二少爺的大喜日子，這落霞齋裡的，人人有份。」

田嬤嬤拿著紅包當真要哭出來了，嘴把癟了又癟，心裡委屈到極點。

「好了，都安排妥當了，大家趕緊把手頭上的事做好，回頭二少爺回來看見院子裡還是亂糟糟的就不好了。」林蘭吩咐道。

周嬤嬤趕緊道：「大家都幹活吧！」

林蘭帶著錦繡和銀柳回屋去。

錦繡進屋就忍不住笑了出來，林蘭回頭看她，故作茫然，「妳笑什麼？」

錦繡忙捂住嘴，「沒、沒什麼……」

林蘭漫不經心道：「想笑就笑吧，憋著對身體不好，只是別笑得太大聲，讓外頭的人聽見了，不好。」

錦繡錯愕，這位二少奶奶實在是太善解人意了。

銀柳不明白錦繡為什麼覺得好笑，便問她。

錦繡嗤笑著，小聲說：「妳不知道這田嬤嬤平日在府裡是橫著走的，今日在二少奶奶面前可算吃了大虧了，不過最吃虧的還是夫人，把管庫房的嬤嬤都給派了過來，結果卻成了管雜物的。」

銀柳這才會意，也跟著笑。

錦繡朝二少奶奶那邊使了個眼色，說：「二少奶奶真是個有趣的人。」

銀柳輕笑道：「以後會有更多有趣的事。」

李明允回來，看見田嬤嬤和兩張生面孔，不禁皺了皺眉頭，老巫婆手腳好快，這就把人安插進來了？不過他什麼也沒說，徑直入了正房。

林蘭正在整理她的財物，眉開眼笑。白蕙把二少奶奶的安排跟二少爺說了，李明允這才舒展眉頭，微微頷首，讓她下去。再看那邊那個沉浸在數寶喜悅中的林蘭，李明允眼中不自覺露出寵溺的神色，這女人似乎只對兩樣東西感興趣，一是藥材，二是珠寶。

韓秋月房裡，姜嬤嬤在為倚在炕上的李明珠揉腿，李明珠哭得很傷心，邊哭邊道：「說我不是李家人，沒資格跪祠堂，叫我跪在院子裡，下人們走來走去的，我還有什麼臉啊……都是一個父親生的，憑什麼就我見不得人……我若是名正言順的三小姐，我至於受這份委屈嗎……」

姜嬤嬤臉色大變，壓低了聲音勸道：「我的好小姐，這話可千萬不要再說了！」

韓秋月坐在對面，一臉寒霜，冷冷道：「妳還知道自己的身分？我還以為妳已經忘了呢！」

李明珠看母親眼中蘊著怒意，委屈得眼淚在眼眶裡打轉，身體一抽一抽，卻是不敢再發牢騷。

「妳給我放明白些，別以為當了名正言順的三小姐妳就一步登天！妳的身分要是被揭穿，咱們一家子跟著完蛋！」韓秋月幾乎是咬牙切齒地說了這番話。

屋子裡的氣氛一時有些沉悶，香爐裡香已燃盡，只餘飄渺一縷，李明珠的抽泣聲也漸漸弱下去，低著頭一圈一圈絞著手絹，心中越發覺得憋屈。

韓秋月看她這副可憐模樣，終是不忍，聲音低柔了下來：「如今，妳差的不過是個身分而已，別的哪一樣不如人家正牌小姐？等來年妳及笄，娘再替妳選一門合意的親事，讓妳風風光光出嫁，安安穩穩過後半輩子。明珠，聽娘一句勸，以後莫要再去惹妳那二哥，這個家，咱們最要提防的就是他。今兒個妳也瞧見了，妳爹一心想與他修好，對他極盡寬容與忍耐，連娘都要忍讓他三分，這個時候妳去招惹他，無異於自己給自己找麻煩。」

李明珠抬眼，不甘道：「難道以後咱們都要看他的臉色行事？」

韓秋月目光微凜，閃過一絲精明與算計。

「這個……娘自有主意，只是妳莫要給我添亂，莫再像今天這樣弄得大家措手不及就好。」韓秋月又嚴正警告道。

李明珠只好含淚點頭。

韓秋月見她聽進去了，心裡稍安，吩咐道：「姜嬤嬤，命人送小姐回屋，再給小姐請個大夫來瞧瞧。」

姜嬤嬤叫來幾個丫鬟，用肩輿把明珠送了回去。

李明珠剛走，田嬤嬤灰頭土臉地來回話。

韓秋月好不容易壓下去的火氣，被田嬤嬤一番話又給勾了起來，她把茶盞往桌上重重一放，「我讓妳去管內務，妳倒好，讓人攆布去管雜物了，妳好臉面啊！」

田嬤嬤驚惶地打了個哆嗦。

姜嬤嬤問道：「妳沒跟二少奶奶說明來意？」

田嬤嬤忙道：「說了，哪能不說？老奴一進門就道明來意，也不知這位二少奶奶是真糊塗還是假糊塗，說什麼落霞齋又沒庫房，硬是派老奴去管雜物，把舒雲和舒方派去灑掃院子。」

姜嬤嬤跟田嬤嬤素來交好，見她吃了虧，又見夫人臉色陰沉得都快滴出水來了，有心幫田嬤嬤開脫，便道：「我看這位二少奶奶不簡單，她分明是揣著明白裝糊塗，扮豬吃老虎。」

田嬤嬤趁機添油加醋：「還有葉家派來的那個周嬤嬤，跟二少奶奶一唱一和的，根本就沒把夫人放在眼裡，看情形，二少奶奶是要把落霞齋的內務交給周嬤嬤打理了。」

姜嬤嬤道：「咱們李家又不是沒人，要她葉家派人過來，安的什麼心啊？」

韓秋月心情煩躁不已，一個李明允已經令她頭疼，現在又多了個林蘭。回想林蘭先前在寧和堂的種種表現，韓秋月心裡直打鼓，這個鄉野村姑莫非是個中高手，深諳爭鬥之道？看她好似規規矩矩，溫柔賢淑，可每一言每一行都那麼恰到好處得讓李明允可以借題發揮，現在又裝傻充愣，三言兩語打發了田嬤嬤……韓秋月漸漸冷靜下來，看來此番是她大意了，失了先機，不過來日方長，她就不信收拾不了一個村姑。

「周嬤嬤是葉家的老人，年輕時就跟著葉老太太走南闖北，是有些見識和手段。葉家派她過來，就是來防著咱們的，以後妳們都要警醒著點，莫要掉以輕心。」韓秋月神色凝重。

「諒她一個老婆子也玩不出什麼花樣！」姜嬤嬤不屑道。

韓秋月冷笑，「就她一個老婆子自然玩不出什麼花樣，可她背後是整個葉家！」為什麼葉心薇一死，葉大老爺就來京中發展？單單只為生意這麼簡單嗎？老爺多次上門求見，回回都吃閉門羹，他們心裡的怨恨不是一般的深。這次李明允回來，葉家又是出錢又是出人，葉家想做什麼？李明允想做什麼？她心裡清楚得很。李明允畢竟是老爺的兒子，血濃於水，他不會對自己的父親怎麼樣，只會衝著她來。韓秋月心裡一陣發寒，若是李明允高中，讓他得了勢，她的日子只怕越發難過了，不行，當務之急，得趕緊想個法子。

姜嬤嬤悻悻地住了嘴，心說葉家又如何？不過是商賈之家，有幾個臭錢而已。老爺身為二品大員，夫人也是四品誥命在身，還怕他們？

田嬤嬤小心翼翼地問道：「夫人，那……老奴……」

韓秋月快速理了理思緒，說：「妳就先在那邊待著，給我好生留意那邊的一舉一動，隨時向我稟報，至於工錢……妳在落霞齋期間，每月給妳提三成。」

田嬤嬤先是一愁，當真要在那邊管雜物了，後又聽說能加銀子，田嬤嬤心裡的悵然頓時平和了許多。

「這銀子也不是白拿的，妳若辦不好事……庫房管事嬤嬤一職可有不少人眼饞著。」韓秋月面色不豫，田嬤嬤在她身邊已經舒適慣了，警覺性大大減弱，不給她一些壓力，燃不起她的鬥志。

田嬤嬤戰戰兢兢地應聲，這回的表現可是關乎自己的前途了，田嬤嬤暗下決心，一定要拿出渾身本事來。

落霞齋裡，經過周嬤嬤一番布置，大家很快就安頓下來。

錦繡來報，說田嬤嬤剛離開了落霞齋。

周嬤嬤嘴角微露一抹諷刺，「定是去了夫人那裡！算了，咱們也攔不住，隨她去，把屋內看嚴了就成，不該讓她們知道的事，絕對不能漏出半點風去！」

錦繡會意，「我會盯著她們的。」

周嬤嬤讚許地點點頭，是個機靈的丫頭。

屋裡，李明允跟林蘭說請客的事：「……舊日京中交好的，一定要讓我請。」

林蘭把她的財產一件一件放好，漫不經心道：「那就請唄，應該的。」

李明允沉默片刻，挑眉看她，「就這樣簡單，妳心裡不會不痛快？」

林蘭嘆道：「那還能怎樣？你爹都說得很清楚了，而且你也當著大家的面說了不在乎這些虛禮，我再說不行也遲了。」

「這樣太委屈妳了。」李明允嘆息著說，目光裡帶著歉意。

林蘭斜睨了他一眼，失笑道：「咱們又不是真婚，若是真婚，我肯定不答應的，現在麼……無所謂。」

李明允低眉，擺弄著手中的扇子，良久無語。

看他愧疚的樣子，林蘭把匣子合上，跟他說田嬤嬤的事：「我讓她去管雜物了。」

李明允抬眼，微微一笑，「很好，家中的事妳大膽安排便是，有什麼問題我會擔著。」頓了頓，他又道：「不過，妳千萬別小瞧了田嬤嬤，而且，老巫婆那邊收到信，恐怕會對妳『另眼相看』了。」

「這個我有心理準備，總之是兵來將擋，水來土掩，我會應付的。」林蘭可沒有小瞧任何人，每一顆棋子都有它的作用，哪怕是個小小卒。宅鬥比的就是耐心、細心、狠心，老巫婆苦心經營了三年的這個家，突然闖進了敵人，最著急的肯定不是她林蘭。

正說著，白蕙在外邊請示。

這是林蘭新立下的規矩，她和少爺在說話的時候，無論是誰都不得隨意闖進來，有事必須先通傳，假婚一事，知道的人越少越好。

「進來吧！」

白蕙進來，先福了一禮，說：「剛剛寧和堂那邊傳過話來，說二少奶奶腳上有傷，這幾日就不用過去請安了，等傷好了再去。」

林蘭心知大宅門裡很講究晨昏定省，這是避免不了的，能緩上幾日也好。

「知道了。」林蘭淡然一笑。

白蕙稟完了事，卻是不走，一副欲言又止的模樣。

林蘭問：「還有什麼事？」

白蕙看了眼二少爺，咬了咬唇，好像鼓起了莫大的勇氣，說：「二少爺馬上就要參加秋闈應試了，以前都是奴婢和紫墨伺候二少爺讀書的，奴婢怕錦繡和巧柔應付不來……」聲音漸漸低了下去。

這原本是個非常合理的請求，可是白蕙這種神態不對，林蘭也說不上哪不對，就覺得白蕙不夠大方，跟她先前處理院中事務時的精明幹練相去甚遠。

看二少奶奶不答話，白蕙又忙解釋道：「也就這段時間，等二少爺秋闈過後……」

一旁的李明允突然開口：「不用了，二少奶奶剛過來，很多事還需要妳從旁協助，妳還是伺候二少奶奶吧！」

白蕙遲遲才應了一聲：「是……那奴婢先告退了。」

林蘭等著房門重新關上，便直直地盯著李明允，帶著一種審視的意味。

李明允輕笑道：「怎的這般看著我？」

「你老實交代，白蕙是不是你的通房丫頭？」

李明允微一怔愣，啞然失笑，「妳怎麼會這麼想？」

林蘭很認真地看著他，很認真地說：「你只須說是還是不是。」

這個問題很重要，如果是，那麼她就不能像對普通侍女一樣對待白蕙。要知道當一個女人愛上一個男人，是很容易失去理智的，處理不慎，很可能導致滿盤皆輸。她不怕老巫婆使什麼花樣手段，但她怕自己屋裡出問題，同時這個問題也讓她孳生出一種莫名的煩躁。

李明允雲淡風輕地說：「不是。」

林蘭斜著眼打量他，似要看到他心底深處。

「咱們的合約上可是有一條，我沒離開之前，你不許納妾。」林蘭提醒道。

「我知道。」

「通房也不可以。」

「好……」

「那白蕙怎麼辦？」

「妳看著辦，能留就留，不能留就去。」

她問得簡單明瞭，他回答得乾脆俐落。

看他神色坦然，林蘭的心情平靜下來，卻故作不悅，「這可是你說的，回頭可別又說什麼捨不得的話。」

李明允輕哂，「合約上還有一條，必須相信對方，我信妳，妳也必須信我。」

林蘭這才滿意地笑了，仔細想想，也許是她多心了，前世看多了古裝片，不乏貼身丫鬟想自薦枕席的。白蕙模樣不錯，白白淨淨，秀秀氣氣，又是從小伺候李明允的，李明允這麼優秀的人，連外面那些千金小姐見了他，芳心也要顫上幾顫，更何況是身邊的丫頭，就算對明允生出些愛慕之情，也是情理之中。

如果白蕙真動心了，她該怎麼辦呢？成全她？維護此間的和諧？

李明允是個正常的男人，想來他也有那方面的需要吧？可他們是假夫妻，不可能做那種事，叫李明允空窗三年，似乎有些不人道……

其實，她不允許李明允納妾什麼的，是不想在她全力對付老巫婆和李渣爹的同時，還要操心妻妾間爭風吃醋的事。當然，她是不會吃這個醋，也沒立場去吃，只是萬一來的是個不省事的，弄得她腹背受敵就不好了。

一番思量後，林蘭決定先觀察觀察再說。

微雨軒裡，丁若妍一整日都心神不寧，繡花扎到了手，喝茶差點燙了嘴，看得一旁的綠綺深感擔憂。自從知道二少爺要回來，大少奶奶就開始不對勁了。她是自小伺候大少奶奶的，大少奶奶的心事她比誰都清楚，她希望大少奶奶趕緊邁過心中這道坎，將過往放下，要不然，遲早會惹出禍事來。

「綠綺，我讓妳備的禮物呢？」丁若妍懶懶問道。

綠綺回神，笑道：「已經備下了，是這會兒就送過去？」

「送吧，別讓人覺得咱們失禮，以後都是一家人了。」丁若妍苦笑道。

「是！」綠綺應聲。

「不送。」李明則從外面進來，剛好聽到丁若妍要給李明允夫妻送禮，堅決反對。

綠綺為難地看著少奶奶。

李明則今天很惱火，他本以為父親不會狠心責罰明珠，沒想到，父親居然罰明珠跪了兩個時辰，他要求情，還被母親制止了，這算怎麼回事？難道李明允一回來，這個家就要變天了不成？

想到母親之前的警告，再想到父親今日對李明允的縱容，李明則生氣之餘，更有一種真實而強烈的危機感，如果讓李明允得了勢，得了寵，他的好不容易掙來的地位就要一落千丈了。

丁若妍朝綠綺使了個眼色，讓她先退下，自己動手給李明則倒了杯茶，送到他手邊，柔聲道：「我知道你不喜歡他們，可是大家同住一個屋簷下，抬頭不見低頭見的，總不好鬧得太僵。先不說要好好相處的話，面子上總要過得去。你是大哥，哪有弟弟成親不送禮的？若是傳到了外頭，你這個做大哥的，肯定會受人非議。」

李明則默然，不得不承認丁若妍說的在理，悻悻問道：「妳都備了什麼禮物？」

「不過是些珠寶首飾，都是我不喜歡的。」丁若妍隨意道，要是讓李明則知道她送了一份不菲的厚禮，只怕又要不同意了。

李明則沒好氣道：「那個村姑也配不上什麼好東西！」

丁若妍無奈地搖搖頭，在別人眼裡，林蘭是個微不足道的村姑，在李明允眼裡，林蘭卻是他的至寶。今日看李明允為了林蘭不惜跟父母翻臉，若非愛極，怎會這般緊張？丁若妍只覺滿心苦澀，李明則口口聲聲說在乎她、喜歡她，可他永遠做不到像明允那般義無反顧。

◆　◆　◆

田嬤嬤滿懷豪情壯志地回到了落霞軒，卻見下人們全都站在院中，周嬤嬤正在訓話。

「既然二少爺和二少奶奶把這院子裡的事務交給我打理，我老婆子自當盡心盡力辦好這差事，你們每個人都給我打起十二分精神，好好做事，大家做得好了，二少爺和二少奶奶自然有賞，若是做不好，違了府裡的規矩，不管你是二少奶奶器重的，還是二少爺身邊得力的，抑或旁的什麼人，一律就按府裡的規矩處置，絕不縱容，可都聽清楚了？」周嬤嬤目光威嚴地掃視眾人。

眾人皆大聲應諾：「聽清楚了！」

田嬤嬤只覺頭皮發麻，這個周嬤嬤的派頭比姜嬤嬤還足。

周嬤嬤冷眼瞥見田嬤嬤回來了，還大搖大擺站到了隊伍最前面，好顯示她的身分高人一等，心裡冷笑，可算把妳給等到了。

「錦繡，妳把府裡的規矩再給大家念一遍，讓新來的也都學學。」周嬤嬤給錦繡遞了個眼色，錦繡心神領會，拿著李府的家規大聲朗讀起來。

「對主人的吩咐不得虛與委蛇，陽奉陰違。」

「不得對主人不敬，不得隨意打探主人的隱私，胡亂猜測主人的心思。」

「不得隨意散播謠言，惑亂人心。」

「不得擅離職守，如有事要離開，必須徵得主人或管事嬤嬤的許可。」

這些規矩，周嬤嬤早就耳熟能詳，往日她教訓手下的奴才也要念上幾句，只不過從沒這般鄭重其事從頭念到尾，奴才們進府做事，都是先學過規矩的，所以，田嬤嬤只認為周嬤嬤如此興師動眾，不過是為了樹立她的威信。

錦繡流利地把規矩從頭到尾念了一遍。

周嬤嬤滿意地點點頭，示意她退下，然後大聲地問：「剛才可都聽清楚了？」

眾人又大聲回答：「聽清楚了！」

田嬤嬤敷衍地咕噥。

周嬤嬤面色和悅了下來，說：「這些規矩，你們原在李府的都是學過的，我卻是第一次聽，也算知曉了。從今往後，這院子裡，自上而下，都必須嚴格遵守這些規矩，我若犯錯，我自當領罰，爾等犯錯，一樣不會姑息，尤其是銀柳、玉容，還有文山你們幾個新來的，回頭再去好生學學。」

玉容幾個忙應聲：「是！」

田嬤嬤臉上已經露出了不耐煩的神色，這日頭這麼大，這個死老婆子還想折騰多久？

「田嬤嬤！」

田嬤嬤突然被周嬤嬤點名，心裡突了一下，下意識往前一步。

周嬤嬤笑容和煦，言語親切：「田嬤嬤是府裡的老人了，以後底下人有不懂的地方，您還須多教導教導才是。」

田嬤嬤見周嬤嬤似乎有意抬舉她，便倚老賣老起來：「這個自然，說起來，這府裡的下人，好些都是我調教出來的。」

周嬤嬤笑笑，問：「田嬤嬤剛才出去了？」

田嬤嬤有些不悅，妳管得還真寬，編了個謊話解釋道：「想起來庫房那邊還有些事沒交代清楚，怕接手的人出了錯，便過去交代一聲。」

周嬤嬤恍然道：「哦……難怪了，剛才二少爺吩咐要把書房的雜物清理出來，丫頭們卻到處找不著您。」

田嬤嬤怏怏道：「我這就帶人過去清理。」想到自己以後要做這等無趣無油水的事，心裡就不痛快，怎奈夫人再三叮囑，不得不忍氣吞聲堅持一段時日。

周嬤嬤閒閒道：「不用了，二少爺急著用書房，我只好另外派人去清理了。」

田嬤嬤再遲鈍也明白了，周嬤嬤這是在數落她的不是，當著這麼多下人的面滅她的威風，落她的面子。
「錦繡，剛才妳念的第二十八條規矩是什麼？」周嬤嬤面色平靜地問道。
錦繡翻開冊子念道：「不得擅離職守，如有事要離開，必須徵得主人或管事嬤嬤的許可。」
田嬤嬤這才意識到麻煩了，看來周嬤嬤是要拿她開刀，她訕訕道：「我看院子裡也沒什麼事，又記掛著庫房那邊的事，所以就離開一小會兒……」
周嬤嬤冷笑，「田嬤嬤，院子裡有事沒事可不是咱們說了算的，要不然府裡也不會定下這樣的規矩。您是掌管此間雜物的，這活雖清閒，卻也要時時候著，而不是讓主子等您在的時候才能找您做事，豈不是顛倒了主次？您說呢？」
田嬤嬤一時答不上話來，暗暗心驚，莫非今天周嬤嬤整的這一齣就是為了對付她來著？
「雖然您是府裡的老人，也是因為府裡的公事才犯了錯，可是二少爺有令，要嚴格整肅，這才頭一天，不罰不足以服眾，罰了又怕夫人那邊會誤會，您說我該怎麼辦才好呢？」周嬤嬤做出很為難的樣子。
田嬤嬤心知肚明，自己是被這死老婆子整了，可人家開口閉口規矩，說的又是府裡的規矩，名正言順，這虧只有認了。
「我認罰便是。」田嬤嬤鬱鬱道。
周嬤嬤嘆了一口氣，說：「那就罰俸半月吧！錦繡，妳把今日的事記下，田嬤嬤犯了什麼錯、何人見證、受了何種處罰，都要記得清清楚楚，以後其他人犯了錯也要記錄在冊。」
田嬤嬤聞言恨得直咬牙，周嬤嬤這招夠狠的，將來她不管走到哪，都得背著這個污點了。好在夫人不會縱容她們多久，大家走著瞧。

「田嬤嬤，以後切記不得隨意離開院子，妳若有什麼急事需要離開，先來跟我報備一下，我也不是不通情理之人。」周嬤嬤說得很溫和，一副善解人意的模樣。

田嬤嬤幾乎咬碎一口老牙，一天之內栽了兩回，這些人一個個都不是省油的燈，看來她的任務不是一般的艱巨。

田嬤嬤今日不僅削了面子，還留下不良紀錄，而且周嬤嬤把落霞齋布置得跟鐵桶似的，水潑不進，以後她要去夫人那邊都不太方便，心中鬱悶到了極點。偏這時巧柔來傳，說書房那邊整理好了，讓周嬤嬤帶人過去，把少爺不用的東西都放到雜物間去。

田嬤嬤這才意識到一個問題，二少奶奶叫她管雜物，卻沒有派人手給她，她如今是光桿一個，真真正正被架空了。

巧柔傳了話就跑開了，說房裡還有事。

田嬤嬤沒奈何，去找白蕙，想讓白蕙給她指派幾個人，她才懶得去找周嬤嬤。

找了一圈沒找著，碰見了如意，如意說：「大少奶奶派綠綺來送禮，二少奶奶讓我沏茶呢！」

田嬤嬤心頭又是一堵，連綠綺都能在二少奶奶這裡掙口茶喝，可她呢？曾經威風八面的庫房管事嬤嬤，府裡誰見了她不得給她幾分面子，如今卻淪落到找個幫手都找不到的窘境，更別說喝茶。

指使這個指使不動，指使那個那個說有事，田嬤嬤最後只好去找舒雲和舒方，這兩人這會兒倒是閒著。

舒方卻說：「不是我們不肯跟田嬤嬤去辦事，實在是周嬤嬤今兒個吩咐了，後院子裡不得隨便進入，免得打擾了二少爺清靜。像田嬤嬤這樣有身分的老嬤嬤都挨了處罰，我們倆哪敢違了規矩？」

田嬤嬤氣得手腳亂顫，指著舒方的鼻子罵道：「咱們來的時候夫人是怎麼交代的？這才多半會兒功夫，就給人整成兔子一樣了，連這點小事都不敢做，留著妳們頂個啥用？」

舒方低著頭，心裡默道：被人整成兔子的好像是妳田嬤嬤吧！

舒雲站出來說話：「田嬤嬤，夫人交代的話，我們可不敢忘，只是這裡規矩大，莫說我們只是負責灑掃的小丫鬟，就連妳田嬤嬤經驗老道不也陰溝裡翻了船？要是頭一天，咱們三個都遭了罰，沒臉的豈不是夫人？」

一番話又把田嬤嬤嗆了個半死，田嬤嬤氣呼呼地甩袖，「我去找二少奶奶！」給她派活又不派人手，沒這個道理，難道還叫她一個老婆子去搬東西？

如意送綠綺出門，瞧見田嬤嬤面如黑鍋往正廂來，便輕咳了兩聲，「綠綺姊姊慢走。」

綠綺見到田嬤嬤，恭恭敬敬地向她行了個禮，方才離開。

田嬤嬤心頭總算舒服了些，到底是大戶人家出來的丫頭，有眼色。

「田嬤嬤，您有事兒？」如意問道。

田嬤嬤皮笑肉不笑地說：「我要找二少奶奶說個事。」

如意道：「田嬤嬤，您在這裡稍等，二少奶奶這會兒有點事。」說著就走開了，也沒幫田嬤嬤通傳。

田嬤嬤氣得七竅生煙，卻是不敢隨意闖進去，只好站在竹簾外候著，只聽得裡頭的人在說：「周嬤嬤這三把火燒得也忒厲害了點，這才頭一天就罰了田嬤嬤。就算不顧著田嬤嬤的面子，也該給夫人留幾分薄面不是？這讓夫人如何想我？還道我這個媳婦不懂事，不知好歹，不知進退……」

是二少奶奶的聲音，田嬤嬤連忙豎起了耳朵。

又有人道：「這也不能怪周嬤嬤，是二少爺見找不到人，惱了，這才讓周嬤嬤整肅規矩的。」

「哎……雖然我不怎麼懂得處理家務事，卻也知道規矩重要，可是……這樣一來，我實在不好做。妳也知道我出身不好，老爺夫人好不容易才接納我……」語聲裡透著惶惶之意。
「二少奶奶說的也是，不過，田嬤嬤擅離職守也是事實，怪只怪，太湊巧了些。」
「算了算了，回頭我再好好安撫安撫田嬤嬤，別讓她誤以為我在針對她才好。」
田嬤嬤聽到這，漸漸舒展了眉頭，原來今日這事不是二少奶奶的意思，是二少爺和周嬤嬤想跟夫人過不去，而且這位二少奶奶好像很敬畏夫人……只要您知道怕就好。
田嬤嬤自以為打探到了一個極重要的訊息，不由得露出一絲喜色。
「田嬤嬤，您怎麼在這……」
身後錦繡冷不丁叫了一聲，把正聽得入神的田嬤嬤嚇一跳。
田嬤嬤訕笑道：「哦，我有事找二少奶奶，如意說二少奶奶這會兒有事，讓我在這裡等等。」
錦繡笑說：「我進去幫嬤嬤通傳一聲吧！」
「那敢情好，我有急事呢！」田嬤嬤笑道。
錦繡進屋，林蘭朝外邊努了努嘴，錦繡點點頭，抿著嘴笑，林蘭和玉容也相視一笑，大家心照不宣，這話就是故意說給田嬤嬤聽的。
錦繡方大聲說：「二少奶奶，田嬤嬤在外頭說有要緊事要見二少奶奶！」
林蘭正了正身子，故作急切，「還不快請進來！」
田嬤嬤被帶進來，林蘭笑容十分溫和，「田嬤嬤，我也正想找妳呢！」
田嬤嬤聽了先前那些話，對這位二少奶奶的戒備之心淡了幾分，笑說：「二少奶奶可是有事吩咐老奴？」
林蘭笑說：「不忙，田嬤嬤先說說妳找我何事。」
田嬤嬤忙把自己的難處說了一遍，說得自己甚是可憐，找個幫手都找不到，一個個推三阻四。

林蘭暗暗好笑，田嬤嬤不知，如意她們推三阻四正是她授意的，為的就是激她來找她，好說幾句話給她聽。林蘭笑道：「這事簡單，錦繡，妳去跟文山說一聲，讓他馬上帶兩個人手來幫田嬤嬤。」

田嬤嬤還以為二少奶奶會說，以後給她派幾個人手，心裡有些失望，只好自己提出來：「二少奶奶，您讓老奴管理雜物，可是老奴手下沒人，這事不好辦啊！總不能每回都求到您這兒來……」

林蘭沉吟道：「田嬤嬤說的極是，回頭我跟周嬤嬤說一聲，讓她給妳安排安排。」

田嬤嬤的事說完了，林蘭把錦繡和玉容都遣了出去，這才對田嬤嬤說：「今兒個的事，妳別往心裡去，周嬤嬤做事是死板了些，可人不壞，絕不是有心衝著妳來的，至於處罰，既然已經當著大家面定下了，我也不好抹她的面子，令出不行是大忌，這半個月的俸銀……我私下給妳補上。」

二少奶奶主動示好，田嬤嬤故作受寵若驚，「這如何使得？是老奴一時疏忽犯了錯，怎好叫二少奶奶貼銀子？」

林蘭溫顏道：「田嬤嬤就別跟我客氣了，我也知道，讓妳管雜物是委屈了妳，實在是眼下沒有空缺。田嬤嬤只管放心做事，等過陣子，我再看看有沒有適合田嬤嬤的職務，給妳調整調整。」

田嬤嬤這下當真喜出望外，「二少奶奶有心抬舉老奴，老奴自當盡心盡力！」

林蘭莞爾道：「妳心裡有數就好，下去做事吧，二少爺等著用書房呢！」

打發了田嬤嬤，玉容和錦繡回屋，錦繡道：「二少奶奶當真要給田嬤嬤派人手？」

林蘭冷笑一聲，「這就要看周嬤嬤的本事了。」她立足未穩，不宜鋒芒太露，就讓周嬤嬤和李明允去唱紅臉，她來唱白臉，叫老巫婆摸不清她的底細。

進入李家的第一天就這麼過去了。

吃過晚飯，林蘭跟李明允說了大嫂送賀禮來的事。

李明允似乎漠不關心，只「嗯」了一聲就沒下文了，拿了本書閒閒倚在炕上翻看。

林蘭自言自語道：「你這位大嫂我還真看不透，白天在寧和堂，她也沒多瞧我一眼，冷冷淡淡的，回頭又送了這樣一份厚禮來，還讓丫頭傳話，說什麼以後都是一家人了，多親近親近之類的話。」

李明允翻書的手頓了一下，思量再三說道：「以後妳與她只須面上客氣些便好。」

林蘭道：「那是，我還不會傻到人家給我送份厚禮，說幾句好聽的話，我就把人當知己，誰知道是不是李明則讓她這樣做的？故意親近我，趁機搞點鬼花樣？你家中這些人，我是一個也信不過！」

李明則微然一笑，「妳知道就好。」又低頭繼續看他的書。

「你怎不去書房看書，在這裡聽我嘮叨，你也看得進？」林蘭很不喜歡他心不在焉的樣子，卻也知道他時間緊迫，必須爭分奪秒發奮努力，可他在這，她又忍不住要說話打擾他。

「今晚我在這裡看，明天我就去書房，夜裡……也睡在書房了。」李明允漫不經心道。

「算了算了，不吵你了。」林蘭撇撇嘴，去開她的藥箱，準備給自己換藥。

打開藥箱，林蘭就看見蘇州知府夫人讓她帶的信，真是暈倒，前陣子她忙著給喬雲汐治病，就把這事給耽誤了，也不知這信裡有沒有要緊的事，耽誤了人家的正事，她可就有負重託了。

「明允……你什麼時候有空？」

李明允蹙眉，不是說不吵他了？這才看兩行字的時間。

「有事？」

林蘭把信拿出來晃了晃，「我把這個給忘了，都拖了好久了，得趕緊給人送去才是。」

李明允也是看到信才想起這事，忖了忖，說：「後日吧。後日妳去跟老巫婆請過安了，我再陪妳去一趟懷化將軍府。」

林蘭不解，「為什麼要後日？明天不行嗎？」

李明允瞅了瞅她的膝蓋，「妳現在不正傷著嗎？回頭叫老巫婆知道妳能出府，卻不去跟她請安，豈不是落人口舌？」

林蘭如夢初醒，她怎麼把這事給忘了。

這就算是新婚頭一夜了，林蘭如同在船上的時候，自己早早就睡下，李明允在外間看書。

林蘭沒有認生床的習慣，在澗西村那間破舊的屋子裡，那張破舊的木床上睡過四年以後，就算讓她睡地上，她也照樣能睡得很香，可今日就是睡不著。

這個家她就這樣走進來了，雖說早就有了心理準備，但是今日見識了這些人的面目後，她的心情越發沉重。「鬥」只是一個字，可這其中蘊含的內容非常複雜，要時時揣摩對手的心思，刻刻凝神戒備。李渣爹的弱點已經暴露出來了，而且李明允用得起到好處，老巫婆的弱點是什麼……是捨不得這份來之不易的榮華富貴，她越怕失去就會越緊張？其實，只要把李明珠的身分揭穿，一切問題就迎刃而解了，可李明允似乎並不想這麼做，或者他認為還沒有到時候，那麼，她的初步目標應該怎麼定？

林蘭轉輾反側，真想不通，老巫婆的模樣普普通通，想來跟明允她娘是沒法比的，要不然，也生不出長得跟妖孽似的李明允，再說明允她娘是葉家的女兒，富得流油，沒道理李渣爹不喜歡明允他娘，反倒喜歡這個老巫婆……林蘭猛地坐了起來，難道說，李渣爹有什麼把柄落在老巫婆手裡？嗯，這個問題值得探究，今天光顧著演戲都沒有仔細觀察這對狗男女，看看他們到底是結髮情深，還是貌合神離。

「怎麼了？做噩夢？」帳子外突然冒出個聲音，雖然很輕柔，可林蘭還是忽地一跳，剛才想得入神，都沒發現李明允走進來。

「你幹麼？這樣很嚇人的！」林蘭怨怪道。

李明允低低道：「妳沒事就好，快睡吧！」說罷便又出去了。

林蘭翻了個白眼，剛才她的動靜很大嗎？他不是在專注看書嗎？這都能聽見？林蘭看看外間微亮的燭光，似乎比她安歇時暗了不少。想到在船上時，只要她睡了，李明允總會把燭光弄暗些，便披了外衣下了床，出了臥室，就看見李明允湊在燈前看書。

聽見腳步聲，李明允扭頭看她，問：「是不是燈光太亮了？」

林蘭拿了剪子默默走過去，將燭芯撥亮，說：「還是亮一點吧，免得傷了眼睛，反正你明晚就去書房了。」

李明允先前還以為她要一剪子把蠟燭剪滅了，沒想到她卻是幫他撥亮燭光。

「我去睡了，你也別太晚。」林蘭不去看李明允詫異的神色，轉身回臥室去。

李明允許久才收回目光，唇邊不自覺漾起淡淡的笑意，很奇妙的感覺，雖然他們只是協議的假夫妻，可是當父親在那份婚書上按下手印的那一刻，他的心裡突然間有了微妙的變化，說不出是什麼感覺，只是覺得……即便是真的，也挺好的。

第三天一大早，林蘭就起來了，按照李府的規矩，卯正得去寧和堂請安。

銀柳格外用心地幫她打扮，恨不得把滿匣子的珠翠都給她插上，弄得跟孔雀開屏似的，林蘭連忙叫停。

「我只是去請個安，用得著打扮得這般隆重嗎？」

銀柳道：「不隆重些，夫人還道您不夠尊重她，再說，二少奶奶，您這會兒還是新人呢！」

林蘭不以為然道：「尊重這回事呢，只要大方得體就行了，又不是蓬頭垢面去見人，像妳這樣把全部家當都戴身上，才會讓人笑話呢！」

玉容笑道：「銀柳，妳就聽二少奶奶的，二少奶奶只是去請安，又不是去擺闊。」

銀柳這才放棄了她的計畫。

林蘭打量著鏡中的自己，一身湖藍色暗花束腰衣裙，簡簡單單的彎月髻，斜插一支木蘭碧玉簪，鬢邊一朵蜜蠟石的珠花，略施粉黛，整個人看起來神采奕奕，可惜太瘦了點。林蘭有些自卑地看了看略微起伏的胸部，跟前世凹凸有致的身材相比，這個軀體的硬體設施實在有些寒磣，也不知以後能不能長大一些，省得將來被人戲稱旺仔小饅頭，呃，古代好像沒旺仔小饅頭。

玉容走過來，笑說：「二少奶奶這樣一打扮，跟換了個人似的。」

林蘭心說：誇張，不就塗了點胭脂，抹了點口紅嗎？

「二少爺起了嗎？」林蘭不再糾結容貌的問題，反正就她這條件，再好看也好看不到哪裡去，看著順眼就成了。

「應該起了吧，白蕙姊和如意已經過去伺候了。」玉容回道。

林蘭不由得想起，昨夜她吩咐白蕙今天早點過去伺候李明允的時候，白蕙眼中一閃而過的喜悅，反之，如意就淡定得多。哎……也難怪，白蕙今年十九了，少女懷春啊！對她而言，能當李明允的通房，將來再抬個妾室，算是最好的結果了。

等了沒多久，李明允就來了，相比她的神采奕奕，李明允就有些神情懨懨，眼圈都泛著淡淡的青色。

「你昨晚是不是通宵了啊？」林蘭心裡有些埋怨，再過幾日就要秋闈了，聽說秋闈應試很恐怖，比二十一世紀的高考還恐怖，要考九天七夜，吃睡都在小小的號子裡，有些身體弱的考生堅持不住，連性命都交代在裡面了。

李明允輕哂道：「沒多晚，丑時就歇下了。」

「這還不晚？你這會兒這麼拚命，把身體弄垮了怎麼辦？」林蘭嗔怪道。

聽著埋怨的話語，看著她微惱的神色，心頭湧起一股暖意，李明允淡淡一笑，「妳夫君我看起來是那種弱不禁風的人嗎？」

林蘭剜了他一眼，反問：「你覺得你自己是那種需要考前惡補，臨時抱佛腳的人嗎？」

李明允微怔，細想想，自己確實不需要這般拚命，只是……這次秋闈對他意義重大，不敢有半點馬虎。

「我知道這次秋闈對你很重要，但是你要相信你自己，李大才子可不是浪得虛名的，我看好你！」林蘭略帶調侃的語氣，眨巴著大眼睛鼓勵他。

李明允輕笑出聲，「知道了，我的夫人。」

這個稱呼是第一次從他嘴裡聽到，還說得那樣含情脈脈，那樣自然，林蘭沒來由一陣臉紅，看著身邊的丫頭們都抿嘴偷笑，林蘭更窘了，輕啐道：「也不怕人笑話！」

李明允見她害羞了，臉上的笑意越發濃醇，柔聲道：「走吧，時候不早了。」

李明允和林蘭是從西角門進的，李明則和丁若妍正好從東角門進來，四人打了個照面。

李明允先向李明則抱拳行禮，「大哥、大嫂，早……」

名義上李明則比李明允大兩歲，但林蘭已經知道這位大哥不過早李明允一個時辰出生而已。

李明則這兩日想了很多，丁若妍也勸了他很多，腦子漸漸開了竅，跟這位弟弟鬧僵對他沒好處，一直在想著要怎樣跟李明允拉近關係，現在李明允主動打招呼，李明則連忙抱拳還了一禮，笑呵呵地說：「二弟早，二弟妹早……」

林蘭笑吟吟屈膝還禮，目光落在了李明則身邊的丁若妍臉上。

丁若妍也正微微含笑，目光柔柔靜靜地望著她。

林蘭展顏一笑，算是示好，在沒弄清敵友之前，客氣些總沒錯。這個丁若妍的確算得上大美女一個，標準的瓜子臉，一雙淡淡的柳葉彎眉，明媚鳳眼似春水流波，肌膚細潤如溫玉光潔，穿一身煙草綠的長裙，楚楚纖腰，身材更是凹凸有致……林蘭想到自己的身材，各種羨慕嫉妒恨。

丁若妍也在打量林蘭，看她面目清秀，也只談得上清秀二字，看著舒服而已，一雙眼睛卻是格外靈動，熠熠生輝，彌補了所有的不足，原來……明允喜歡的女子是這樣的。丁若妍嫉妒，如果林蘭能再出色一點，也許她心裡會平衡一點，可是，林蘭跟她怎麼比？

李明允和李明則寒暄了幾句，一起進了寧和堂。

早有下人先報與夫人，說大少爺和二少爺都來了，在外面說話呢！

韓秋月有些忐忑地問：「他們沒怎麼樣吧？」

丫鬟回到：「大少爺和二少爺有說有笑的。」

韓秋月懸著的心放了下來，明則總算是學聰明了。今日是李明允和林蘭第一次來請安，她自然不會去為難兩人，不過，卻是要好好觀察觀察林蘭。

姜嬤嬤笑笑，去吩咐丫鬟：「多添兩副碗筷。」

丫鬟應聲去了。

姜嬤嬤這才含笑低聲道：「我聽說大少奶奶勸了大少爺不少話。」

韓秋月微微頷首，「若妍是個省事的。」

韓秋月忽又想起一事，問：「明珠那邊吩咐過了嗎？」

「早吩咐了，讓她遲些再過來。」姜嬤嬤回道。

「我現在最擔心的還是明珠，這丫頭嘴上是答應得好好的，可那暴躁脾氣，一點就著，哎……

真不讓人省心。」

「表小姐年紀還小，夫人慢慢教她便是。」姜嬤嬤笑說。

「待會兒，妳也注意著點，我倒要看看她是真精明，還是假充愣。」韓秋月眸光一斂，閃過一絲寒意。

李敬賢老早就上朝去了，所以，所謂的請安，就是給老巫婆一個人請安。

韓秋月擺出一副慈母的模樣，先關心了林蘭的傷勢：「傷都好了嗎？」

林蘭也把賢良淑德的小媳婦角色演得入木三分，低眉順目、恭恭敬敬，對婆婆的關愛，深表感激：「讓母親掛心了，一點小傷，無礙的，都已經結痂了。」

「既然無礙，那我也就放心了，不過，還是要仔細些，別沾了水，留下疤痕就不好了。」韓秋月細細叮嚀。

林蘭諾諾應聲。

氣氛十分融洽。

韓秋月這才轉了話題，去關心李明允和李明則的學業。

「此次秋闈，老爺對你們兩兄弟可是寄予厚望，你們兩都要刻苦勤勉，不要辜負了老爺厚望才是，李家就指望著你們倆光耀門楣了。」

李明允和李明則異口同聲稱是。

韓秋月看看李明允的臉色，又疼惜道：「不過，也要注意身子，莫要太過勞累。姜嬤嬤，回頭你吩咐廚房，每日給兩位少爺燉一碗參湯，讀書辛苦，得把身子養好了才行。」

姜嬤嬤笑呵呵地應了。

兩個兒子又齊聲說：「多謝母親關懷。」

真是一副母慈子孝的溫馨場面，可惜……林蘭和李明允早已看穿老巫婆真實面目，她要努力扮演慈母角色，他們倆就陪她玩玩。

春杏來問：「夫人，早點都備好了，是不是可以開飯？」

韓秋月笑得溫和，「如今一家人總算齊了，今日便都留下陪我這個老婆子吃頓早飯吧！」

早飯擺在西次間，早點很豐盛，十幾個時令小菜，各色小點心，水晶蒸餃、蕎麥肉餅、素包肉包、桂花發糕，再配上紅棗米粥，林蘭暗暗感慨：吃頓早飯都這麼鋪張，李渣爹那點俸祿哪裡經得起這樣吃，怕是吃的都是明允她娘留下的錢吧！想想真替明允她娘不值，拍拍屁股走人，把龐大的家產都留給老巫婆享用了。

「呵，有蕎麥餅啊，這個我最喜歡了！」李明則笑道。一旁的翠枝很識趣地替大少爺夾了一塊餅，並介紹道：「今兒個這水晶蒸餃包的是大少爺最喜歡蝦茸筍絲餡。」

韓秋月看兒子吃得津津有味，那笑容越發溫柔，忽而想到還有一個「兒子」在場，便柔聲問道：「不知道明允喜歡吃什麼，回頭好讓廚房去做。」

李明允淡然一笑，「父親從小就教育兒子要勤儉樸拙，生活太過驕奢安逸，會讓人不思進取，安於享樂，所以，兒子對這些從不講究，有清茶淡飯即可。」

討好不成，反被諷刺了一頓，韓秋月笑容僵在臉上，尷尬道：「你父親說的極是。」

李明則不高興了，母親一番好意，你不領情就算了，何必冷嘲熱諷的？吃個早飯也有這麼多廢話，真難伺候！

丁若妍看他就要發作，忙在桌子底下輕輕踢了李明則一下，自己低頭默默喝粥。

李明則勉強忍住了，大口大口咬著餃子，好像故意吃給李明允看。

李明允則若無其事，慢悠悠喝著米粥。

一時間，大家都不做聲，只有李明則誇張的吃東西的聲音，氣氛頓時變得很尷尬。

林蘭慢吞吞吃完一顆素包子，抬頭笑說：「這素包子好生鮮美，不知怎麼做的？」

有人開口打破這個僵局，若是沒人搭腔，豈不更尷尬？姜嬤嬤忙笑道：「這個簡單，素菜餡用乳鴿湯調味就成了。二少奶奶喜歡吃素包，廚房的邱嬤嬤能做出幾十種花樣呢！」

這還簡單？做個白菜包子還要用乳鴿湯調味，這成本可不是一般高！

林蘭一臉饞樣，「邱嬤嬤手藝真好，我是從未吃過這麼好吃的素包，比桂嫂做的好吃多了。」

「以後妳常來，讓邱嬤嬤常給妳做。」韓秋月笑道。

林蘭感激地點頭，又拿了個素包來吃，還給李明允也夾了一個，「你也嘗嘗，真的很美味。」

李明允從善如流，斯斯文文咬了一口。

韓秋月看著林蘭，突然問：「落霞齋那邊可都安置妥貼了？人手夠不夠？」

林蘭心裡咯噔一下，老巫婆這是要提田嬤嬤的事了。

林蘭放下吃了一半的包子，笑道：「都安置妥貼了，至於人手……目前看來還是夠的。」

韓秋月微微頷首，「那就好，以後有什麼不懂的只管問田嬤嬤，她原是管庫房的嬤嬤，我瞧她辦事周到穩妥，就讓她去幫襯幫襯妳。」

這意思很明顯，田嬤嬤在她這可是受重用的，是她好心好意派去幫襯妳這個什麼也不懂的新媳婦的，妳也得好好重用田嬤嬤才是。

林蘭打哈哈道：「田嬤嬤很好，很能幹，以後我會多請教田嬤嬤的。」

這話說了等於什麼也沒說，韓秋月笑笑，妳跟我玩虛的？我偏要妳說個清楚明白！

「我聽說，田嬤嬤在管雜物？」

林蘭心想：老巫婆這是要為田嬤嬤討公道，還是在試探她？

「回母親，因為田嬤嬤來得遲，周嬤嬤已經把各處都安排得差不多了，就缺個管雜物的嬤嬤，媳婦只好讓她先管著，以後再做調整。」林蘭把責任推回到老巫婆身上，誰讓妳動作不夠快？凡事都講究個先來後到嘛！

李明允已經吃好了，閒閒說了一句：「周嬤嬤是外祖母身邊的老嬤嬤。」話不多，只一句，似在向老巫婆解釋周嬤嬤是何人，卻是清楚表明了他的立場：田嬤嬤是妳派的，周嬤嬤是外祖母派的，孰重孰輕，妳自己去想吧！

韓秋月訕笑道：「有周嬤嬤在，我倒是放心不少。」

李明允轉看林蘭，柔聲問道：「妳吃好了嗎？」

林蘭看看吃了一半的包子，這不明擺著沒吃好嗎？

「吃好了。」林蘭怏怏道，一副很捨不得眼前食物的樣子。

李明允點點頭，起身離座，對韓氏拱手施禮，「母親，兒子和林蘭還要去懷遠將軍府拜訪，就先告退了。」

韓秋月心中一凜，懷遠將軍府？李明允不在京中多年，怎的一回來，跟靖伯侯、懷遠將軍都攀上了交情？難道說他身在豐安，心一直繫著京城，早就做了許多安排？

心中疑惑卻是不能細問，韓秋月只好道：「那你們先去。」

林蘭也起身行禮告退，兩人連袂出了寧和堂。

林蘭鼓著腮幫子，幽怨地說：「我還沒吃飽呢！」

李明允微然一笑，「我若不把趕緊把妳帶出來，老巫婆只怕還要問東問西，況且，對著這幾個人，再美味的美食也如同嚼蠟，走吧，我帶妳去吃好吃的。」

林蘭眼睛一亮，「當真？」

李明允輕笑，「自然，妳跟著我，我還能讓妳挨餓不成？」

寧和堂內，李明則把筷子一放，咕噥道：「真掃興，吃個飯也不讓人安生！」

丁若妍看了看臉色不佳的婆母，給李明則遞了個眼色，輕聲說：「別惹娘不開心。」

李明則悶哼了一聲，「我回去念書了。」說著，拱手一禮，悻悻離去。

韓秋月良久不語，看著滿桌子的菜色發呆。

姜嬤嬤揮揮手，讓春杏等人退下。

「若妍，妳覺得林蘭這人如何？」

婆母突然拋出這個問題，丁若妍想了想，才說道：「我看二弟妹淳樸可愛。」

韓秋月嘴角浮起一絲冷笑，淳樸可愛？看來若妍還是太單純了。

「妳也回去吧，勸勸明則，別太浮躁，自己的功名要緊，沒得為了些小事耽誤正事。」韓秋月淡淡說道。

丁若妍低低應了一聲，緩緩退下。

「大少奶奶心地太善良了，一點城府也沒有……」姜嬤嬤擔心道，將來大少奶奶是要當家的，這個樣子怎麼行？

韓秋月嘆了一口氣，「她若有林蘭的半分本事，我就不用操心了。」

姜嬤嬤蹙了眉頭，「夫人瞧出什麼來了？」

韓秋月目光冷然，冷聲道：「最好咱們都看錯了，不然，就難對付了。」

姜嬤嬤沉吟道：「夫人說的沒錯，剛才老奴聽她回話，避開鋒芒，打馬虎眼，那是滴水不漏……而且，二少爺似乎不太領夫人的情。」

「何止是不領情？他的恭順根本只是表面文章而已，心裡怕是恨不得我趕緊死掉。」韓秋月沉著臉道。

「他們兩一個圓滑、一個犀利，配合得還真是天衣無縫。」姜嬤嬤憤憤道，一個還容易對付，兩人聯手就不好辦了。

韓秋月的神色越發凝重，「就算林蘭是個人精，咱們也對付得了，難對付的是二少爺……眼下顧不了那麼多了，妳去傳個話，讓那人留點心，這幾日就動手。」

丁若妍慢慢走著，心緒複雜，剛才婆母那句問話分明是另有深意。林蘭是什麼樣的人，她無須去揣度，明允這麼看重林蘭，說明林蘭肯定有過人之處。婆母對明允看似慈愛有加，但她很清楚婆母心裡是怎麼想的。明允心有介懷，婆母豈能心無戒備？於情，她不希望婆母對付明允，於理，她卻只能幫著自己的丈夫，叫人好生為難，只希望明則能爭氣一點吧！

捌之章　死裡逃生溫如許

李明允帶林蘭去了京城最有名的酒樓「溢香居」，點了好些好吃的。

林蘭已經半飽，看著這麼多吃食，不禁抱怨道：「太浪費了，有人不是剛剛還說要勤儉樸拙，不能驕奢安逸，原是說一套做一套。」

李明允嗔了她一眼，「那是對我自己，妳不在列。」

林蘭笑容狡黠，眨巴著眼，「你的意思是說，我不用跟著你粗茶淡飯了？」

李明允目色溫柔，俊美的臉上卻是幾分認真的神色，「倘若將來我一無所有，妳願意跟著我吃粗茶淡飯嗎？」

林蘭皺著眉頭，很認真地想了想說：「你怎麼會一無所有呢？就算你離開了李家，不是還有葉家嗎？葉家那麼有錢，總不至於看著自己的外甥窮困潦倒吧？再說了，你的字寫得這麼好，隨便寫上幾個拿去賣，也能過上好日子。」

李明允苦笑了一下，指指桌上的早點，「快吃吧，咱們還要去懷遠將軍府呢！」

這麼多早點當然是吃不完，又不能退，林蘭就讓小二打包，帶回去給銀柳她們嘗嘗鮮。

店小二一副錯愕的樣子，來溢香居吃飯的客人，提出來要打包的，還是頭一遭遇見。

「李公子，真的要打包？」

李明允的臉黑了一半。

林蘭振振有詞：「浪費糧食可恥，珍惜糧食是美德。」

李明允哭笑不得，吩咐小二：「打包。」這下好了，不出明天，滿京城都會知道他李明允來溢香居吃飯還打包了。

沒多久，林蘭抱著鼓鼓囊囊的包袱，眉開眼笑地出了溢香居，而李明允低著頭走在前面，誰也看不清他此刻的表情。

坐在馬車上，林蘭想起一件事，苦惱地問李明允：「若是將軍夫人問起，怎麼這麼拖了這麼久才把信送上，我該怎麼回答？總不能說我忘了吧？」

李明允一副漫不經心的樣子，好像說……這麼簡單的事還用問他？

「為人要誠實。」

林蘭訕訕，「那多不好意思？」

「妳放心，將軍夫人不會怪妳的。」

「你怎麼知道？」林蘭橫了他一眼。

李明允唇角一抹篤定的笑，「只要她知道妳就是這陣子名動京城的李家二少奶奶，她就一定不會怪妳。」

林蘭有些氣餒，好吧，她承認他說的對，她這個被公婆嫌棄，差點進不了李家門的村姑已經是人盡皆知了，將軍夫人同情她的遭遇，自然不忍再責怪她了。

到了懷遠將軍府，文山先去遞帖子，說明來意。

林蘭看著大門上掛著「林府」的匾額，笑說：「原來還是本家呢！」

李明允搖頭笑笑，「若真是妳的本家就好了，老巫婆一準鬱悶得大病一場。」

林蘭不屑地切了一聲，「本姑娘就算沒背景，沒娘家撐腰，照樣氣得她病倒，沒病也給她整出病來。」

懷遠將軍夫人馮淑敏聽說來人是最近很出名的李家二公子和二少奶奶，先是驚訝，自己怎麼就跟傳聞中的人物扯上關係了？再一聽說是替姊姊送信來的，忙讓人把兩人給請進來。

「李公子、李夫人快請坐。」馮淑敏熱情地叫人給兩位看座上茶。

林蘭聽從李明允的建議，先行請罪：「林夫人，實在不好意思，這信本該早早給您送過來，只是來京後遇上了一些難事，一時抽不開身，還請夫人見諒。」林蘭說著把信呈上。

馮淑敏一副了然的神情，「李夫人說哪裡的話，您不遠千里替我帶來了家姊的信，是我該謝謝您才是。」

林蘭和李明允目光交流了一下。

一個說……被你說中了。

一個說……那是自然。

一個又說……瞧你的得意勁。

一個挑了挑眉毛。

馮淑敏頓了頓，問道：「敢問李公子、李夫人，你們與家姊是……」

林蘭忙道：「數月前，我們路過蘇州，碰巧遇見了知府夫人，她知道我們要來京城，就讓我們給您捎個信。」林蘭隱去了給知府夫人看病一環，免得人家擔心。

馮淑敏點點頭，笑說：「我也許久未曾見過家姊了，不知她身體可好？」

「知府夫人一切安好。」林蘭回答，心道，就算曾經不好，現在也該沒事了吧？

馮淑敏急於看信，抱歉道：「兩位還請稍坐，容我先看看信……很久沒收到家書了……」

林蘭和李明允表示理解。

沒多久，馮淑敏紅著眼睛出來，顯然是哭過了，語聲有些哽咽：「讓兩位見笑了。」

林蘭和李明允齊齊點頭，再次表示理解。

馮淑敏平靜了一下情緒，說：「謝謝你們捎來了家姊的信，李夫人，以後常來府裡坐坐，平素家裡就我和山兒，也怪冷清的，家姊說您是個極好的人。」

林蘭不知道知府夫人信中都說了什麼，但肯定有幾句是說她的好話。她如今在京中人地陌生，除了喬雲汐，就沒別的認識的人了，既然將軍夫人有意交好，她自然樂意，便開玩笑道：「那以後我可常來打擾了。」

因為李明允還要回去念書，林蘭不好意思霸占他太多時間，又閒聊了幾句就起身告辭了。

馮淑敏親自送他們出府，一再叮囑，要林蘭有空就來坐坐。

目送馬車離去，馮淑敏深深嘆息，原來姊姊病了大半年，差點不治，她竟是一點消息也不曾得到。想到姊姊的苦楚，不禁心疼難忍。好在遇見了這位李夫人，妙手回春，治好了姊姊的病。以前聽到關於他們倆的傳聞時，她也為李明允的情深義重而感動，對林蘭深表同情，但同時她也感到不解，堂堂戶部尚書的李公子，人中翹楚，怎就對一個村姑用情這般深呢？現在她明白了，這位李夫人當真不錯，為人坦率，她對家姊的救命之恩隻字不提，或許是怕她擔心，這般善良，不挾恩求報，是個值得深交之人。

回到家中，李明允就去了書房，林蘭讓周嬤嬤把落霞齋的下人，除了從葉家帶來的，其他的人履歷都去弄清楚，包括何時入府、什麼途徑入的府、平日的表現如何、家中還有哪些人等等。

雖然李明允說落霞齋裡的人都信得過，可林蘭不這麼想，畢竟他離家多年，人都是會變的，還是弄清楚的好。落霞齋是她的根據地，大本營，她必須保證這裡的純潔乾淨，免得生出一些不必要的麻煩。

周嬤嬤很贊同林蘭的這種做法，不怕一萬，就怕萬一，小心能駛萬年船，所以，周嬤嬤很快就把大家的履歷拿了過來。

林蘭把銀柳等人都遣出去，只留下周嬤嬤，然後一一翻看，仔仔細細，不放過任何一個環節。

周嬤嬤看她這謹慎的模樣，對林蘭越發讚賞，老夫人的眼光從未出過錯，當初老夫人一眼就看出李小人是個靠不住的，那般苦勸小姐，可惜小姐已經被人迷了心竅，一句話也聽不進去，若是肯聽老夫人一言半語的，也不至於落到今日這般田地，讓明允少爺這般艱難。不過老夫人還是低估了林蘭，包括她自己，林蘭遠比她們預想的更厲害，心思縝密不說，手段也是了得，單就那招將田嬤嬤的過錯記錄在冊，就讓田嬤嬤吃不消。

看林蘭翻完了最後一頁，周嬤嬤小聲問道：「二少奶奶，您覺得可有不妥的人？」

林蘭思忖良久，翻開其中一頁，指著上面的兩個名字：「這兩人，您仔細盯著。」

周嬤嬤一看那名字，有些不解，「應該不會吧？」

「知人知面不知心，小心點總沒錯。我想，二少爺馬上就要秋闈了，若是一舉得中，誰最不高興？肯定是夫人，所以，我覺得她會使些花招，最好叫二少爺考不成，咱們得提防著點。」林蘭凝重了神色道。

周嬤嬤不由得點頭，「二少奶奶放心，我會留意的。」

林蘭揉揉發脹的腦仁，苦笑道：「這差事真不好做，害我一天到晚繃著這根弦，頭都大了。」

周嬤嬤笑說：「等二少爺高中，二少奶奶就可以放寬心了。」

說到高中，林蘭想起當初找李明允簽訂假婚約的時候，自己還大言不慚地說什麼……你若是高中，我就考慮考慮是不是真的嫁給你。林蘭自嘲地笑笑，當初她哪裡知道李明允的底牌竟是這般強硬，她一不留神就把京城第一才子給誆騙了。呃，好像不對，似乎被誆騙的人是她才對。李明允肯定見她膽大無恥，覺得她是個好幫手，才順水推舟的。

周嬤嬤看林蘭忽而挑眉，忽而發笑，忽而又皺眉，生怕她被這些煩心事弄得入了魔，忙勸道：「二少奶奶也不用太過擔心，二少爺自己也戒備得很，再說，有老奴在，這院子裡的人想興風作浪也沒那麼容易。」

林蘭呆滯了一刻，覺得有什麼地方不對勁，細想了想，才發現剛才周嬤嬤對她自稱老奴，自打從豐安出發，周嬤嬤可從沒在她面前表現得這般謙卑，可見她的表現已經得到了周嬤嬤的認可，林蘭略感欣慰，笑著對周嬤嬤說：「周嬤嬤，您是葉家的老人，也算我的啟蒙之師，我是將您當做長輩看待的。以後，沒外人在的時候，您就莫要自稱老奴了，聽著怪怪的。」

周嬤嬤笑道：「規矩還是要的，免得一時不慎，被人拿了錯處。」

◆◆◆

老巫婆當天就讓人送來了參湯，不過，不管妳老巫婆送的是貨真價實的東西，還是假冒偽劣產品，林蘭都不會讓李明允吃，檢驗都免了，吩咐錦繡偷偷倒掉，不許讓任何人發現。葉家有的是錢，人參什麼的當蘿蔔吃也是小意思，關鍵是，天天喝參湯，只怕李明允再強的身板也頂不住，補過了頭，消化不了，反而麻煩。

為了將來李明允的功勳上有她的一份功勞，為了將來能拿到更多的遣散費，林蘭既當李明允的保安隊長，又做他的後勤部長，拿出她豐富的食補知識，為李明允制定了一份科學的食譜。

周嬤嬤早已經見識過林蘭以食養身、以食治病的手段，拿到食譜後，當即吩咐桂嫂，一日三餐按著食譜做，所有食材不經李府採辦之手，由桂嫂親自去買，確保來源安全。

若是尋常時候，落霞齋自掏腰包，自給自足，不花公中一分銀子，韓秋月還巴不得，可現在落霞齋擺出一副劃地為陣，嚴防死守的架勢，讓她心裡很不爽，一來，對她的計畫不利，二來，可見李明允勢在必得之心。

「夫人何必為這事煩心，他們自己一手安排不是更好？到時候出了什麼事，也怨不到夫人頭上。」姜嬤嬤提點道。

韓秋月聞言，心中豁然開朗，可不是嗎，她竟忘了這一層？

「老爺，明則和明允現在忙著備考，妾身讓他們不必每日過來請安了。」吃過晚飯，韓秋月親自給老爺奉茶，滿臉盡是溫柔。

李敬賢讚許地點頭，「現在是緊要關頭，這些俗禮能免就免了吧！」

韓秋月在一旁坐下，微笑著說：「妾身也是這麼想的，本來妾身還想著這段時日讓廚房給他們燉些補身子的湯品，不過，林蘭安排得很周到，給明允擬了份食譜，一日三餐按著做，一應食材都是葉家的人幫著採辦，倒省了妾身不少心思，哎……若是若妍對明則也有這般心思就好了。」

李敬賢從中聽出些不尋常的意味，皺眉道：「我李家的兒子要補身子，還需要葉家出銀子？」

韓秋月笑嗔道：「老爺，葉家出銀子有什麼不對？明允也是葉家的外甥。」

這當然不對，葉家那點心思他明白得很。葉家老二對他成見頗深，明允在豐安那幾年，葉家費了多少口舌想要離間他們父子的感情他不用想也知道，如今明允回來了，葉家還跟個牛皮糖似的，黏著明允不放。

李敬賢悶哼了一聲，斜睨著韓秋月，「不會是妳為難他們了吧？」

韓秋月惶恐起身，委屈道：「老爺怎會這麼想？自打明允回來，妾身一心想著如何才能讓明允接受妾身，如何才能讓明允明白咱們的心意，算是對他的補償吧……畢竟他娘是因為妾身才氣走的……能做的妾身都做了，雖然明允不領情，但妾身也不氣餒，慢慢來，人心都是肉長的，相信明允會理解咱們的。」

話說得太冠冕堂皇，李敬賢黑著臉一言不發。

韓秋月小心翼翼又道：「妾身能有今日，都是老爺的恩賜。妾身明白老爺的心思，明允畢竟是老爺的親骨肉，妾身努力與明允修好，就是不想壞了老爺的父子之情，為了老爺，妾身什麼都願意做……」

李敬賢的面色緩和了下來，淡淡道：「妳明白就好，如今妳已是這府裡的主母，明則也已認祖歸宗，妳的目的已經達到了，就好好幫我打理這個家，莫要多生是非，叫外人說閒話，到時候連累了我，妳也沒好處。」

韓秋月忙討好道：「妾身知道，老爺就是妾身的天，這天晴日朗的，妾身才有好日子過。」

李敬賢還是有些不放心，「關於葉家幫著採辦食材的事，妳趕緊處理一下，讓外人知道了，還不知怎生猜想。」

韓秋月面露難色，「只怕明允不會聽妾身的。」

李敬賢不滿道：「妳就不會動動腦子？這事不成體統，斷然不行。」

「他若執意不允，妾身又能如何？」韓秋月故作愁苦道，她費這一番口舌，可不是為了把這差事攬到自己頭上，只是要讓老爺明白一件事，不是她做得不好，是李明允不領情。

李敬賢煩躁道：「那李家出錢讓他們自己去採辦食材總行了吧？」

韓秋月愕然，沒料到老爺竟會冒出這樣一句話。

「還有件事，等明允放了榜，若是高中的話，我想給他們倆補辦婚宴。」

韓秋月又是一驚，笑容有些僵硬，「那敢情好，妾身一直想著這事，覺得太委屈了明允這孩子，卻是怕老爺不高興，就一直沒提。」

李敬賢嘆氣道：「妳是不知，這幾日去上朝，朝中那些大臣個個問我什麼時候給明允辦酒席，連太子都問了，妳說我們能不辦嗎？」

「太子這麼關心明允？」韓秋月只覺手腳一陣發冷。

李敬賢回想著太子的話：「既然已經答應了，何不大大方方，還省這一頓酒席？旁人還道你氣量小，跟自己的兒子嘔氣。」

天曉得，他不辦酒席就是怕讓人看笑話，沒想到不辦酒席也叫人看笑話。

「如今大家都看好明允，太子自然也會關注。」李敬賢已經意識到太子有籠絡明允之意，這樣一來，他就更應該跟明允搞好關係。

「妳先跟林蘭透個信，也好讓明允加倍用功。」李敬賢淡淡道。

韓秋月心裡極不甘願，面上強裝喜悅，「妾身知道了。」

看來那個計畫是非實施不可了，若是讓李明允一步登天，老爺的心就徹底一邊倒了。

李明允可以不去請安了，但老巫婆沒說林蘭可以不去，所以這幾日林蘭獨自去請安。頭兩天老巫婆都沒有為難她，還對她挺好的，留她吃早飯，特意命邱嬤嬤做了好幾種素包招待她。表面上看起來，老巫婆對她甚至比對丁若妍還好。

林蘭有些佩服老巫婆的定力，落霞齋獨立開伙，老巫婆問都不問一句。林蘭也隻字不提，看妳能忍到幾時？

果然，到了第三日，老巫婆就忍不住了。

吃過早飯，婆媳三人坐著聊天。

老巫婆笑咪咪地說：「林蘭，我聽說妳對食補有些研究？」

林蘭謙虛道：「研究談不上，不過是從師父那裡學了幾個食補的方子。」

韓秋月感興趣道：「都說藥補不如食補，可我們也不懂，想吃什麼就吃什麼。要進補無非就是人參燕窩什麼的，既然妳懂這些，回頭讓邱嬤嬤跟妳好好學學，也讓大家受受益。」

林蘭笑道：「媳婦看母親就慣懂得養身之道的，邱嬤嬤做的菜色，美味又營養，媳婦哪敢班門弄斧？」

韓秋月慈眉善目，和顏悅色道：「妳就莫要謙虛了，妳給靖伯侯夫人治病的事，可是已經傳遍了京城。」

丁若妍一直話很少，聽到這個，莞爾道：「這個我也聽說了，弟妹有這本事，也教教嫂子。」

林蘭呵呵笑道：「就怕讓妳們笑話了。」

韓秋月笑嗔道：「我還以為妳想藏私。」

林蘭惶惶，「媳婦可不敢。」

姜嬤嬤一邊打趣道：「夫人，您可算是遇上同道中人了，平日裡談起養身，老奴是一點也不懂，難為夫人對牛彈琴這麼些年。」

韓秋月笑得愉悅，揶揄姜嬤嬤：「這會兒妳倒承認自己是牛了！」

大家又是一陣笑。

韓秋月才道：「林蘭啊，妳給明允精心擬定的食譜一定有效，乾脆拿出來，讓廚房一起做，妳那邊人手本來就緊張。」

終於說到點子上了！林蘭把早就準備好的說辭拿出來：「媳婦原本就是這樣想的，怎奈明允說吃慣了桂嫂的手藝，喜歡桂嫂做的。他倒是輕輕鬆鬆一句話，我們可是忙得雞飛狗跳，好在很快就秋闈了，等他進了考場，我也就鬆口氣了。」說著林蘭不好意思道：「其實，食譜我一直帶在身上，好幾次想拿出來，又怕母親嫌棄。」

韓秋月早就知道林蘭會拒絕，她也不過是假客套，便道：「既然明允吃慣了桂嫂的手藝，那就只好妳受累些，不過，採辦食材這種事，就讓府裡的管事去做好了。」

「我也是這樣想，不都是雞脯肉、鮮魚蝦嗎？可是周嬤嬤要求卻是高，什麼雞脯肉必須是二斤重的公雞身上的，新鮮鯽魚必須是六兩重，長不過三寸的，連白菜都只取最裡面的菜心。我一聽，頭都大了，哪還敢讓府裡的管事去採辦，就叫周嬤嬤自己去辦這麻煩事了。」林蘭抱怨道。

韓秋月聽了淡淡一笑，「這麼多要求，叫外人去做還真是不怎麼放心。」

話裡有話，暗指林蘭拿李府的人當外人。

林蘭只當沒聽出來，依舊愁苦著臉說：「周嬤嬤這些花樣都是跟靖伯侯裡的管事嬤嬤們學的，當初媳婦給靖伯侯夫人開出食譜，他們家比這還講究，那真是聽聽都嚇人。」

韓秋月笑道：「靖伯侯一直盼子心切，自然要講究些。」

「也罷，就隨你們吧。不過，我總不能什麼忙也幫不上，力出不成，就出銀子吧！以後，你們採辦食材的費用都從公中出，明允這可是在為李家爭光，理應由公中出。」

韓秋月以為林蘭又要推辭了，沒想到林蘭卻是很高興地應了：「那真是太謝謝母親了！」

誰還跟銀子過不去啊？再說這些銀子本來就屬於李明允的，她才不會推辭。

請安回來，林蘭把今天的事跟周嬤嬤說了一下，周嬤嬤笑道：「那敢情好，既然她這麼大方，就讓她好好出一回血。我這就讓桂嫂去買上幾根白年人參、幾斤極品血燕回來。」

銀柳笑道：「周嬤嬤，您也太狠了吧，想拿人參當蘿蔔吃不成？」

周嬤嬤笑道：「又不花自己的銀子，拿人參當蘿蔔吃有何不可？」

林蘭也笑，問：「田嬤嬤這些日子可還安生？」

「她啊，清閒得很，沒事就坐著嗑瓜子，找人閒聊，不過大家都不怎麼理她，她還自得其樂。」周嬤嬤冷笑道。

「嗯，就讓她閒著，舒雲和舒方呢？」

「這兩人目前來看倒還本分，做事也認真。」

「繼續盯著吧！」林蘭吩咐道。

說話間，白蕙進來了，手裡拿了幾張花樣圖紙。

「二少奶奶，奴婢挑了幾個時興的花樣，您來選一個吧！」

周嬤嬤先出去，林蘭拿著花樣一張張看，最後選了個蘭花的圖樣，「就這個吧，簡單大方。」

白蕙笑著應道：「那奴婢這就去繡了。」

林蘭道：「時間還來得及嗎？」

白蕙忙道：「來得及，奴婢一定趕在二少爺開考前繡好。」

「那就辛苦妳了。」林蘭笑說。

「不辛苦，奴婢先去了。」白蕙屈膝福禮，拿著花樣高高興興地去了。

林蘭苦笑，讓白蕙給明允繡個荷包，就把白蕙高興成這樣，嘴巴都合不攏了。要說白蕙對明允沒那種心思，鬼都不信。

銀柳道：「別看只是朵蘭花，要想繡得好，也得幾天幾夜的功夫，白蕙姊有得忙了。」

林蘭翻了個白眼，「現在二少爺整天在書房念書，也不用她伺候，她正閒著，找點事給她做做也好。走吧，咱們去書房看看少爺。」

李明允的書房是座二層的小樓，周邊翠竹掩映，倒是個涼快的去處。

巧柔和錦繡坐在外邊的欄杆上，挑線玩。

銀柳見她們倆玩得入神，二少奶奶來了都沒瞧見，便咳了兩聲提醒她們。

兩人聽見聲響回過頭來，一看是二少奶奶，慌忙收了線上前行禮。

「二……二少奶奶。」因為心虛，兩人面上皆是惴惴不安。

林蘭淡淡問道：「這會兒誰在裡面伺候二少爺？」

巧柔回道：「現在是冬子在裡面伺候，二少爺喜歡清靜，就讓奴婢們出來了。」

林蘭微笑道：「沒事的時候玩玩也沒什麼，不過也不能光顧著玩，警醒著點，萬一二少爺有什麼吩咐，找不到人就不好了。」

兩人慚愧道：「奴婢記下了。」

林蘭讓銀柳在樓下候著，自己輕手輕腳上了樓。

李明允只穿了件月白色的長袖綢衣，正專注看書，冬子在一旁替他打扇子。

冬子先看到林蘭，忙叫了聲：「二少奶奶……」

林蘭莞爾一笑，「冬子，你先下去吧！」

冬子打扇打得早手酸了，有得休息還不好？便樂呵呵下樓去。

李明允合上書本，看著林蘭，微然一笑，「有事？」

「我來突擊檢查，看你有沒有偷懶。」林蘭故意板著臉，擺出一副長官視察的架勢。

李明允輕哂，往椅背上一靠，閒閒地望著她，「那……夫人對檢查結果可還滿意？」

林蘭剜他一眼，「這又沒外人，你別一口一個夫人的叫好不好？」

李明允微蹙著眉頭，「那該叫什麼？蘭兒……」

林蘭一陣惡寒，雞皮疙瘩起了一身，敗下陣來，「算了，除了蘭兒，你愛叫什麼叫什麼。」

李明允看她一副受不了的樣子，不禁悶聲發笑，眸光越發清亮。

林蘭懶得去看他得意的樣子，給自己找了張椅子坐下來，「今天去請安，老巫婆說，父親想給我們補辦酒席，因著現在是非常時期，所以，想等放榜後再辦。」

這是她來這裡的主要原因，李渣爹的算盤打得很好，想來也是算中李明允此次秋闈必定能夠勝出，好趁機討好李明允，修復父子關係。

李明允臉上毫無意外之色，這些都在他的意料之中，確切地說，是在他的掌控中。父親最近肯定受到了一些壓力，而這些壓力就是他釋放的。飯要一口一口吃，路要一步一步走，先讓林蘭進門，拿到婚書，然後該有的虛禮，一樣都不能少。娘已經把所有委屈都受了，那麼，他不會再委屈自己一丁點，他要一樣一樣慢慢的全都要討回來。

看他沒反應，林蘭追問道：「這事你怎麼看？」

李明允打開紙扇，不緊不慢搖著，語氣也是不鹹不淡：「無所謂。」

林蘭白眼道：「我就不信你無所謂，快別裝了，趕緊說說你的想法。」

李明允輕哂道：「他不辦，我自己也是要辦的。」

呃，他是這麼想的？都沒跟她提過呀！

「不過，他要辦就讓他辦好了，金榜題名時，洞房花燭夜，此乃人生一幸事，何樂而不為？」李明允悠然說道。

「美吧，你就……萬一你考砸了，呸呸呸……」林蘭意識到自己說了不吉利的話，趕緊呸掉：「剛才的話不算，我重說，呃……那個……」

林蘭頓住了，剛才想說什麼來著？

李明允蹙著眉頭看她，端了一旁放著的玫瑰薄荷茶慢悠悠輕啜一口，耐心地等她想起來。

「哦，對了，誰跟你洞房啊？我可不幹的！」林蘭想了好一會兒，冒出這一句。

噗！李明允一口茶噴了出來，不住地咳了起來，這一咳，杯子裡的水全灑在了身上，胸前濕了一大片。

林蘭嘴上埋怨著：「你幹麼啊？喝口茶都會把自己嗆著。」卻是掏出了手絹上前給他擦衣裳。

李明允想說，別人喝茶的時候不應該講笑話，可是喉嚨嗆得難受，薄荷清涼可以提神醒腦，但這種涼意嗆進鼻腔裡，端的是難受非常，李明允一句話也說不出來。

「瞧你，衣服都濕了。」林蘭拿著帕子在他胸口胡亂擦拭。用絲綢做衣裳，圖的就是絲綢的輕薄，順滑得如同自己的肌膚一般，林蘭一通亂擦，卻是碰到了他胸前敏感的點，而且還不止一次，李明允漲得滿臉通紅，渾身都熱了起來，不知是因為劇烈的咳嗽，還是因為林蘭的碰觸而產生的奇妙感覺所致。

林蘭渾然不覺自己無意中給某人造成了一些困擾，繼續用力擦，一邊擦一邊說：「你也別裝蒜了，你父親一心想與你修好，我看你以後還是不要太針對他。咱們同時要對付兩個比較麻煩，我認為還是各個擊破的好，咱們讓老巫婆失了寵，最後被掃地出門，多好啊……」

李明允忍無可忍了，一把抓住在他胸前作亂的小手，邊咳邊道：「不用擦了……咳咳……換一身就是了……咳咳……」

哦，對啊，換一身就是了，反正李少爺衣裳多的是。

林蘭抽回手，又給他拍背，「好點了沒？」

李明允低著頭，現在他的臉滾燙滾燙的，可不敢讓她看到。

「好……好些了，我沒事了。」李明允覺得自己的聲音都有點飄。

「以後喝茶小心點，嗆到氣管裡有你受的。」

李明允默然，已經嗆到氣管了，而且還是拜妳所賜。

林蘭道：「那我去叫錦繡拿身乾淨的衣裳上來。」

李明允忙點頭，巴不得林蘭趕緊走。

林蘭走了兩步，李明允鬆了口氣，抬起頭來，沒料到林蘭猛地轉身，「剛才我跟你說的……」

林蘭怔住，李明允露點了……

李明允忙坐直了身子，一本正經道：「妳說的很有道理，咱們就這麼辦。」渾然不覺自己胸前兩顆小豆子正精神抖擻地立正著。

林蘭笑了笑，趕緊轉身下樓，一轉身，臉刷的就紅了起來。不小心看到李明允的點點了，這傢伙，看著不像個精壯的人，兩塊胸肌倒還不錯，挺結實，回想手感……還很有彈性……

銀柳看二少奶奶滿臉通紅地下來，笑得有些狡黠。

林蘭匆匆吩咐錦繡拿衣裳上去給少爺換，錦繡也抿嘴含笑。

林蘭見她們個個眼神曖昧，尷尬解釋道：「那個……二少爺茶水灑身上了。」

解釋等於掩飾，銀柳笑嘻嘻，誇張地說：「錦繡還不快去拿衣裳，二少爺茶水灑身上了。」

林蘭大窘啊，瞪了銀柳一眼，「跟我去藥房搗藥去！」

銀柳和錦繡眼神交流，二少奶奶這是羞惱了呢！

林蘭把西邊的小耳房用作製藥房，買齊了一應用具，好方便她製藥。

本來林蘭是要做六神丸來著，可是藿香丸和醒神丸李明允馬上就會用到，所以就先做這兩樣。聽說號子裡悶熱得很，考生要悶在裡面好幾天，很容易中暑，藿香丸是解暑的良藥，至於醒神丸，是給明允提神醒腦用的。

林蘭悶著頭在藥房用力搗鼓了半天，終於想通了：不就看到兩個點點，摸了一下胸肌嗎？有什麼好心虛的？隨即把藥杵丟給銀柳，「妳繼續，把這些做完再休息。」說罷拍拍手走人。

誰叫這丫頭剛才笑話她來著，就罰她做苦力，看她以後還敢不敢笑話她。

銀柳看著一大堆藥，欲哭無淚，不就笑了幾聲，至於嗎？

眼看著開考的日子臨近，林蘭的神經繃得越來越緊，危機感越來越強烈，睡覺都睡不安穩。是老巫婆無從下手，還是下手的時機還未到？林蘭換位思考，如果她是老巫婆，在人家防禦如此堅固的情況下，要怎樣才能得手呢？吃食上，完全不用考慮，林蘭已經做到滴水不進的地步，所以下毒這招行不通；那麼……派殺手……也不能吧？明允除了跟老巫婆有仇，跟旁人都無糾葛，第一個要懷疑到的就是她，很容易引火焚身，哎……林蘭不得不承認自己功力還是差了點。

李府廚房那邊還是每日送參湯過來，林蘭都讓錦繡去取，然後送到書房裝裝樣子。這日，錦繡突然提了食盒來找林蘭。

「二少奶奶……」錦繡面如菜色，神情很是不安。

林蘭不禁心一沉，「出了何事？」

錦繡把食盒一放，怯怯地跪下，期期艾艾說：「二少奶奶，奴婢今天沒按二少奶奶吩咐的親自去取食盒。」

林蘭面色凝重地盯著她，問：「為什麼？」

「奴婢也不知吃壞了什麼，昨晚開始就鬧肚子。先前邱嬤嬤那邊送參湯來，奴婢剛好……剛好去了茅廁，所以……是巧柔幫著取的。」錦繡本來覺得讓巧柔去取也沒什麼大不了的，可二少奶奶一再吩咐這件事只許她一人經手，不得讓任何人插手。她想來想去覺得不安心，還是來稟報一下的好。

林蘭看錦繡的臉色就知道她鬧肚子鬧得厲害，可為什麼偏偏是這個時候？

「銀柳，妳先去把周嬤嬤和桂嫂叫過來，再去藥房取一瓶保寧丸來。」林蘭吩咐銀柳，又道：「錦繡，妳先起來吧！」

這件事肯定沒這麼簡單，林蘭想了想，問：「那參湯是不是妳親自送上去給二少爺的？」

錦繡忙點頭，「是的，是奴婢親手端上去的，倒在荷花缸裡了。」

林蘭若有所思地點頭，問題會出在哪裡呢？

片刻，桂嫂周嬤嬤都來了。

「桂嫂，昨兒個錦繡吃壞肚子了，妳們對一對，看錦繡吃的東西可有什麼問題。周嬤嬤，妳去了解一下，是不是還有別的下人也吃壞了肚子。」林蘭吩咐道。

周嬤嬤應聲出去了解情況。

這邊桂嫂和錦繡說著話。

「昨晚吃的是麻婆豆腐、乾煎蘑菇，還有個白菜鮮蝦湯……」

「別的都沒吃嗎？」桂嫂問。

錦繡搖搖頭，「除了這些，沒吃別的。」頓了頓，錦繡囁嚅道：「喝水算不算的？」

桂嫂皺眉，轉而對二少奶奶端肅道：「二少奶奶，老奴可以保證，這些食物沒有任何問題。」

說話間，周嬤嬤回來了，說沒有其他人鬧肚子。

林蘭望著頂上雕繪的房樑怔怔出神，讓錦繡鬧肚子，就只為取不成參湯嗎？參湯又是錦繡親手端上去的，難道是今天這碗參湯有問題嗎？難道老巫婆還要採用下毒這麼爛的招？可明允根本就不喝的……

不，不對，老巫婆不會傻到真以為明允會喝她送的參湯。

周嬤嬤等人看二少奶奶凝神苦思，不敢打擾，連呼吸都刻意放慢，生怕擾亂二少奶奶的思緒。

林蘭盯著錦繡看了一會兒，最後目光落在了食盒上。

這個竹編雕漆的食盒，小巧而精緻，林蘭走過去，先提了提，掂掂分量，復又放下。打開蓋子，裡面還放著一只裝參湯用的汝窯白瓷盅。

林蘭把瓷盅拿出來，再把食盒翻過來看。

周嬤嬤等人面面相覷，二少奶奶是懷疑這盒子有問題？

食盒底部的竹條編得稀疏，有一個個食指大的小洞，林蘭突然臉色一變，似乎發現了什麼，湊近嗅了嗅，一股子腥味。

林蘭臉色大變，把食盒一丟，急聲道：「快，大家去書房，桂嫂速去廚房取幾把菜刀……」

話未落音，林蘭人已經衝了出去。

周嬤嬤等人莫名其妙，但看二少奶奶如此著急的樣子，不容多想，慌忙跟了過去。

林蘭提著裙子跑得飛快，巧柔在院子裡洗筆，見二少奶奶飛奔而來，忙迎上去，準備行禮，卻被二少奶奶一把推開。巧柔一個踉蹌，摔倒在地上。

巧柔坐在地上望著旋風般衝進書樓的二少奶奶，眼裡閃過一絲惶恐之色。

「明允，小心有蛇……」林蘭一邊爬樓梯一邊高喊。

聽不到回應，林蘭的心就一直往下沉，還是來遲了嗎？

林蘭跑上最後一級臺階，未及喘氣，被眼前的情景驚呆了。

只見一條通體青色的蛇爬在書桌上，一條盤在地上，都昂著腦袋對著李明允和冬子吐信，分明是進攻時的姿態。李明允和冬子一動也不敢動，大氣不敢出，額上汗滴如雨，順著鬢角、鼻尖滑落，眼睛死死地盯著兩條蛇。

也不知兩人兩蛇對峙了多久，冬子快堅持不住了，兩條腿開始打顫。

李明允輕聲道：「別動。」

林蘭瞥見又一條青蛇從荷花缸那邊游過來，爬上了李明允身旁的柱子，李明允馬上就要面臨腹背受敵的局面。

「二少奶奶……」周嬤嬤和錦繡爬上樓來，見二少奶奶怔立在樓梯口，就叫了一聲。

「噓……」林蘭忙噓聲，桂嫂菜刀還沒送來，林蘭沒有稱手的武器，只好拔下了頭上的簪子，捏在手裡。

周嬤嬤和錦繡捂住嘴，把到嘴邊的驚呼含在了嘴裡，滿目恐懼之色，不可置信地看著眼前這驚險萬分的一幕。

林蘭沉聲道：「冬子，你留意桌上那條，地上的交給我，確保少爺的安全。你放心，就算你被咬了，我也能醫治。」

冬子最怕的就是蛇，可二少奶奶吩咐了，就算是鋼刀架在脖子上，他也只好硬著頭皮上了，冬子點了點頭。

那青蛇感覺到獵物動了，「嘶」的一吐信，頭往後一縮，迅速出擊。同時地上的蛇也發動了進攻，林蘭手中簪子嗖的飛射出去，將地上那條青蛇釘在了地板上，只差那麼一丁點，就咬到了李明允的腿。

冬子豁出性命伸手去抓。

「啊……」那青蛇死死咬住了冬子的虎口，李明允眼疾手快，一把抓住蛇尾用力一扯，再一抖，將蛇甩了出去，青蛇軟趴趴掉在了地板上。

「二少奶奶，菜刀……」桂嫂及時趕來，遞上菜刀。

「明允閃開！」林蘭疾呼一聲，李明允下意識拉著冬子閃身，只聽得一陣刀風從而旁吹過。

「噹」的一聲，菜刀扎進了柱子，發出嗡嗡聲響，一條盤旋在柱子上的青蛇被攔腰斬斷，身首異處，掉在地上還在扭曲。

桂嫂拎著菜刀，衝上去，對沒死的蛇一頓亂砍。

冬子痛得面色慘白，哇哇大叫。林蘭搶步上前，一邊掏出帕子，一邊急聲道：「明允，你速命人檢查一下，看屋子裡還有沒有蛇！周嬤嬤，先把巧柔看守起來！錦繡，速去找銀柳把我的藥箱拿來！桂嫂，幫我準備菜油、熱水和乾淨的帕子……」

眾人領命分頭行事。

李明允把冬子交到林蘭手上，鄭重道：「請妳一定救他。」

林蘭已經熟練地把帕子緊緊綁在了冬子的手臂上，頭也不抬道：「我會的，你快離開這，這裡危險。」

李明允看著被林蘭釘在地上的蛇，暗暗感慨：林蘭又救了他一命！

「我在這裡幫妳。」

先前是因為沒有準備，所以陷入了險境，現在最危險的時候已經過去了，他得留下看著點，免得林蘭在給冬子醫治的時候，又有蛇跑出來。

林蘭猛然抬頭，面色沉冷，斷然拒絕道：「不行，你必須馬上離開！如果你受傷了，就遂了某些人的心了，快走！」

不是商量的語氣，也不是懇求的語氣，就像是一道軍令，不容抗拒的軍令，林蘭第一次在他面前如此強硬，只為了保證他的安全，李明允的心微微一顫，低低說：「那妳自己小心。」

林蘭見他聽勸了，緩和了面色，點點頭，「放心吧，我不會有事。」

李明允提著一顆根本就放不下的心，迅速下樓，去叫了文山，讓他趕緊帶人手持木棍到書樓清理毒蛇。

「二少奶奶，我是不是要死了？我……我胸口悶得慌，快透不過氣了……」冬子呻吟著。

林蘭俯身察看傷勢，只見傷口已經泛黑，不禁一陣膽寒。好毒的蛇，如果沒看錯，應該是竹葉青。書樓外面植滿翠竹，弄幾條竹葉青，到時候就可以說是外面爬進來的，可惜老巫婆怕一條咬不死明允，一口氣弄了好幾條，倒露了破綻。一條可以說是意外，但幾條就不是偶然，難不成這些蛇今天約好了進書樓開會？

「冬子，別緊張，儘量放慢呼吸，對，就這樣……很好……」林蘭幫冬子放鬆情緒。

桂嫂以最快的速度拿來了林蘭需要的東西。

林蘭拿了把小刀，冬子看到小刀就怕了起來，帶著哭腔道：「二少奶奶，奴才這手還要留著給少爺打扇子、磨墨……」

林蘭輕笑道：「你放心，我不是要砍你的手，接下來我會割開你的傷口，把毒吸出來，會有一點疼，你忍著點啊……」

手起刀落，林蘭麻利地切開傷口。

冬子咬牙忍住沒叫出聲來。

「桂嫂，菜油……」

桂嫂猶豫著：「二少奶奶，還是讓老奴來吧！」

林蘭皺眉道：「別婆婆媽媽，救人要緊！」

桂嫂這才遞上菜油，林蘭含了一口又吐出來，低下頭對準傷口去吸毒。

文山帶了人來，把書樓裡裡外外徹底翻查一遍，確定沒有毒蛇了才收工。

林蘭已經幫冬子把毒吸出來，直到流出來的血轉為鮮紅色，方才抹上拔毒的藥膏，給他包紮起來，讓文山把冬子送回房去，又開了個清毒的方子讓人去藥鋪抓藥。

人都走了，書樓裡一下子冷清下來，林蘭走到荷花缸前，仔細聞了聞，可惜她不屬狗，沒有狗鼻子，只能聞到參湯的氣味，但林蘭可以肯定這碗參湯有問題，要不然，那些蛇怎麼只往樓上爬？

一定是有什麼氣味吸引牠們來的！

林蘭又到樓下到處翻找，也沒找到什麼東西，她有些鬱悶，這隻黑手很謹慎，一點蛛絲馬跡都沒留下。

回到正廂，李明允正心神不寧背著手在房中來回踱步，見林蘭回來，他頓住腳步，唇線緊抿，面色如冰。林蘭也是面無表情，情緒低落到極點，她已經防得夠嚴密了，卻還是被人鑽了空子，讓李明允身處險境，差點丟掉性命。

「咱們有證據嗎？」李明允直截了當地問。

林蘭懊惱地搖搖頭，「證據已經被毀了，現在就看那個人肯不肯認罪。」

李明允的目光變得凜冽起來，語聲冷得叫人發寒，「妳說的是巧柔？」

林蘭坦白地點點頭，她知道李明允最氣憤的不是老巫婆對他下毒手，而是他一直認為對自己忠心耿耿的人的出賣。

「我先理一理思路，待會兒去問話。冬子已經沒什麼大礙了，文山送他回屋休息去了。」林蘭去扶他坐下，他的身子硬邦邦的，像上緊了發條似的，她不由勸道：「至於巧柔，咱們沒有對不起她半點，路是她自己選的，誰也怨不上，你更沒必要為這種人生氣。」

李明允輕輕嘆了口氣，握住林蘭的手，「妳又救了我一回。」

林蘭半開玩笑道：「那你是不是該考慮一下多給我一點補償？」

李明允自嘲地輕哂，看著林蘭，「那我以身相許如何？」

林蘭眼珠子轉了轉，「我的要求可是很高的。」

李明允一副洗耳恭聽的樣子。

林蘭擺出一副慎重其事的表情，「這我得好好想想，關係下半輩子的幸福呢！」

安慰了李明允，林蘭讓周嬤嬤把白蕙、如意、錦繡和巧柔叫到書樓。

「知道為什麼叫妳們四人來這嗎？」林蘭聲沉如冰，目光凜然，在四人面上一一掃過。

四人低頭默然。

「就在不久之前，二少爺在這間書樓裡差點被毒蛇咬死。」林蘭拔高了聲音，到這個時候怒火終於按捺不住，爆發了出來。

白蕙猛然抬頭，眼中盡是驚恐詫異之色。

錦繡滿臉愧疚，眼淚啪嗒落了下來。

如意低頭不語，巧柔已經開始瑟瑟發抖。

「我進這落霞齋之前，二少爺同我說過，妳們四人是他的舊僕，都是信得過的。我也很希望二少爺說的是對的，二少爺沒有看錯妳們，可惜，二少爺真心待妳們，如此信任妳們，妳們之中卻有人一心想置二少爺與死地。」林蘭的話字字鏗鏘，在這空曠的書樓裡迴盪，目光炯炯，威嚴逼視。

巧柔腿一軟就跪了下來，哭泣著說：「二少奶奶，真的不是奴婢做的，請二少奶奶明察……」

林蘭沒有理她，先看向白蕙，語聲恢復了平靜：「白蕙，妳是八歲那年在街邊賣身葬父，被前夫人買下的，進府後就一直在二少爺身邊服侍，這世上，妳已經沒了親人，妳把一顆心全放在了二少爺身上，對妳來說，二少爺就是妳這輩子最看重的人，我想，如果當時妳在場，妳一定會奮不顧身替二少爺擋下毒蛇。」

白蕙已是淚如雨下，因為二少奶奶說出了她一直藏在心裡的話，因為二少奶奶對她的信任，可惜她沒有聽出二少奶奶話裡的另一層意思。

林蘭又看向錦繡，「錦繡，妳算起來也是家生子，妳爹娘原都是前夫人手下得力的，看管著城外的莊子。前年，現夫人為了安插自己的人手，把妳爹給辭了，如今妳爹在葉家綢緞鋪子做小管事，你們一家人都是葉家信得過的，妳自然不會稀裡糊塗想要謀害二少爺。」

錦繡哭道：「是奴婢不好，奴婢疏忽了，才讓人有機可趁！」

「有些錯，一旦犯了，就再也沒有挽回的機會。這次，妳就當得了個教訓，我不希望再看到有下一次。」林蘭肅然道。

錦繡連連磕頭，「多謝二少奶奶寬宏大量，奴婢再也不敢了……」

林蘭微微頷首，又點了如意的名。

如意抬眼，平靜地看著二少奶奶。

「如意，妳是九歲那年，因為家裡窮得揭不開鍋，妳爹又生病，所以才被賣進府的。妳十四歲那年，妳家裡曾經想替妳贖身，可妳拒絕了，為什麼？」

如意神色黯然，低低地說：「奴婢的娘想贖奴婢，是想把奴婢賣給一個土財主做妾。奴婢已經被她賣了一次，救了那個家一次，我已經不欠他們，夠了。」

林蘭嘆了一口氣，這次的事跟如意無關，她讓周嬤嬤盯了如意好幾日，都不曾發現她有任何異常，看來如意是個有主見的人，不會那麼糊塗受人擺布。

「巧柔，現在來說說妳。」林蘭轉而看向跪在地上的巧柔。

巧柔聽了前面的話，袖子裡的手抖得越發厲害，原來二少奶奶早就把她們幾個的底細摸清了。

「妳和如意一樣，也是被家人賣進府的，可惜妳沒有如意那般有主見，有骨氣，或者可以說，妳比如意重感情。重感情原本是好事，可不分是非黑白就不對了，知道我為什麼會懷疑妳嗎？為什麼參湯的事我只吩咐錦繡，不讓妳插手嗎？」林蘭冷聲問道。

巧柔惶恐不安地囁嚅著：「奴婢……奴婢不知……」

林蘭露出一絲譏誚，「看來妳還真是愚鈍，但凡妳能稍微用點心，就該知道我已經在懷疑妳了。我讓周嬤嬤去查過妳哥，才知道妳哥是個賭鬼，當初就是為了還賭債把妳給賣了。聽說他最近發了一筆橫財，在賭場裡很是逍遙快活。」

巧柔的頭越來越低，下巴都抵到了胸口。

「我一直在給妳機會，希望妳能醒悟，所以，不讓妳插手，沒想到妳自己趕著趟要往槍口上撞。錦繡突然鬧肚子，是妳幹的吧？」

巧柔倉皇抬頭，頭搖得跟波浪鼓似的。

林蘭冷笑，「妳故意害錦繡鬧肚子，好替代她去取食盒，因為今天的食盒不同尋常，裡面還藏了幾條蛇。如果錦繡去取，必定會發現食盒的重量變了。等錦繡端了參湯上樓，妳趁機取下了食盒底部的蓋板，把蛇放出來，因為妳也怕被蛇咬，所以妳裝作幫少爺洗筆，躲在院子裡，還不時往後張望……」

巧柔聽得心驚肉跳，二少奶奶說得跟她親眼見到似的。

白蕙等人更是驚訝地看著巧柔，她們印象中，一天到晚高高興興，沒心沒肺的巧柔，居然給人做內應，想害二少爺？

看到她不安的神色，林蘭就知道自己的猜測沒錯，她猛地拔高聲音：「巧柔，妳可知罪？」

巧柔嚇得匍匐在地，哭道：「二少奶奶冤枉奴婢了，奴婢沒有要害二少爺，真的沒有……」

「妳還不承認？妳說，食盒的蓋板妳藏哪去了？」周嬤嬤已經火冒三丈，恨不得立刻將巧柔杖斃了。

白蕙急道：「巧柔，妳倒是說實話，到底是不是妳幹的？」

「奴婢什麼都不知道，不是奴婢做的，奴婢冤枉……」巧柔聲聲喊冤，她知道如果自己認了，那就真的是死罪一條。莫說二少奶奶不會放過她，夫人更不會放過她。打從接到這個任務，她就知道自己無路可退了，只有咬緊牙關，抵死不認。蓋板已經被她綁了石子沉到荷花池底，只要找不到蓋板，二少奶奶就不能輕易定她的罪，她就還有活路。

林蘭深深呼吸，重重嘆氣，沉痛道：「巧柔，我再給妳一次機會。」

巧柔咬緊了下唇，猶豫片刻後，還是搖頭。

林蘭輕笑出聲，那笑聲，冷得令人汗毛聳立，「巧柔，妳真以為我找不到那塊蓋板就拿妳沒辦法了嗎？妳這般硬氣，卻不知妳哥是不是也如妳這般硬氣？我聽說賭博成性的人，都是見錢眼開，而且很怕死的。」

巧柔的心猛顫，這輩子她就栽在哥手裡了，要不是夫人拿哥的性命威脅她，她也不會做出對不起二少爺的事，這就是她的命。

「奴婢真的沒有做過，二少奶奶叫奴婢如何承認？」巧柔懷著一絲僥倖，垂死掙扎。

林蘭知道從她嘴裡是問不出什麼了，冷笑一聲，「機會我已經給過妳了，希望妳莫要後悔。周嬤嬤，把巧柔關起來，好生看守。」

周嬤嬤應聲，叫人來把巧柔帶了下去。

屋子裡只剩四人，寂靜無聲，大家都是心緒難寧。

良久，林蘭打破了沉寂。

「如今，這落霞齋的老人就剩妳們三個了，巧柔的背叛讓二少爺心裡很難受，如果妳們當中還有誰有難處，今兒個就請辭吧，我會給一筆可觀的遣散費。趁著沒出什麼事之前，大家好聚好散，我不想再看到二少爺那麼難過的樣子。」

三人齊齊跪地，神色決然，「二少奶奶，我們不走，我們會全心全意、盡心盡力伺候二少奶奶和二少爺。」

林蘭凝視著她們，從她們眼中看到的是坦誠和忠誠。

「好，既如此，以後大家齊心協力擰成一股繩，讓這個落霞齋乾乾淨淨的，成為二少爺真正的家。」林蘭動容道。

三人亦是動容，用力點頭。

林蘭出了書樓，回到正廂，李明允正在等林蘭的審問結果，林蘭也不等他開口詢問，就搖頭。

李明允蹙眉沉吟：「我去問她……」

林蘭道：「算了，機會我已給過她了，是她自己不要，就算她不開口，我也有辦法查清楚。」

玉容沏來蜂蜜茶，「二少奶奶，您先歇會兒吧！」

打從出了事，二少奶奶忙得團團轉，就沒緩過一口氣。

李明允看著林蘭疲憊的面容，原本冷峻的臉上露出歉疚之色，「辛苦妳了。」

林蘭苦笑，「辛苦點倒是無所謂，就是心裡氣不過，來而不往非禮也，我在琢磨著怎麼還這份厚禮。」

李明允冷哼道：「禮是肯定要還的！」他已經命人把那些砍成碎段的蛇都收集起來。

銀柳來傳話：「桂嫂和周嬤嬤來了。」

林蘭忙打起精神，坐直了身子，不知桂嫂和周嬤嬤來有何事。

李明允疼惜道：「妳先去歇會兒，是我叫她們來的。」

「桂嫂，妳待會兒去買幾條蛇回來。」李明允吩咐道。

桂嫂錯愕，還買蛇啊！

李明允嘴角噙了一絲冷笑，「多買幾條，晚上做個蛇羹、花椒蛇段、酥炸蛇段……最好再泡上一罈子蛇酒。」

桂嫂苦著臉，囁嚅著：「這些……老奴不會做。」

李明允道：「那就直接上溢香居買做好的，那裡的蛇酒也是現成的。」

桂嫂一聽不用她做，綻開了笑臉，「行，老奴這就去辦！」

林蘭忍著笑，看來李明允真是被氣著了，要給老巫婆整一桌蛇宴。

「周嬤嬤，妳讓葉家準備準備，興許，今晚我們就搬過去。」李明允又道。

林蘭詫異，「要搬去葉家？」

李明允冷哼一聲，「這就要看某些人的態度了。」

◆◆◆

韓秋月今天很浮躁，心神不寧，坐立不安。外面一有響動，她的心就急跳。

「姜嬤嬤，那邊還沒消息嗎？」

姜嬤嬤搖搖頭，「還沒呢！興許，他們還沒發現？」

「這都大半天過去了，不是說那藥能催發蛇的攻擊性？」韓秋月擔心的是，那些蛇是不是都躲起來睡覺了。

姜嬤嬤訕訕，「那捕蛇的是這麼說的。」

韓秋月瞪她一眼，「這事若是辦砸了，咱們就沒第二次機會了。」

姜嬤嬤忙道：「不會的不會的，一條或許不成事，咱不是放了好幾條？」

韓秋月無奈嘆息，「等吧，希望老天保佑。」

姜嬤嬤擔心道：「就是怕把人給咬死了，要是出了人命，恐怕老爺會深究……」

韓秋月冷冷一笑，閒閒道：「妳不用擔心，二少奶奶不是醫術高明嗎？死不了的。」他只要李明允無法參加考試就行，萬一真被咬死了，她早就物色好了替死鬼，也不用怕。

正說著，春杏來報：「落霞齋的如意來了。」

韓秋月眼睛一亮，透出興奮之色，猛地直起身子，吸了幾口氣之後，平靜了神色，緩緩道：「讓她進來。」

姜嬤嬤暗暗祈禱：希望不是來報喪的！

如意提了個大食盒跟在春杏後面走了進來。

韓秋月一看春杏那笑咪咪的樣子，心裡不由得打鼓，難道沒出事？

如意向夫人福身一禮，笑吟吟地說：「夫人，二少爺說是今兒個得了幾條蛇，想著這蛇最是清涼滋補，就讓廚房殺了做了幾道菜，送給夫人嘗嘗鮮。」

韓秋月頓時黑了臉，計畫失敗不說，李明允還讓人把蛇做成了菜送給她吃，分明是在向她示威，警告她……難不成，裡面的人招供了？想到這一層，韓秋月脊背生寒，手心直冒汗。

姜嬤嬤也是，臉都白了。

如意把夫人的神情看在眼裡，又笑說：「二少爺說了，什麼時候得了蜘蛛、蠍子什麼的，做起來也是一道美味，到時候再送給夫人嘗嘗。」

韓秋月已經不知道是該生氣還是該害怕，臉上的表情也不知是哭還是笑，訕訕道：「回去告訴妳家少爺，他的孝心我心領了，馬上就秋闈了，還是專心備考要緊。」

「是，那奴婢先告退。」如意福身一禮，退了下去。

韓秋月死死地盯著那個食盒，姜嬤嬤走過去，顫抖著雙手打開了食盒。一看到裡面切成斷，沒去皮的花椒蛇段，尤其是中間那個張著大嘴的蛇頭，當下嚇得驚叫一聲，連退幾步，蓋子也被丟在了地上，滴溜溜滾到了韓秋月腳下。

「叫什麼，還不快把蓋子蓋上！」韓秋月冷聲道，心裡卻也是顫抖不已。

姜嬤嬤慌手慌腳地撿起蓋子，蓋了幾下都沒蓋嚴實。

「夫人，這可如何是好？」姜嬤嬤已被嚇得六神無主。

韓秋月不住地自我安慰，沒事，沒事……這種自我催眠的確有效，韓秋月很快冷靜下來，「不要自己嚇自己。」

她腦子轉得飛快，問：「那捕蛇的已經打發離開了嗎？」

「已……已經離開京城了，老奴警告過他，從此不得再踏入京城半步。」姜嬤嬤回道：「捕蛇之人倒不用擔心，關鍵是巧柔那丫頭，要是她招了，這事就麻煩了。」

韓秋月點點頭，「巧柔那邊一直是邱嬤嬤在聯繫，妳速去叮囑邱嬤嬤，嘴巴給我捂嚴實了，切不可漏了半點風聲。叫靜香那丫頭機靈點，就說中途肚子痛，坐在園子裡歇了會兒，不知道那蛇是怎麼爬進去的，只要咬死這點，其餘的交給我，我保她無憂，事後重賞。還有，巧柔她哥也給我看緊了，別讓他又溜出去賭，若實在不行，就……」韓秋月眸光一冷，殺意頓生。

姜嬤嬤心神領會，「是，老奴這就去辦。」

◆◆◆

李敬賢下朝後，按慣例先去了外書房，卻見李明允在那候著，李敬賢頗感意外，和藹一笑，「明允，你找為父？」

李明允恭謹行禮，「是的，父親。」

「進去說話吧！」

李明允接過文山手中的食盒，跟著父親進了書房。

李敬賢坐下，看見明允手中拎著食盒，心中微喜，兒子這是給他送吃食來了？

「明允，功課準備得怎麼樣了？」

李明允垂手而立，「回父親，兒子這幾些日子用功苦讀，收穫頗豐。」

李敬賢欣慰地點頭，指指食盒問：「這是……」

李明允上前，把食盒放到茶几上，然後一撩衣襬，跪在了地上，稍稍醞釀情緒，然後沉痛道：「父親，非是兒子不要這個家，實在是這個家沒有兒子的容身之地，兒子就此拜別父親。」說罷深深叩首。

李敬賢大驚失色，「明允，你這是何故？」

「父親一看食盒便知。」

李敬賢狐疑地去打開食盒，頓時驚得倒退幾步，跌坐在椅子上，指著食盒，「這……這……」這景象太過驚悚，李敬賢驚得話都說不完整了。

李明允悲憤道：「這就是母親每日為兒子送來參湯的食盒，兒子還心懷感激，只道她是真心待我，沒想到，今日跟參湯一起送來的還有幾條毒蛇。若非冬子捨身護主，若非林蘭及時來救，父親，只怕此刻您看到的就是兒子的屍首了。」

李敬賢此刻又驚又懼又怒，這件事太嚴重了，他深吸了幾口氣，努力讓自己鎮定下來，問：「你可有證據？」

「父親，這難道不是證據嗎？」李明允起身，把食盒裡的爛蛇倒出來，拿出早就準備好的刀，把食盒底層劃開，「父親，您看，這些蛇就是藏在這夾層裡，若非林蘭心細，發現這食盒的祕密，及時趕來相救，後果不堪設想。如今冬子還躺在床上奄奄一息，父親，這些可都是劇毒無比的竹葉青啊，只要被咬上一口，就算有林蘭及時醫治，也休想再去應考了。父親，您想想，這個家，誰最不希望兒子出人頭地？」

李敬賢心頭一震，驚懼全化作了憤怒。他當然知道是誰，這個人的心思他太了解，可惜他還是太低估了她，他以為她再不情願，也不至於幹出這種事，沒想到啊沒想到……差點釀成大禍。

「父親，雖然你我心知肚明，可這事關係李家的聲譽和體面，兒子不是拿不到證據，而是不敢查。一旦興師動眾，傳了出去，李家顏面無存。父親，兒子受點委屈不要緊，只是，這個家兒子真的沒辦法再待下去了，有這麼個處心積慮要置兒子於死地的人在，兒子寢食難安，防不勝防。還有三天就開考了，兒子不想再這樣惶惶不安，兒子只有先搬去葉家，還請父親見諒。」李明允向父親施加壓力。

李敬賢霍然起身，沉聲道：「讓你受到這樣的傷害，是為父失察！這裡是你的家，你不必搬出去，為父自有主意，一定給你一個交代！」如果讓李明允這樣搬出去，那他的顏面就當真蕩然無存了。

李明允悲戚道：「兒子不想父親難做。」

李明允越是謙卑退讓，李敬賢心頭的怒火就更烈，死婆娘，壞了他的大事。

「明允啊，為父知道你一直都很孝順，聽為父的話，先回去，稍後，為父再找你。」李敬賢只得好言相勸。

李明允的目的已經達到，現在就看父親給他什麼交代了，不過，有一點是明確的，老巫婆以後的日子不會那麼好過了。

李敬賢怒氣沖沖地直奔寧和堂。

韓秋月見老爺臉色鐵青，心知不妙，來不及屏退下人，就見老爺直朝她過來，抬腳就是一記窩心腳，把她踹飛出去，撞在了桌上，打翻了一桌子精心準備的菜肴。

滿屋子的下人嚇得面無血色，從未見過老爺發這麼大的脾氣，連夫人都挨了窩心腳，還有誰敢吭氣？姜嬤嬤自恃在府裡有些地位，平時在老爺面前也能說上幾句，硬著頭皮上前扶夫人，「夫人，您沒事吧？」

韓秋月扶著老腰，痛得眼淚在眼眶裡打轉，更痛的是心，老爺居然當著這麼多下人的面踹她，這叫她臉往哪放？以後如何當家作主？韓秋月張嘴就要哭訴，卻聽老爺一聲怒吼道：「妳給我住嘴！」

韓秋月嚇得閉上了嘴，瑟瑟發抖。

「來人，把廚房裡人的都給我叫來！」李敬賢大聲道。

有人立刻跑去叫廚房的邱嬤嬤，沒多久，邱嬤嬤帶了一眾下人趕來，齊齊跪在了門外。

李敬賢如利刃般的目光掃了一遍眾人，厲聲問：「給二少爺的參湯是誰燉的？」

邱嬤嬤怯怯地瞄了還癱坐在地上的夫人，戰戰兢兢回道：「是……是老奴。」

李敬賢又問：「是誰送的？」

靜香往前跪行了兩步，聲若細蚊：「是奴婢。」

「來人，將這兩人連同姜嬤嬤一併拖下去重責二十大板！趙管事，你給我去盯著，若是輕了一記板子，全記在你身上！」

姜嬤嬤嚇得腿一軟，癱在了夫人邊上，沒想到，老爺連她也要打，一時之間不知所措，喊冤？只怕一喊，老爺更怒，徹查起來；不喊，自己這板子就挨定了，二十大板下來，她這把老骨頭非碎了不可。

韓秋月急了，淒切地哭道：「老爺，您一進門就無緣無故發脾氣，就算妾身做錯了什麼，老爺您好歹也說個明白，妾身有則改之……」

李敬賢回頭怒罵道：「妳不用急，發落了這些刁奴，下一個就是妳！」

老爺雷霆震怒，不知情的下人自是一頭霧水，那些心知肚明的，早已是嚇破了膽。

「還杵在這裡做什麼？拖下去打！」李敬賢大聲喝道。

老爺有命，誰敢不從？這個時候，不需要明白事情的來龍去脈，只須嚴格按照老爺的吩咐去做，要不然，下一刻，也許挨板子的就是自己了。

趙管家忙示意下人把這三人拖出去。

好笑的是，這三人居然沒一個喊冤的，老老實實被帶走，許是嚇得連喊冤都忘了，許是心知二十大板已是輕的了。

李敬賢把下人全轟了出去，怒視著韓秋月，真想再給她兩腳，他憤憤然踱了幾個來回，拳頭攥了又攥。

韓秋月的目光隨著老爺的腳步移動，心裡惴惴不安，老爺問都不問就把人給發落了，可見老爺心裡明鏡似的，就不知道老爺會如何發落她。

李敬賢終於停下了腳步，罵道：「妳這個心腸歹毒的賤人，妳氣走葉心薇還不算，如今連明允也不放過！好在明允命大，若是他死了，妳以為妳能逃脫？咱們一家子全得跟著陪葬！」

韓秋月悲戚道：「老爺，這事，您實在是冤枉妾身了，妾身再愚鈍也不會做這種傻事！妾身承認是妾身治下不嚴，出了紕漏，可要說妾身有心害明允，天地良心，妾身想都沒想過……」

李敬賢氣得七竅生煙，逼近兩步。

韓秋月以為老爺又要踹她，嚇得往後一躲，抱頭縮瑟。

「妳還嘴硬？妳以為明允手中沒有證據？妳以為妳那點伎倆人家識不破？明允還知道顧及李家顏面，不來深究此事，妳還在這裡惺惺作態，弄不清狀況？早知道留著妳就是個禍害，果不其然，妳今天就給我收拾東西……」

韓秋月委頓於地，驚惶道：「老爺，您這是要……休了妾身？」

李敬賢重重一哼，「就妳做的這些惡事，休妳十回都是輕的，明則有妳這種娘，簡直倒了十八輩子的楣！」

其實李敬賢很想說，娶到妳這種婆娘，他是倒了十八輩子的楣，可又怕韓秋月破罐子破摔，跟他拚個魚死網破，畢竟自己的把柄還被她捏著，而李明則是韓秋月的心頭肉，只有拿李明則說事，韓秋月才會收斂些。

韓秋月大驚失色，這回真怕了，她哭喊道：「老爺，您不能這樣不問青紅皂白就定了妾身的罪，明允說什麼您就信什麼？您又不是不知明允一直對妾身心懷怨恨，恨不得把妾身趕走，誰知道這是不是明允施的苦肉計？老爺，您要明察啊！今天他趕走了妾身，等他來日功成名就，再要對付的就是老爺您了呀……」

李敬賢深知韓秋月素來有顛倒是非黑白的本事，可這話還是令他心有觸動，明允當真會對付他嗎？李敬賢蹙起了眉頭。

韓秋月見老爺若有所思，知道自己說對了方向，再乘勝追擊，添一句當頭棒：「就算明允不這麼想，他身邊也有的是人攛掇他！老爺，您別忘了，葉家對咱們是恨之入骨啊！」

李敬賢又是心頭一震，緩緩坐了下來，內心糾結，不錯，葉家對他恨之入骨，明允又與葉家走得這麼近，難保不受葉家人的蠱惑，可是，如果李家垮了，對他自己又有什麼好處？他的前途也就毀了，不，不會的，明允終究是他的兒子……不過卻是有必要防著葉家。

一番思量，李敬賢心頭漸漸清明，只要韓秋月不再興風作浪，真心待明允，明允是不會做出對不起李家的事的，一切根源都在韓秋月。

李敬賢威嚴地看向韓秋月，冷聲道：「我看，想挑撥我們父子關係的是妳！妳給我放明白點，妳若還想舒舒服服做妳的尚書夫人，還想明則、明珠能有個好前程，妳心裡還有這個家，妳眼裡還有我這個老爺，妳就給我老老實實的，不要在出什麼么蛾子！如若不然，我可不管妳手裡那張條子，妳要毀這個家，我就先毀了妳！」李敬賢聲色俱厲地警告道。

韓秋月聽到如此嚴厲的警告，心知大勢已去，只得可憐兮兮，期期艾艾地伏低做小，「妾身記下了。」

「今晚妳就收拾東西，去城西郊外的莊子裡住上一段時日，等明允辦喜事，妳再回來。」

韓秋月愴然抬眼，可是看到老爺那凌厲的眼神掃過來，她立刻洩了氣。這一次算是栽了，罷了罷了，今日之恨，來日方長。

◆　◆　◆

落霞齋內，如意把去寧和堂送菜的情況細細稟了二少爺和二少奶奶。

林蘭可以想像得出老巫婆當時的表情有多精彩，嘆道：「可惜了那些蛇羹，都是美味呢！」

李明允沒想到她會發出這樣的感慨，笑說：「妳想吃，等我考完帶妳去吃。」

林蘭擺擺手，「還是算了吧，其實我只是可惜花的那些銀子，今天看到那些蛇，想想都噁心，這輩子都不要吃了。」

李明允深有同感，他已經被蛇咬過一次，今日又被蛇圍攻，一朝被蛇咬，十年怕井繩，更何況都兩回了。

周嬤嬤進來稟報：「少爺，東西都準備好了。」

李明允點點頭，「先放著吧！」

林蘭幽幽道：「也不知那邊現在是什麼情況。」如果李渣爹不給力，她可不打算就這麼便宜了老巫婆。

李明允慢吞吞地喝著茶，胸有成竹道：「妳放心，一定很熱鬧。」如果他這個時候離家，如果父親當真讓他離家，他可不管你什麼李府的清譽與顏面，只要稍加暗示，大家的想像力都是很豐富的。三人成虎，眾口鑠金，父親不怕被口水淹死，就只管護著老巫婆。

正說著，錦繡跑回來了，氣喘吁吁的，卻是一臉興奮。

「二少爺、二少奶奶……寧和堂那邊現在是一團亂，老爺把邱嬤嬤、靜香還有姜嬤嬤都責了二十大板，還讓趙管事盯著，一記也不許放水。後來，大少爺和表小姐都趕來了，也被老爺罵了回去，老爺還讓人收拾東西，叫夫人今晚就出城，住到城西的莊子裡去。奴婢還聽說，夫人挨了老爺一記窩心腳。」錦繡把她看到的打聽到的一股腦兒全說了。

本來像夫人挨了窩心腳這種事，是斷不可能傳出來的，但是老巫婆自己現在自顧不暇，姜嬤嬤正在挨板子，沒人封口，下人們趁著還能說，自然是要說了。

林蘭聽到那記窩心腳，才些微有了那麼一絲痛快，罵幾句不痛不癢的多不解恨。

周嬤嬤笑道：「踹得好！」反正這屋子裡也沒外人了，周嬤嬤大膽地叫起好來。

李明允神情淡淡，只嘴角一抹嘲諷的笑意，父親為了留住他，不惜趕走韓秋月，看來他這個兒子在他心裡還是有些微的分量，不過李明允很清楚，這分量的本身不是因為他是他李敬賢的兒子，而是，這個兒子有些分量，不能輕視而已。

「好了，妳們一個個的也不要喜形於色，咱們應該要憤怒，應該要傷心難過，懂不懂？」林蘭曼聲道。

錦繡、如意等人不解，為什麼不該高興啊？夫人終於得到報應了。

林蘭看她們一個個茫然，耐心解釋道：「妳們的二少爺差點被人害了，難道不該難過嗎？妳們越難過就表示對這件事越憤慨，老爺才會越生氣，大家才會覺得咱們真的是太委屈了，夫人就越沒有威信，明白了嗎？」

周嬤嬤暗暗佩服，忙道：「二少奶奶教訓的極是，我們很難過，真的很難過！」

錦繡等人也忙不迭點頭，「是很難過！」

李明允忍俊不禁，笑聲悶在胸膛裡，林蘭實在是個妙人。

（未完待續）

漾小說 113

古代試婚❶

國家圖書館出版品預行編目資料

古代試婚 / 紫伊著. -- 初版. -- 臺北市：
麥田, 城邦文化出版：家庭傳媒城邦分公司發行,
2014.03
　冊；　公分. --（漾小說；113）
ISBN 978-986-344-056-7（第1冊：平裝）

857.7　　　103002210

城邦讀書花園
www.cite.com.tw

作者　紫伊
封面繪圖　若若秋
責任編輯　施雅棠
副總編輯　林秀梅
編輯總監　劉麗真
總經理　陳逸瑛
發行人　涂玉雲
出版　麥田出版
城邦文化事業股份有限公司
104台北市中山區民生東路二段141號5樓
電話：（886）2-25007696　傳真：（886）2-25001966
發行　英屬蓋曼群島商家庭傳媒股份有限公司城邦分公司
104台北市中山區民生東路二段141號2樓
客服服務專線：（886）2-25007718；25007719
24小時傳真專線：（886）2-25001990；25001991
服務時間：週一至週五上午09:00~12:00；下午13:00~17:00
劃撥帳號：19863813；戶名：書虫股份有限公司
讀者服務信箱：service@readingclub.com.tw
麥田部落格　http://blog.pixnet.net/ryefield
香港發行所　城邦（香港）出版集團有限公司
香港灣仔駱克道193號東超商業中心1樓
電話：852-25086231　傳真：852-25789337
E-mail：hkcite@biznetvigator.com
馬新發行所　城邦（馬新）出版集團【Cite (M) Sdn Bhd】
41, Jalan Radin Anum, Bandar Baru Sri Petaling,
57000 Kuala Lumpur, Malaysia.
電話：(603) 90578822　傳真：(603) 90576622
Email：cite@cite.com.my
美術設計　洸譜創意設計股份有限公司
印刷　鴻霖印刷傳媒股份有限公司
初版一刷　2014年03月27日
定價　250元
ISBN　978-986-344-056-7